Susan Mallery

Nur die Küsse zählen

Roman

Aus dem Amerikanischen von
Ivonne Senn

MIRA® TASCHENBUCH
Band 26050

1. Auflage: September 2017
Copyright © 2017 by MIRA Taschenbuch
in der HarperCollins Germany GmbH

Titel der amerikanischen Originalausgabe:
Only Mine
Copyright © 2011 by Susan Macias Redmond
erschienen bei: HQN Books, Toronto

Published by arrangement with
Harlequin Enterprises II B.V./S. à r. l.

Umschlaggestaltung: büropecher, Köln
Umschlagabbildung: Robyn Neild/Newdivision Illustration
Redaktion: Mareike Müller
Satz: GGP Media GmbH, Pößneck
Printed in Germany
Dieses Buch wurde auf FSC®-zertifiziertem Papier gedruckt.
ISBN 978-3-95649-705-6

www.mira-taschenbuch.de

Werden Sie Fan von MIRA Taschenbuch auf Facebook!

*Marilyn, meine Herzensschwester.
Du bist so süß und großzügig und lustig wie Dakota.
Dieser Roman ist für dich.*

1. Kapitel

„Was muss passieren, damit Sie kooperieren? Nützt Geld? Drohungen? Mir egal, ich kann beides."

Dakota Hendrix schaute von ihrem Laptop auf und sah einen sehr großen, ernst aussehenden Mann vor sich stehen. „Entschuldigung?"

„Sie haben mich gehört. Was wollen Sie?"

Sie war davor gewarnt worden, dass es in der Umgebung viele Verrückte gab, aber sie hatte es nicht geglaubt. Offensichtlich war das ein Fehler gewesen.

„Für jemanden, der ein kariertes Flanellhemd trägt, benehmen Sie sich ganz schön fordernd." Sie stand auf, damit sie mit dem Mann wenigstens halbwegs auf Augenhöhe war. Wenn er nicht so offensichtlich genervt gewesen wäre, würde er ganz gut aussehen mit seinen dunklen Haaren und den durchdringenden blauen Augen.

Langsam schaute er an sich hinunter, dann sah er sie wieder an. „Was hat mein Hemd denn damit zu tun?"

„Es ist kariert."

„Und?"

„Ich meine ja nur. Es ist schwer, sich von einem Mann einschüchtern zu lassen, der ein kariertes Hemd trägt. Und Flanell ist ein freundlicher Stoff. Für die meisten Menschen aber etwas zu bodenständig. Wenn Sie ganz in Schwarz gekleidet wären und eine Lederjacke trügen, wäre ich weitaus nervöser."

Ein kleiner Muskel in seinem Kiefer zuckte. Seine Pupillen verengten sich, sodass Dakota den Eindruck bekam, er würde jetzt mit etwas werfen, wäre er ein kleines bisschen weniger zivilisiert.

„Haben Sie heute einen schlechten Tag?", fragte sie fröhlich.

„Ja, so in der Art", stieß er zwischen zusammengebissenen Zähnen aus.

„Wollen Sie darüber reden?"

„Ich glaube, damit habe ich dieses Gespräch angefangen."

„Nein. Sie haben mit einer Drohung gegen mich angefangen." Sie lächelte. „Auf die Gefahr hin, Ihre Verärgerung noch zu steigern, verrate ich Ihnen, dass Nettsein weitaus effektiver ist. Zumindest bei mir." Sie streckte ihm die Hand entgegen. „Dakota Hendrix."

Der Mann sah aus, als würde er ihr lieber den Kopf abreißen, als höflich zu sein. Nach ein paar tiefen Atemzügen schüttelte er ihr jedoch die Hand und murmelte: „Finn Andersson."

„Schön, Sie kennenzulernen, Mr. Andersson."

„Finn."

„Finn", wiederholte sie kecker als üblich, einfach nur, weil sie dachte, es würde ihn ärgern. „Wie kann ich Ihnen helfen?"

„Ich will, dass meine Brüder aus der Show aussteigen."

„Folglich die Drohungen."

Er runzelte die Stirn. „Folglich? Wer sagt denn *folglich*?"

„Das ist ein ausgezeichnetes Wort."

„Nicht da, wo ich herkomme."

Sie warf einen Blick auf seine abgetragenen Arbeitsstiefel, dann auf sein Hemd. „Ich fürchte mich beinah, zu fragen, wo das ist."

„South Salmon, Alaska."

„Dann sind Sie aber ganz schön weit von Ihrem Zuhause entfernt."

„Schlimmer, ich bin in Kalifornien."

„Hey, Sie sind in meiner Heimatstadt. Ich würde etwas mehr Höflichkeit sehr zu schätzen wissen."

Er rieb sich die Nasenwurzel. „Meinetwegen. Was immer

Sie sagen. Sie haben gewonnen. Können Sie mir nun mit meinen Brüdern helfen oder nicht?"

„Das kommt ganz darauf an. Worin besteht denn das Problem?"

Sie zeigte auf den Stuhl gegenüber ihrem kleinen Tisch. Finn zögerte nur eine Sekunde, bevor er seinen langen Körper in eine sitzende Haltung brachte. Lächelnd nahm Dakota wieder auf ihrem Stuhl Platz und wartete.

„Sie sind hier", sagte er schließlich, als würde das alles erklären.

„Hier – statt in South Salmon?"

„Hier – statt das letzte Semester auf dem College zu beenden. Sie sind Zwillinge und gehen auf die UA. Die University of Alaska", fügte er hinzu.

„Wenn sie in der Show mitmachen, sind sie über achtzehn", erwiderte sie sanft. Sie merkte, wie schmerzerfüllt er war, wusste aber, dass sie nur wenig dagegen tun konnte.

„Was bedeuten soll, ich habe keinerlei rechtliche Befugnisse?" Er klang gleichzeitig resigniert und verbittert. „Was Sie nicht sagen." Er beugte sich vor und schaute sie eindringlich an. „Ich brauche Ihre Hilfe. Wie schon gesagt, sie haben nur noch ein Semester bis zum Collegeabschluss und sind einfach auf und davon, um hier zu landen."

Dakota war in Fool's Gold aufgewachsen und hatte sich nach Beendigung des Studiums dazu entschieden, hierher zurückzukehren. Deshalb verstand sie nicht, warum irgendjemand *nicht* in dieser Stadt leben wollte. Allerdings ging sie davon aus, dass Finn sich mehr Gedanken über die Zukunft seiner Brüder machte als über den Ort, an dem sie sich befanden.

Er stand auf. „Warum rede ich überhaupt mit Ihnen? Sie sind eine dieser Hollywoodtypen. Vermutlich freuen Sie sich darüber, dass die beiden alles aufgegeben haben, um in Ihrer blöden Show mitzumachen."

Sie erhob sich ebenfalls und schüttelte den Kopf. „Zuerst einmal ist es nicht meine blöde Show. Ich arbeite für die Stadt, nicht für die Produktionsfirma. Zweitens, wenn Sie mir einen Moment Zeit lassen, um nachzudenken, anstatt gleich wütend zu werden, fällt mir vielleicht etwas ein, mit dem ich Ihnen helfen kann. Wenn Sie mit Ihren Brüdern genauso umgehen, bin ich nicht überrascht, dass sie lieber ein paar Tausend Meilen zwischen Sie und sich gelegt haben."

Nach dem wenigen, das sie durch ihre dreißigsekündige Beziehung über Finn wusste, erwartete sie, dass er jetzt die Zähne fletschen und verschwinden würde. Stattdessen überraschte er sie mit einem Grinsen.

Das Verziehen seiner Lippen, das Blitzen von Zähnen, das war nichts Besonderes. Dennoch löste es ein seltsames Flattern in ihrem Magen aus. Sie fühlte sich, als wäre ihr alle Luft aus den Lungen gewichen und als könnte sie nicht mehr atmen. Sekunden später riss sie sich aber zusammen. Sie sagte sich, dass es sich nur um eine kleine Störung auf ihrem normalerweise ruhigen emotionalen Radar gehandelt hatte. Nicht mehr als eine kleine Anomalie. Wie eine Sonneneruption.

„Genau das haben die beiden auch gesagt", gab er zu und setzte sich seufzend wieder hin. „Dass sie hofften, das College wäre weit genug weg, doch das war es nicht." Das Grinsen verblasste. „Verdammt, das ist nicht leicht."

Sie setzte sich und legte die Hände flach auf den Tisch. „Was sagen Ihre Eltern zu all dem?"

„Ich bin ihre Eltern."

„Oh." Sie schluckte, nicht sicher, welche Tragödie dahintersteckte. Sie schätzte Finn auf dreißig, vielleicht zweiunddreißig. „Wie lange ..."

„Acht Jahre."

„Sie ziehen Ihre Brüder also allein auf, seit die beiden ... was, zwölf Jahre alt sind?"

„Sie waren dreizehn, aber ja."

„Herzlichen Glückwunsch. Das haben Sie super hinbekommen."

Das Lächeln verschwand endgültig, als er sie nun stirnrunzelnd anschaute. „Woher wollen Sie das denn wissen?"

„Sie haben es aufs College geschafft, waren so gut, dass sie das letzte Semester erreicht haben, und jetzt haben sie die emotionale Stärke, sich gegen Sie aufzulehnen."

Das Stirnrunzeln wich einem spöttischen Lächeln. „Lassen Sie mich raten. Sie sind einer dieser Menschen, die Regen ‚flüssigen Sonnenschein' nennen. Wenn ich bei meinen Brüdern alles richtig gemacht hätte, wären sie jetzt noch auf dem College, anstatt hier zu versuchen, in so einer idiotischen Realityshow mitzumachen."

Ah, das erklärt einiges, dachte Dakota. Aus Finns Perspektive war nichts von dem hier gut.

Er schüttelte den Kopf. „Ich weiß einfach nicht, wo es schiefgelaufen ist. Ich wollte sie doch nur durchs College bringen. Drei Monate. Sie hätten nur noch drei kurze Monate weitermachen müssen. Aber haben sie das? Nein. Per E-Mail haben sie mir mitgeteilt, wo sie sind – als müsste ich mich für sie freuen."

Dakota griff nach den Akten auf ihrem Tisch. „Wie heißen die beiden?"

„Sasha und Stephen." Seine Miene klarte sich auf. „Können Sie mir irgendwie helfen?"

„Ich weiß nicht. Wie ich schon sagte, ich bin die Repräsentantin der Stadt. Die Produzenten sind mit der Idee einer Realityshow auf uns zugekommen. Glauben Sie mir, Fool's Gold hat nicht gerade um diese Art der Aufmerksamkeit gebetelt. Wir wollten erst ablehnen, aber dann hatten wir Angst, dass sie es auch ohne unsere Zustimmung durchziehen würden. Darum haben wir zugesagt. So sind wir wenigstens beteiligt und haben ein gewisses Maß an Kontrolle."

Sie lächelte ihn an. „Oder zumindest die Illusion von Kontrolle."

„Vertrauen Sie mir, Kontrolle ist auch nicht mehr das, was sie mal war."

„Ich weiß. Die Hintergründe von allen potenziellen Kandidaten sind ausführlich geprüft worden. Darauf haben wir bestanden."

„Um die wirklich Irren auszusortieren?"

„Ja, und die Kriminellen. Realityfernsehen setzt die Teilnehmer stark unter Druck."

„Wie sind die Fernsehleute auf Fool's Gold gekommen, wenn die Stadt sie nicht umworben hat?", fragte er.

„Das war einfach Pech. Vor einem Jahr hat eine Studentin für ihre Abschlussarbeit in Humangeografie recherchiert und entdeckt, dass in dieser Stadt chronischer Männermangel herrscht. Das Wieso und Warum hatte in ihrer Dissertation ein eigenes Kapitel. Um Aufmerksamkeit für ihre Arbeit zu wecken, hat sie sie an mehrere Medienunternehmen verschickt. Der Teil über Fool's Gold hat schnell allgemeines Interesse hervorgerufen."

Er wirkte nachdenklich. „Ich glaube, ich habe mal davon gehört. Ganze Busladungen von Männern aus allen Ecken des Landes sind in die Stadt eingefallen, oder?"

„Leider ja. Die meisten Reporter haben uns wie einen Haufen verzweifelter alter Jungfern dargestellt, was nicht im Geringsten der Wahrheit entspricht. Ein paar Wochen später hat Hollywood mit dieser Realityshow angeklopft."

Sie blätterte die Mappen der Bewerber durch, die es bis in die Endrunde geschafft hatten. Als sie Sasha Anderssons Bild sah, zuckte Dakota zusammen. „Eineiige Zwillinge?", fragte sie.

„Ja, wieso?"

Sie zog Sashas Bewerbung heraus und reichte sie Finn. „Er ist zum Anbeten." Die Porträtaufnahme zeigte eine glückliche, lächelnde, jüngere Version von Finn. „Wenn seine Persönlichkeit nur einen Tick interessanter ist als die eines Schuhs, wird er in der Show dabei sein. Ich meine, ihn muss man doch einfach mögen. Und wenn es dann noch zwei davon gibt ..." Sie legte die Mappe zurück. „Lassen Sie es mich anders ausdrücken: Wenn Sie der Produzent wären, würden Sie die beiden in der Show haben wollen?"

Finn ließ das Foto auf den Schreibtisch sinken. An dem, was die Frau – Dakota – sagte, war was dran. Seine Brüder waren charmant, lustig und jung genug, um sich für unsterblich zu halten. Für jemanden, der auf Einschaltquoten zu achten hatte, waren sie unwiderstehlich.

„Ich werde nicht zulassen, dass die beiden sich ihr Leben ruinieren", sagte er ausdruckslos.

„Die Dreharbeiten für die Show dauern zehn Wochen. Danach ist das College immer noch da." Ihre Stimme klang sanft und hatte einen mitfühlenden Unterton. Sein Blick blieb ruhig. Sie war ganz hübsch. Wäre er auf der Suche ... Doch alles, was ihn im Moment interessierte, war, seine Brüder zurück ins College zu bringen.

„Sie glauben, die wollen nach der Erfahrung hier weiterstudieren?", wollte er wissen.

„Ich weiß nicht. Haben Sie sie mal gefragt?"

„Nein." Bis heute hatte er nur doziert und Anweisungen erteilt – was seine Brüder beides ignoriert hatten.

„Haben sie gesagt, warum sie in dieser Show mitmachen wollen?"

„Nicht wirklich", gab er zu. Aber er hatte eine Theorie: Seine Brüder wollten aus Alaska weg – und weg von ihm. Außerdem träumte Sasha schon lange davon, berühmt zu sein.

„Haben sie so etwas schon einmal gemacht? Also gegen Ihren Willen wegzulaufen und die Schule zu schmeißen?"

„Nein. Das ist es ja, was ich nicht verstehe. Sie stehen so kurz davor, den Abschluss in der Tasche zu haben. Warum reißen sie sich nicht noch ein Semester lang zusammen?" Das wäre vernünftig gewesen.

Bis zu diesem Zeitpunkt hatten Sasha und Stephen ihm nicht viel Ärger bereitet. Es hatte bisher nur die üblichen Strafzettel für zu schnelles Fahren, ein paar Partys mit Freunden und vielen Mädchen gegeben. Er hatte jeden Tag auf einen Anruf gewartet, in dem ihm mitgeteilt wurde, dass einer der beiden ein Mädchen geschwängert hatte. Bisher war nichts dergleichen geschehen. Er war fast sicher, dass seine Vorträge über Empfängnisverhütung tatsächlich zu ihnen durchgedrungen waren. Umso mehr hatte ihn ihr Wunsch erstaunt, das College für eine Realityshow zu verlassen. Er hatte immer gedacht, sie würden wenigstens ihren Abschluss machen.

„Es klingt, als wären die beiden großartige Jungs", sagte Dakota. „Vielleicht sollten Sie ihnen einfach vertrauen."

„Vielleicht sollte ich sie auch einfach zusammenschnüren und in das nächstbeste Flugzeug nach Alaska werfen."

„Im Gefängnis würde es Ihnen nicht gefallen."

„Um mich einzusperren, müsste man mich erst einmal kriegen." Er stand wieder auf. „Vielen Dank für Ihre Zeit."

„Es tut mir leid, dass ich Ihnen nicht helfen kann."

„Mir auch."

Sie stand auf und ging um den Tisch herum, sodass sie direkt vor ihm stand. „Um es mit einem Kalenderspruch zu sagen: ‚Wenn Sie lieben, lassen Sie los.'"

Er starrte in ihre dunklen Augen. Sie bildeten einen interessanten Kontrast zu ihrem welligen blonden Haar. „Und wenn man loslässt, wird das Schicksal es einrichten, dass das Gewünschte zu einem kommt, ja?" Er zwang sich zu lächeln. „Nein danke. Ich falle eher in die Kategorie ‚Wenn es nicht zurückkommt, spür es auf und erschieße es'."

„Sollte ich Ihre Brüder warnen?"

„Die wissen das schon."

„Manchmal muss man Menschen eigene Fehler machen lassen."

„Das hier ist zu wichtig", erklärte er. „Immerhin geht es um ihre Zukunft."

„Das Schlüsselwort ist *ihre* mit einem kleinen I. Was immer passiert, es ist nicht unwiederbringlich."

„Das wissen Sie doch gar nicht."

Sie sah aus, als wollte sie die Diskussion fortführen. Sie gehörte nicht zu den Frauen, die schnell zu schreien anfingen, was er sehr zu schätzen wusste. Ihre Argumente waren wohldurchdacht. Aber was auch immer sie sagte, er würde seine Meinung zu diesem Thema nicht ändern. Weder Tod noch Teufel konnten ihn davon abhalten, seine Brüder aus Fool's Gold und zurück aufs College zu schaffen, wo sie hingehörten.

„Danke, dass Sie sich die Zeit für mich genommen haben."

„Gern geschehen. Ich hoffe, sie drei können sich einigen." Um ihren Mundwinkel zuckte es. „Bitte denken Sie daran, dass wir eine sehr effiziente Polizei im Ort haben. Chief Barns ist nicht zimperlich, wenn jemand das Gesetz bricht."

„Danke für die Warnung."

Finn verließ den kleinen Wohnwagen. Die Aufnahmen würden in zwei Tagen beginnen. Was ihm weniger als achtundvierzig Stunden ließ, um einen Plan zu entwickeln. Entweder gelang es ihm, seine Brüder zu überreden, freiwillig nach Alaska zurückzukehren, oder er musste sie mit körperlicher Gewalt dazu zwingen.

„Ich schulde dir was", sagte Marsha Tilson beim Lunch.

Dakota bediente sich an den Pommes frites. „Ja, das tust du. Ich bin nämlich eine hervorragend ausgebildete Spezialistin."

„Etwas, das Geoff nicht zu schätzen weiß?" Die Augen der über sechzigjährigen Bürgermeisterin funkelten amüsiert.

„Richtig. Ich habe immerhin einen Doktortitel", murmelte Dakota. „Ich habe schon darüber nachgedacht, mich von ihm mit Doktor ansprechen zu lassen."

„Nach allem, was ich über Geoff weiß, bin ich mir nicht sicher, ob das helfen würde", entgegnete Marsha.

Dakota steckte sich weitere Pommes frites in den Mund. Sie gab es nur ungern zu, aber Bürgermeisterin Marsha hatte vermutlich recht. Geoff war der Produzent der Realityshow, die wie eine Heuschreckenplage über die Stadt hereingebrochen war. *Wahre Liebe für Fool's Gold.* Nachdem sie wahllos zwanzig Leute zu Paaren zusammengestellt hatten, sollten diese Paare auf romantische Dates geschickt werden, was natürlich gefilmt, geschnitten und mit einer Woche Verzögerung im Fernsehen ausgestrahlt würde. Jede Woche sollten die Zuschauer dann ein Pärchen rauswählen. Das letzte Paar bekam eine Siegprämie in Höhe von 250.000 Dollar, die es sich teilen musste, und eine Hochzeitsfeier, wenn sie sich wirklich ineinander verliebt hatten.

Nach allem, was Dakota so mitbekam, interessierte Geoff allein eine gute Quote. Er hatte sich nicht einmal davon aufhalten lassen, dass niemand im Ort die Show hatte haben wollen. Schließlich hatte die Bürgermeisterin der Zusammenarbeit aber unter der Bedingung zugestimmt, dass er jemanden in seinen Mitarbeiterstab aufnahm, der die Interessen der Bürger von Fool's Gold im Blick hatte.

In Dakotas Augen war das durchaus sinnvoll. Was sie nur nicht verstand, war, wieso ausgerechnet *sie* diesen Job bekommen hatte. Sie war weder PR-Expertin noch Stadtangestellte. Sie war eine Psychologin, die sich auf die Entwicklung im Kindesalter spezialisiert hatte. Unglücklicherweise hatte ihr Chef ihre Arbeitskraft ungefragt angeboten und sogar zugestimmt, ihr Gehalt während der Zeit weiterzuzahlen. Dakota sprach bis heute nicht mit ihm.

Und sie hätte das Angebot ausgeschlagen, hätte Bürgermeisterin Marsha sie nicht gebeten. Dakota war hier aufgewachsen. Wenn die Bürgermeisterin um einen Gefallen bat, gewährten die braven Bürger von Fool's Gold ihn ihr. Bis die Produktionsgesellschaft aufgetaucht war, hätte Dakota auch tatsächlich geschworen, mit einem Lächeln auf den Lippen alles für ihren Ort zu tun. Und wie sie Finn vor ein paar Stunden erklärt hatte, war es ja nur für zehn Wochen. So lange würde sie fast alles überleben.

„Sind die Kandidaten schon ausgewählt worden?", wollte Marsha wissen.

„Ja, aber das wird bis zur großen Verkündung geheim gehalten."

„Ist irgendjemand dabei, dessentwegen wir uns Sorgen machen müssen?"

„Ich glaube nicht. Ich habe mir die Akten angesehen, und mir kommen alle ziemlich normal vor." Sie dachte an Finn. „Wir haben allerdings ein Familienmitglied, das nicht sonderlich glücklich ist." Sie erklärte die Situation mit den beiden einundzwanzig Jahre alten Zwillingen. „Wenn sie in natura nur halb so gut aussehen wie auf den Fotos, werden sie definitiv in der Show sein."

„Glaubst du, ihr Bruder wird Ärger machen?"

„Nein. Wenn die beiden noch minderjährig wären, würde ich mir Sorgen machen, dass er ihnen Hausarrest erteilt. Aber so kann er nicht mehr tun als sich aufregen."

Marsha nickte mitfühlend. Dakota wusste, die einzige Tochter der Bürgermeisterin war ein relativ wildes Kind gewesen, als Teenager schwanger geworden und dann weggelaufen. Obwohl sie keinerlei Erfahrungen als Mutter hatte, glaubte Dakota, dass es bestimmt nicht leicht war, ein Kind aufzuziehen. Oder wie in Finns Fall zwei Brüder.

„Wir können ihm helfen", sagte Marsha. „Hab ein Auge auf die Jungs. Sag mir Bescheid, ob oder wann sie für die Show ausgewählt werden. Es muss uns nicht gefallen, dass

Geoff uns in die Sache hineingezogen hat, aber wir können wenigstens dafür sorgen, dass alles in geregelten Bahnen läuft."

„Ich bin sicher, der Bruder der Zwillinge wird das zu schätzen wissen", murmelte sie.

„Du tust etwas Gutes, indem du ein Auge auf die Show hast", erklärte Marsha ihr.

„Du hast mir ja keine große Wahl gelassen."

Die Bürgermeisterin lächelte. „Das ist das Geheimnis meines Erfolgs. Ich dränge Leute in eine Ecke und zwinge sie dazu, zu tun, was ich will."

„Und darin bist du erschreckend gut." Dakota nippte an ihrer Fanta light. „Das Schlimmste ist, ich mochte Realityfernsehen bisher eigentlich ganz gerne. Bis ich Geoff kennengelernt habe. Ich wünschte, er würde etwas Illegales tun, damit Chief Barns ihn verhaften kann."

„Man soll die Hoffnung niemals aufgeben." Marsha seufzte. „Du hast eine Menge aufgegeben, Dakota. Ich muss dir dafür danken, dass du dich zum Wohl der Stadt der Show angenommen hast."

Dakota rutschte auf ihrem Stuhl hin und her. „Ich hab doch gar nichts gemacht. Ich bin nur am Set und sorge dafür, dass sie nichts total Verrücktes tun."

„Ich fühle mich einfach besser, seit ich weiß, dass du dabei bist."

Sie ist gut, dachte Dakota und beäugte die ältere Frau. Jahrelange Erfahrung. Marsha war die am längsten regierende Bürgermeisterin des Staates. Seit über dreißig Jahren hatte sie den Posten inne. Dakota dachte an all das Geld, das die Stadt allein dadurch gespart hatte, dass nicht alle naslang neues Briefpapier gedruckt werden musste.

Während das nicht im Entferntesten mit Dakotas Traumjob zu tun hatte, konnte ihre Arbeit für Geoff durchaus interessant werden. Bis jetzt wusste Dakota nichts darüber, wie man eine Fernsehsendung produzierte, und sagte sich, dass sie die Gelegenheit nutzen würde, um mehr über das Geschäft zu erfahren. Es war eine willkommene Abwechslung – ihr war alles recht, um sich nicht so ... gebrochen zu fühlen.

Sie ermahnte sich, nicht weiter in dieses Thema zu tauchen. Nicht alles konnte geheilt werden, und je eher sie das akzeptierte, desto besser. Sie konnte sich immer noch ein gutes Leben machen. Akzeptanz war der erste Schritt in die richtige Richtung. Immerhin hatte sie eine gute Ausbildung genossen. Als Psychologin verstand sie, wie das menschliche Gehirn funktionierte.

Aber etwas zu wissen und etwas zu glauben waren zwei unterschiedliche Dinge. Im Moment kam es ihr so vor, als könnte sie sich nie wieder ganz fühlen.

„Das wird großartig", sagte Sasha Andersson und lehnte sich gegen das etwas ramponiert aussehende Kopfteil des Bettes. Er warf einen Blick auf die Ausgabe der *Variety*, die er in dem Buchladen des alten Mannes gekauft hatte. Irgendwann würde er Tausende, sogar Millionen verdienen. Dann würde er ein Abo abschließen und es sich auf sein Handy schicken lassen, wie die richtigen Stars es machten. Bis dahin kaufte er alle paar Tage eine Ausgabe, um die Kosten niedrig zu halten.

Stephen, sein Zwillingsbruder, lag quer auf dem anderen Bett in dem kleinen Motelzimmer, das sie sich teilten. Eine abgegriffene Ausgabe von *Car and Driver* lag aufgeschlagen auf dem Boden. Stephen ließ Kopf und Schultern über den Bettrand hängen und blätterte die Zeitschrift zum vermutlich fünfzigsten Mal durch.

„Hast du gehört, was ich gesagt habe?", fragte Sasha ungeduldig.

Stephen schaute auf, eine dunkle Strähne fiel ihm in die Augen. „Was?"

„Die Show. Das wird großartig."

Stephen zuckte mit den Schultern. „Wenn sie uns nehmen."
Grinsend warf Sasha die Zeitschrift ans Fußende des Bettes. „Hey. Wir sind's. Wie könnten sie da widerstehen?"

„Ich habe gehört, es hat über fünfhundert Bewerber gegeben."

„Davon sind nur sechzig übrig geblieben, und die letzte Runde werden wir auch noch schaffen. Komm schon. Wir sind Zwillinge. So etwas lieben die Zuschauer. Wir sollten so tun, als könnten wir uns nicht leiden. Viel streiten und so. Dann kriegen wir mehr Sendezeit."

Stephen drehte sich auf den Rücken. „Ich will nicht mehr Sendezeit."

Eine Tatsache, die so irritierend wie wahr ist, dachte Sasha düster. Stephen hatte keinerlei Interesse am Film- und Fernsehgeschäft.

„Warum bist du dann hier?"

Stephen atmete tief ein. „Es ist besser, als zu Hause zu sein."

Darin waren sie sich einig. Ihr Zuhause war ein winziges Dorf mit achtzig Einwohnern. South Salmon, Alaska. Im Sommer war es überflutet mit Touristen, die das „echte" Alaska erleben wollten. Beinah fünf Monate lang verbrachten sie jeden wachen Augenblick damit, zu arbeiten und mit dem Ansturm mitzuhalten, einen Job zu erledigen und dafür bezahlt zu werden, bevor sie den nächsten Job antraten. Im Winter hingegen gab es nur Dunkelheit, Schnee und gähnende Langeweile.

Die anderen Einwohner von South Salmon behaupteten, alles an ihrem Leben zu lieben. Obwohl sie direkte Nachfahren der russischen, schwedischen und irischen Immigranten waren, die sich vor beinah einhundert Jahren in Alaska niedergelassen hatten, ersehnten Sasha und Stephen nichts mehr, als den Ort endlich hinter sich zu lassen. Ein Wunsch, den ihr älterer Bruder Finn nie verstanden hatte.

„Das hier ist meine Chance", sagte Sasha entschlossen. „Ich werde alles tun, was nötig ist, um gesehen zu werden."

Ohne die Augen zu schließen, sah er schon vor sich, wie er von *Entertainment Tonight* interviewt wurde und über den neusten Blockbuster sprach, in dem er die Hauptrolle spielte. In seiner Vorstellung war er schon über Millionen roter Teppiche gegangen, hatte auf Hollywoodpartys gefeiert, hatte unzählige Frauen nackt in seinem Hotelbett vorgefunden, die ihn anbettelten, mit ihnen zu schlafen. Ein Wunsch, den ich ihnen gnädigerweise erfülle, dachte er grinsend, tja, so bin ich eben.

Seit acht Jahren träumte er nun davon, im Fernsehen und im Kino zu spielen. Aber die Filmindustrie hatte es nie nach South Salmon verschlagen. Und Finn hatte diese Träume immer als etwas abgetan, dem man früher oder später entwachsen müsse.

Seit er endlich alt genug war, selber Entscheidungen zu treffen, ohne seinen Bruder vorher um Erlaubnis zu fragen, hatte er auf die richtige Gelegenheit gewartet. Die war mit dem Castingaufruf für *Wahre Liebe für Fool's Gold* gekommen. Die einzige Überraschung war Stephens Ankündigung gewesen, ihn zum Vorstellungstermin zu begleiten.

„Wenn ich nach Hollywood ziehe", begann er, sein Lieblingsspiel zu spielen, „kaufe ich mir ein Haus in den Bergen. Oder am Strand."

„Malibu", sagte Stephen. „Mädchen in Bikinis."

„Stimmt. Malibu. Und ich verabrede mich mit Produzenten und gehe auf Partys und verdiene Millionen." Er schaute seinen Bruder an. „Und was machst du?"

Stephen schwieg lange. „Ich weiß nicht", sagte er schließlich. „Nicht nach Hollywood gehen."

„Es würde dir dort gefallen."

Stephen schüttelte den Kopf. „Nein. Ich will etwas anderes. Ich will …"

Er beendete den Satz nicht, aber das musste er auch gar nicht. Sasha wusste es bereits. Er und sein Zwilling mochten nicht die gleichen Träume haben, dennoch wussten sie alles übereinander. Stephen wollte einen Platz finden, an den er gehörte, was auch immer das bedeutete.

„Es ist Finns Schuld, dass du wegen der Show nicht so begeistert bist", grummelte Sasha.

Stephen sah ihn an und grinste. „Du meinst, weil er so darauf aus ist, dass wir das College beenden und uns ein gutes Leben machen? Was für ein Idiot."

Sasha lachte unterdrückt. „Ja. Woher nimmt er die Frechheit, zu verlangen, dass wir im Leben erfolgreich sein sollen?" Seine gute Laune schwand. „Außerdem geht es ihm nicht um uns, sondern um ihn. Er will sagen können, dass er seine Aufgabe gut gemacht hat." Sasha wusste, dass das nicht alles war. Das konnte er jedoch nicht zugeben. Zumindest nicht laut.

„Mach dir über ihn keine Gedanken", sagte Stephen und griff nach seiner Zeitschrift. „Er ist ein paar Tausend Meilen weit weg."

„Stimmt." Sasha nickte. „Warum sollten wir uns von ihm die Laune verderben lassen? Wir kommen schließlich ins Fernsehen."

„Finn wird sich die Show niemals ansehen."

Das stimmte vermutlich. Finn tat nichts nur so aus Spaß. Oder besser gesagt, nicht mehr. Früher war er ziemlich wild gewesen, aber das war, bevor ...

Bevor ihre Eltern gestorben waren. So maßen die Andersson-Jungen die Zeit. Ereignisse hatten entweder vor oder nach dem Tod ihrer Eltern stattgefunden. Nach dem Unfall hatte sich ihr Bruder verändert. Heute würde Finn nicht mal merken, dass er sich amüsierte, wenn der Spaß ihn in den Hintern bisse.

„Nur weil Finn weiß, wo wir sind, heißt das nicht, dass er uns hinterherkommt", meinte Sasha. „Er weiß, wann er verloren hat."

In diesem Moment klopfte es an der Tür.

Da Sasha näher dran war, streckte er sich so weit, bis er mit der Hand den Türknauf berührte. Sofort schwang die Tür auf, und Finn stand da. Er sah so wütend aus wie damals, als sie ein Stinktier gefangen und in seinem Schlafzimmer eingesperrt hatten.

„Hallo, Jungs", sagte er und trat ein. „Wir müssen reden."

2. Kapitel

Finn sagte sich, dass er mit Schreien nichts ausrichten würde. Eigentlich waren seine Brüder Erwachsene. Aber volljährig oder nicht, sie blieben trotzdem Dummköpfe.

Er betrat das kleine Motelzimmer, in dem zwei Betten, eine Kommode und ein alter Fernseher standen. Eine weitere Tür führte zu einem noch kleineren Badezimmer.

„Nett", sagte er und schaute sich um. „Mir gefällt, was ihr aus dem Zimmer gemacht habt."

Sasha verdrehte die Augen und ließ sich in die Kissen zurückfallen. „Was machst du hier?"

„Ich bin euch gefolgt."

Die Zwillinge wechselten einen überraschten Blick.

Finn schüttelte den Kopf. „Glaubt ihr wirklich, eine E-Mail, in der ihr mir mitteilt, dass ihr das College verlassen habt, würde reichen? Dass ich einfach sage: ‚Hey, kein Problem, habt Spaß. Wen interessiert's schon, ob ihr euer Studium im letzten Semester hinschmeißt'?"

„Wir haben dir doch geschrieben, dass es uns gut geht", warf Sasha ein.

„Ja, das habt ihr, und das weiß ich zu schätzen."

Da es in Fool's Gold nicht allzu viele Motels gab, war es relativ leicht gewesen, die Zwillinge aufzuspüren. Finn wusste, dass es finanziell bei ihnen eng sein musste, weshalb er in den halbwegs netten Häusern gar nicht erst nachgeschaut hatte. Der Manager dieses Motels hatte die beiden sofort wiedererkannt und Finn ohne Umstände die Zimmernummer genannt.

Stephen beobachtete ihn misstrauisch, sagte aber nichts. Er war schon immer der Ruhigere der beiden gewesen. Obwohl sie sich zum Verwechseln ähnlich sahen, hatten sie völlig unterschiedliche Persönlichkeiten. Sasha war kontaktfreudig, impulsiv und leicht abzulenken. Stephen war ruhiger und überlegte normalerweise gut, was er tat. Deshalb verstand Finn ja, wieso Sasha nach Kalifornien abgehauen war, aber Stephen?

Reg dich nicht auf, ermahnte er sich. Ein ruhiges Gespräch würde ihn weiterbringen als wildes Herumschreien. Als er seinen Mund öffnete, merkte er jedoch, dass er vom ersten Wort an brüllte.

„Was, zum Teufel, habt ihr euch dabei gedacht?" Er knallte die Tür hinter sich zu und stemmte die Hände in die Hüften. „Ihr habt nur noch ein Semester vor euch. Ein einziges Semester! Ihr hättet eure Seminare beenden und euren Abschluss machen können. Dann hättet ihr etwas in der Tasche. Etwas, das euch niemand mehr wegnehmen kann. Aber habt ihr daran gedacht? Natürlich nicht. Stattdessen seid ihr einfach abgehauen. Und wofür? Für die Chance, in einer lächerlichen Sendung mitzumachen!"

Die Zwillinge schauten einander an. Sasha setzte sich auf und atmete tief durch. „Die Show ist nicht lächerlich. Zumindest nicht für uns."

„Weil ihr beide Profis seid? Und wisst, was ihr tut?" Er funkelte seine Brüder wütend an. „Ich würde euch am liebsten in diesem verdammten Zimmer einsperren, bis ihr merkt, wie dumm ihr seid."

Langsam nickte Stephen. „Das ist der Grund, warum wir dir erst davon erzählt haben, als wir hier waren, Finn. Wir wollten dir weder Angst machen noch dich verletzen, aber du hältst uns an einer viel zu kurzen Leine."

Das waren Worte, die Finn nicht hören wollte. „Warum konntet ihr nicht das College beenden? Mehr habe ich doch gar nicht verlangt. Ich wollte euch einfach nur durchs College bringen."

„Hätte es dann wirklich aufgehört?" Sasha stand vom Bett auf. „Du hast das schon so oft gesagt. Wir müssten nur die Highschool beenden, dann würdest du uns in Ruhe lassen. Aber das hast du nicht. Du hast uns weiter gedrängt, hast uns aufs College geschickt, unsere Noten überwacht und unsere Kurswahl kommentiert."

Finn spürte, dass er immer gereizter wurde. „Und was genau ist falsch daran? Ist es so schlimm, dass ich mir für euch ein gutes Leben wünsche?"

„Du wünschst dir, dass wir dein Leben führen", sagte Sasha und wirkte jetzt genauso wütend. „Wir wissen alles, was du für uns getan hast, zu schätzen. Du liegst uns am Herzen, aber wir können nicht ständig nur tun, was du willst."

„Ihr seid einundzwanzig. Ihr seid noch Kinder."

„Sind wir nicht." Stephen setzte sich auf. „Du sagst das immer nur."

„Vielleicht hat meine Art, euch zu behandeln, etwas damit zu tun, wie ihr euch benehmt."

„Vielleicht hat das auch einfach nur was mit dir zu tun", erwiderte Stephen. „Du hast uns nie vertraut. Hast uns nie die Chance gegeben, uns zu beweisen."

Finn war so wütend, dass er am liebsten mit der Faust ein Loch in die Wand geschlagen hätte. „Vielleicht weil ich gewusst habe, dass ihr dann so eine Dummheit wie diese hier begehen würdet. Was habt ihr euch nur dabei gedacht?"

„Wir müssen unsere eigenen Entscheidungen treffen", sagte Stephen stur.

„Nicht wenn sie so mies ausfallen."

Finn spürte, wie ihm die Kontrolle über die Auseinandersetzung entglitt. Das Gefühl wurde schlimmer, als er sah, was für Blicke die Zwillinge wechselten. Er erkannte, dass sie schweigend miteinander kommunizierten – etwas, das er nie verstanden hatte.

„Du kannst uns nicht zwingen zurückzugehen", erklärte

Stephen ruhig. „Wir bleiben hier. Wir werden bei der Sendung mitmachen."

„Und was dann?" Finn ließ die Hände sinken.

„Ich werde nach Hollywood gehen und dort als Fernseh- und Kinoschauspieler arbeiten", sagte Sasha.

Das ist nichts Neues, dachte Finn. Sasha war schon seit Jahren verrückt nach Ruhm.

„Und was ist mit dir?", fragte er Stephen. „Willst du Werbestar werden?"

„Nein."

„Dann komm nach Hause."

„Wir gehen nicht zurück." Stephen klang seltsam entschlossen und erwachsen. „Lass es gut sein, Finn. Du hast alles getan, was du tun musstest. Wir sind so weit, auf eigenen Füßen zu stehen."

Genau das waren sie eben nicht. Und das brachte Finn förmlich um. Sie waren zu jung, zu entschlossen, Fehler zu begehen. Wenn er nicht in der Nähe war, wer würde dann auf sie aufpassen? Er würde alles tun, um sie zu beschützen.

Kurz fragte er sich, ob er sie körperlich zum Aufgeben zwingen könnte. Aber was dann? Er könnte sie nicht den ganzen Rückflug über gefesselt lassen. Außerdem war ihm die Vorstellung, sie zu entführen, nicht gerade angenehm – er hatte das dumpfe Gefühl, einer schweren Straftat angeklagt zu werden, sobald er die Landesgrenze überschritten haben würde.

Die Rückkehr nach Alaska würde gar nichts bringen, wenn die beiden nicht bereit waren, dort zu bleiben und den Collegeabschluss zu machen.

„Könnt ihr das nicht im Juni machen?", fragte er. „Nach dem Abschluss?"

Die Zwillinge schüttelten den Kopf.

„Wir wollen dir nicht wehtun", sagte Stephen. „Wir sind dir wirklich dankbar für alles, was du für uns getan hast.

Aber jetzt ist es an der Zeit loszulassen. Wir kommen schon klar."

Einen Teufel kamen sie klar. Sie waren Kinder, die taten, als wären sie Erwachsene. Sie dachten, sie wüssten alles. Sie glaubten, die Welt wäre fair und das Leben einfach. Er wollte sie doch nur vor der eigenen Dummheit beschützen. Warum musste das so schwer sein?

Es muss einen anderen Weg geben, dachte er, als er mit steifen Schritten das kleine Zimmer verließ und die Tür hinter sich zuwarf. Er brauchte irgendjemanden, mit dem er vernünftig reden konnte. Oder den er wenigstens einschüchtern konnte.

„Geoff Spielberg, nicht verwandt und nicht verschwägert", sagte der langhaarige, ungepflegt aussehende Mann, als Finn sich näherte. „Sie sind von der Stadt, ja? Wegen der zusätzlichen Stromleitungen. Scheinwerfer sind wie Exfrauen. Wenn man nicht aufpasst, saugen sie einen aus. Wir brauchen den Strom."

Finn musterte den dünnen Kerl vor sich. Geoff „mit G" war kaum dreißig, trug ein T-Shirt, das vor zwei Jahren hätte weggeworfen werden sollen, und eine Jeans mit ausreichend Rissen, um einen Stripper nervös zu machen. Kurz, er entsprach nicht gerade Finns Vorstellung eines Fernsehproduzenten.

Sie standen mitten auf dem Marktplatz, umgeben von Kabeln und Leitungen. Scheinwerfer standen auf Stativen und hingen in den Bäumen. Kleine Wohnwagen säumten die Straße. Zwei Lastwagen hatten ausreichend mobile Toiletten geladen, um ein ganzes Dorf zu versorgen, und vor dem Verpflegungszelt waren Tische und Stühle aufgebaut.

„Sie sind der Produzent der Show?", fragte Finn.

„Ja. Aber was hat das mit dem Strom zu tun? Kriegen wir ihn noch heute? Ich brauche ihn dringend."

„Ich bin nicht von der Stadt."

Geoff stöhnte. „Dann gehen Sie, und hören Sie auf, mich zu nerven." Noch während er sprach, machte er sich auf den Weg zum Wohnwagenpark, den Blick fest auf sein Smartphone gerichtet.

Finn hielt mit ihm Schritt. „Ich möchte mit Ihnen über meine Brüder reden. Sie versuchen, in die Show zu kommen."

„Unsere Castingentscheidung ist bereits gefallen und wird morgen verkündet. Ich bin sicher, Ihre Brüder sind fabelhaft. Und wenn sie es nicht in diese Show schaffen, finden sie bestimmt ein anderes Team, das sie nimmt." Er klang gelangweilt, als hätte er die Worte schon tausend Mal gesagt.

„Ich will nicht, dass sie an der Sendung teilnehmen."

Geoff schaute von seinem Telefon auf. „Was? Jeder will ins Fernsehen."

„Ich nicht. Und die beiden auch nicht."

„Warum sind sie dann zum Vorsprechen gekommen?"

„Die beiden wollen schon mitmachen", erklärte Finn. „Ich bin aber dagegen."

Geoffs Miene drückte wieder vollkommenes Desinteresse aus. „Sind die beiden über achtzehn?"

„Ja."

„Dann ist das nicht mein Problem. Tut mir leid." Er griff nach der Klinke der Wohnwagentür.

Finn war jedoch schneller und versperrte ihm den Weg. „Ich will nicht, dass sie bei der Show mitmachen", wiederholte er.

Geoff seufzte hörbar. „Wie heißen die beiden?"

Finn sagte es ihm.

Geoff blätterte in seinem Smartphone die Dateien durch und schüttelte dann den Kopf. „Sie machen Witze, oder? Die Zwillinge? Die werden es auf jeden Fall schaffen. Höhere Einschaltquoten bekämen wir nur, wenn die beiden Mädels mit dicken Titten wären. Die Zuschauer werden sie lieben."

Das überrascht mich nicht, dachte Finn. Es enttäuschte ihn,

ja, aber es war keine Überraschung. „Was kann ich tun, damit Sie Ihre Meinung ändern? Ich bezahle Sie auch dafür."

Geoff lachte. „So viel Geld haben Sie gar nicht. Schauen Sie, es tut mir leid, dass Sie damit nicht glücklich sind, aber Sie kommen darüber hinweg. Außerdem könnten die beiden berühmt werden. Wäre das nicht toll?"

„Sie sollten jetzt auf dem College sein."

Geoffs Telefon verlangte wieder nach seiner Aufmerksamkeit. „Hm-mh", murmelte er, während er die E-Mail las. „Okay. Machen Sie einen Termin mit meiner Sekretärin aus."

„Oder ich könnte Sie gleich hier vor Ort überzeugen. Sie laufen gerne herum, Geoff? Wollen Sie das auch in Zukunft weiter tun?"

Geoff schaute ihn kaum an. „Ich bin sicher, Sie könnten mir wehtun. Aber meine Anwälte sind wesentlich zäher als Ihre Muskeln. Im Gefängnis würde es Ihnen gar nicht gefallen."

„Und Ihnen nicht im Krankenhaus."

Endlich schaute Geoff ihn an. „Meinen Sie das ernst?"

„Wie sehe ich denn aus? Wir reden hier über meine Brüder. Ich werde nicht zulassen, dass sich die beiden nur wegen Ihrer Show das Leben versauen."

Finn drohte nicht gern. Im Moment war ihm jedoch nur wichtig, dafür zu sorgen, dass Sasha und Stephen ihren Abschluss machten. Dafür würde er alles tun, was nötig war. Wenn das bedeutete, Geoff zu zerquetschen, dann auch das.

Geoff steckte sein Smartphone in die Hosentasche. „Sehen Sie, ich verstehe Ihren Standpunkt, aber Sie müssen auch meinen verstehen. Die beiden sind bereits in der Sendung. Ich habe hier vierzig Leute, die für mich arbeiten, und ich habe mit jedem von ihnen einen Vertrag geschlossen. Ich bin ihnen und meinem Boss Rechenschaft schuldig. Hier steckt eine Menge Geld drin."

„Geld ist mir egal."

„Das sollte es aber nicht, Mann aus den Bergen", sagte

Geoff. „Ihre Brüder sind volljährig. Sie können tun, was sie wollen. Und Sie können sie nicht daran hindern. Angenommen, ich würde sie aus der Show werfen, was dann? Dann ziehen sie weiter nach L. A. Solange sie bei unserer Show mitmachen, wissen Sie wenigstens, wo sie sind und was sie tun, stimmt's?"

Der Einwand gefiel Finn gar nicht. Er musste trotzdem zugeben, dass der Mann recht hatte.

Geoff nickte ein paar Mal. „Wir verstehen uns. Es ist besser, die beiden sind hier, wo Sie ein Auge auf sie haben können."

„Ich wohne nicht hier."

„Wo dann?"

„In Alaska."

Geoff krauste die Nase, als hätte er gerade Hundescheiße gerochen. „Sind Sie Fischer oder so?"

„Ich fliege Flugzeuge."

Sofort hellte sich die Miene des Produzenten auf. „Flugzeuge mit Menschen? Richtige Flugzeuge?"

„Im Gegensatz zu Modellflugzeugen, meinen Sie? Ja."

„Super. Ich brauche einen Piloten. Wir haben bereits einen Trip nach Las Vegas geplant und müssen einen Linienflug nehmen, um die Kosten niedrig zu halten. Aber es gibt noch andere Orte, vielleicht Tahoe oder Frisco. Wenn ich ein Flugzeug mieten würde, könnten Sie es fliegen, ja?"

„Vielleicht."

„Es gäbe Ihnen einen Grund, hierzubleiben und auf Ihre Kids aufzupassen."

„Meine Brüder."

„Was auch immer. Sie würden zum Team gehören." Geoff legte sich die Hand auf die Brust. „Ich habe auch Familie. Ich weiß, wie es ist, sich um jemanden zu sorgen."

Finn bezweifelte stark, dass Geoff sich über irgendjemanden oder irgendetwas außer sich selbst Sorgen machte. „Ich wäre dabei, wenn Sie filmen."

„Solange Sie uns nicht im Weg stehen oder Ärger machen, kein Problem. Wir haben schon irgend so eine Tussi von der Stadt, die hier andauernd herumhängt." Er zuckte mit den Schultern. „Denny, Darlene. Irgendwie so."

„Dakota", sagte Finn trocken.

„Richtig. Die meine ich. Halten Sie sich an sie. Sie passt auf, dass wir ihrer wertvollen Stadt keinen Schaden zufügen." Geoff verdrehte die Augen. „Ich schwöre, meine nächste Sendung wird irgendwo in der Wildnis gedreht. Bären stellen keine Forderungen, wissen Sie? Das ist wesentlich einfacher als das hier. Also, was sagen Sie, sind Sie dabei?"

Was Finn sagen *wollte*, war Nein. Er wollte nicht dabei sein, wenn sie die Realityshow drehten. Er wollte seine Brüder zum College zurückbringen und nach South Salmon zurückkehren, um sein Leben fortzusetzen.

Doch zwischen ihm und seinem Wunsch stand die Tatsache, dass seine Brüder nicht eher nach Hause zurückkehren würden, bis das hier vorbei sein würde. Er hatte die Wahl: Er konnte auf Geoffs Angebot eingehen oder allein nach Hause fahren. Wenn er das aber täte ... Wie sollte er dann sicher sein, dass Geoff und die anderen nicht alles vermasselten?

„Ich bleibe", erklärte er. „Und ich fliege Sie hin, wo immer Sie hinwollen."

„Gut. Sprechen Sie mit dieser Dakota. Sie wird sich um Sie kümmern."

Finn fragte sich, was sie wohl davon hielt, ihn jetzt ständig um sich zu haben.

„Vielleicht werden die Zwillinge ja früh rausgewählt", sagte Geoff und öffnete die Tür zum Wohnwagen.

„So viel Glück hab ich wohl nicht."

Dakota ging zum Haus ihrer Mutter. Die Morgenluft war noch kühl, der Himmel strahlte hellblau und ließ die Berge im Osten greifbar nah erscheinen. Der Frühling war gerade rechtzeitig gekommen. Das Laub an den Bäumen war kräftig und grün, Narzissen, Krokusse und Tulpen säumten die Fußwege. Obwohl es noch nicht einmal zehn Uhr war, herrschte auf den Bürgersteigen schon das rege Treiben von Touristen und Einheimischen. Fool's Gold war ein Ort, an dem Zufußgehen einfacher war als Autofahren. Denn die Gehsteige waren breit, und Fußgänger hatten in der ganzen Stadt Vorrang.

Sie bog in die Straße, in der sie aufgewachsen war. Ihre Eltern hatten das Haus kurz nach der Hochzeit gekauft. Alle sechs Kinder waren hier aufgewachsen. Dakota hatte sich mit ihren beiden Schwestern ein Zimmer geteilt. Selbst während der Highschool, als die drei älteren Brüder schon ausgezogen waren, hatten sie noch lieber zusammen in einem Zimmer gewohnt.

Vor ein paar Jahren waren die Fenster ausgetauscht worden, noch ein paar Jahre vorher war das Dach erneuert worden. Die Außenfassade erstrahlte jetzt in Beige statt in Grün, die Bäume waren größer, aber ansonsten hatte sich wenig geändert. Obwohl alle sechs Kinder inzwischen aus dem Haus waren, hatte Denise es behalten.

Dakota ging um das Haus herum und gleich in den Garten. Denn ihre Mutter hatte angekündigt, diese Woche hier ordentlich zu tun zu haben.

Und richtig, als sie die Pforte öffnete, sah sie ihre Mutter auf einer dicken gelben Matte in den Beeten knien und rigoros umgraben. Auf dem Rasen lagen zerfetzte Überreste von unwürdigen Pflanzen. Denise trug eine Jeans, eine Tinkerbell-Sweatshirtjacke über einem pinkfarbenen T-Shirt und einen großen Strohhut.

„Hi, Mom!"

Denise schaute auf und lächelte. „Hi, Honey. Wusste ich, dass du kommst?"

„Nein. Ich schaue einfach so vorbei."

„Gut." Ihre Mutter stand auf und streckte sich. „Ich verstehe das nicht. Ich habe hier doch erst im letzten Herbst Klarschiff gemacht. Wieso muss ich es jetzt im Frühling schon wieder tun? Was genau tun meine Pflanzen den Winter über? Wie kann alles so schnell wieder so unordentlich werden?"

Dakota ging zu ihrer Mutter und umarmte sie. Dann gab sie ihr einen Kuss auf die Wange. „Da fragst du die Falsche. Ich habe vom Gärtnern keine Ahnung."

„Wie deine Schwestern. Da habe ich als Mutter offensichtlich versagt." Sie seufzte theatralisch.

Denise hatte sehr jung geheiratet. Bei ihr und Ralph Hendrix war es Liebe auf den ersten Blick gewesen. In den ersten fünf Jahren ihrer Ehe hatte sie die drei Jungen bekommen, dann waren die Drillingsschwestern gefolgt.

Dakota erinnerte sich an eine Kindheit in einem Haus voller Lachen und Liebe. Sie hatten sich immer nahegestanden und waren nach dem Tod ihres Vaters vor bald elf Jahren noch näher zusammengerückt.

Der unerwartete Tod ihres Dads hatte ihre Mutter zutiefst getroffen, aber sie nicht zerstört. Sie hatte sich zusammengerissen – hauptsächlich zum Wohl ihrer Kinder – und ihr Leben fortgesetzt. Sie war hübsch, lebhaft und ging noch locker für Anfang vierzig durch.

Jetzt bedeutete sie ihrer Tochter, ihr durch die Hintertür in die Küche zu folgen. Die war auch vor ein paar Jahren renoviert worden, aber egal, wie es jetzt aussah, der helle, offene Raum würde immer das Zentrum des Hauses bleiben. Da war Denise absolut traditionell.

„Vielleicht solltest du einen Gärtner engagieren", schlug Dakota vor und nahm zwei Gläser vom Regal.

Während ihre Mutter einen Krug Eistee aus dem Kühlschrank holte, gab Dakota Eiswürfel in die Gläser und warf dann einen Blick in die Keksdose. Der Geruch von frischen Chocolate-Chip-Cookies wehte ihr in die Nase. Sie nahm die Dose in beide Hände und trug sie zum Küchentisch.

„Ich hätte kein Vertrauen in einen Gärtner", erwiderte Denise, während sie sich ihrer Tochter gegenübersetzte. „Ich sollte einfach alles umgraben und betonieren. Das würde die Sache vereinfachen."

„Du stehst aber nicht auf einfach. Und du liebst deine Blumen."

„An den meisten Tagen schon." Sie schenkte Eistee ein. „Wie geht's mit der Sendung voran?"

„Morgen werden die Teilnehmer verkündet."

Humor funkelte in Denises Augen. „Und, stehst du auch auf der Liste?"

„Wohl kaum. Ich hätte mit all dem nichts zu tun, wenn Marsha mich nicht überredet hätte."

„Wir haben alle unsere Bürgerpflichten zu erfüllen."

„Ich weiß. Darum mache ich das ja auch. Hättest du uns nicht beibringen können, dass uns andere Leute egal sind? Das wäre für mich besser gewesen."

„Es sind doch nur zehn Wochen, Dakota. Du wirst es überleben."

„Vielleicht, aber das heißt nicht, dass es mir gefallen muss."

Um die Mundwinkel ihrer Mutter zuckte es. „Ah, das ist dieses erwachsene Verhalten, das mich so stolz auf dich macht."

Ich bin froh, dass sie zu Scherzen aufgelegt ist, dachte Dakota. Denn gleich würde es wesentlich ernster werden.

Sie schob das anstehende Gespräch seit Monaten vor sich her, doch jetzt war es an der Zeit, die Karten auf den Tisch zu legen. Es ging nicht darum, dass sie etwas vor ihrer Mutter geheim halten wollte – sie wusste nur, die Wahrheit würde ihr wehtun. Und Denise hatte bereits genug durchgemacht.

Dakota nahm sich einen Keks, legte ihn auf die Serviette vor sich, biss aber nicht ab. „Mom, ich muss dir was sagen."

Auch wenn ihre Miene ungerührt blieb, spürte Dakota, wie ihre Mutter sich anspannte. „Was denn?"

„Ich bin weder krank, noch sterbe ich, noch werde ich bald verhaftet."

Dakota atmete tief ein. Sie musterte den Schokokeks. Seine rauen Ecken. Das war leichter, als den Menschen anzusehen, der sie am meisten liebte.

„Weißt du noch, dass ich zu Weihnachten darüber gesprochen habe, ein Kind zu adoptieren?"

Ihre Mutter seufzte. „Ja. Und obwohl ich die Idee toll finde, halte ich es immer noch für verfrüht. Woher willst du wissen, dass du nicht einen wundervollen Mann findest und heiratest und dann auf die altmodische Art mit ihm Kinder haben möchtest?"

Das haben wir doch schon tausend Mal durchgekaut, dachte Dakota. Und trotz der Ermahnungen ihrer Mutter hatte sie die entsprechenden Formulare ausgefüllt und war bereits von der Adoptionsvermittlungsagentur überprüft worden.

„Du weißt ja, dass meine Periode schon immer sehr schwer für mich auszuhalten war", fuhr sie fort. Während ihre Schwestern diese Zeit im Monat ohne sonderliche Probleme hinter sich brachten, litt Dakota immer unter großen Schmerzen.

„Ja. Wir sind deswegen ein paar Mal zusammen beim Arzt gewesen."

Ihr Hausarzt hatte immer gesagt, alles wäre in bester Ordnung. Er hatte sich geirrt.

„Letzten Herbst ist es schlimmer geworden. Ich bin zu meiner Frauenärztin gegangen, und sie hat ein paar Untersuchungen gemacht." Schließlich hob Dakota den Kopf und schaute ihre Mutter an. „Ich habe eine Form des polyzystischen Ovarialsyndroms und eine Beckenendometriose."

„Was? Ich weiß, was eine Endometriose ist, aber das andere?" Ihre Mutter klang besorgt.

Dakota lächelte. „Keine Panik. Es ist weder gefährlich noch

ansteckend. PCOS ist ein hormonelles Ungleichgewicht. Ich bekomme es dadurch in den Griff, dass ich auf mein Gewicht achte und Sport treibe. Ich nehme außerdem ein paar Hormone. Für sich allein kann PCOS eine Schwangerschaft schon ziemlich schwierig machen."

Denise runzelte die Stirn. „Okay", sagte sie langsam. „Und die Endometriose? Was ist mit der? Wächst oder streut sie?"

„So in der Art. Dr. Galloway war überrascht, weil ich beides habe, aber sie sagt, das kann vorkommen. Sie hat alles aufgeräumt sozusagen, damit ich keine Schmerzen mehr habe."

Ihre Mutter beugte sich vor. „Was sagst du da? Du bist operiert worden? Warst du im Krankenhaus?"

„Nein, es war eine ambulante Operation. Alles gut."

„Warum hast du mir das nicht erzählt?"

„Weil das mein geringstes Problem gewesen ist."

Dakota schluckte. Sie war so darauf bedacht gewesen, es niemandem zu verraten. Sie hatte kein Mitleid gewollt, hatte nicht hören wollen, dass alles gut würde, wenn sie doch wusste, dass es nicht stimmte. Sie hatte sich in einem Zustand befunden, in dem Worte alles nur noch schlimmer gemacht hätten.

Aber erst waren Wochen, dann Monate vergangen, und das alte Klischee, dass Zeit alle Wunden heilt, stimmte beinah. Dakota war noch nicht geheilt, aber sie konnte endlich die Wahrheit aussprechen. Das wusste sie, weil sie es seit Tagen in ihrem kleinen Haus geübt hatte.

Sie zwang sich, in die besorgten Augen ihrer Mutter zu blicken. „Das PCOS ist unter Kontrolle. Ich werde ein langes, gesundes Leben führen. Jede Diagnose für sich erschwert eine Schwangerschaft. Beide zusammen bedeuten, es ist höchst unwahrscheinlich, dass ich jemals auf altmodische Art schwanger werde, wie du es genannt hast. Dr. Galloway meint, die Chancen stehen ungefähr eins zu einhundert."

Denise zitterten die Lippen. Tränen traten ihr in die Augen. „Nein", flüsterte sie. „Oh, Honey, nein."

Dakota hatte eher mit Vorwürfen gerechnet. Ein „Warum hast du es mir nicht früher erzählt" oder Ähnliches. Stattdessen stand ihre Mutter auf, zog sie in ihre Arme und hielt sie fest, als wollte sie sie nie wieder gehen lassen.

Die Wärme der vertrauten Umarmung berührte die kalten, dunklen Stellen in Dakota. Sie hatte diese Teile von sich so tief vergraben, dass sie sich selbst kaum noch daran erinnerte.

„Es tut mir leid", flüsterte Denise und gab ihr einen Kuss auf die Wange. „Du hast gesagt, du hättest es letzten Herbst erfahren?"

Dakota nickte.

„Deine Schwestern haben erwähnt, dass dich etwas beschäftigt hat. Wir dachten, es ginge um einen Mann, aber das stimmte nicht, oder?"

Dakota nickte wieder. Nachdem sie die Diagnose erhalten hatte, war sie zur Arbeit gegangen und vor ihrem Boss in Tränen ausgebrochen. Obwohl sie ihm den Anlass nicht verraten hatte, war ihre Trauer an sich doch nicht zu übersehen gewesen.

„Ich sollte nicht überrascht sein, dass du es für dich behalten hast", sagte ihre Mutter jetzt. „Du warst immer schon diejenige, die alles erst für sich durchdenkt, bevor sie mit jemandem darüber spricht."

Sie setzten sich wieder an den Tisch.

„Ich wünschte, ich könnte dir helfen", gab Denise zu. „Ich wünschte, ich hätte mehr für dich getan, als du als Teenager diese Probleme bekommen hast. Ich fühle mich schuldig."

„Das musst du nicht", erwiderte Dakota. „Solche Sachen passieren einfach."

„Egal", sagte sie mit fester Stimme. „Du bist gesund und stark und wirst darüber hinwegkommen. Wie du schon sagtest, gegen Kinderlosigkeit kann man etwas unternehmen. Wenn du heiratest, könnten dein Mann und du gemeinsam entscheiden, was ihr tun wollt." Sie hielt inne. „Deshalb willst du adoptieren. Du willst sichergehen, dass du ein Kind hast."

„Ja. Als ich es erfahren habe, fühlte ich mich gebrochen."

„Du bist nicht gebrochen."

„Vom Verstand her weiß ich das, aber in meinem Herzen bin ich mir nicht so sicher. Was, wenn ich niemals heirate?"

„Das wirst du."

„Mom, ich bin achtundzwanzig. Ich war noch nie verliebt. Ist das nicht komisch?"

„Du hattest zu tun. Du hast deinen Doktor gemacht, bevor du fünfundzwanzig geworden bist. Das hat viel Zeit und Energie in Anspruch genommen."

„Ich weiß, aber …" Sie hatte ihr Leben immer mit einem Mann teilen wollen, aber nie einen gefunden. Inzwischen suchte sie schon gar nicht mehr nach Mr. Right. Ein einigermaßen vernünftiger Kerl, der bei ihrem Anblick nicht schreiend in die Nacht hinausliefe, würde schon reichen.

„Ich will nicht mehr warten. Ich bin absolut in der Lage, ein Kind allein zu erziehen. Außerdem wäre ich ja gar nicht wirklich allein – nicht in dieser Stadt und nicht mit meiner Familie."

„Nein, du wärst nicht allein. Aber Kinder zu haben macht es schwerer, den richtigen Mann zu finden."

„Wenn jemand mich nicht so akzeptiert, wie ich bin, inklusive adoptiertem Kind, dann ist er sowieso nicht der Richtige für mich."

Denise lächelte. „Ich habe so wundervolle Kinder großgezogen."

Dakota lachte. „Genau, es geht hier nur um dich."

„Manchmal schon." Denise beugte sich vor. „Okay, dann also eine Adoption. Hast du schon angefangen, dich umzusehen? Kann ich dir irgendwie helfen?"

In Dakota wallten die unterschiedlichsten Gefühle auf. Das Mächtigste war Dankbarkeit. Egal, was passierte, auf ihre Mutter konnte sie sich immer verlassen. „Ohne dich würde ich das gar nicht schaffen. Als einzelnes Elternteil zu adoptieren ist nicht so einfach. Ich habe bei internationalen Agenturen recherchiert und mich bei einer angemeldet, die exklusiv in Kasachstan arbeitet."

„Ich weiß nicht mal, wo das ist."

„Kasachstan ist der neuntgrößte Staat der Welt und das größte Land ohne ausreichende Wasserversorgung." Dakota zuckte mit den Schultern. „Ich habe mich ein wenig schlaugemacht."

„Das merke ich."

„Im Norden liegt Russland, im Südosten China. Die Agentur war bezüglich der Adoption sehr offen und ermutigend. Ich habe die Unterlagen ausgefüllt und mich darauf eingerichtet, jetzt zu warten."

Ihrer Mutter blieb der Mund offen stehen. „Du bekommst ein Kind."

Dakota zuckte zusammen. „Nein. Ende Januar, nachdem ich die Papiere ausgefüllt und den Hintergrundcheck überstanden hatte, haben sie mich angerufen und gesagt, sie hätten einen kleinen Jungen für mich. Aber am nächsten Tag haben sie sich wieder gemeldet und gemeint, es hätte sich um ein Missverständnis gehandelt. Der Junge würde zu einer anderen Familie gehen. Zu einem Pärchen."

Sie atmete tief durch, um nicht loszuweinen. Irgendwann müsste ein Körper doch mal ausgeweint sein, dachte sie, wusste jedoch aus persönlicher Erfahrung, dass das nicht passierte.

„Ich bin mir nicht sicher, ob es einfach ein Fehler war, oder ob sie Pärchen bevorzugen und ich ihn deshalb nicht bekommen habe. Jedenfalls stehe ich immer noch auf der Warteliste. Und die Leiterin der Agentur schwört, dass ich ein Kind bekommen werde."

Ihre Mutter lehnte sich im Stuhl zurück. „Ich kann nicht glauben, dass du das alles alleine durchgemacht hast."

„Ich konnte nicht darüber reden", sagte Dakota schnell. „Mit niemandem. Anfangs habe ich mich zu zerbrechlich gefühlt, um überhaupt darüber zu sprechen. Dann hatte ich Angst, es wäre ein böses Omen für die Adoption. Es hatte nichts mit dir zu tun, Mom."

„Wie auch?", fragte Denise. „Ich bin ja quasi perfekt. Aber trotzdem."

Zum zweiten Mal an diesem Morgen musste Dakota lachen. Es fühlte sich gut an, dem Leben wieder lustige Seiten abgewinnen zu können. Sie hatte ein paar Monate hinter sich, in denen Glück und Zufriedenheit eher nicht vorgekommen waren.

Beruhigend berührte Dakota den Arm ihrer Mutter. „Ich komme zurecht. An den meisten Tagen geht es mir gut. Manchmal fällt es mir schwer aufzustehen. Wenn ich in einer Beziehung leben würde, hätte ich mich vielleicht etwas liebenswerter gefühlt."

„Du bist liebenswert. Du bist schön und klug, und es macht Spaß, mit dir zusammen zu sein. Jeder Mann kann sich glücklich schätzen, dich zu haben."

„Das sage ich mir auch immer. Offensichtlich ist die Männerwelt aber blind und dumm."

„Das stimmt. Trotzdem wirst du einen finden."

„Da bin ich mir nicht so sicher. Mein fehlendes Liebesglück kann ich zumindest nicht auf den Männermangel in der Stadt schieben. Auf dem College hatte ich nämlich auch keine Verabredungen." Sie zuckte mit den Schultern. „Ich habe es bisher niemandem erzählt, Mom. In ein paar Tagen werde ich es Nevada und Montana sagen. Wenn es dir nichts ausmacht, könntest du es danach den Jungs erzählen?" Denise würde alles in einfachen Worten erklären, was weitaus weniger peinlich wäre, als sie es schaffen würde.

Ihre Mutter nickte. Sobald ihre Schwestern es erfuhren, würden sie etwas unternehmen wollen. Es gab allerdings nichts, was sie tun könnten. Dakotas Körper war einfach anders. Die meiste Zeit ging es ihr damit ganz gut.

„Stehst du immer noch auf der Liste für ein Baby aus Kasachstan?", fragte Denise.

„Ja. Irgendwann bekomme ich schon noch den Anruf. Ich bleibe einfach optimistisch."

„Und das ist richtig so. Ich weiß, dass du zwar nicht so gern für die Fernsehsendung arbeitest, aber es ist eine gute Abwechslung."

„Es ist total verrückt. Was haben die sich nur dabei gedacht? Marsha hat fürchterliche Angst, dass irgendetwas Schlimmes passiert. Du weißt, wie sehr sie diese Stadt liebt."

„Das tun wir alle", erwiderte Denise abwesend. Sie runzelte leicht die Stirn. „Nur weil du dich noch nicht verliebt hast, heißt das nicht, dass es nie passieren wird. Jemanden zu lieben und geliebt zu werden ist ein Geschenk. Entspanne dich, und es wird geschehen."

Dakota hoffte, dass ihre Mutter recht hatte. Sie beugte sich vor. „Du hattest wirkliches Glück mit Dad. Vielleicht ist es was Genetisches. So wie gut singen zu können."

Ihre Mutter grinste. „Du meinst, ich sollte wieder anfangen, mich mit Männern zu verabreden? Oh bitte. Dazu bin ich zu alt."

„Wohl kaum."

„Das ist eine interessante Idee, aber nicht für heute." Sie stand auf und ging zum Kühlschrank. „Sag, was kann ich dir zu essen machen? Ein Sandwich mit Bacon, Salat und Tomate? Ich glaube, ich habe auch noch eine Quiche eingefroren."

Dakota dachte kurz daran, ihre Mutter darauf hinzuweisen, dass dieses Problem nicht mit Essen gelöst werden konnte, entschied sich jedoch dagegen. Denise würde sowieso nicht zuhören.

„Ein Bacon-Sandwich wäre toll", sagte sie, wohl wissend,

dass es ihr nicht durch das Sandwich besser gehen würde, sondern durch die Liebe, mit der es zubereitet wurde.

Dakota hatte sich mit ihren Schwestern in Jo's Bar verabredet. Sie war ein wenig zu früh – was vor allem daran lag, dass es ihr mit ihren Gedanken allein in ihrem Haus viel zu ruhig gewesen war.

Sie ging zum Tresen und bestellte einen Lemon Drop Martini. Erst dann bemerkte sie Finn Andersson, der mitten im Raum stand und mehr als nur ein wenig verwirrt wirkte.

Armer Kerl, dachte sie und ging auf ihn zu. Jo's Bar entsprach nicht den gängigen Vorstellungen einer Kneipe, in die ein Mann nach einem anstrengenden Tag einkehrte.

Bis vor Kurzem waren die meisten Geschäfte und Läden in Fool's Gold von Frauen geführt worden. Inklusive der Lieblingsbar aller.

Jo war eine attraktive Frau Mitte dreißig. Sie war vor ein paar Jahren in die Stadt gezogen, hatte die Bar gekauft und sie in einen Ort verwandelt, an dem Frauen sich wohlfühlten. Die Beleuchtung schmeichelte dem Teint, die Barhocker hatten Rückenlehnen und Haken für Handtaschen. Und auf den Flachbildfernsehern liefen Sendungen wie *Project Runway*. Den ganzen Tag spielte Musik – heute Rock aus den 80ern.

Die Männer hatten einen eigenen Bereich – einen kleinen Raum im hinteren Teil der Bar, in dem ein Billardtisch stand. Doch ohne entsprechende Vorbereitung konnte Jo's Bar für einen Mann ein ganz schöner Kulturschock sein.

„Keine Angst", sagte Dakota und bedeutete Finn, sie an die Bar zu begleiten. „Sie werden sich daran gewöhnen."

Er schüttelte den Kopf, als könnte er so seinen Blick klären. „Sind diese Wände wirklich rosa?"

„Mauve", erklärte sie. „Eine sehr schmeichelhafte Farbe."

„Das ist eine Bar." Er schaute sich um. „Ich dachte zumindest, es wäre eine."

„Hier in Fool's Gold machen wir einiges ein wenig anders", erwiderte sie. „Diese Bar ist hauptsächlich für Frauen da. Männer sind allerdings jederzeit willkommen. Kommen Sie. Setzen Sie sich! Ich gebe Ihnen einen Drink aus."

„Kommt der mit Papierschirmchen?"

Sie lachte. „Jo hält nichts von Papierschirmchen in Drinks."

„Ich schätze, das ist schon mal ein Anfang."

Nachdem er ihr an die Bar gefolgt war, setzte er sich. Der gepolsterte Hocker wirkte ein wenig klein für seinen großen Körper, aber Finn beschwerte sich nicht.

„Das ist die verrückteste Kneipe, in der ich je gewesen bin", gab er schließlich zu.

„Wir sind eben einzigartig. Sie haben sicher von unserem Männermangel gehört?"

„Ja, das war der Grund, warum meine Brüder hierhergekommen sind."

„Viele Jobs, die traditionell von Männern ausgeübt werden, werden hier von Frauen erledigt. Beinah alle Feuerwehrleute, fast die ganze Polizei, die Leitung der Polizei sowie das Bürgermeisteramt – alles von Frauen besetzt."

„Interessant."

In diesem Moment trat Jo zu ihnen. „Was kann ich euch bringen?"

Die Worte klangen harmlos, und doch musste Dakota sich anstrengen, um nicht rot zu werden, denn Jos Blick versprach, noch eine Menge Fragen nach sich zu ziehen.

„Ich bin mit meinen Schwestern verabredet", erklärte Dakota darum schnell. „Und ich habe Finn gerettet. Er ist das erste Mal hier."

„Deinesgleichen bedienen wir normalerweise im Hinterzimmer", sagte Jo. „Aber weil du mit Dakota hier bist, kannst du hier vorne bleiben."

Finn runzelte die Stirn. „Sie machen Witze, oder?"

Jo grinste. „Nicht der Hellste. Schade." Sie wandte sich an Dakota. „Das Übliche?"

„Bitte."

Lässig schlenderte Jo davon.

Finn schaute Dakota an. „Sie wird mich tatsächlich nicht bedienen?"

„Sie bringt Ihnen ein Bier."

„Was, wenn ich kein Bier will?"

„Wollen Sie nicht?"

„Doch, aber ..." Er schüttelte erneut den Kopf.

Dakota unterdrückte ein Lachen. „Sie werden sich daran gewöhnen, versprochen. Jo ist echt süß. Sie nimmt Leute nur gern auf den Arm."

„Sie meinen Männer. Sie nimmt gern Männer auf den Arm."

„Jeder braucht ein Hobby. Also, wie sieht's bei Ihnen aus? Haben Sie Ihre Brüder überzeugt, abzureisen?"

Er verspannte sich sichtlich. „Nein. Sie sind fest entschlossen, an ihrer Idee festzuhalten. Solidarität unter Zwillingen und so."

„Tut mir leid, dass es nicht geklappt hat. Aber wirklich überrascht bin ich nicht. Was die Solidarität angeht, haben Sie recht. Ich bin ein Drilling, meine Schwestern und ich haben einander immer beschützt." Sie dachte an das Gespräch, das sie später mit den beiden führen würde. „Das tun wir immer noch."

„Eineiige Drillinge?"

„Ja. Als wir jünger waren, war das echt lustig. Jetzt ist es weniger aufregend, für jemand anderen gehalten zu werden. Wir versuchen, so unterschiedlich wie möglich auszusehen." Sie neigte den Kopf. „Wo ich so darüber nachdenke, anders auszusehen wurde leichter, als wir älter wurden und anfingen, unseren eigenen Stil zu entwickeln." Sie schaute auf den blauen Pullover, den sie zu einer Jeans angezogen hatte. „Vorausgesetzt, man kann das Stilempfinden nennen."

Als Jo mit dem Lemon Drop und dem Bier kam, stellte sie beide Drinks auf den Tresen, blinzelte Finn zu und ging wieder.

„Ich werde sie einfach ignorieren", murmelte Finn.

„Das wird vermutlich das Beste sein." Dakota nahm einen Schluck. „Wie geht es jetzt weiter? Gehen Sie nun, da Ihre Brüder hierbleiben, zurück nach Alaska?"

„Nein. Ich habe mit Geoff gesprochen." Er trank von seinem Bier. „Ich habe ihn bedroht, er hat zurückgedroht."

„Und jetzt ziehen Sie gemeinsam in ein Häuschen am Strand?"

„Nicht ganz. Er hat gesagt, dass Sasha und Stephen definitiv in der Show sein werden. Also habe ich mich freiwillig als sein Pilot gemeldet. Ich werde die Teilnehmer herumfliegen und so Sachen. Ich bleibe also auch hier."

Dakota versuchte sich einzureden, einen großen, gut aussehenden, liebevollen Mann in der Stadt zu haben wäre unwichtig. Dass jegliches Vergnügen, das sie dabei empfand, neben ihm zu sitzen und etwas mit ihm zu trinken, einfach nur ihrer natürlichen Freude an einem netten Gespräch mit einem anderen menschlichen Wesen entsprang. Sie war nicht beeindruckt von seiner energischen Kinnlinie, den Fältchen in seinen Augenwinkeln, wenn er lächelte, oder der Art, wie er sein kariertes Hemd ausfüllte.

„Sie sind Pilot?"

Er nickte abwesend. „Ich habe ein Frachtunternehmen in South Salmon." Er nahm seine Bierflasche in die Hand. „Ich würde die beiden ja lieber bewusstlos schlagen und mit nach Hause schleppen", gab er zu, „aber ich gebe mein Bestes, um mich zurückzuhalten."

„Betrachten Sie es als eine den Horizont erweiternde Erfahrung", schlug sie vor.

„Lieber nicht."

Sie lächelte. „Sie Armer. Haben Sie denn etwas gefunden, wo

Sie die nächsten paar Wochen wohnen können?" Sobald die Worte raus waren, klangen sie für Dakota auf einmal ganz seltsam. „Ich meine, äh, also wenn Sie keine Lust auf ein Hotel haben, könnte ich Ihnen ein paar möblierte Mietwohnungen oder …" Sie schluckte und hielt sich an ihrem Drink fest.

Finn drehte sich mit seinem Barhocker zu ihr um. Aus dunklen Augen betrachtete er ihr Gesicht, dann glitt sein Blick ein wenig tiefer, bis er ihr schließlich direkt in die Augen schaute.

So viel Aufmerksamkeit war ungewohnt für sie. Ihr normalerweise unerschütterlicher Magen flatterte. Nicht stark. Es war nur ein kleines Zittern.

„Ich habe eine Unterkunft", sagte er mit leiser, leicht rauer Stimme. „Vielen Dank."

„Gern geschehen. Ich, äh, ich denke, Ihre Brüder haben gute Chancen, eine Weile in der Show zu bleiben."

„Das fürchte ich auch." Er beugte sich zu ihr. „Ich habe ein Leben in Alaska. Bill, mein Partner in meinem Frachtunternehmen, wird ausflippen, wenn ich ihm erzähle, dass ich hierbleiben muss." Er fuhr sich mit der Hand durch die dunklen Haare. „Wir haben Vorfrühling. In ungefähr sechs Wochen beginnt die Saison. Bis dahin muss ich zurück sein. Das sollte reichen, um sie wieder zur Vernunft zu bringen, oder?"

Sie wollte ihm die Hoffnung nicht nehmen, wusste aber auch, dass es sinnlos war zu lügen. „Ich weiß es nicht. Das kommt darauf an, wie viel Spaß es ihnen bringt. Sie könnten natürlich auch früh rausgewählt werden …"

„Um sich dann auf den Weg nach L. A. zu machen." Er verzog das Gesicht. „Das hat Geoff zumindest gesagt. Hier kann ich wenigstens ein Auge auf sie haben. Kids. Mit ihnen hat man nichts als Ärger. Haben Sie welche?"

„Nein." Sie nippte an ihrem Drink und überlegte, wie sie schnell das Thema wechseln konnte. „Gibt es in Ihrer Familie nur noch Sie und Ihre beiden Brüder?"

„Ja. Unsere Eltern sind bei einem Flugzeugabsturz ums Leben gekommen."

„Das tut mir leid."

„Es ist schon lange her. Seit Jahren gibt es nur noch uns, wissen Sie? Meine Brüder waren toll, als sie noch jünger waren. Es gab ab und zu ein paar Schrammen, aber alles in allem waren sie sehr verantwortungsvoll. Was, zum Teufel, ist aus ihnen geworden?"

Sie schaute in seine dunklen Augen. „Nehmen Sie es nicht persönlich. Sie haben fantastische Arbeit mit ihnen geleistet."

„Offensichtlich nicht."

Tröstend berührte sie seinen Arm, spürte die Hitze, die durch den dünnen Stoff seines Hemdes drang. Es war schon sehr lange her, dass sie mit einem Mann im Bett gewesen war. Langsam wurde es Zeit, das zu ändern.

Er starrte sie an. Sie brauchte eine Sekunde, bevor sie sich daran erinnerte, dass sie etwas hatte sagen wollen.

„Ähm, das ist nur eine Phase in ihrem Leben. Auf Sie wirkt das, als würden die beiden alles wegwerfen, was sie je gelernt und geschätzt haben. Doch das ist es, glaube ich, nicht. Sie testen einfach ihre Grenzen, testen sich selbst, aber sie wissen, dass Sie da sind, wenn sie Hilfe brauchen." Vorsichtig zog sie die Hand zurück und wartete dann darauf, dass das Gefühl der Wärme und Stärke, das sie immer noch spürte, verebbte.

Das tat es jedoch nicht.

„Sie werden mich nicht um Hilfe bitten", erklärte er grimmig. Ihre Berührung hatte anscheinend überhaupt nichts in ihm ausgelöst. Was sich für sie wiederum überhaupt nicht gut anfühlte.

„Vielleicht ja doch. Außerdem sollten Sie stolz sein, weil die beiden so viel Sicherheit haben und sich so wohlfühlen, dass sie sogar das Risiko eingehen, Sie zu enttäuschen. Sie vertrauen Ihnen offenbar so sehr, dass sie nicht einmal auf die

Idee kommen, Ihre Liebe und Unterstützung verlieren zu können."

Wieder sah er sie so finster an wie am Morgen. „Sie sind ein viel zu fröhlicher Mensch. Das wissen Sie aber, oder?"

Sie lachte. „Ich bin ehrlich gesagt ein ganz durchschnittlich fröhlicher Mensch. Ich denke, Sie sind da etwas voreingenommen."

„Das stimmt." Er trank sein Bier aus und legte ein paar Dollarscheine auf den Tresen. „Danke fürs Zuhören."

„Gern geschehen."

Er stand auf. „Ich schätze, wir sehen uns in der Sendung oder am Set."

„Ich werde da sein."

Ihre Blicke trafen sich. Eine Sekunde lang dachte sie, Finn würde sich vorbeugen und sie küssen. Ihr Mund war mehr als bereit, sie würde es auf den Versuch ankommen lassen. Aber er tat es nicht, sondern schenkte ihr ein leichtes Lächeln und verließ die Bar.

Sie schaute ihm hinterher. Ihr Blick glitt zu seinem knackigen Hintern und verweilte dort. In South Salmon weiß man, was Männer attraktiv macht, dachte sie und hob ihr Glas in Richtung Norden. Oder das, was sie für Norden hielt.

Es ist gut, dass ich Finn attraktiv finde, sagte sie sich. Soweit sie sich erinnern konnte, hatte sie seit dem vergangenen Herbst, als ihre Frauenärztin ihr die Nachricht der wahrscheinlichen Kinderlosigkeit überbracht hatte, keinen einzigen erotischen Gedanken mehr gehabt. Wenn sich jetzt was in ihr regte, war es doch sicher ein Zeichen dafür, dass sie langsam heilte. Und Heilung war gut.

Ein Kuss von Finn wäre zwar noch besser gewesen, aber an diesem Punkt nahm sie, was sie kriegen konnte.

3. Kapitel

„Wer ist der Typ?" Montana kam auf Dakota zu und sah sie fragend an. „Er ist süß."

„Seine Brüder werden wahrscheinlich bei der Realityshow mitmachen, worüber er gar nicht glücklich ist. Er will, dass sie erst das College beenden."

Montana hob eine Augenbraue. „Gut aussehend *und* verantwortungsbewusst. Gibt's eine Frau in seinem Leben?"

„Nicht dass ich wüsste."

Montana grinste. „Das wird ja immer besser."

Jo winkte ihr zu und wies auf einen Tisch in der Ecke, der gerade frei geworden war. Im Gegensatz zu anderen Bars war es im Jo's Mitte der Woche meistens voll. Denn dann war es für Frauen leichter, sich einen Abend freizunehmen. An den Wochenenden war die Bar eher ein Treffpunkt für Pärchen, was den üblichen Gästen nicht so gut gefiel.

Dakota nahm ihren Drink und folgte ihrer Schwester an den leeren Tisch. Montana ließ sich die Haare wachsen. Sie reichten ihr schon den halben Rücken hinunter, ein Wasserfall aus verschiedenen Blondtönen. Im letzten Jahr war sie noch braunhaarig gewesen, aber blond stand ihr besser.

Alle drei Schwestern kamen nach ihrer Mutter – blondes Haar, braune Augen. Denise sagte, das sei ein Erbe ihrer Surferkindheit – eine witzige Behauptung, wenn man bedachte, dass sie in Fool's Gold geboren und aufgewachsen war und die Stadt über zweihundert Meilen vom Meer entfernt lag.

Dakota setzte sich Montana gegenüber. „Und wie läuft es bei dir so?"

„Gut. Max hält mich auf Trab. Anfang der Woche ist ein Typ von der Regierung vorbeigekommen. Ich bin mir nicht sicher, für welche Behörde er arbeitet, und er wollte es uns auch nicht verraten. Er hatte von Max' Arbeit gehört und wollte einige unserer Hunde auf ihre Fähigkeit, verschiedene Gerüche zu unterscheiden, untersuchen."

Im letzten Herbst hatte Montana ihre Stelle als Bibliothekarin aufgegeben und angefangen, für einen Mann zu arbeiten, der Therapiehunde ausbildete. Inzwischen hatte sie mehrere Seminare besucht und gelernt, die Hunde zu trainieren. Sie schien jede Minute in ihrem neuen Job zu genießen.

Dakota nippte an ihrem Lemon Drop Martini. Im Hintergrund lief ein Song von Madonna. „Warum?"

Verschwörerisch beugte Montana sich vor und senkte die Stimme. „Ich glaube, sie sollen darauf trainiert werden, Sprengstoff zu erschnüffeln. Der Mann hat sich nicht sonderlich klar ausgedrückt. Er kennt Max von früher, was mich natürlich sehr neugierig macht. Aber ich werde Max nicht darauf ansprechen. Ich weiß ja, dass er mich mag und so ... Aber ich schwöre, manchmal schaut er mich an, als würde er sich fragen, ob ich überhaupt ein Gehirn habe."

Dakota lachte. „Du gehst zu hart mit dir ins Gericht."

„Das glaube ich nicht."

In diesem Moment trat Nevada zu ihnen an den Tisch. Obwohl sie ihren Schwestern in Größe und Statur sehr ähnelte, gelang es ihr, vollkommen anders auszusehen. Vielleicht lag es an den kurzen Haaren, den Jeans und langärmligen T-Shirts, die sie mit Vorliebe trug. Während Montana sich immer eher klassisch und mädchenhaft kleidete, hatte Nevada seit jeher den Jungslook vorgezogen.

„Hi", sagte sie und setzte sich Dakota gegenüber. „Wie geht's?"

„Du hättest früher kommen sollen", entgegnete Montana breit grinsend. „Dakota ist mit einem Mann hier gewesen."

Nevada hatte gerade den Arm gehoben, um Jo auf sich aufmerksam zu machen. Bei Montanas Worten erstarrte sie mitten in der Bewegung und sah ihre Schwester aus braunen Augen fragend an. „Ernsthaft? Irgendjemand Interessantes?"

„Ich weiß nicht, ob er interessant ist, aber er sieht verdammt lecker aus", antwortete Montana schnell.

Dakota wusste, wie sinnlos es war, gegen das Unausweichliche zu kämpfen. Trotzdem versuchte sie es. „Es ist nicht das, was ihr denkt."

Grinsend ließ Nevada den Arm sinken. „Du weißt doch gar nicht, was ich denke."

„Ich kann es mir aber vorstellen." Dakota seufzte. „Er heißt Finn, und seine Brüder wollen bei der Realityshow mitmachen." Sie schilderte kurz das Problem – zumindest Finns Perspektive.

„Du solltest ihn in seiner Stunde der Not trösten", meinte Montana. „Eine Umarmung, die noch lange nachwirkt. Ein kleiner Kuss, ein geflüstertes Wort. Seelenergreifende Berührungen, die …" Sie schaute ihre Schwestern an. „Was?"

Nevada warf Dakota einen wissenden Blick zu. „Ich glaube, jetzt dreht sie endgültig durch."

„Und ich glaube, sie braucht einen Mann." Dakota sah Montana in die Augen. „Seelenergreifende Berührungen? Ist das dein Ernst?"

Seufzend ließ Montana den Kopf auf die gefalteten Hände sinken. „Ich brauche ein paar schöne Stunden mit einem nackten Mann. Es ist einfach zu lange her." Dann richtete sie sich wieder auf und lächelte strahlend. „Alternativ könnte ich mich auch betrinken."

„Was immer dir hilft", murmelte Nevada und nahm Jo, die in diesem Moment an den Tisch trat, dankbar ein Glas Gin Tonic ab, das sie ihr reichte. „Montana schnappt gerade über", informierte sie die Barbesitzerin.

„Das passiert den Besten", erwiderte Jo fröhlich und reichte Montana ein Glas Rum mit Cola light.

Kurz darauf schwang die Tür auf, Charity und Liz traten ein. Charity war die Stadtplanerin und mit dem Radrennfahrer Josh Golden verheiratet. Liz hatte einen der Brüder der Drillinge geheiratet. Ethan. Als die beiden Frauen die Hendrix-Schwestern entdeckten, kamen sie an ihren Tisch.

„Wie geht es euch?", fragte Charity im Näherkommen.

„Gut." Dakota musterte ihre Freundin aufmerksam. „Du siehst umwerfend aus. Fiona ist jetzt wie alt? Drei Monate? Man würde nie vermuten, dass du gerade ein Baby bekommen hast."

„Danke. Ich gehe viel zu Fuß. Außerdem schläft Fiona jetzt länger, das hilft auch."

Liz schüttelte den Kopf. „Ich erinnere mich noch zu gut an die ersten Nächte mit Baby. Gott sei Dank sind meine aus dem Alter raus."

„Warte ab, bis sie den Führerschein haben", kommentierte Nevada warnend.

„Ich weigere mich, darüber nachzudenken."

„Wollt ihr euch zu uns setzen?", fragte Montana.

Liz zögerte. „Charity liest gerade meine aktuelle Arbeit und wollte mit mir ein paar Sachen besprechen. Aber nächstes Mal wieder gerne."

„Klar", sagte Dakota.

Liz war Autorin einer erfolgreichen Detektivserie, deren Opfer bis vor Kurzem starke Ähnlichkeit mit Ethan aufgewiesen hatten. Jetzt, da Liz mit ihm zusammen war, hatte Dakota so eine Ahnung, dass die nächste Leiche ganz anders aussehen würde.

Die beiden Frauen setzten sich an einen anderen Tisch.

„Was macht denn deine Arbeit?", wollte Nevada von Montana wissen.

„Es läuft gut. Ich bilde gerade ein paar neue Welpen aus. Und ich habe mit Max über das Leseprogramm gesprochen, für das ich recherchiert habe. In den nächsten Wochen habe ich Termine mit einigen Schulausschüssen und werde über einen Testlauf sprechen."

Montana hatte mehrere Studien entdeckt, denen zufolge Kinder, die schlecht im Lesen waren, schnellere Erfolge erzielten, wenn sie Hunden anstatt Menschen vorlasen. Es hatte irgendetwas damit zu tun, dass Hunde unterstützten, ohne zu verurteilen, wenn Dakota es richtig verstanden hatte. Nachdem ihre Schwester ihr davon erzählt hatte, hatte sie auch ein wenig recherchiert und Literatur entdeckt, die diese These unterstützte.

„Mir gefällt die Vorstellung, in Schulen zu gehen und Kindern zu helfen", erzählte Montana sehnsüchtig. „Max meint, wir müssten das am Anfang umsonst anbieten. Sobald wir Ergebnisse vorweisen können, werden die Schulen uns dann von sich aus engagieren." Sie rümpfte die Nase. „Mal ehrlich, viel von dem, was wir tun, tun wir umsonst. Ich weiß einfach nicht, woher er sein Geld bezieht. Irgendjemand muss mein Gehalt, das Futter und alles für die Hunde bezahlen. Selbst wenn ihm das Grundstück gehört und das Haus abbezahlt ist, entstehen monatlich trotzdem noch immense Kosten."

„Hat er nie gesagt, wer ihn unterstützt?", hakte Nevada nach.

Montana schüttelte den Kopf.

„Du könntest ihn doch einfach mal fragen", schlug Dakota vor.

Montana verdrehte die Augen und griff nach ihrem Glas. „Auf gar keinen Fall."

Montana ist noch nie sonderlich gut darin gewesen, Leute zur Rede zu stellen, dachte Dakota. Sie wandte sich an Nevada. „Und wie läuft's bei dir?"

„Gut." Sie zuckte mit den Schultern. „Immer der gleiche Trott."

„Wie kannst du so etwas sagen?", fragte Montana. „Du

hast einen tollen Job und ja schon immer gewusst, was du beruflich machen willst."

„Ich weiß. Ich sage ja auch nicht, dass ich keine Ingenieurin mehr sein möchte und mich jetzt zur Striptänzerin ausbilden lasse. Aber manchmal ..." Sie seufzte. „Ich weiß nicht. Ich glaube, mein Leben muss mal ein wenig durchgerüttelt werden."

Dakota lächelte. „Wir können für Mom immer noch ein Date arrangieren. Das wäre eine schöne Ablenkung."

Ihre Schwestern starrten sie mit aufgerissenen Augen an.

„Ein Date für Mom?" Montana schüttelte den Kopf. „Hat sie irgendetwas in der Richtung gesagt?"

„Nicht ernsthaft, aber sie ist lebhaft und attraktiv. Warum sollte sie sich nicht verabreden?"

„Das wäre irgendwie komisch", fand Montana.

„Ja, ganz seltsam." Nevada nippte an ihrem Drink. „Sie würde doch innerhalb von fünfzig Sekunden einen Mann finden. Ich dagegen kann mich an mein letztes Date schon gar nicht mehr erinnern."

„Das habe ich auch gerade gedacht", gab Dakota zu. „Aber meinst du nicht, dass wenigstens eine von uns an der Männerfront erfolgreich sein sollte?"

„Und du fändest es nicht demütigend, wenn das ausgerechnet unsere Mutter wäre?", fragte Nevada.

Dakota grinste. „Guter Einwand."

Montana schüttelte den Kopf. „Ja, das geht nicht. Außerdem: Was ist mit Dad?"

Überrascht musterte Dakota sie. „Er ist vor über zehn Jahren gestorben. Findest du nicht, dass sie ein eigenes Leben verdient hat?"

„Jetzt komm mir nicht mit Logik und Therapeutengeschwätz. Ich fühle mich sehr wohl damit, hier nicht die Erwachsene spielen zu müssen."

„Dann musst du dir keine Sorgen machen. Wir haben nur Witze gemacht." Um die Anspannung zu lösen, dachte Dakota traurig. Um mich von der Wahrheit über meine Kinderlosigkeit abzulenken.

„Sie hat sich doch wohl nicht für die Sendung angemeldet, oder?", fragte Nevada. „Ich meine, falls ja, würde ich sie natürlich unterstützen."

„Nein, hat sie nicht."

„Gott sei Dank." Nevada lehnte sich auf ihrem Stuhl zurück. „Da wir gerade von der Show sprechen, wann werden denn die Teilnehmer bekannt gegeben?"

„Morgen. Die Entscheidung ist schon gefallen, aber sie verraten noch nichts. Ich glaube, sie senden das live oder so. Ich versuche, mich da so weit wie möglich herauszuhalten."

„Wird Finn dabei sein?", fragte Montana.

„So ziemlich jeden Tag."

Bedeutungsvoll hob Montana die Augenbrauen. „Das könnte interessant werden."

„Ich bin sicher, ich weiß nicht, was du damit meinst", erwiderte Dakota leichthin. „Er ist ein netter Kerl, mehr nicht."

Nevada grinste. „Erwartest du etwa, dass wir dir das glauben?"

„Ja, und wenn nicht, dann erwarte ich, dass ihr wenigstens so tut, als ob."

Aurelia versuchte die Standpauke so gut wie möglich auszublenden, während sie das Geschirr in die Spülmaschine räumte. Die Tirade war ihr durchaus vertraut. Sie war eine fürchterliche Tochter, egoistisch und grausam, kümmerte sich nur um sich und niemanden sonst. Ihre Mutter hatte ihr ihre besten Jahre geopfert und könne im Gegenzug ja wohl ein wenig Unterstützung und Trost im Alter erwarten.

„Ich werde nicht mehr lange hier sein", erklärte ihre Mutter. „Ich bin sicher, du zählst schon die Tage, bis ich tot bin."

Langsam drehte Aurelia sich um, um die Frau anzuschauen, die sie als alleinerziehende Mutter mit dem Gehalt einer

Sekretärin aufgezogen hatte. „Mama, du weißt, dass das nicht stimmt."

„Ach, jetzt bin ich also auch noch eine Lügnerin", konterte ihre Mutter. „Erzählst du das den Leuten über mich?" Sie verzog das Gesicht. „Ich habe dich immer nur geliebt. Du bist der wichtigste Mensch in meinem Leben. Mein einziges Kind. Und das ist der Dank dafür?"

Wie jedes Mal konnte Aurelia der Argumentationskette nicht ganz folgen. Sie war sich nur sicher, dass sie es vermasselt hatte – das tat sie immer. Egal, was sie machte, sie war eine ständige Enttäuschung. Genau wie ihr Vater, der seine Frau und seine Tochter verlassen hatte.

Aurelia wusste nicht, ob ihre Mutter schon vor seinem Weggang ein professionelles Opfer gewesen war. Danach hatte sie es in der Abteilung „Ich Arme" definitiv ganz an die Spitze gebracht.

„Sieh dich nur an", fuhr ihre Mutter fort und zeigte auf Aurelias langes glattes Haar. „Wie siehst du nur aus? Meinst du, so findest du einen Mann? Die sehen dich nicht einmal. Das hier ist Fool's Gold. Hier gibt es nicht viele Männer. Du musst dich schon mehr anstrengen, wenn du auch einen abbekommen willst."

Harsche Worte, die leider wahr sind, dachte Aurelia. Sie bewegte sich wie in einer Blase durch die Welt. Sie erledigte ihre Arbeit, ging mit ihren Kolleginnen in die Mittagspause, war für jeden Mann unsichtbar, inklusive des Geschäftsführers. Seit beinah zwei Jahren arbeitete sie dort – und er hatte immer noch Probleme, sich ihren Namen zu merken.

„Ich will Enkelkinder", erklärte ihre Mutter. „Ich bitte wirklich selten um etwas, aber erfüllst du mir diesen einen Wunsch? Natürlich nicht."

„Ich versuche es, Mama."

„Du strengst dich nicht genügend an. Den ganzen Tag bist du mit Geschäftsleuten zusammen. Lächle sie doch mal an!

Flirte ein wenig! Weißt du überhaupt, wie das geht? In jedem Fall solltest du dich besser kleiden. Du könntest auch ein paar Kilo abnehmen. Ich habe dich nicht durchs College gebracht, damit du den Rest deines Lebens allein verbringst."

Aurelia schloss die Geschirrspülmaschine und wischte die Arbeitsflächen ab. Tatsächlich hatte ihre Mutter keinen Cent für ihre Collegeausbildung gezahlt. Aurelia hatte mehrere kleine Stipendien erhalten und nebenbei gearbeitet, um sich den Lebensunterhalt zu finanzieren. Allerdings hatte sie während der Zeit mietfrei zu Hause gewohnt, das zählte auch als Unterstützung. Ihre Mutter hatte recht. Sie sollte wirklich etwas dankbarer sein.

„Du wirst bald dreißig", fuhr ihre Mutter fort. „Dreißig. Das ist alt. Als ich in dem Alter war, warst du fünf, und dein Vater war schon vier Jahre weg. Hatte ich die Zeit, jung zu sein? Nein. Ich hatte Verantwortung. Ich hatte zwei Jobs. Habe ich mich beschwert? Nein. Dir hat es an nichts gefehlt."

„Du warst sehr gut zu mir, Mama", erwiderte Aurelia pflichtbewusst. „Und bist es immer noch."

„Natürlich bin ich das. Ich bin deine Mutter. Du musst dich um mich kümmern."

Was sie seit ein paar Jahren tat. Aurelia hatte ihren Abschluss gemacht, ihre erste Anstellung erhalten und war ausgezogen. Ungefähr ein Jahr später hatte ihre Mutter eine Bemerkung fallen lassen, dass es mit dem Geld ein wenig knapp sei, und gefragt, ob sie ihr unter die Arme greifen könne. Erst waren es ein paar Dollars hier und da gewesen, inzwischen kam Aurelia fast für den gesamten Lebensunterhalt ihrer Mutter auf.

Als Buchhalterin verdiente sie zwar nicht schlecht. Nach Abzug von zwei Mieten inklusive Nebenkosten und sämtlichen Lebensmitteln für sie beide blieb am Ende aber nicht viel übrig.

Andere Eltern waren stolz auf den Erfolg ihrer Kinder. Nicht so ihre Mutter. Sie beschwerte sich, dass Aurelia sich nicht gut um sie kümmerte. In diesem Haushalt bedeutete Kind zu sein, eine Schuld mit sich herumzutragen, die von Jahr zu Jahr wuchs.

Traurig blickte Aurelia aus dem Küchenfenster in den Garten. Anstatt der Beete sah sie einen riesigen Bilanzausdruck mit lauter roten Zahlen vor sich. Der beinah physische Beweis, dass sie für immer hier gefangen wäre.

So sollte es nicht sein, dachte sie. Sie hatte immer davon geträumt, jemand Besonderen kennenzulernen und sich zu verlieben. Sie wollte einfach nur zu jemandem gehören, ohne das Gefühl zu haben, ständig dafür bezahlen zu müssen.

Ein unmöglicher Traum, ermahnte sie sich. Weder war sie besonders hübsch noch interessant. Sie war eine Buchhalterin, die ihre Arbeit tatsächlich liebte. Sie ging nicht in Clubs oder Bars … Und sollte sie jemals von einem Mann angesprochen werden, wüsste sie gar nicht, was sie antworten sollte.

„Solltest du für diese Fernsehsendung ausgewählt werden", warnte ihre Mutter sie, „dann bring mich ja nicht in Verlegenheit, indem du etwas Dummes sagst oder tust. Zeige dich von deiner besten Seite."

„Ich werde mich bemühen."

„Bemühen!" Ihre Mutter, eine kleine Frau mit durchdringenden Augen, warf die Hände in die Luft. „Immer *bemühst* du dich, nie *tust* du etwas. Du versuchst es und scheiterst unweigerlich."

Nicht gerade die aufmunternde Rede, die ich jetzt brauche, dachte Aurelia und ging seufzend durch die Küche ins kleine Wohnzimmer. Es war nicht ihre Idee gewesen, sich für die Realityshow zu bewerben, die in der Stadt gedreht wurde. Ihre Mutter hatte sie so lange bedrängt, bis sie schließlich eingeknickt war. Jetzt konnte Aurelia nur hoffen, dass sie nicht zu den Auserwählten gehörte.

Sie hatte sogar versucht, ihre Arbeit vorzuschieben, um nicht teilnehmen zu müssen. Doch als sie ihrem Chef gegenüber die Show erwähnt hatte, war das erste Mal so etwas wie Interesse an ihr spürbar gewesen. Er hatte ihr angeboten, sich tagsüber freinehmen zu können und die liegengebliebene Arbeit dafür am Abend zu erledigen.

„Ich muss jetzt nach Hause", sagte sie. „Wir sehen uns ja in ein paar Tagen."

„Nach Hause in die eigene Wohnung", kommentierte ihre Mutter mürrisch. „Das ist so egoistisch. Du solltest wieder hier einziehen! Denk nur an all das Geld, das du sparen würdest. Aber nein! Es geht ja nur um dein Vergnügen, während ich hier gar nichts habe."

Kurz dachte Aurelia daran, demonstrativ den Scheck hochzuhalten, den sie auf das Tischchen neben der Tür gelegt hatte. Den Scheck, der Miete und Nebenkosten für diesen Monat abdeckte.

Ihre Mutter arbeitete noch und verdiente genauso viel wie früher auch. Was also machte sie bloß mit dem Geld? Vermutlich gab sie es für Dinge aus wie das neue Auto in der Garage und die schönen Kleider, die sie bevorzugt kaufte.

Aurelia schüttelte den Kopf. Es hatte keinen Zweck, das Thema anzuschneiden. Sobald sie ihrer Mutter das Geld gegeben hatte, ging es sie nichts mehr an, wofür es ausgegeben wurde. Ein Geschenk sollte an keine Bedingungen geknüpft werden.

Allerdings fühlten sich die Schecks nie wie ein Geschenk an. Es kam ihr mehr wie das Abzahlen einer Schuld vor.

Hastig schnappte sie sich ihre Handtasche, verabschiedete sich von ihrer Mutter und trat auf die kleine Veranda hinaus. Ihre Wohnung war nur wenige Straßen entfernt, sodass sie zu Fuß gehen konnte.

„Ich komme bald wieder vorbei", rief sie zum Abschied über die Schulter.

„Du solltest hier wieder einziehen", brüllte ihre Mutter ihr hinterher.

Aurelia ging einfach weiter. Es gelang ihr zwar nicht, sich gegen ihre Mutter aufzulehnen, aber sie war fest entschlossen, nie wieder mit ihr zusammenzuwohnen. Ihr war egal, ob sie dafür fünf Jobs annehmen oder ihr Blut verkaufen müsste. Zurückzuziehen würde das Ende von allem bedeuten, was auch nur annähernd einem eigenen Leben ähnelte.

Als sie die baumgesäumte Straße entlangging, fragte Aurelia sich, wo ihr Fehler genau lag. Wann hatte sie beschlossen, dass es in Ordnung war, sich von ihrer Mutter so schlecht behandeln zu lassen? Und wie sollte sie jemals lernen, zu sich selbst zu stehen, ohne dass sich ihr jedes Mal die Schuldgefühle eines ganzen Lebens in den Weg stellten?

Finn war noch nie an einem Drehort gewesen, deshalb konnte er nicht sagen, was dort passierte. Soweit er es aber jetzt mitbekam, was das Licht das Wichtigste für einen Fernsehdreh.

Bisher hatte das Team beinah eine Stunde damit verbracht, die Scheinwerfer und die großen Reflektoren an der Bühne am Stadtrand einzurichten. Für die in Kürze erwarteten Besucher waren Stuhlreihen aufgestellt worden, und es hatte mindestens drei Soundchecks für die Mikrofone und die Musik vom Band gegeben. Doch es schien die Beleuchtung zu sein, die alle in Hektik versetzte.

Finn sah zu, dass er nicht im Weg stand, und beobachtete alles aus einer ruhigen Ecke. Nichts von alledem interessierte ihn wirklich. Er wäre wesentlich lieber in South Salmon, um die ersten Versorgungsflüge an den nördlichen Polarkreis vorzubereiten. Unglücklicherweise stand sein normales Leben jedoch derzeit nicht zur Auswahl. Zumindest nicht, solange er seine Brüder nicht mitnehmen konnte.

Ein paar Menschen gingen in Richtung Bühne. Er meinte, den großen Mann zu erkennen, der einen Anzug und eine millimeterdicke Schicht Make-up trug. Der Moderator, dachte Finn und fragte sich, was eigentlich so toll daran sein sollte, im Fernsehen zu sein. Sicher, die Bezahlung war gut, aber was hatte man am Ende des Tages vollbracht?

Der Moderator und Geoff verfielen in eine angeregte Unterhaltung, in der beide viel mit den Händen gestikulierten. Ein paar Minuten später wurden alle möglichen Teilnehmer auf die Bühne geführt. Den Vorhang zierte das Logo des Fernsehsenders – die stilisierten Buchstaben sagten Finn nichts. Er schaute selten fern, schon gar keine Sendung der Privatsender.

Er sah ein paar Leute, die weit über vierzig waren, viele sehr gut aussehende junge Leute Mitte zwanzig, ein paar gewöhnliche Typen, die vollkommen fehl am Platz wirkten, und die Zwillinge.

Finn musste sich sehr zusammenreißen, um nicht auf die Bühne zu stapfen, sich die beiden unter den Arm zu klemmen und zum Flughafen zu fahren. Was ihn davon abhielt, war zum einen die Tatsache, dass er es kaum schaffen würde, einen, geschweige denn beide Brüder so ohne Weiteres zu bezwingen. Sie waren genauso groß wie er. Und obwohl er mehr Muskeln und Kampferfahrung hatte, lag ihm zu viel an ihnen, als dass er ihnen hätte wehtun können. Zum anderen hatte er das dumpfe Gefühl, dass jemand von der Produktionsgesellschaft die Polizei rufen und sich die Lage dann nur noch verschlimmern würde.

„Sie sehen gerade sehr entschlossen aus", sagte Dakota und stellte sich neben ihn. „Haben Sie vor, die beiden zu kidnappen?"

Finn war von ihren Fähigkeiten, seine Gedanken zu lesen, beeindruckt. „Wollen Sie meine Komplizin sein?"

„Ich habe es mir zur Regel gemacht, Situationen aus dem Weg zu gehen, bei denen ich im Gefängnis landen kann. Ich weiß, das macht mich auf Partys zum Spielverderber, aber damit kann ich leben."

Als er sie ansah, erkannte er, dass ihre braunen Augen amüsiert funkelten.

„Sie nehmen meinen Schmerz nicht ernst genug", stellte er fest.

„Ihr Schmerz findet in Ihrem Kopf statt. Sie wissen, dass Ihre Brüder durchaus in der Lage sind, eigene Entscheidungen zu treffen."

„Wenn man die letzten achtundvierzig Stunden außer Acht lässt."

„Dem stimme ich nicht zu." Sie wandte sich zur Bühne. „Jeder hat es verdient, seinem Traum zu folgen."

„Sie sollten lieber das College beenden und sich häuslich niederlassen", grummelte er.

„Haben Sie das getan?"

Er musterte seine Brüder aus der Ferne. „Sicher. Ich bin ein Musterbeispiel an Verantwortungsgefühl."

„Weil Sie es sein mussten. Wie sind Sie gewesen, bevor Ihre Eltern gestorben sind und Sie mit zwei Dreizehnjährigen zurückgelassen haben? Irgendwie habe ich den Eindruck, Sie waren viel wilder, als die zwei es je gewesen sind."

Verdammt, sie hatte recht. Er verlagerte das Gewicht aufs andere Bein. „Daran kann ich mich nicht mehr erinnern."

„Erwarten Sie, dass ich das glaube?"

„Ich war vielleicht ein kleines bisschen weniger verantwortungsbewusst."

„Ein kleines bisschen?"

Ich war total verrückt, dachte er, weigerte sich aber, das zuzugeben. Er hatte Partys und Frauen geliebt und in seinem Flugzeug sämtlichen Gesetzen der Physik getrotzt. Was er getan hatte, war weit über das bloße Austesten von Grenzen hinausgegangen – er war absolut leichtsinnig gewesen.

„Das war etwas anderes", erklärte er. „Wir wussten nicht, was passieren könnte."

„Wollen Sie damit sagen, die beiden wissen es und sollten sich entsprechend verhalten? Sie sind einundzwanzig. Geben Sie ihnen eine Chance."

„Die gebe ich ihnen, wenn sie zurück aufs College gehen."

„Dummer, dummer Mann." Sie bedachte ihn mit einem amüsierten Blick, in dem aber auch ein Hauch Mitleid lag.

Unter normalen Umständen hätte ihn das vermutlich genervt, aber er stellte fest, dass er es genoss, Zeit mit Dakota zu verbringen. Selbst wenn sie ihm widersprach, hörte er gern, was sie zu sagen hatte.

Plötzlich war er sich bewusst, wie nah sie in den dunklen Schatten hinter der Bühne bei ihm stand. Von hier aus konnten sie alles beobachten, ohne selbst gesehen zu werden. Eine Sekunde lang fragte er sich, was er unter anderen Umständen von Dakota gehalten hätte. Wäre er nicht wegen seiner Brüder hier. Müsste er sich nicht um deren Wohlergehen sorgen. Wäre er einfach ein Mann, der von einer attraktiven Frau mit einem Mörderlächeln fasziniert war.

Aber die gegebenen Umstände gestatteten keine Ablenkung. Finn hatte sich das Versprechen gegeben, zuerst seine Brüder durchs College zu bringen und sich danach an die Umsetzung *seiner* Träume zu machen. Das hatte er sich nach acht Jahren der Fürsorge verdient. Und er wollte den Rest seines Lebens nicht als Pilot von Frachtmaschinen verbringen. Und darum würde er sich später kümmern – nachdem er seine Brüder aus diesem Schlamassel herausgeholt hatte und wusste, dass sie in Sicherheit waren.

Gerade scheuchte Geoff einige Leute von der Bühne. Die möglichen Kandidaten wurden versammelt.

Dakota schaute auf die Uhr. „Showtime", murmelte sie.

Soweit er es verstanden hatte, würde es eine Mischung aus Liveszenen und aufgezeichneten Mitschnitten der verschiedenen Kandidaten geben. Alles, um die Show unnötig in die Länge zu ziehen, dachte er grimmig. Ärgerlich starrte er seine Brüder an, wollte sie per Gedankenkraft dazu zwingen, Vernunft anzunehmen. Doch keiner der beiden bemerkte ihn.

Die großen Scheinwerfer wurden angeschaltet, jemand rief:

„Wir sind live in fünf, vier, drei ..." Kameras bewegten sich leise, dann fing der Moderator an.

Er hieß die Zuschauer willkommen, erklärte, wie die Show funktionierte, und begann dann, die möglichen Teilnehmer vorzustellen. Dakota griff nach Finns Hand und zog ihn durch die Dunkelheit auf die andere Seite, wo sie einen besseren Blick hatten und das Geschehen über einen Breitbildfernseher beobachten konnten.

Nachdem sie seine Finger losgelassen hatte, beugte sie sich zu ihm herüber. „Das ist das Bild, das ausgestrahlt wird", murmelte sie mit weicher Stimme. Ihr Atem kitzelte an seinem Ohr.

Er atmete ihren weiblichen Duft ein – irgendetwas Blumiges und Reines. Ihre Körperwärme schien sich irgendwie um seinen Arm zu winden und machte ihn auf ihre Kurven aufmerksam. Sekundenlang stellte er sich vor, sie tiefer in die Dunkelheit hineinzuziehen und sich auf ihren Mund statt auf den Fernseher zu konzentrieren.

Fang damit gar nicht erst an, sagte er sich dann aber, das wäre ein großer Fehler. Er musste sich darauf konzentrieren, was die erste Priorität hatte, und im Moment waren das die Zwillinge.

Auf der Bühne rief der Moderator Namen auf. Finn versteifte sich. Das erste Pärchen war älter, Ende fünfzig, Anfang sechzig. Er ignorierte sie. Ein blonder Kerl wurde mit einer dunkelhaarigen, üppigen Amazone verkuppelt. Das ist doch mal eine, dachte er. Die Frau sah aus, als könnte sie es mit Sasha und Stephen gleichzeitig aufnehmen.

„Ich habe Ihnen ein paar unterhaltsame Teilnehmer versprochen", sagte der Moderator lächelnd. „Und jetzt wird es interessant." Er bedeutete Sasha und Stephen, zu ihm auf die Bühne zu kommen.

Finn beobachtete seine Brüder ganz genau. Sie sahen aus, als fühlten sie sich auf der Bühne wohl. Sie lächelten in die

Kamera, plauderten entspannt mit dem Moderator. Sie wirkten, als gehörten sie dorthin.

„Nun, wer von euch ist wer?", wollte der Moderator wissen.

Sasha, in Jeans und einem Pullover in dem gleichen Blau wie seine Augen, grinste. „Ich bin der besser Aussehende. Also muss ich Sasha sein."

Stephen stieß seinem Bruder in die Rippen. „Ich bin der besser Aussehende. Vielleicht sollten wir das Publikum entscheiden lassen."

Der Moderator lachte. „Ihr seht beide ziemlich gut aus. Jetzt lasst mal sehen, ob ihr es in die Show geschafft habt."

Finn merkte, dass er die Hände zu Fäusten geballt hatte. Jetzt ergriff die Anspannung seinen gesamten Körper. Bitte nicht, dachte er. Gleichzeitig wusste er, dass es passieren würde. Es war seit jenem Tag unvermeidlich, an dem seine Brüder South Salmon verlassen hatten.

Der Moderator schaute auf die Karte in seiner Hand. Dann drehte er sie um und hielt sie in die Kamera. Sashas Name war deutlich zu lesen. Die Zuschauer, von denen die meisten mit Bussen hergebracht worden waren, zwischen denen aber auch ein paar Einheimische saßen, applaudierten. Jetzt zog der Moderator eine weitere Karte aus seiner Jackentasche. Die Mädchen, die direkt hinter ihm warteten, beugten sich gespannt in Richtung Kamera vor. Einige von ihnen schienen kurz davor zu stehen, sich Sasha einfach zu schnappen und mit ihm davonzulaufen. Das war ein Gefühl, das Finn nachvollziehen konnte, wenn auch aus völlig anderen Gründen.

„Bist du bereit?", fragte er Sasha.

Sasha grinste in die Kamera. „Ich kann es kaum erwarten, sie kennenzulernen."

„Dann bringen wir euch zwei mal zusammen." Der Moderator drehte sich um und hielt die zweite Karte in die Kamera. „Lani, komm her und lern Sasha kennen!"

Eine zierliche, dunkelhaarige, wunderschöne junge Frau

ging auf Sasha zu. Ihre Augen waren groß, ihr Lächeln wirkte willkommen heißend. Sie bewegte sich mit einer entspannten Anmut, die jeden anwesenden Mann in ihren Bann zog. Selbst Finn blieb ihre Schönheit nicht verborgen.

Sashas Gesichtsausdruck hatte beinah etwas Komisches. Er beugte sich vor, als traue er seinen Augen nicht, und hätte dabei fast das Gleichgewicht verloren. Er und Lani gingen aufeinander zu.

„Hi", sagte sie sanft. „Schön, dich kennenzulernen."

„Äh, ja, auch schön, dich kennenzulernen."

Sie starrten einander an. Wenn Finn es nicht besser gewusst hätte, hätte er geschworen, Zeuge von echter Liebe auf den ersten Blick zu werden. Aber er wusste es besser. Oder besser gesagt, er kannte seinen Bruder. Sasha würde nie zulassen, dass sich eine Frau zwischen ihn und die Erfüllung seiner Träume stellte.

„Sie sehen gut zusammen aus", flüsterte Dakota. „Oder sollte ich das lieber nicht sagen? Kommen Sie klar?"

„Ich werde es überleben, wenn Sie das meinen."

„Aber es gefällt Ihnen nicht?"

Er warf ihr einen Blick zu. „Was sollte mir daran gefallen?"

„Sie sind nicht gerade jemand, der sich einfach mal gehen lässt, oder?"

„Wie haben Sie das nur erraten?"

„Mein Bauchgefühl sagt mir, dass wir von den beiden noch eine Menge sehen werden", verkündete der Moderator fröhlich.

Finn hatte den Mann bisher noch nicht persönlich kennengelernt. Er wusste nicht einmal, wie er hieß. Trotzdem konnte er ihn nicht leiden. Und er konnte sich nicht vorstellen, ihm zehn oder zwölf Wochen – oder wie lange auch immer diese verdammte Show gedreht würde – zuzuhören. Allerdings war seine Abneigung gegenüber dem Moderator derzeit sein geringstes Problem.

Sasha und Lani nahmen einander an der Hand und traten an den Rand der Bühne. Der Moderator legte Stephen einen Arm um die Schultern. „Ich schätze, du bist der Nächste. Bist du schon nervös?"

„Mehr aufgeregt als nervös", gab Stephen zu.

Der Moderator nickte den Mädchen zu, die hinter ihnen warteten. „Hast du eine Favoritin?"

Stephen lächelte. Im Gegensatz zu seinem Bruder verspürte er offenbar nicht den Wunsch, die ganze Welt mit seinem Charme einzuwickeln. Er war immer schon ernster gewesen. Fleißiger. Er hatte eine Ernsthaftigkeit, die den Mädchen gefiel. Wenn Sasha der Blitz war, dann war Stephen die Erde.

„Darf ich nur eine auswählen?", fragte er.

Der Moderator lächelte. „Du musst den anderen Kandidaten auch schon noch ein paar Mädchen übrig lassen. Wie wäre es, wenn ich eine für dich auswähle?"

Stephen drehte sich wieder zur Kamera um. „Welche Sie auch immer nehmen, ich bin mit ihr einverstanden."

Der Moderator bat um Ruhe. Finn wollte darauf hinweisen, dass sowieso niemand redete, wusste aber, dass man seinen Kommentar nicht schätzen würde. Erneut zog der Moderator eine Karte aus seiner Sakkotasche und hielt sie vor die Kamera.

„Aurelia."

Die Kamera fuhr an den Gesichtern der Mädchen vorbei und hielt an, als eines von ihnen vortrat. Finn runzelte die Stirn. Das Mädchen war nicht direkt unattraktiv oder schlecht angezogen. Sie war einfach nur ... anders als die anderen. Weniger herausgeputzt. Weniger erfahren. Schlicht.

Sie trug ein marineblaues Kleid, das kurz unterhalb der Knie endete, flache Schuhe und kein Make-up. Das lange Haar fiel ihr ins Gesicht, sodass man ihre Augen nur schwer erkennen konnte. Mit gesenktem Blick ging sie über die Bühne. Als sie vor Stephen stehen blieb und den Blick hob, spiegelte seine Miene eher Entsetzen als Vorfreude wider.

Finn musterte sie eine Sekunde, dann runzelte er die Stirn. „Warte mal. Wie alt ist sie?"

„Aurelia?" Dakota zuckte mit den Schultern. „Neunundzwanzig oder dreißig. Sie war in der Schule eine Klasse über uns."

Er fluchte. „Das werde ich auf keinen Fall zulassen. Ich werde Geoff zerquetschen. Ich werde ihn blutend und zerbrochen am Straßenrand zurücklassen."

„Was ist denn los?"

Er wirbelte zu Dakota herum und funkelte sie wütend an. „Sehen Sie das nicht? Sie ist gut zehn Jahre älter als Stephen. Auf gar keinen Fall werde ich tatenlos zusehen, wie mein Bruder von einem *Cougar* zum Frühstück verspeist wird, oder wie auch immer man solche Frauen nennt, die sich jüngere Kerle schnappen."

Um Dakotas Mundwinkel zuckte es. „Meinen Sie das ernst? Sie glauben, Aurelia ist ein Cougar?"

„Was soll sie denn sonst sein? Sehen Sie sie sich doch nur mal an!"

„Das tue ich", erwiderte Dakota. „Aber Sie sollten das auch tun. Sie ist eine graue Maus. So war sie schon in der Highschool. Ich kenne nicht die ganze Geschichte, aber ich meine mich zu erinnern, dass sie eine fürchterliche Mutter hat. Aurelia durfte nie bei irgendetwas mitmachen. Sie war auf keinem Schulball, bei keinem Footballspiel. Es ist wirklich traurig. Sie müssen sich keine Sorgen machen – sie ist nicht der Typ, der ihn mit einer Schwangerschaft in die Falle lockt oder so."

„Ist ja ganz herzzerreißend, was Sie da erzählen. Ihre Vergangenheit ist mir aber vollkommen egal. Mich interessiert nur, dass sie jetzt mit meinem Bruder verkuppelt werden soll." Er erstarrte. „Schwanger?" Er fluchte. „Sie darf nicht schwanger werden."

Dakota zuckte zusammen. „Das hätte ich nicht sagen sollen. Hören Sie auf, sich Sorgen zu machen! Sie ist keine Gefahr für

Stephen. Kommen Sie schon, Finn. Sie ist ein nettes Mädchen. Ist es nicht genau das, was Sie für Ihren Bruder wollen? Ein nettes Mädchen?"

„Natürlich möchte ich das für ihn. Aber ich will ein nettes Mädchen in seinem Alter."

Dakota grinste. „Im Moment wirkt der Altersunterschied vielleicht riesig, aber wenn er zweiundvierzig ist, ist sie erst fünfzig."

„Danke, damit fühle ich mich nur leider auch nicht besser. Und ich glaube, das wollen Sie auch gar nicht."

Finn hatte genug vom Reden. Es war schlimm genug, dass seine Brüder nach Fool's Gold gekommen waren, um an einer dummen Fernsehshow teilzunehmen. Vielleicht könnte er sogar lernen, damit zu leben. Das hieß allerdings nicht, dass er dabeistehen und zusehen würde, wie sein Bruder blindlings ins Verderben rannte.

Bevor er auf die Bühne stürmen und die Livesendung unterbrechen konnte, stellte Dakota sich ihm in den Weg.

„Tun Sie es nicht", sagte sie mit fester Stimme und genauso festem Blick. „Sie werden es bereuen. Nur damit nicht genug, Sie würden die Jungen live im Fernsehen demütigen. Das werden sie Ihnen niemals verzeihen. Im Moment sind Sie nur der nervtötende ältere Bruder, der sie beschützen will. Damit können sie leben. Ich meine es ernst, Finn."

Er erkannte die Wahrheit in ihren Augen, und so gern er Dakota auch nicht glauben wollte, wusste er doch, dass er es tun musste. Trotzdem war der Gedanke, seinen Bruder mit dieser Frau allein zu lassen ...

„Er hat kein Geld."

„Aurelia ist nicht hinter seinem Geld her."

„Woher wissen Sie das?"

„Sie hat einen tollen Job. Sie ist Buchhalterin. Nach allem, was ich gehört habe, sogar eine hervorragende. Sie hat eine lange Warteliste mit Leuten, die ihre Klienten werden wollen."

Dakota packte ihn am Arm und schaute Finn tief in die Augen. „Finn, ich weiß, dass Sie sich Sorgen machen. Vielleicht haben Sie auch Grund dazu. Es wäre schön gewesen, wenn Ihre Brüder auf dem College geblieben wären. Aber das sind sie nicht. Bitte machen Sie das hier nicht noch schlimmer, indem Sie da hinaufgehen und sich wie ein Idiot benehmen."

„Ich weiß, dass Sie versuchen, mir zu helfen." Er merkte, dass er frustriert klang.

„Sehen Sie es doch mal so: Wenn sie so langweilig ist, wie ich glaube, werden die beiden sowieso früh rausgewählt."

„Und wenn nicht, haben wir ein Problem."

Sie ließ die Hände sinken. „Sie sind doch da, um dafür zu sorgen, dass nichts Schlimmes passiert."

„Vorausgesetzt, er hört mir überhaupt zu."

Zweifelnd schaute er zur Bühne. Aurelia stand neben Stephen. Ihrer Körpersprache nach zu urteilen war sie nicht glücklich über die Situation – vor der Brust verschränkte Arme, abgewandter Blick, eine so steife Haltung, als wäre sie aus Stahl gegossen. Vielleicht hatte er Glück, und sie würden nicht einmal die erste Verabredung überstehen. Und er hatte weiß Gott ein wenig Glück verdient.

„Sie sind echt ein zäher Kerl", meinte Dakota. „Ist das typisch für Männer aus Alaska?"

„Vielleicht." Er atmete tief ein und schaute ihr in die dunklen Augen. „Danke, dass Sie mir das ausgeredet haben."

„Ich werde dafür bezahlt, es ist mein Job."

„Und in dem sind Sie wirklich gut."

„Danke."

Er schaute ihr weiter in die Augen, vor allem, weil es ihm gefiel. Mit ihr zusammen zu sein war so unkompliziert. Und er kam nicht umhin, ihre weiche Haut zu bemerken, den Schwung ihrer Lippen.

„Ich muss jetzt los", sagte sie plötzlich. „Kann ich Sie hier ruhigen Gewissens alleine lassen?"

„Sicher."

„Haben Sie ein wenig Vertrauen", riet sie ihm. „Alles wird gut."

Das kann sie nicht wissen, dachte er. Aber für heute würde er ihr einfach glauben.

Er wartete, bis sie fort war, bevor er sich auch auf den Weg zu einem ruhigeren Plätzchen machte. Dann holte er sein Handy heraus und wählte die Nummer seines Büros in Alaska.

„South Salmon Cargo", meldete sich eine vertraute Stimme.

„Hi, Bill, ich bin's."

„Wo, zum Teufel, steckst du, Finn?"

„Immer noch in Kalifornien." Finn nahm das Handy ans andere Ohr. „Hör mal, es sieht so aus, als würde ich hier noch eine Weile festhängen. Sie sind beide in die Show gewählt worden."

Ein paar tausend Meilen entfernt seufzte Bill. „Wir werden hier bald viel zu tun bekommen. Ich schaffe das nicht alleine. Wenn du nicht rechtzeitig zurückkommst, müssen wir ein paar weitere Piloten anheuern."

„Ich weiß", erwiderte Finn langsam. „Hör dich schon mal um. Wenn du einen Guten findest, stell ihn ein. Ich werde so schnell wie möglich zurückkommen."

„Ich brauchte dich schneller als schnell", entgegnete sein Partner.

„Ich geb mein Bestes."

Meine Firma ist wichtig, dachte Finn, als er auflegte. Aber meine Brüder werden immer wichtiger sein.

Er hing hier fest, bis er die Aufgabe gelöst hatte, für die er hergekommen war.

4. Kapitel

Der Flughafen am nördlichen Rand von Fool's Gold war typisch für einen Flughafen seiner Größe. Es gab zwei Start- und Landebahnen und keinen Tower. Die Piloten waren selber dafür verantwortlich, dass sie einander nicht in die Quere kamen. Finn war es gewohnt, unter diesen Bedingungen zu fliegen. In South Salmon war es genauso – bis auf das Wetter, das war dort wesentlich schlimmer.

Nachdem er aus seinem Leihwagen gestiegen war, ging er zum Hauptbüro von Fool's Gold Aviation. Man hatte ihm gesagt, hier könne er sich am besten über verfügbare Mietflugzeuge informieren. Außerdem wollte er den Besitzer fragen, ob er vielleicht auch für ihn einige Aufträge übernehmen könnte. Auf gar keinen Fall könnte er längere Zeit in der Stadt bleiben, ohne etwas Produktiveres zu tun, als ein paar Mal pro Woche die Kandidaten der Sendung irgendwohin zu fliegen.

Ohne zu zögern klopfte er an die Tür und betrat das aus zwei Räumen bestehende Büro. Es gab ein paar abgenutzte Schreibtische, eine Kaffeekanne auf einem klapprigen Tisch am Fenster und den Blick auf die Hauptstartbahn. Eine ältere Frau saß an dem größeren der Tische.

Als Finn eintrat, schaute sie auf. „Kann ich Ihnen helfen?"

„Ich suche Hamilton." Ihm war nur der Name genannt worden, sonst nichts.

Die Frau, eine hübsche Rothaarige Mitte fünfzig, seufzte. „Er ist bei seinen Flugzeugen draußen. Ich schwöre, wenn er sie mit ins Bett nehmen könnte, würde er es tun." Sie zeigte in Richtung Westen. „Da entlang."

Finn nickte und ging wenig später einmal um das Gebäude

herum. Als er einen älteren Mann sah, der sich tief über den rechten Reifen einer Cessna Stationair beugte, ging er auf ihn zu.

Finn war mit dem Flugzeugtyp vertraut. Es hatte einen Einspritzmotor mit 310 PS und konnte beinah sieben Stunden am Stück fliegen, ohne aufzutanken. Die Doppeltüren am Heck erleichterten das Be- und Entladen.

Hamilton schaute auf. „Bei der Landung gestern Abend hatte ich das Gefühl, der Reifen verliert Luft", sagte er und richtete sich auf. „Scheint aber alles in Ordnung zu sein."

Er kam Finn entgegen und streckte ihm seine Hand hin. Hamilton musste schon an die siebzig sein. Er hatte wild abstehendes weißes Haar und ein wettergegerbtes Gesicht.

„Finn Andersson", stellte er sich vor und schüttelte ihm die Hand.

„Sie sind Pilot?"

„An guten Tagen ja." Finn erzählte ihm von seinem Frachtgeschäft in Alaska.

„Das ist was für harte Kerle", sagte Hamilton. „So ein Wetter haben wir hier unten nicht. Wir sind unterhalb von fünfundzwanzigtausend Fuß, deshalb bleiben wir von dem schlimmsten Schnee und Wind verschont. Ab und zu gibt es ein wenig Nebel, aber nichts, womit man nicht zurechtkäme. Was führt Sie nach Fool's Gold?"

„Meine Brüder", gab Finn zu und erzählte Hamilton von den Zwillingen und ihrer Teilnahme an der Show. „Sie haben mich engagiert, um die Kandidaten herumzufliegen. Ich schätze, das spart ihnen eine Menge Geld", schloss er.

„Mir ist es egal, wer meine Flugzeuge chartert, solange er weiß, was er tut. Klingt, als täten Sie das."

Finn wusste, dass der alte Mann mehr benötigen würde als nur sein Wort. Die entsprechenden Bestätigungen zu bekommen wäre jedoch leicht. „Ich bleibe noch ein paar Wochen hier und habe mich gefragt, ob Sie vielleicht einen Piloten brauchen. Ich kann sowohl Fracht als auch Passagiere transportieren."

Hamilton grinste. „Ich habe tatsächlich ein paar Zusatzaufträge, die ich nur ungern ablehnen würde. Da ich ansonsten hier alleine bin, kann ich immer nur einen Flug zurzeit machen." Er seufzte. „Es gibt ausreichend zu tun. Die reichen Leute lieben es, überall hinzufliegen. Dann kommen sie sich irgendwie besonders vor. Das Restaurant in der Lodge ist sehr nobel, für die fliege ich den Fisch ein. Ich habe außerdem Verträge mit verschiedenen Kurierfirmen und so weiter. Sagen Sie mir einfach, wann Sie arbeiten wollen, und ich sorge dafür, dass bei Ihnen keine Langeweile aufkommt."

„Das wäre großartig." Finn war erleichtert, dass er seine Tage nicht damit verbringen musste, einfach nur dazusitzen und seine Brüder zu beobachten.

„Kommen Sie, gehen wir ins Büro und gucken nach, was auf dem Plan steht. Ich schätze, ich muss es offiziell machen und Ihre Lizenz überprüfen. Nachdem wir den Papierkram erledigt haben, können wir ja vielleicht zusammen fliegen, wenn Sie Zeit haben."

„Ich habe Zeit", sagte Finn.

„Gut."

Das Büro von Hamilton war etwas kleiner als das Empfangsbüro, jedoch sehr aufgeräumt. An sämtlichen Wänden hingen Bilder von Flugzeugen.

„Wie lange wohnen Sie schon hier?", wollte Finn wissen.

„Seit ich ein Kind war. Ich bin schon lange geflogen, bevor ich einen Autoführerschein gemacht habe. Ich wollte nie etwas anderes machen. Meine Frau drängelt immer, dass wir nach Florida ziehen sollen, aber ich weiß nicht. Vielleicht demnächst." Er warf Finn einen Blick zu. „Das Geschäft steht übrigens zum Verkauf, falls Sie interessiert sind."

„Ich habe selber eine Firma", erwiderte Finn. „Obwohl die Aufgaben hier wesentlich abwechslungsreicher sind." Nicht nur Frachtflüge und Auslieferungen, dachte er. Rundflüge anzubieten konnte sehr lukrativ sein. Und dann war da ja noch sein Traum, eine Flugschule zu eröffnen.

„Lassen Sie es mich wissen, wenn Sie Ihre Meinung ändern", sagte Hamilton.

„Sie erfahren es als Erster."

In ihrem normalen Leben verbrachte Dakota ihre Tage damit, Studienpläne für Mathematik- und Wissenschaftsprogramme zu entwickeln. In der Theorie könnten in einem oder zwei Jahren Schüler aus dem ganzen Land nach Fool's Gold kommen und einen Monat intensiv in ein Mathe- oder Wissenschaftsprogramm eintauchen. Dakota und Raoul arbeiteten hart daran, Spenden von Firmen und Privatpersonen zu sammeln. Die Arbeit machte ihr Spaß. Es war ein Job, mit dem man etwas verändern konnte. Aber kümmerte sie sich derzeit um diese wichtigen Aufgaben? Nein. Sie hatte die letzte Stunde damit verbracht, per Telefon mit verschiedenen Hotels in San Diego Zimmerpreise zu verhandeln, um den Teilnehmern der Realityshow das Date ihrer Träume zu ermöglichen.

In diesem Moment wurde die Tür zu ihrem provisorischen Büro geöffnet, und Finn trat ein. Seit der Verkündung der Teilnehmer vor ein paar Tagen hatte sie ihn nicht mehr gesehen. Fast hatte sie damit gerechnet, in der Zeitung einen Artikel über vermisste Zwillingsbrüder zu lesen. Doch allen Vorboten zum Trotz hatte Finn sich bisher offenbar gut gehalten.

„Störe ich?", fragte er.

„Ja, und dafür bin ich unglaublich dankbar." Sie ließ die Unterlagen fallen, die sie in der Hand hielt. „Wissen Sie, dass ich einen Doktortitel habe? Ich kann verlangen, dass die Leute mich mit Doktor ansprechen. Ich tue es nicht, aber ich könnte. Und wissen Sie, was ich mit diesem Titel gerade mache?"

Lächelnd nahm er auf dem Stuhl auf der anderen Seite ihres Schreibtischs Platz. „Ihr Job gefällt Ihnen nicht?"

„Heute nicht, nein." Sie seufzte. „Ich sage mir die ganze Zeit, dass ich das Richtige tue. Ich sage mir, es ist zum Besten der Stadt."

„Lassen Sie mich raten. Es funktioniert nicht."

„Ich stehe sehr kurz davor, mit dem Kopf gegen diese Wand zu rennen. Das ist nie ein gutes Zeichen. Als Psychologin ist mir das nur zu bewusst."

Sie lehnte sich in ihrem Stuhl zurück und musterte ihn. Finn sah gut aus. Was kaum überraschend war. Wann hatte der Mann je schlecht ausgesehen? Er war solide. Verlässlich. Das bewies seine Sorge um seine Brüder. Sie nahm an, als Nächstes sollte sie denken, dass er nett war. Stattdessen stellte Dakota jedoch fest, dass er durch und durch der weiblichen Definition eines heißen, anziehenden Mannes entsprach.

„Kann ich irgendwie helfen?", fragte er.

„Ich wünschte es." Sie seufzte erneut. „Lassen Sie uns über etwas anderes reden. Beinah jedes Thema wäre erfreulicher." Sie zeigte auf den Papierstapel auf ihrem Tisch. „Ich sehe, dass Geoff sein Wort gehalten hat. Sie sind der Pilot der Wahl für mehrere Verabredungen. Was Sie für Ihre Brüder tun ...", sie lächelte, „... lassen Sie es mich so ausdrücken, in ganz Amerika werden Eltern stolz auf Sie sein."

„So kann man es auch sehen", murmelte er. „Ich wäre allerdings lieber nicht hier." Er schaute sie an. „Aktueller Aufenthaltsort ausgeschlossen."

„Danke. Haben Sie immer noch vor, Stephen und Aurelia auseinanderzubringen?"

Finn zuckte mit den Schultern. „Sobald sich eine Möglichkeit bietet. Sie hatten bis jetzt noch keine Verabredung, und beide Brüder gehen mir derzeit aus dem Weg."

„Wundert Sie das?"

„Nein. Wenn ich an ihrer Stelle wäre, würde ich mir auch aus dem Weg gehen." Er schüttelte den Kopf. „Warum konnten sie nicht in Alaska rebellieren?"

„Vermissen Sie Ihr Zuhause?"

Er schaute sie an und zuckte wieder mit den Schultern. „Irgendwie schon. Es ist da so ganz anders."

„Die Landschaft oder die Leute?"

„Beides", gab er zu. „Verglichen mit meinem Heimatort ist Fool's Gold eine Großstadt. In South Salmon liegt der Schnee noch drei Meter hoch. Aber die Tage werden langsam länger und wärmer. Bill – das ist mein Partner in der Firma – und ich sollten uns eigentlich gerade auf die Saison vorbereiten. Stattdessen muss Bill sich allein um alles kümmern." Finn sank tiefer in den Stuhl. „Wir müssen ein paar Teilzeitpiloten anheuern."

„Das ist sicher nicht so gut", kommentierte sie.

„Es ist nervig."

„Sie geben Ihren Brüdern die Schuld."

Er hob eine dunkle Augenbraue. „Gibt es irgendeinen Grund, warum ich das nicht tun sollte?"

„Im Grunde müssten Sie nicht hier sein."

„Doch, muss ich." Er schaute aus dem Fenster. „Wenn ich mir nicht solche Sorgen um meine Brüder und meine Firma machen würde, wäre es hier gar nicht so schlecht."

Sie lächelte. „Wollen Sie damit sagen, dass Fool's Gold Ihnen gefällt?"

„Die Menschen sind nett." Er richtete sich auf. „Ich war am Flughafen und habe mit dem Mann dort über das Chartern von Flugzeugen für die Show gesprochen. Solange ich hier bin, werde ich außerdem ein paar Aufträge für ihn übernehmen."

„Frachtflüge?"

Er nickte.

„Ich wusste gar nicht, dass es so etwas in Fool's Gold gibt."

„Sie wären überrascht, was alles per Flugzeug kommt. Sogar hierher. Er betreibt außerdem ein Charterunternehmen, mit dem er Leute überall hinfliegt."

„Machen Sie das in South Salmon auch?"

„Ab und zu, aber Bill und ich haben uns mehr auf das Frachtgeschäft konzentriert. Ich habe schon öfter darüber nachgedacht, zu expandieren oder sogar eine neue Firma zu gründen. Bill hat jedoch kein Interesse daran, sich mit Passagieren abzugeben. Es fällt vielleicht schwer zu glauben, aber ich bin von uns beiden der Menschenfreund." Er grinste.

Prompt reagierte sie mit einem Hitzeausbruch im Unterleib und einem akuten Anfall von weichen Knien. Zum Glück saß sie, sodass er das nicht mitbekam.

„Sie wären bereit, sich um Touristen zu kümmern?" Dakota war froh, dass ihre Stimme nicht so rau klang, wie sie sich anfühlte.

„Das kann ganz lustig sein. Ich habe auch darüber nachgedacht, eine Flugschule zu eröffnen. In der Luft herrscht eine ganz besondere Form der Freiheit. Doch man darf das auch nicht unterschätzen. Mein Dad hat immer gesagt, die einzigen Stunden, in denen er sicher war, dass ich keinen Unsinn baue, war, wenn ich geflogen bin." Er lachte leise. „Natürlich lag er damit vollkommen falsch, aber das Fliegen lehrt einen eine gewisse Disziplin und Verantwortung."

„Das klingt, als wäre es für Sie eine Berufung."

„Ja, das ist es auf gewisse Weise auch." Er sah sie an. „Sie waren sehr nett zu mir. Das hätten Sie nicht sein müssen, aber Ihr Rat hat mir sehr geholfen."

Nett? Na toll. Sie wollte, dass er sie sexy und unwiderstehlich fand. Sie wollte eine Frau sein, bei der er es gar nicht erwarten konnte, sie in sein Bett zu kriegen. War es denn zu fassen! Der erste Mann, der es seit über einem Jahr geschafft hatte, ihre Aufmerksamkeit zu wecken, fand sie … nett.

„Ich tue, was ich kann", erwiderte sie leichthin. „Wenn Ihnen in der Stadt irgendwelche bestimmten Dinge oder Dienstleistungen fehlen, sagen Sie mir einfach Bescheid."

Sein dunkler Blick ruhte auf ihrem Gesicht. Sein Mund

verzog sich zu einem Lächeln, mit dem er sicher jede Frau dazu bewegte, buchstäblich allem zuzustimmen. „Ich suche nach einem Ort für ein nettes Abendessen", sagte er. „Etwas Ruhiges. Wo man sich mit einer wunderschönen Frau gut unterhalten kann."

Hätte sie gestanden, wäre sie Gefahr gelaufen, geschockt zusammenzubrechen. Lud Finn sie etwa gerade zu einem gemeinsamen Abendessen ein? Oder sprach er von jemand anderem? Es war ziemlich vermessen von ihr, anzunehmen, dass sie die fragliche wunderschöne Frau war. Hätte er „einigermaßen attraktiv" gesagt, hätte sie es eher geglaubt.

„Nun, ich ..." Sie war nicht sicher, was sie sagen sollte.

Finn schüttelte den Kopf. „Ich bin offensichtlich aus der Übung. Ich habe versucht, Sie zum Abendessen einzuladen, Dakota."

„Oh." Jetzt war sie diejenige, die lächeln musste. „Das fände ich gut." Und bevor sie sich zurückhalten konnte, fügte sie hinzu: „Wie wäre es, wenn ich koche? Ich meine, Sie könnten zu mir kommen. Ich bin jetzt keine Sterneköchin oder so, aber ich kenne ein paar gute Rezepte."

„Klingt perfekt", antwortete er. „Sagen Sie mir nur, wann ich wo sein soll."

„Wie wäre es mit morgen?"

„Sehr gut."

Sie verabredeten eine Zeit, und sie gab ihm die Adresse. Nachdem er gegangen war, ertappte Dakota sich dabei, mit einem breiten Lächeln das Telefon in die Hand zu nehmen, um ein weiteres Hotel in San Diego anzurufen.

Aurelia stand vor Geoffs Tisch und versuchte selbstbewusst zu wirken, obwohl ihr ganz anders zumute war. Trotz seiner Jeans und seines abgetragenen T-Shirts schüchterte der Hollywoodproduzent sie ein. Wenig überraschend, dachte sie. Die meisten Leute schüchterten sie ein. Der einzige Ort, an dem

Aurelia sich wirklich sicher fühlte, war bei der Arbeit. In ihrem Büro, mit ihrem Computer und ihren Zahlen, regierte sie die Welt. Überall sonst hatte sie das Gefühl, sich dafür entschuldigen zu müssen, überhaupt zu atmen.

„Da ist ein Fehler passiert", sagte sie und zwang sich, ihm ins Gesicht und nicht auf den Boden zu schauen. „Ich weiß wirklich zu schätzen, dass Sie mich für die Show ausgewählt haben. Damit hatte ich gar nicht gerechnet. Es ist nur …"

Wie sollte sie es sagen? Wie erklärte man die Wahrheit, ohne seine tiefsten, dunkelsten Geheimnisse preiszugeben?

„Ich bin kein Cougar", fuhr sie schnell fort. „Ich bin ehrlich gesagt sogar allergisch gegen Katzen. Ich bin auch kein Männermagnet." Sie spürte, wie sie errötete. Denn der Satz mit dem Männermagneten war lächerlich. Das musste sie nicht extra betonten, das sah Geoff ja sicher auch so.

Der Produzent schaute von seinem Laptop auf und runzelte die Stirn, als hätte er Aurelias Anwesenheit gar nicht bemerkt. „Wer sind Sie?"

„Aurelia. Ich bin mit Stephen verkuppelt worden. Er ist einer der Zwillinge. Sie sind einundzwanzig." Sie knetete ihre Finger und überlegte fieberhaft, wie sie sich ihm verständlich machen sollte. „Vielleicht ist ein Fehler passiert. Oder wir können noch mal tauschen. Was, wenn ich jemand Älteren bekäme? Vielleicht einen Witwer mit einem behinderten Kind. Damit käme ich klar."

Geoff wandte seine Aufmerksamkeit wieder seinem Laptop zu. „Keine Chance. Wir brauchen Einschaltquoten. Mit einem Witwer und irgendeinem Kind gibt es die nicht. Cougars sind im Moment aber ziemlich angesagt. Das wird lustig."

Aurelia merkte, dass er bereits jegliches Interesse an dem Gespräch verloren hatte. Normalerweise würde sie die Umstände nun einfach akzeptieren, aber dieses Mal ging das nicht. Dieses Mal musste sie kämpfen.

Sie straffte die Schultern und starrte den Mann an, der ihr

Schicksal in seinen desinteressierten Händen hielt. „Nein", erklärte sie fest. „Ich bin kein Cougar. Sehen Sie mich doch an!" Da er weiter ungerührt auf seinen Laptop schaute, wiederholte sie ihre Forderung: „Sehen Sie mich an!"

Widerstrebend löste Geoff den Blick vom Monitor. „Ich habe für so etwas keine Zeit", setzte er an.

„Dann müssen Sie sich die nehmen", erklärte Aurelia ihm. „Ich bin nur in dieser Sendung, weil meine Mutter darauf bestanden hat. Sie macht mir das Leben zur absoluten Hölle, und ich werde nicht zulassen, dass Sie dasselbe tun. Natürlich möchte ich jemanden kennenlernen. Natürlich will ich heiraten und Kinder kriegen. Ich will ein normales Leben. Nur das werde ich nie haben, solange sie mich ständig runterzieht. Ich dachte vielleicht, nur vielleicht, wäre mir eine kleine Pause vergönnt, wenn ich hier mitmache."

Sie merkte, dass ihr die Tränen in die Augen stiegen, und versuchte sie wegzublinzeln. „Und nun schauen Sie sich an, was passiert ist. Sie haben mich mit einem *Kind* zusammengetan!"

Sobald sie geendet hatte, rechnete sie damit, dass Geoff ihr sagte, sie solle ihn in Ruhe lassen, und sich wieder seinem Computer zuwandte. Stattdessen lehnte er sich jedoch in seinem Stuhl zurück, verschränkte die Arme hinter dem Kopf und musterte sie.

Aurelia spürte, wie sein Blick von ihren mausbraunen Haaren an ihrem Körper herab bis zu ihren Knien ging – was ungefähr alles war, was er von ihr sehen konnte, weil der Rest von seinem Schreibtisch verdeckt wurde.

Sie war direkt von der Arbeit gekommen, trug also eines ihrer konservativen dunkelblauen Kostüme. Die waren wie eine Art Uniform. Und davon hatte Aurelia fünf, außerdem zwei schwarze und ein blassgraues für heiße Sommertage.

Auf der gleichen Stange in ihrem Kleiderschrank hing eine Auswahl an Blusen. Auf dem Teppich darunter waren praktische Pumps mit flachem Absatz aufgereiht. Definitiv keine Garderobe, in der sich ein Cougar jemals blicken lassen würde.

Geoff legte die Hände auf die Schreibtischplatte. „Sie haben recht – Sie sind kein Cougar. Aber Sex sells, und eine Frau auf der Jagd ist für die Zuschauer interessant."

„Nicht wenn ich diese Frau sein soll. Ich habe noch nie gejagt."

Seine Mundwinkel hoben sich ein wenig. „Man kann nie wissen. Vielleicht haben die Leute Mitleid mit Ihnen."

Prompt zuckte sie zusammen. Wie nett. Sie würde die Mitleidsstimmen bekommen.

Geoff schüttelte den Kopf. „Ich will Sie wirklich nicht ärgern, Aurelia, aber die Sache ist die: Sie machen die Show entweder mit Stephen, oder Sie sind raus."

Obwohl diese Antwort keine große Überraschung für sie war, hatte Aurelia doch auf ein Wunder gehofft. Offensichtlich waren die jedoch gerade aus – oder das Universum war mit jemand anderem beschäftigt.

„Ich muss mitmachen", beharrte sie ernst. Die Teilnehmer erhielten zwanzigtausend Dollar. Das war keine Riesensumme, aber genug. Zusammen mit dem kleinen Betrag, den sie gespart hatte, könnte sie sich davon eine Eigentumswohnung kaufen. Dann hätte sie endlich ein eigenes Zuhause.

Mit Mann und Kindern wäre der Traum noch besser. Im Moment war sie allerdings über alles froh, was sie kriegen konnte.

„Dann tun Sie es", entgegnete er. „Wenn Sie nur durch die Teilnahme an der Show Ihre Mutter loswerden, müssen Sie die Chance ergreifen. Ziehen Sie es durch! Was ist das Schlimmste, das passieren kann?"

Die demütigenden Möglichkeiten waren endlos, aber das war nicht der Punkt. Geoff hatte recht. Wenn sie glaubte, dass die Show ihr Ausweg war, musste sie bereit sein, es durchzuziehen.

„Und wenn Sie mich fragen", fügte Geoff hinzu. „Stephen ist kein schlechter Kerl."

„Kann ich das schriftlich haben?"

Er lachte. „Auf gar keinen Fall. Und jetzt raus mit Ihnen."

Aurelia fühlte sich etwas besser, als sie Geoffs Büro verließ. Ich *kann* das schaffen, sagte sie sich. Sie könnte stark sein. Sie könnte vielleicht sogar so tun, als wäre sie ein …

Ihr stolzer und energischer Abgang kam zu einem abrupten Ende, als sie gegen jemand Großes und Muskulöses prallte.

„Oh, tut mir leid." Sie schaute auf und versank förmlich in den dunkelblauen Augen von Stephen Andersson.

Sie hatte ihn erst einmal gesehen – während der ersten Aufnahme, oder wie auch immer die Veranstaltung vor der Sendung genannt wurde. Während dieser wenigen Minuten hatte sie kaum gewagt, ihn anzuschauen. Stattdessen hatte sie nur an ihre demütigende Lage denken können. Daran, dass er der absolut letzte Mann war, mit dem sie sich je ein Date hätte vorstellen können. Okay, Gerard Butler wäre noch unvorstellbarer gewesen, aber nicht viel.

„Glaubst du wirklich, dass es so schlimm wird?", fragte er. „Also … mit mir zusammen zu sein?"

Die Frage war peinlich genug. Noch peinlicher war Aurelia aber, dass er offensichtlich den letzten Teil ihrer Unterhaltung mit Geoff mit angehört hatte. Sie spürte, wie sie rot wurde.

„Es geht nicht um dich", erklärte sie hastig. „Sondern um mich. Ich bin sicher, du bist ein fabelhafter Kerl."

„Sag ja nicht, dass ich nett bin", warnte er sie. „Das macht es nur noch schlimmer."

„Okay", sagte sie langsam. „Ich bin mir sicher, dass du nicht nett bist. Besser?"

Er überraschte sie mit einem Lächeln. Ein zwangloses, aber freundliches Lächeln. Eines, bei dem sie vergaß zu atmen.

„Nicht sehr." Er nahm sie am Ellbogen und führte sie in

einen leeren Konferenzraum. „Also, was ist los?", fragte er dann. „Warum willst du nicht mit mir zusammen in der Show auftreten?"

Es war schwer zu denken, wenn seine Finger sich auf diese Weise an ihren Ellbogen schmiegten. In ihrer Welt wurde sie nicht von Männern berührt. Die wussten nämlich nicht einmal, dass sie existierte.

Er stand viel zu nah bei ihr. Wie sollte sie nachdenken, wenn er den ganzen Raum um sie herum einnahm? Obwohl es eine perfekte Gelegenheit für einen Moment des Nachdenkens gewesen wäre, purzelte die Wahrheit über ihre Lippen, bevor Aurelia es hätte verhindern können.

„Sieh dich doch an. Du bist ein so gut aussehender Mann. Du hättest jede haben können. Du solltest Studentinnen aufreißen. Du bist niemand, der jemals Interesse an jemandem wie mir hätte. Selbst wenn man den Altersunterschied außer Acht lässt. Ich bin nicht dein Typ. Weißt du, was ich in meinem normalen Leben mache? Ich bin Buchhalterin. Schlag das Wort ‚langweilig' im Lexikon nach, und du findest ein Bild von mir."

Sie wusste, wenn sie nicht ganz bald einen kleinen Rest Selbstbeherrschung auftrieb, würde sie sich nur ein noch tieferes Loch zum Hineinfallen graben. Also entzog sie Stephen ihren Arm und trat einen Schritt zurück.

Stephen wirkte eher amüsiert als entsetzt. Seine Augen funkelten belustigt, und um seine Mundwinkel zuckte es verdächtig.

„Das ist eine ganz schön lange Liste", erwiderte er. „Wo soll ich anfangen?"

„Gar nicht", murmelte sie seufzend. „Ich weiß, dass es meine Schuld ist. Ich hätte mich nie für die Show melden sollen. Ich wollte es auch gar nicht, es ist nur …" Verlegen wrang sie die Hände. „Auf das Risiko hin, ein noch größeres Klischee aus mir zu machen: Meine Mutter hat mich dazu gedrängt. Sie mischt sich immer in alles ein. Und dann ist da noch das Geld. Ich dachte ... ich dachte, wenn ich jemanden an der Seite hätte, wäre es einfacher, mich gegen sie zur Wehr zu setzen." Sie stöhnte. „Oh, mein Gott, das klingt erbärmlich."

„Hey, ich verstehe das. Ich weiß, wie es ist, wenn jemand aus der Familie meint, du bekommst dein Leben nicht allein auf die Reihe. Nicht zu tun, was einem gesagt wird, bedeutet aber nicht, dass man sie nicht liebt."

Aurelia war nicht sicher, ob sie so für ihre Mutter empfand. Liebe, ja natürlich, manchmal fühlte sich die Liebe bloß mehr nach Pflichterfüllung als nach tief empfundenem Gefühl an. Was nur bewies, was für ein schrecklicher Mensch sie war, das wusste sie.

„Mein Bruder ist aus Alaska hierhergeflogen, um mich wegen des Colleges anzubrüllen", erzählte Stephen. „So sehr wünscht er sich, dass ich nicht an der Show teilnehme."

„Was hat er denn dagegen?" Sie rechnete im Kopf kurz nach und schaute ihn dann an. „Du stehst wirklich kurz vor dem Abschluss, oder?"

Stephen, über eins achtzig groß und wahnsinnig gut aussehend, verlagerte unbehaglich das Gewicht von einem Fuß auf den anderen. „Ich war im letzten Semester."

„Im letzten Semester, also kurz vor dem Abschluss?" Ihre Stimme klang ein wenig schrill. „Du hast das College für das hier aufgegeben?"

„Jetzt klingst du wie mein Bruder."

„Vielleicht hat er ja recht."

„Ich habe es einfach nicht mehr ertragen. Ich musste da weg."

Sie schüttelte den Kopf. „Du siehst aber schon ein, wie idiotisch das ist, oder?"

Das Lächeln war wieder da. „Vielleicht, aber ich gehe trotzdem nicht zurück."

„Ich glaube, in dieser Sache muss ich mich auf die Seite deines Bruders schlagen."

„Aber du wirst es nicht tun, oder?" Stephen schob die Hände in die vorderen Taschen seiner Jeans. „Denn wenn ich gehe, fliegst du auch aus der Show."

Daran hatte sie noch gar nicht gedacht. „Warum bist du hier? Ich meine, mal im Ernst, warum bist du hier? Ich kann mir nicht vorstellen, dass das College zu schwer für dich gewesen ist."

„Nein, das war es nicht." Er seufzte. „Unsere Eltern sind vor gut acht Jahren gestorben. Danach gab es nur noch Sasha, Finn und mich. Sonst niemanden. Wir standen uns vorher schon nah, aber sie zu verlieren hat alles verändert. Das war wirklich schwer."

Aurelia hatte das Gefühl, das Wort *schwer* wurde dem, was er durchgemacht hatte, nicht annähernd gerecht. „Es hat euch auch zusammengeschweißt", sagte sie und dachte, dass der Verlust ihres Vaters sie und ihre Mutter nicht zusammengeschweißt hatte.

„Finn hat einfach nicht losgelassen. Er führt ein zu strenges Regiment. Irgendwann hat Sasha in der Zeitung von dem Vorsprechen gelesen. Er ist derjenige, der ins Fernsehen will. Mir ist egal, wo ich bin, solange es nicht South Salmon ist." Er schaute ihr in die Augen. „Ich habe den Eindruck, wir können einander helfen. Ich halte dir deine Mom vom Leib, und du beschützt mich vor Finn."

„Ich bin nicht sicher, ob du Schutz brauchst."

„Jeder muss hin und wieder mal beschützt werden."

Es war etwas an der Art, wie er das sagte. Er zeigte damit eine Verletzlichkeit, die ihn nur noch anziehender machte. Vielleicht war Stephen gar nicht so Furcht einflößend, wie sie anfangs gedacht hatte. Aber Furcht einflößend hin oder her, sie ging ein großes Risiko ein. Es konnte so viel schiefgehen.

„Ich werde nicht zulassen, dass dir etwas Schlimmes passiert", versprach er leise.

Seine Worte überraschten sie. Es war, als könnte er ihre Gedanken lesen. Das hatte noch niemand getan, vielleicht weil sich noch niemand die Zeit genommen hatte, sie kennenzulernen.

„Das kannst du doch gar nicht wissen." Sie wollte ihm so gern glauben, traute sich jedoch nicht.

„Sicher kann ich das. Warum versuchen wir nicht einfach, füreinander da zu sein?"

Ein verlockendes Angebot, dachte sie.

Nachdenklich schaute sie in seine Augen, suchte nach der Wahrheit. Dann erkannte sie, dass die Antwort nicht in Stephen zu finden war. Sie lag in ihr selbst. Entweder sie sammelte ihren Mut zusammen, um den nächsten logischen Schritt zu tun, oder sie wäre für immer gefangen.

„Tun wir's einfach", erklärte sie und gab sich selbst das Versprechen, nichts zu bereuen.

Dakota starrte das rohe Hühnchen an, das in der Pfanne lag, und überlegte, ob sie es jetzt in den Ofen schieben oder warten sollte, bis Finn da war. Was hatte sie sich nur dabei gedacht, ihn zum Abendessen einzuladen? In Wahrheit hatte er sich selbst eingeladen, aber trotzdem. Bei diesem Abendessen handelte es sich eindeutig um ein Date, was eigentlich gut war. Inzwischen war sie nur leider vollkommen durcheinander. Schlimmer, ihr zitterten schon den ganzen Tag die Oberschenkel.

Bevor sie bezüglich des Hühnchens eine Entscheidung treffen konnte, klingelte es an der Tür. Dakota lief in den Flur, rannte dann schnell wieder in die Küche zurück, öffnete die Ofenklappe und schob das Hähnchen hinein. Das Essen würde in vierzig Minuten fertig sein. Sie mussten sich etwas einfallen lassen, um die Zeit bis dahin zu überbrücken.

Nachdem sie tief durchgeatmet und die Schultern gestrafft hatte, öffnete sie die Haustür.

„Hallo", sagte sie.

Es war gut, dass sie zuerst gesprochen und ihn nicht erst richtig angesehen hatte. Als sie nämlich einen Blick auf den großen, durchtrainierten Körper, das hübsche Gesicht und das nicht karierte Baumwollhemd warf, fühlte sie sich ein kleines bisschen desorientiert.

„Selber hallo", antwortete Finn lächelnd und reichte ihr eine Flasche Rotwein. „Ich hoffe, das ist in Ordnung." Er zeigte auf den Wein. „Ich habe ihn in einem Laden in der Stadt gekauft. Der Verkäufer hat ihn mir empfohlen. Ich bin kein Weinkenner. Aber ich würde gerne mehr darüber lernen. Sie wissen bestimmt alles über Wein, mit den ganzen Weinbergen hier in der Umgebung und so."

Während seine Worte um sie herumwirbelten, registrierte sie, dass er zu schnell redete. Konnte es sein, dass Finn auch nervös war? Der Gedanke ließ Dakota dem Abend wesentlich entspannter entgegensehen.

„Ich weiß gar nichts über Wein", erwiderte sie und hielt die Flasche hoch. „Außer dass er mir normalerweise schmeckt. Kommen Sie herein!"

Er folgte ihr in die Küche. Sie musste nur in zwei Schubladen nachsehen, bis sie den Korkenzieher fand. Fürsorglich nahm Finn ihr die Flasche ab und entfernte den Korken mit geübten Handgriffen. Schnell nahm Dakota zwei Gläser aus dem Schrank, sodass Finn einschenken konnte. Nachdem sie einander zugeprostet hatten, führte sie ihn ins Wohnzimmer.

Ihr Haus war klein – ein Wohnzimmer, zwei Schlafzimmer – und gemietet. Der gesunde Menschenverstand und ihre leicht feministische Ader hatten ihr eigentlich geraten, ein Haus zu kaufen. Immerhin war sie berufstätig und konnte sich gut allein um sich kümmern. Aber tief im Inneren war sie auch sehr traditionsbewusst und wollte das erste Haus gemeinsam mit dem Mann kaufen, den sie liebte. Daher wohnte sie noch zur Miete.

Finn setzte sich auf den stark gepolsterten Sessel, zu dessen Kauf ihr Bruder Ethan sie überredet hatte. Damals war er ihr zu groß für den Raum vorgekommen. Jetzt jedoch, da Finn darauf saß, wusste sie, dass ihr Bruder recht gehabt hatte.

„Sie haben es sehr schön hier." Finn schaute sich um.

„Danke."

Sie sahen einander an und wendeten dann beide hastig den Blick ab. Dakota spürte das drohende Desaster. Sie gehörte nicht zu den Frauen, die viele Verabredungen hatten, und nach allem, was Finn ihr erzählt hatte, ging es ihm genauso. Das konnte ganz schlimm enden.

„Ich hoffe, es macht Ihnen nichts aus, kein Fleisch zu essen", sagte sie schnell. „Ich bin Vegetarierin."

Er wirkte etwas irritiert, nickte aber tapfer. „Vegetarisch ist in Ordnung."

„Oh super. Dann gehören Sie zu den Männern, die Tofu mögen. Viele weigern sich, ihn auch nur zu probieren."

Er schluckte sichtlich. „Tofu?"

„Ja. Einer meiner Lieblingsaufläufe. Tofu und eine spezielle Soße, die hauptsächlich aus grünem Gemüse besteht. Zum Nachtisch habe ich ein Sojaeis vorbereitet."

„Klingt köstlich."

Als sie jetzt die Panik in seinem Blick sah, konnte sie ein leises Lachen nicht mehr unterdrücken. „Ich mache nur Witze. Es gibt Hühnchen."

Skeptisch kniff er die Augen zusammen. „Ehrlich? Das ist Ihre Vorstellung von Humor? Mich zu foltern?"

„Jeder Mensch braucht ein Hobby."

Er lehnte sich zurück und musterte sie. „Sie sind nicht leicht zu durchschauen, oder?"

„Ich versuche, es nicht zu sein. Außerdem ist es leicht, Sie auf den Arm zu nehmen."

„Es war die Soße aus grünem Gemüse, die hat mich wirklich irritiert."

„Nicht das Sojaeis?"

„Ich dachte, ich könnte mich vorher verabschieden."

„Feigling."

Sie lächelten einander an. Und sofort spürte Dakota, wie die Anspannung nachließ und einem angenehmen Knistern wich.

„Sie sind mit Brüdern aufgewachsen, oder?", fragte er.

„Woher wissen Sie das?"

„Sie nehmen keine Rücksicht auf mein Ego."

„Interessante Beobachtung." Sie nippte an ihrem Wein. „Darüber habe ich nie nachgedacht, aber Sie haben recht. Ich habe drei ältere Brüder."

Er hob die Augenbrauen. „Sechs Kinder?"

„Ja. Ich glaube, meine Mom hat sich wirklich sehr ein Mädchen gewünscht. Stattdessen hat sie dann drei zum Preis von einem bekommen."

„Das muss ein ganz schöner Schock gewesen sein."

„Da bin ich mir sicher. Offensichtlich ist es für den Körper einer Frau wirklich anstrengend, Drillinge auszutragen. Nach unserer Geburt musste sie einige Zeit im Krankenhaus bleiben. Die Ärzte hatten befürchtet, sie würde es nicht schaffen. Mein Dad muss eine fürchterliche Angst ausgestanden haben, und meine Brüder waren noch jung und haben ihre Mom vermisst. Zu allem Übel war auch noch Weihnachten. Um meine Brüder abzulenken, hatte er ihnen gesagt, sie dürften unsere Namen aussuchen, aber alle drei müssten sich einig sein."

Sie hielt inne und rümpfte die Nase. „Deshalb heißen wir Dakota, Nevada und Montana."

„Sehr patriotisch."

Sie lachte. „Jedes Mal, wenn ich mich über ihre Wahl beschwert habe, hat meine Mutter mich darauf hingewiesen, dass es noch viel schlimmer hätte kommen können. Offensichtlich war Oceania auch noch im Rennen."

„Das klingt nach einer fröhlichen Familie."

„Das sind wir auch." Sie setzte sich bequemer hin. „Wie war es bei Ihnen? Bevor Sie Ihre Eltern verloren haben?"

„Gut. Lustig. Wir standen uns nahe." Er zuckte mit den Schultern. „Meine Brüder sind sehr viel jünger als ich, was die Beziehung schon beeinflusst hat."

„Sie müssen am Boden zerstört gewesen sein, als Ihre Eltern gestorben sind."

Er nickte. „Das war ich. Ich wusste nicht, wie ich das anstellen sollte. Die Jungen aufziehen, ohne es zu vermasseln, meine ich."

„Sie können stolz auf das sein, was Sie geschafft haben. Ich glaube nicht, dass ich das gepackt hätte. Wir haben unseren Dad vor zehn Jahren verloren. Meine Schwestern und ich waren gerade mit der Highschool fertig und wollten aufs College gehen. Meine Brüder waren entweder auf dem College oder schon damit fertig. Ich hatte keine andere Wahl, als die Trauer einfach mit allen Sinnen zu durchleben. Es war schwer. Jeder einzelne Tag war schwer. Ich kann mir nicht vorstellen, wie man mit diesem emotionalen Verlust klarkommen und sich gleichzeitig noch um zwei jüngere Brüder kümmern kann."

Finn war das Lob sichtlich unangenehm. „Ich habe nur getan, was getan werden musste. An manchen Tagen finde ich, ich habe meine Sache ganz gut gemacht. An anderen, wenn ich hier in meinem Hotelzimmer in Fool's Gold sitze, glaube ich, total versagt zu haben."

„Das haben Sie nicht. Was die beiden hier machen, hat nichts mit Ihnen zu tun."

Er sah sie an. „Ich würde Ihnen gerne glauben."

„Dann tun Sie's einfach."

„Sie sind ganz schön herrisch, hat Ihnen das schon mal jemand gesagt?"

„Machen Sie Witze? Mit drei Brüdern? Ich trage eine Krone, ich bin die Königin der Herrschsucht."

Finn lachte. Der warme Klang erfüllte das Zimmer und ließ sie lächeln. Sie unterhielten sich weiter, bis die Uhr in der Küche piepte.

„Kommen Sie", sagte Dakota und stand auf. „Unsere Tofuüberraschung erwartet uns."

Finn genoss das Abendessen. Nicht nur das Hühnchen und das Kartoffelmus – es war das Beste, das er seit Monaten, vielleicht sogar Jahren gegessen hatte –, sondern auch das Gespräch. Dakota erzählte lustige Geschichten über ihre Kindheit in Fool's Gold. Er wusste, wie Kleinstädte waren, aber verglichen mit South Salmon wirkte Fool's Gold wie New York City. Wo er lebte, neigten die Menschen dazu, für sich zu bleiben. Sicher, man konnte auf seine Nachbarn zählen, wenn man Hilfe brauchte, aber ansonsten kümmerte sich jeder um den eigenen Kram. Nach allem, was Dakota erzählte, war Fool's Gold jedoch eine Stadt, in der man sich einmischte.

„Ich bin mir sicher, wenn Sie unter anderen Umständen hergekommen wären, würde es Ihnen hier wesentlich besser gefallen."

„Mir gefällt Fool's Gold eigentlich ganz gut", erwiderte er.

„Aber es wird immer die Stadt sein, in die Ihre Brüder geflüchtet sind."

„Sehen Sie es mal so", sagte er. „Wenn Sasha nach L.A. zieht, werde ich statt Fool's Gold eben L.A. hassen."

„Das ist nicht sehr tröstlich."

Sie lächelten einander über den Tisch hinweg an. Ihm gefiel, wie das Licht auf ihren Haaren spielte und die verschiedenen Blondtöne hervorhob. Wenn sie lachte, bildeten sich kleine Fältchen in ihren Augenwinkeln, bei deren Anblick er auch lachen wollte. Es war so unkompliziert, sich mit Dakota zu unterhalten. Er hatte ganz vergessen, wie nett es sein konnte, einen Abend in weiblicher Gesellschaft zu verbringen.

„Wie kommt es, dass Ihr Chef so verständnisvoll ist?", wollte Finn schließlich wissen. „Sie sagten, Sie hätten eigentlich andere Aufgaben. Was macht er, solange Sie für die Show arbeiten?"

Dakota zog die Nase kraus. „Auf jeden Fall vermisst er mich nicht", grummelte sie. „Raoul ist vollauf damit beschäftigt, mit seiner neuen Frau Mutter, Vater, Kind zu spielen. Gucken Sie Football?"

„Ein wenig. Wieso?"

„Raoul Moreno ist mein Chef."

„Der Quarterback der Dallas Cowboys?"

„Genau der. Nachdem er seine Karriere beendet hatte, hat er einen Ort gesucht, um sesshaft zu werden. Hier ist er gelandet. Es gab ein verlassenes Camp oben in den Bergen, das hat er gekauft und renoviert. Dann hat er mich angestellt, um verschiedene Projekte auf die Beine zu stellen. Er hatte die Idee, das Camp das ganze Jahr über zu nutzen. Im Winter wollte er Mathematik- und Wissenschaftskurse für Schüler der Mittelstufen anbieten, um ihnen zu zeigen, welche Möglichkeiten diese Fächer einem eröffnen."

Klingt nach einer guten Idee, dachte er. „Was ist passiert?"

„Eine der örtlichen Grundschulen ist niedergebrannt. Schuld daran war der uralte Ofen, mit dem das Gebäude beheizt wurde. Raoul hat der Schulbehörde das Camp als Ausweichquartier angeboten. Das war im letzten September. Bis die neue Schule gebaut ist und die Kinder umgezogen sind, ist das Camp voll. Und unsere großen Pläne sind damit auf Eis gelegt. Was der Hauptgrund dafür ist, dass es ihm nichts ausmacht, mich für die Fernsehsendung freizustellen."

Sie beugte sich zu ihm herüber. „Der andere Grund ist, dass er gerade erst geheiratet hat. Pia, seine Frau, erwartet Zwillinge. Sie ist in ein paar Monaten fällig, und das hält ihn ganz schön auf Trab."

„Was werden Sie zwischen dem Ende der Show und der Fertigstellung der Schule tun?", fragte er.

„Raoul will, dass ich weiter für ihn arbeite. Es gibt genug zu tun. Wir müssen Zuschüsse beantragen, Firmen finden, die uns sponsern, einen Lehrplan aufstellen …"

„Alles Dinge, die Sie viel lieber tun würden", vermutete er.

Sie lächelte. „Ganz genau."

„Haben Sie je daran gedacht, woanders hinzuziehen, also diese Stadt zu verlassen?"

„Ich habe schon woanders gelebt. Mein Grundstudium habe ich an der UCLA in Los Angeles gemacht, meinen Master und den Doktor in Berkely. Aber Fool's Gold ist meine Heimat. Hier gehöre ich hin. Denken Sie ab und zu darüber nach, South Salmon zu verlassen?"

Ja, einst hatte er das getan. Als er in Sashas und Stephens Alter gewesen war, hatte er davon geträumt, die Welt zu sehen. Aber dann waren seine Eltern gestorben, und er hatte zwei Brüder aufziehen müssen. Da war keine Zeit für Träume geblieben.

„Ich habe dort eine Firma", antwortete er. „Wegzuziehen wäre unpraktisch."

„Und Sie sind ein praktischer Mensch?"

„Ich habe gelernt, einer zu sein", gab er zu.

„Sie haben gesagt, dass Sie früher wild waren." Ihr Blick verfing sich in seinem. „Hätte ich Sie damals gemocht?"

„Ich hätte *Sie* gemocht."

Er spürte das Knistern zwischen ihnen. Alles an Dakota sprach ihn an. Sicher, sie war hübsch, aber es war mehr als das. Er hörte ihr gern zu. Ihm gefiel ihre Einstellung und auch, wie sie die Welt sah. Vielleicht mochte ein Teil von ihm auch, dass sie so fest an Fool's Gold gebunden war wie er an South Salmon. Sie konnten keinen Fehler begehen, weil es mit ihnen nirgendwo hinführen würde.

Sehnsucht stieg plötzlich in ihm auf. Es war verdammt lange her, dass er die Zeit oder Energie gehabt hatte, sich für eine Frau zu interessieren. Wenn er bedachte, welche Sorgen er sich über seine Brüder machte, war es erstaunlich, dass er sich überhaupt für sie interessierte. Was ihn gleich zur nächsten Frage führte: Was sollte er als Nächstes tun?

„Es gibt noch Nachtisch", sagte Dakota und erhob sich. „Und nicht auf Sojabasis. Haben Sie Lust?"

Finn stand ebenfalls auf und kam um den Tisch herum. Er ging davon aus, dass es besser wäre zu fragen. Immerhin ging es nicht nur um ihn. Dakota war eine rational handelnde, bedachte Frau. Sie würde es sicher schätzen, erst alle Einzelheiten zu klären. Falls sie überhaupt interessiert war. Aber anstatt zu fragen, trat er näher. Mit beiden Händen umfasste er ihr Gesicht, beugte sich vor und küsste sie.

5. Kapitel

Dakota hatte etwas in der Art erwartet wie: „Welche Eissorte haben Sie denn?" Auf keinen Fall hatte sie jedoch damit gerechnet, von Finn geküsst zu werden.

Aber seine warmen Hände an ihrem Gesicht, das fühlte sich sehr gut an. Noch viel besser war allerdings, seine Lippen auf ihr zu spüren. Sie waren weich genug, um sie zu locken, und fest genug, dass sie sich entspannen konnte. Er küsste sanft, jedoch entschlossen genug, um sie wissen zu lassen, dass er es ernst meinte. Er küsste, als wäre er hungrig und sie ein unerwartetes Buffet.

Seine Lippen neckten ihre, bewegten sich leicht, als suchten sie nach dem besten Ort, um zu landen. Es war lange her, dass ein Mann sie geküsst hatte. Und genauso lange, dass sie den Wunsch verspürt hatte, geküsst zu werden. Im letzten Herbst, bevor sie von den inneren Problemen erfahren hatte, hätte sie gesagt, sie würde sich eine Beziehung wünschen. Danach hatte sich alles verändert. Jetzt war sie sich nicht mehr so sicher. Doch mit Finn war das egal. Er würde sowieso nicht bleiben, alles zwischen ihnen würde vorübergehend sein.

Eine sehr befreiende Vorstellung.

Er ließ die Hände zu ihren Hüften wandern und zog Dakota näher an sich. Seufzend schlang sie die Arme um ihn und gab sich der Umarmung hin. Als sie den Kopf ein wenig neigte, kam Finn noch näher. Er schmeckte nach dem Wein, den sie zum Essen getrunken hatten. Er roch sauber und männlich. Langsam glitt sie mit den Händen von seinen Schultern über seine Arme und spürte, wie stark er war.

Der Kuss war sehr lang. Haut auf Haut. Warm. Anziehend.

Dann veränderte sich etwas. Vielleicht lag es daran, wie seine Hände zu ihrem Rücken glitten und die gesamte Länge ihrer Wirbelsäule entlangstrichen. Vielleicht lag es an ihren Oberschenkeln, die gegen seine stießen. Vielleicht lag es am Stand des Mondes am Himmel. Oder es war einfach nur an der Zeit, dass ihr etwas Gutes widerfuhr.

Was auch immer es verursachte, in der einen Sekunde genoss sie den perfekten Kuss eines sehr charmanten Mannes, in der nächsten raste eine Feuerwalze durch ihren Körper. Das Gefühl war so intensiv wie unerwartet. Die Hitze war überall. Hitze, Verlangen und eine Sehnsucht, die einer Frau jeglichen Willen nahm und sie dazu bringen konnte, nach mehr zu flehen.

Sie hielt sich nicht mehr an ihm fest, sie klammerte sich geradezu an ihn. Der Wunsch, ihm noch näher zu sein, war überwältigend. Ohne zu zögern teilte sie die Lippen, hoffte, den Kuss noch zu vertiefen. Zum Glück las Finn ihre Gedanken. Mit der Zunge drang er in ihren Mund und umspielte ihre.

Es war himmlisch. Bei jeder Berührung ihrer Zungen reagierte sie mit körperlichem Verlangen. Ihr zitterten die Beine. Sie erwiderte den Kuss, genoss die wachsende Erregung. Sie wollte von ihm davongetragen werden, wollte sich an alles erinnern, wozu ihr Körper in der Lage war.

Ich bin so lange taub gewesen, erkannte sie. Abgetrennt von allem, bis auf den Schmerz. Sie hatte ihre Gefühle abgeblockt und war so mechanisch durch den Tag gelaufen, dass sie sich sogar selbst getäuscht hatte.

Er vertiefte den Kuss. Sie schloss die Lippen um seine Zunge und saugte sanft. Als müsse er sich zurückhalten, war er in ihrer Umarmung angespannt.

Er würde aufhören. Doch das sollte er nicht. Sie brauchte ihn. Er musste …

Er musste gar nichts. Das hier bin ich nicht, sagte sie sich entschieden. Sie war keine Frau, die Männer in ihrer Küche überfiel – oder sonst wo. Die Höflichkeit gebot ihr, einen Schritt zurückzutreten.

Aber oh, sie wollte ihn so sehr. Ihre Brüste schmerzten. Ihre Brustwarzen waren so empfindlich, dass der BH das reinste Folterinstrument war. Zwischen den Beinen war sie geschwollen und voller Sehnsucht. Sie wollte, dass er sie mit seinen großen Händen überall berührte. Sie wollte ihn nackt und in ihrem Bett. Sie wollte wieder und wieder von ihm ausgefüllt werden, bis sie Erlösung fand und damit – vielleicht – ein wenig Heilung.

Es bedurfte all ihrer Selbstbeherrschung, aber irgendwie schaffte sie es, die Arme sinken zu lassen und etwas Raum zwischen ihnen zu schaffen. Dabei war sie sich ihres raschen Atems sehr bewusst und hoffte, dass sie nicht zu verzweifelt wirkte. Sexuelles Selbstbewusstsein war attraktiv. Verzweiflung hingegen ließ einen Mann schnell das Weite suchen.

Finns Augen waren dunkel vor Leidenschaft. Ein schöner Anblick. Sie war versucht, einen Blick zu riskieren, um zu schauen, ob es auch einen physischen Beweis für seine Gefühle gab, aber sie wusste nicht, wie sie das anstellen sollte, ohne allzu offensichtlich zu sein. Immerhin bestand noch die Möglichkeit, dass er ihr nur einen höflichen Kuss hatte geben wollen und sie sich wie eine rollige Katze auf ihn gestürzt hatte.

„Ich, äh, ich weiß gar nicht, was ich sagen soll", gab sie zu und wich seinem Blick aus.

„Ich hätte das nicht tun sollen", murmelte Finn. „Du warst nicht … Deshalb hast du mich nicht …" Er räusperte sich.

Sie runzelte die Stirn, nicht sicher, ob er versuchte, sich zu entschuldigen oder der Situation zu entkommen. Hoffnung verdrängte die Vorstellung der möglichen Demütigung.

„Ich bin froh, dass du es getan hast", gestand sie und sagte sich, dass Mut den Charakter stärkte.

„Wirklich?"

Sie zwang sich, ihn anzuschauen, und entdeckte, dass er sie ebenfalls ansah. Oh ja, es lag definitiv Leidenschaft in seinem Blick.

„Sehr froh."

Er hob eine Augenbraue. „Ich auch."

Hitze stieg ihr in die Wangen, doch sie machte keinen Rückzieher. „Wir könnten es noch einmal tun."

„Das könnten wir. Da gibt es nur ein Problem."

War er verheiratet? Oder mal eine Frau gewesen? War er schwul?

„Ich bin mir nicht sicher, ob ich dann wieder aufhören kann", gab er zu.

Die Erleichterung war beinah so schön wie der Kuss. Dakota ging auf Finn zu und blieb erst stehen, als ihr Körper eng an seinem war. Was auch gleich die Frage nach seinen körperlichen Reaktionen auf sie beantwortete.

„Ich hätte nichts dagegen", flüsterte sie.

Sie wollte noch mehr sagen, wollte vorschlagen, ins Schlafzimmer zu gehen, aber dazu bekam sie keine Gelegenheit mehr.

Denn schon küsste Finn sie erneut. Und auch wenn der Kuss nicht so unerwartet kam wie beim ersten Mal, riss er ihr dennoch den Boden unter den Füßen weg.

Dakota ließ sich in seine starke Umarmung sinken und wollte nichts mehr, als seine Arme um sich zu spüren. Sie öffnete den Mund, woraufhin er sofort mit der Zunge eindrang und sie in einen leidenschaftlichen Rausch führte. Seine Hände schienen überall zu sein. Sie streichelten ihren Rücken, glitten dann tiefer, packten ihren Hintern, drückten zu, bis sie sich instinktiv an ihn drängte.

Ihr Bauch rieb an seiner Erektion. Er war hart und dick, und das, was sie sich bei diesem Kontakt vorstellte, ließ sie leise wimmern. Ohne nachzudenken, packte sie seine Hände und führte sie an ihre Brüste.

In der Sekunde, in der er sie dort berührte, schmolz sie dahin. Seine Hände umfassten ihre Kurven, liebkosten die Haut, als erkunde er jeden Zentimeter ihres Körpers. Mit Daumen und Zeigefingern fand er ihre Brustwarzen und reizte sie. Dann griff er nach dem Saum ihres Pullovers und zog ihn ihr über den Kopf.

Er hatte kaum Zeit, ihn zur Seite zu werfen, als sie den Verschluss ihres BHs öffnete. Der BH folgte dem Pullover. Und Dakota hoffte nur, dass der Herd aus war, damit nichts in Brand geriet, falls irgendwelche Klamotten darauf landeten.

Während sie den BH von sich schleuderte, zog Finn sich Hemd und Schuhe aus. Anschließend beugte er sich vor und schloss die Lippen um ihre rechte Brustwarze. Er leckte die harte, empfindliche Spitze, bevor er zärtlich daran saugte. Die Berührung glaubte Dakota bis tief im Unterleib zu spüren. Pure Lust erfüllte ihren Körper.

Die Kombination aus Hitze, Rhythmus, Feuchtigkeit und der steigenden Spannung machte ihr weiche Knie. Um nicht zu fallen, hielt sie sich an Finn fest. Genussvoll widmete er sich ihrer linken Brust und streichelte die andere zärtlich. Sie strich durch sein Haar, bevor sie seinen Kopf zu einem erneuten Kuss näher zog.

Während ihre Zungen einander umtanzten, knöpfte er ihr die Jeans auf. Eilig zog sie sich die Schuhe aus. Sekunden später landeten Jeans und Slip auf dem Fußboden. Finn folgte ihrer Bewegung, ließ sich auf die Knie sinken, schob ihre Beine ein wenig auseinander und küsste sie auf intimste Weise.

Er hat mich nicht vorgewarnt, dachte sie panisch. Sie hatte keine Zeit gehabt, sich auf die sanfte Liebkosung seiner Lippen und Zunge vorzubereiten. Sie war ihm vollkommen ausgeliefert, als er ihren ganzen Körper erkundete, um wieder und wieder zu ihren geschwollenen Lippen zurückzukehren.

Mit jeder erotischen Berührung kam sie dem Höhepunkt näher. Ihre Beine zitterten so sehr, dass sie kaum noch gerade stehen konnte. Sie presste die Finger in seine Schultern, aber das verhinderte es nicht. Sie spürte, wie sie zusammensank.

Er fing sie auf und zog sie in seine Arme, drückte sie an seine Brust. Seine Haut fühlte sich heiß an ihrer an. Als er sich aufrichtete, verloren ihre Beine den Bodenkontakt. Dann trug er sie durch das kleine Haus.

Kurz dachte sie daran, ihm den Weg zu sagen, aber da es nur zwei Zimmer gab, wusste sie, dass er es allein finden würde. Und richtig, ohne Zögern ging er zum Schlafzimmer, wo er sie auf die Überdecke ihres Bettes legte. Bevor er sich zu ihr gesellte, zog er Jeans und Boxershorts aus.

Während er sich neben sie schob, berührte er ihren Körper mit beiden Händen. Er begann an ihrer Stirn, strich sanft über ihre Haut. Er berührte ihre Wangenknochen, die Ohren, den Kiefer. Er fuhr an ihren Schultern entlang, am Schlüsselbein, dann umfasste er ihre Brüste.

Von da aus bewegte er sich weiter über ihre Taille, über die Hüften und zwischen ihre Oberschenkel. Sie dachte, seine Hände würden dort verweilen, beenden, was er in der Küche angefangen hatte. Doch stattdessen strichen seine Finger weiter über ihre Oberschenkel, die Knie und die Schienbeine bis zu den Füßen.

Den Rückweg gestaltete er noch langsamer. Als er die weiche Haut ihrer Oberschenkel erreichte, rutschte er zwischen ihre Beine, drängte sie auseinander und beugte sich vor, um sie dort zu küssen.

Seine Zunge fand sofort den Punkt, an dem sie am sensibelsten war. Der stete Schlag, ein Rhythmus, der dazu gedacht war, sie in den Wahnsinn zu treiben, ließ sie aufstöhnen. Ihr Körper gehorchte ihr nicht mehr. Er reagierte nur noch auf das, was Finn tat. Tausend Gefühle. Eines stärker als das vorherige.

Ihre Muskeln spannten sich an. Sie spürte, dass sie es nicht mehr lange zurückhalten konnte.

Noch nicht, dachte sie verzweifelt. Das ist so gut. Sie wollte es noch länger genießen. Die Sicherheit seiner Berührung, das Gefühl, ihm so nah zu sein. Aber das war unmöglich. Unaufhaltsam trieb sie dem Ende, dem Unausweichlichen, entgegen.

Er verlagerte ein wenig das Gewicht und drang mit einem Finger tief in sie ein. Er wiederholte es einmal, zweimal, und sie war verloren. Sie wurde von einer Welle purer Lust mitgerissen. Lust rauschte durch sie hindurch, um sie herum. Sie war überall. Und Dakota wollte nicht, dass es jemals endete.

Aber irgendwann verebbten die Schauer. Sie tauchte langsam wieder auf, kehrte in die Gegenwart zurück. Lethargie rang mit Zufriedenheit. Seit langer, langer Zeit hatte Dakota sich nicht mehr so gut gefühlt.

Gerade als die letzten Wellen ihres Höhepunktes abklangen, richtete Finn sich auf und legte seine Hände an ihre Hüften. Mit einer geschmeidigen, entschlossenen Bewegung drang er in sie ein. Er war so groß, wie sie ihn sich vorgestellt hatte, und er füllte sie vollständig aus.

Als er ganz in ihr war, öffnete sie die Augen und lächelte. „Schön", flüsterte sie.

Er grinste. „Es gefällt dir?"

„Ja."

Sie schlang die Beine um seine Hüften und zog ihn näher an sich heran. Als er sich zurückzog und wieder eindrang, drängte sie ihn, tiefer in sie zu stoßen. Sie wollte ihn ganz spüren, wollte sich in dem verlieren, was sie taten. Das hier war Leben, das, was Menschen taten, in denen Leben war.

Mit jedem Mal, das er tief in sie eindrang, fühlte sie, wie sie immer mehr zu der Frau wurde, die sie einst gewesen war. Ihr Körper nahm, weitete sich, umschloss. Sie spürte seinen Höhepunkt nahen. Sie spürte die eigene Erregung steigen.

Nächstes Mal, versprach sie sich. Nächstes Mal würde sie noch einmal kommen. Aber im Moment reichte es ihr, zu fühlen, wie er sich anspannte, und ihn zu halten, während er sich in ihr verlor.

Sasha und Lani saßen einander im Schneidersitz auf dem einzigen Bett in ihrem Motelzimmer gegenüber. Das Zimmer, das er sich mit seinem Bruder teilte, war größer, aber nicht viel. Da sie für die Show ausgewählt worden waren, übernahm die Produktionsfirma die Kosten für Unterkunft und Verpflegung. Geoff sah allerdings keinerlei Grund, irgendwelchen Luxus zu finanzieren. Daher blieben sie alle, wo sie vorher auch gewohnt hatten. Am Ende der Show würde schließlich jeder zwanzigtausend Dollar erhalten. Das war mehr als genug, um einen Umzug nach L. A. zu finanzieren.

Lani hatte mehrere Zettel auf dem Bett ausgebreitet. Ein paar waren neu, andere wirkten alt und hatten Flecke, Risse und Knicke vom ständigen Auseinander- und Zusammenfalten.

„Spätestens mit zweiundzwanzig will ich berühmt sein", erklärte sie. Ihre dunklen Augen funkelten überzeugt. „Filme wären toll, aber das Fernsehen scheint mir die sicherere Bank zu sein. Ich bin letztes Jahr für Probeaufnahmen zu einigen Piloten in Los Angeles gewesen." Sie hielt inne und schaute ihn an.

Sasha nickte. Er kannte sich mit der Fernsehwelt ausreichend aus, um zu wissen, was Piloten waren.

Jedes Jahr produzierten die verschiedenen Fernsehsender Pilotfolgen von potenziellen Serien. Danach entschieden die Führungskräfte der Sender, welche Serienanfänge gesendet wurden und welche vorher schon verworfen wurden. Das Casting für die Piloten war eine große Sache, und unbekannte Gesichter waren immer gern gesehen.

In einem Piloten mitzumachen war toll, aber selbst eine Zusage bedeutete noch keine Garantie. Denn selbst wenn die Serie umgesetzt wurde – die Chancen dafür standen eins zu einer Million –, konnte die Rolle neu besetzt werden. Es war quasi Schauspielerlotto.

„Wie hast du abgeschnitten?", fragte er.

Sie seufzte. „Ich bin für zwei Piloten genommen worden. Und keiner der beiden ist weiterverfolgt worden."

Sie hob die Arme über den Kopf und streckte sich. Dabei spannte sich ihr T-Shirt über den Brüsten.

Sasha schaute hauptsächlich aus Gewohnheit hin. Lani war schön. Sie hatte exotische Gesichtszüge, und er würde wetten, dass sie extrem fotogen war.

„Wie wäre es mit modeln?", fragte er.

„Ich bin zu klein", erwiderte sie. „Eins fünfundsechzig. Das wird nichts. Ich habe zu Hause ein paar Bademodenfotos für Kataloge und so etwas gemacht. Natürlich habe ich tausend Angebote für Nacktaufnahmen bekommen, aber das mache ich auf keinen Fall. Ich habe Angst, dass die irgendwann wieder auftauchen und mir kurz vorm ersten Oscar die Karriere ruinieren."

Er hatte aus Alaska rausgewollt, um reich und berühmt zu werden. All das würde ihm das Dasein als Star ermöglichen. Lani dagegen wollte alles. Eine ernsthafte Schauspielkarriere, Preise und Horden von Paparazzi, die ihr auf Schritt und Tritt folgen würden.

„Wir müssen unseren Plan festzurren", murmelte sie und raschelte mit den Zetteln. Dabei fiel ihr das lange dunkle Haar in Wellen über die Schulter.

Er nahm an, dass er sie eigentlich zum Sex verführen sollte oder so. Wenn sie sich auszog und sich ihm anbot, sagte er bestimmt auch nicht Nein. Aber er war im Grunde nicht auf diese Art an ihr interessiert. Lani war der erste Mensch, den er kennengelernt hatte, der das Gleiche wollte wie er – der es sogar noch mehr wollte als er. Er glaubte auch, dass sie gemeinsam eine bessere Chance hätten, alles zu erreichen.

„Weißt du, wenn wir gewinnen, bekommt jeder von uns

einhundertfünfundzwanzigtausend Dollar", sagte er und lehnte sich in die Kissen zurück. "Plus die zwanzig, die alle kriegen. Ich will mir ein Haus in Malibu mieten."

"Sei nicht dumm", erwiderte sie. "Das ist vor der Steuer. Wir können von Glück reden, wenn wir mit siebzigtausend aus der Nummer rausgehen. Und das muss eine Weile reichen. Ich nehme mir eine Wohnung im San Fernando Valley. Irgendwo in der Nähe der Burbank-Studios. Von da aus bin ich ganz schnell in Century City oder Hollywood. Denn wenn ich nicht gleich engagiert werde, brauche ich erst mal einen anderen Job." Sie schaute ihn an. "Hast du schon eine Liste mit deinen Wunschagenten gemacht?"

Agenten? "Äh, nee, nicht so richtig."

"Ich schon. Sobald diese Show gesendet wird, werde ich entsprechende Anrufe tätigen und ihre Assistenten bitten, mich im Auge zu behalten. Ich habe natürlich keine Chance, an den Agenten selber ranzukommen, aber die Assistenten bekommen sehr gern heiße Tipps. Sie sind immer auf der Suche nach dem nächsten Kandidaten, um ihn oder sie ihrem neuen Boss vorzustellen und sich damit beliebt zu machen."

Sasha starrte sie an. Er und Lani waren ungefähr gleich alt. Im Moment fühlte er sich allerdings wie ein Kind am Erwachsenentisch. Woher wusste sie das alles?

Die Frage schien ihm deutlich ins Gesicht geschrieben, denn Lani grinste. "Guck nicht so überrascht. Ich arbeite daran, seit ich dreizehn bin."

"Und jetzt soll ich mich besser fühlen?"

Sie schüttelte den Kopf. "Du wirst schon noch aufholen. Es ist nicht so schwer. Es geht eigentlich nur darum, Aufmerksamkeit zu erregen. Schnapp dir deine fünfzehn Minuten Ruhm und dehne sie zu einer Stunde aus. Ich habe mir überlegt, dass wir eine Storyline brauchen."

"Was soll das heißen?"

"Normale Verabredungen sind langweilig. Wer will uns dabei schon zusehen? Und was sollen wir dabei tun, einfach rumsitzen und uns unterhalten?" Sie schüttelte erneut den Kopf. „Wir brauchen was Besseres. Wir müssen den Zuschauern einen guten Grund liefern, damit sie uns gewinnen sehen wollen."

Er beugte sich vor. „Okay. Aber was? Irgendwas aus einem Film?"

„Ja, ich dachte erst an eine der klassischen Liebesgeschichten", gab sie zu. „Inzwischen bin ich mir nicht sicher, ob das der richtige Weg ist. Zu viele Leute werden die Geschichte wiedererkennen. Außerdem reicht das nicht. Leider können wir uns nicht von irgendwem entführen lassen. Obwohl das großartig wäre."

Sie zog einen der Zettel aus dem Stapel und wedelte damit vor seiner Nase. „Ich gucke viele Soaps. Einige der Geschichten sind echt gut. Wenn man es genau betrachtet, schauen Leute diese Serien, weil immer irgendetwas passiert. Und weil sie sich für die verschiedenen Charaktere interessieren. Also müssen wir dafür sorgen, dass die Zuschauer sich für uns interessieren – wir müssen ihnen etwas geben, das sie gerne sehen wollen." Sie schaute ihn an. „Sex sells."

„Sex kann ich", erwiderte er grinsend.

Lani verdrehte die Augen. „Ich hab's dir doch schon gesagt, mit mir gibt es keinen Porno. Aber das bedeutet nicht, dass wir nicht romantisch und leidenschaftlich sein können. So etwas mögen die Leute. Ich denke, wir könnten eine dieser tollen Beziehungen haben, in denen wir uns verlieben, dann streiten, miteinander Schluss machen und dann wieder zusammenkommen. Die Kamera liebt Dramen. Die Kamera liebt Action. Wenn wir dem Regisseur etwas Interessantes bieten, bekommen wir die meiste Sendezeit. Und das ist genau das, was wir wollen."

„Action kann ich auch", erwiderte Sasha, immer noch leicht überfahren von Lanis Entschlossenheit, alles zu tun, was nötig war, um zu bekommen, was sie wollte. Das Einzige, was er bisher getan hatte, war, dem College und seinem Bruder den Rücken zu kehren. Und die letzte Zeit über hatte er das für einen ziemlich großen Schritt gehalten. Jetzt war er sich da nicht mehr so sicher.

„Wir werden das Pärchen sein, über das jeder spricht", verkündete sie erwartungsvoll.

„Definitiv. Wie lautet der Plan?"

Lani grinste. „Ich weiß noch nicht so genau." Das Grinsen wurde breiter. „Hast du Angst vor Feuer?"

Um eine Fernsehsendung zu filmen, bedurfte es wesentlich mehr, als Dakota gedacht hatte. Mit zehn Pärchen, genauso vielen Locations und einer, wie ihr schien, sehr kleinen Crew regierte das Chaos. Jedes Pärchen würde ein Date hier in der Gegend absolvieren, einige Pärchen würden zusätzlich gemeinsam irgendwohin reisen. Sie hatte den Eindruck, wer in der ersten Woche für eine gemeinsame Reise vorgesehen war, hatte es einfacher, in der Show zu bleiben.

Sie war schon immer ein großer Fan von Sendungen wie *Project Runway* und *Top Chef* gewesen. Aber sie hatte keine Ahnung gehabt, wie viel Arbeit hinter einer fünfundvierzigminütigen Folge steckte. Heute wurden zwei Pärchen beim Kennenlernen gefilmt, während sie durch Fool's Gold schlenderten. Tatsächlich war es ein sehr schönes erstes Date. Als Dakota auf den Monitor schaute, erkannte sie jedoch, dass es keinen besonders aufregenden Stoff fürs Fernsehen abgab.

Sie überprüfte auf dem Zettel auf ihrem Klemmbrett, wie lange die Verabredung dauern sollte. Als sie wieder zu dem Pärchen schaute, sah sie einen großen, knackig aussehenden Mann auf sich zukommen.

Sie hatte Finn seit fast zwei Tagen nicht mehr gesehen. Kein einziges Mal seit dem Abend in ihrem Haus, an dem sie sich gegenseitig zur Ekstase getrieben hatten. Was eine Fähigkeit war, an die sie sich bei einem Mann durchaus gewöhnen könnte.

Während sie sich noch fragte, ob es ihr peinlich oder unangenehm wäre, ihm gegenüberzutreten, erbebte sie vor Vorfreude. Es war, als wäre ihr Körper plötzlich von sexfördernden Hormonen geflutet worden.

„Guten Morgen", sagte er im Näherkommen.

„Hi."

Sie schaute in seine blauen Augen und konnte nicht anders, als zu lächeln. Erleichtert stellte sie fest, dass sie sich in seiner Nähe nicht unbehaglich fühlte. Und als er ihr Lächeln erwiderte, ließ auch das leicht nervöse Zittern nach.

„Wie geht es dir?", fragte sie.

„Besser", erwiderte er. „Ich musste mich um ein paar arbeitsbedingte Krisen zu Hause kümmern, habe eine Lieferung nach Eugene, Oregon, geflogen und den gestrigen Tag damit verbracht, die Zwillinge zu überreden, mit zurück nach Alaska zu kommen."

„Und? Wie ist es gelaufen?"

„Als wir fertig waren, habe ich den Kopf gegen die Wand geschlagen, um mich besser zu fühlen."

„Autsch. Hast du wirklich erwartet, dass deine Brüder mit dir ins nächste Flugzeug steigen?"

Er zuckte die Schultern. „Man wird doch wohl noch träumen dürfen, oder?" Er schüttelte den Kopf. „Nein, ich habe nicht wirklich erwartet, dass sie mitkommen. Ich wusste, es würde nicht funktionieren, war aber entschlossen, es zu versuchen. Nenne mich einen Idioten."

„Ehrlich gesagt denke ich, du bist jemand, der sich um seine Familie kümmert. Du bist im Moment vielleicht ein bisschen fehlgeleitet, das passiert allerdings jedem mal."

Er lachte leise. „Danke. Glaube ich."

„Ich war jetzt sehr nett", erwiderte sie.

„Auf sehr subtile Weise."

Jetzt lachte sie. Mit Finn zusammen zu sein war schön – sie war froh, dass sie sich das nicht nur eingebildet hatte. Der Morgen danach konnte komisch sein, selbst wenn er erst Tage später stattfand, aber sie fühlte sich in seiner Gegenwart so wohl wie vor ihrer gemeinsamen Nacht.

„Wegen neulich Abend …", fing er an.

So viel zur Frage, ob wir auf einer Wellenlänge sind, dachte sie. „Ich hatte viel Spaß."

„Ich auch. Es war eine ziemliche Überraschung – nicht, dass ich mich beschweren will." Er schaute sie an. „Willst du dich beschweren?"

„Ich habe mich nie besser gefühlt."

Er schenkte ihr sein langsames, sexy Lächeln. „Gut." Das Lächeln verschwand. „Aber da es so ungeplant war, hatte ich nichts dabei. Ist das ein Problem?"

Sie brauchte einen Moment, um zu verstehen, was er meinte. Verhütungsmittel.

„Nein, kein Problem."

„Du nimmst die Pille?"

Es wäre am einfachsten, Ja zu sagen. Das war die Antwort, die jeder erwartete. Aber aus irgendeinem Grund wollte sie Finn nicht anlügen.

„Das muss ich nicht", erklärte sie ihm. „Ich kann keine Kinder bekommen. Ist was Medizinisches. Wenn alle Planeten in der richtigen Konstellation stehen und Aliens auf der Erde landen, könnte es zwar theoretisch passieren, aber in dem Gespräch mit meiner Ärztin ist die Formulierung ‚eins zu einer Million' öfter gefallen, als mir lieb ist."

Sie musste Finn zugutehalten, dass er weder zurückzuckte noch sonderlich erleichtert wirkte. Stattdessen spiegelte sich Mitgefühl in seinen Augen. „Das tut mir leid."

„Mir auch. Ich habe mir immer Kinder gewünscht. Eine normale Familie. Tief im Herzen habe ich immer geplant, einmal Mutter zu sein."

Da ist sie, dachte sie, die Traurigkeit. Als sie erfahren hatte, was mit ihr nicht stimmte, hatte sie geglaubt, in dieser Traurigkeit zu ertrinken. Das Gefühl hatte sie überwältigt, ihr sämtliches Leben aus der Seele gesaugt. Trotz des Studiums, des Wissens, der Vorlesungen und Bücher hatte sie nie wirklich verstanden, was eine Depression war. Sie hatte nicht begriffen, was es bedeutete, wenn ein Mensch jegliche Hoffnung verlor.

Jetzt wusste sie es. Es hatte Tage gegeben, an denen sie sich kaum hatte rühren können. Sie war kein Mensch, der sich das Leben nehmen oder sich Schmerzen zufügen konnte. Aber sich selbst aus der tiefen Apathie zu ziehen, das war das Schwerste, das sie je getan hatte.

„Es gibt mehr als nur einen Weg, das zu bekommen, was man sich wünscht", sagte er. „Aber das ist dir sicher bewusst."

„Ja, das sage ich mir auch andauernd. Und an guten Tagen glaube ich mir sogar." Sie schaute ihn an. „Du hingegen bist nicht auf der Suche nach einer Familie."

„Ist das geraten oder deine professionelle Einschätzung?"

„Beides. Irre ich mich?"

„Nein. Hab ich alles schon zur Genüge gehabt."

Das ergibt Sinn, dachte sie. Finn war gezwungen gewesen, in einem Alter, in dem es eigentlich noch um Spiel und Spaß gehen sollte, unerwartet viel Verantwortung zu übernehmen. Warum sollte er also den Wunsch verspüren, mit einer neuen Familie noch einmal von vorne anzufangen?

Das solltest du im Hinterkopf behalten, riet sie sich. Sie mochte Finn. Gemeinsam hatten sie viel Spaß. Allerdings hatten sie auch unterschiedliche Erwartungen ans Leben. Wenn sie weiterhin Zeit mit ihm verbrachte, musste sie das im Hinterkopf behalten. Das Letzte, was sie im Moment gebrauchen konnte, war ein gebrochenes Herz.

„Habe ich dir jetzt Angst gemacht?", fragte sie.

„Nein. War das deine Intention?"

Sie lachte. „Nein. Ich will nur nicht, dass zwischen uns irgendetwas unklar ist."

„Ist es nicht."

„Gut." Sie trat ein wenig näher und schaute zu ihm auf. „Denn die Nacht mit dir hat mir gut gefallen."

Er hob eine Augenbraue. „Mir auch. Wollen wir das irgendwann mal wiederholen?"

Sex mit einem Mann, der definitiv nicht in der Stadt bleiben würde? Nur Spaß, ohne Verpflichtungen? So etwas hatte sie noch nie gemacht. Vielleicht war es an der Zeit, das zu ändern.

Sie lächelte. „Von mir aus gerne."

6. Kapitel

Dakota konnte sich nicht erinnern, wann ihr das letzte Mal so kalt gewesen war. Obwohl der Kalender behauptete, es wäre mitten im Frühling, war eine Kaltfront heraufgezogen, und die Temperaturen waren um mindestens zehn Grad gefallen. In den Bergen lagen sogar dreißig Zentimeter Neuschnee.

Sie zog den Mantel fester um sich und wünschte, sie hätte daran gedacht, Handschuhe mitzubringen. Unglücklicherweise hatte sie die meisten Wintersachen schon weggepackt und musste sich mit dem Zwiebel-Look behelfen. Die dicke Wolkendecke ist auch nicht sonderlich hilfreich, dachte sie mit Blick an den blassgrauen Himmel.

Als sie jemanden nach ihr rufen hörte, drehte sie sich um. Montana winkte ihr zu, während sie die Straße hinuntereilte. Ihre dicke Daunenjacke sah unglaublich warm und gemütlich aus. Außerdem trug ihre Schwester eine bunte Strickmütze mit passenden Handschuhen.

„Du siehst aus, als würdest du frieren", sagte Montana. „Warum hast du nichts Wärmeres angezogen?"

„Weil das alles schon weggeräumt ist."

Montana grinste. „Manchmal zahlt es sich aus, Dinge aufzuschieben."

„Offensichtlich."

„In ein paar Tagen soll es wieder wärmer werden."

„Hoffentlich."

Montana hakte sich bei ihr unter. „Komm, ich gebe dir was von meiner Wärme ab." Sie zeigte zum See. „Und sag mal, was ist da los?"

„Wir filmen ein Date."

„Draußen? Die Kandidaten werden gezwungen, bei gerade einmal drei Grad plus auf dem Wasser herumzupaddeln?"

„Irgendjemand hat vergessen, den Wetterbericht zu sehen. Leider ist es ausgerechnet auch noch eines der älteren Pärchen. Sie sollten eigentlich ein romantisches Picknick machen. Das Letzte, was ich gehört habe, war, dass der Toningenieur sich beschwert, weil er nichts versteht, weil der Wind so heult und ihre Zähne so klappern."

Montana betrachtete das kleine Boot mitten auf dem schwarzen, aufgewühlten Wasser. „Das Fernsehen ist überhaupt nicht so, wie ich es mir vorgestellt habe. Es ist weder sonderlich interessant noch romantisch."

„Die einzelnen Szenen zu drehen dauert irrsinnig lang. Mir wird es nicht fehlen, wenn das erst einmal vorbei ist."

„Das verstehe ich." Montana runzelte die Stirn. „Ich höre gar keine Musik. Wird die später hinterlegt?"

„Vermutlich." Dakota zitterte. „Die nächsten Dates finden außerhalb der Stadt statt. Stephen und Aurelia fliegen nach Las Vegas. Sasha und Lani sollten eigentlich nach San Diego, aber Geoff ist wegen der Zimmerpreise beinah ausgeflippt, also kann es sein, dass sie doch hierbleiben müssen."

Die Temperaturen in beiden Städten betrugen über zwanzig Grad. Deshalb hoffte Dakota, dass es mit San Diego doch noch etwas wurde.

„Das sind die Zwillinge, richtig?", fragte Montana. „Die sind echt süß."

„Aber für dich ein bisschen zu jung", konterte Dakota trocken.

„Oh, ich weiß. Ich bin auch nicht an ihnen interessiert. Ich meine nur, dass ich sie gerne anschaue."

Dakota lachte. „Gucken ist erlaubt. Lass dich dabei nur nicht von Finn erwischen. Er ist immer noch fest entschlossen, seine Brüder wieder nach Hause zu holen."

„Wie kommt er denn mit seinem Plan voran?"

„Nicht sonderlich gut. Aber er gibt nicht auf."

Finn war immer noch fest entschlossen. Und nicht nur das gefiel ihr an ihm. Doch das würde sie Montana nicht verraten. Eine Schwester, die wüste Spekulationen über ihr Privatleben anstellte, konnte sie gerade nicht gebrauchen. Obwohl es sicher nur gut gemeint wäre, war es mehr, als sie im Moment ertragen konnte.

„Also bleibt er noch hier?", fragte Montana.

„Ich schätze, bis zum bitteren Ende."

„Armer Kerl." Montana schaute nach links und stieß Dakota dann in die Seite. „Ist er das?"

Als Dakota sich in die Richtung drehte, sah sie, dass Finn auf sie zukam. Er trug eine Lederjacke und weder Mütze noch Handschuhe. Trotzdem wirkte er nicht, als wäre ihm kalt. Vermutlich entsprachen die hiesigen Temperaturen im Vergleich zum Wetter in South Salmon eher einer warmen Brise.

„Ja, das ist er", bestätigte sie. „Blamier mich jetzt nicht."

Montana trat einen Schritt zur Seite. „Wann hätte ich das je getan?"

„Wir haben jetzt nicht genug Zeit, um all die Male aufzuzählen."

Offensichtlich wollte Montana etwas erwidern, hielt sich aber zum Glück zurück, als Finn in Hörweite kam.

„Wessen dumme Idee war das denn?", fragte er. „Es ist viel zu kalt, um sich auf dem See herumzutreiben. Was ist denn das für eine Planung?"

Dakota unterdrückte ein Lächeln. „Finn, darf ich dir meine Schwester Montana vorstellen? Montana, das ist Finn. Seine beiden Brüder sind in der Show."

Finn richtete seine Aufmerksamkeit jetzt auf beide Frauen. „Tut mir leid, ich war abgelenkt." Er streckte Montana die Hand hin. „Nett, dich kennenzulernen."

„Gleichfalls", erwiderte Montana. „Du klingst nicht so, als würdest du deine Zeit hier genießen."

„Ist das so offensichtlich?" Er schüttelte den Kopf. „Egal. Ich glaube nicht, dass ich darauf eine Antwort hören will." Er schaute zwischen ihnen hin und her, dann sah er genauer hin. „Ihr seid wirklich eineiig, oder?"

Dakota lachte. „Hast du gedacht, ich habe mir das ausgedacht?"

„Guter Einwand." Er wandte sich an Montana. „Meine Brüder sind auch eineiige Zwillinge. Sie sagen immer, dass sie eine ganz besondere Verbindung zueinander haben, die ich nicht verstehen kann. Stimmt das?"

„Tut mir leid", antwortete Montana, „aber da haben die beiden leider recht. Es ist komisch, mit jemand anderem fast identisch zu sein. Man weiß immer irgendwie, was er denkt. Ich kann mir mein Leben nicht anders vorstellen. Mir ist jedoch gesagt worden, dass es anderen Menschen nicht so geht."

„Ich hatte befürchtet, dass du das sagst", gab er zu. „Dakota hat es mir genauso erklärt."

„Aber du wolltest mir nicht glauben?" Dakota war nicht sicher, ob sie sich darüber ärgern sollte oder nicht.

Finn schaute sie an. „Ich habe dir geglaubt. Ich hätte es nur gern gehabt, wenn du dich geirrt hättest."

„Wenigstens ist er ehrlich", merkte Montana an. „Der letzte ehrliche Mann."

„Sag das lieber nicht", bat Finn. „Ich könnte den Druck nicht ertragen." Er schaute Dakota an. „Ich habe gehört, wir fliegen morgen nach Las Vegas."

„Bist du schon mal dort gewesen?", fragte sie. Finn kam ihr nicht wie ein Mann vor, dem Las Vegas gefallen würde.

„Nein. Die Stadt liegt mir nicht. Ich bin mir aber sicher, dass Stephen es lieben wird." Er seufzte. „Verdammte Sendung."

„Du wirst schon noch damit klarkommen", erwiderte sie.

„Verrätst du mir, wann, damit ich mich schon mal drauf freuen kann?"

„Ich wünschte, ich wüsste es."

Er wandte sich an Montana. „Es war schön, dich kennengelernt zu haben."

„Ja, finde ich auch."

Finn winkte ihnen kurz zu, drehte sich um und ging.

Dakota schaute ihm nach. Sie mochte es, wie er sich bewegte, diese lässige Selbstsicherheit. Obwohl es ihr leidtat, dass er sich Sorgen um seine Brüder machte, freute sie sich auch darauf, mit ihm zusammen nach Las Vegas zu fliegen. Sie war ein paar Mal mit ihren Freundinnen dort gewesen und hatte immer viel Spaß gehabt. Und sie hatte schon eine ungefähre Vorstellung davon, wie viel Spaß es machen würde, die Stadt an der Seite eines Manns wie Finn zu erleben.

„Interessant", sagte Montana. „Sehr, sehr interessant. Wie war der Sex?"

Dakota schnappte nach Luft. „Wie bitte? Was ist das denn für eine Frage?"

„Eine offensichtliche. Versuch nicht, so zu tun, als wäre nichts passiert. Du hattest Sex mit Finn. Ich will die Einzelheiten gar nicht wissen, ich will nur wissen, wie es war. Das ist ja wohl keine zu unverschämte Forderung. Da ich schon keinen Sex habe, bescheide ich mich mit der althergebrachten Tradition, mir die Spannung durch meine Schwester ins Leben zu holen."

„Ich, äh ..." Dakota schluckte. Sie wusste, es zu leugnen hatte keinen Zweck. Bei jedem anderen hätte es vielleicht funktioniert, bei einer ihrer Schwestern niemals.

„Gut. Ja, ich habe mit Finn geschlafen. Und es war super." Sie lächelte. „Stimmt nicht. Es war noch besser als super."

„Wirst du es wieder tun?", fragte Montana.

„Das liegt durchaus im Bereich des Möglichen. Ich würde zumindest gerne."

Montana musterte sie. „Ist es was Ernstes?"

„Nein. Selbst wenn ich versucht wäre, es geht nicht. Finn bleibt nicht hier. Er lebt quasi auf einem anderen Planeten, und mein Leben ist hier. Außerdem ist keiner von uns auf der Suche nach etwas Festem und Dauerhaftem. Also alles gut."

„Ich hoffe, das stimmt", erklärte ihre Schwester. „Denn manchmal, wenn alles so richtig gut läuft, finden wir genau das, von dem wir behaupten, nicht danach zu suchen."

„Was meinst du damit, die Lieferung ist früher gekommen? Alle dreihundertundachtzig Kartons? Willst du mir damit sagen, die stehen jetzt alle in unserem Lagerhaus?", fragte Finn.

„Nicht Kartons", sagte sein Partner Bill. „Kisten. Gottverdammte Holzkisten. Was will er daraus bauen, eine Arche?"

Das passiert gerade nicht wirklich, dachte Finn. Das konnte einfach nicht sein. Nicht jetzt. Nicht solange er hier festsaß.

Das Luftfrachtunternehmen existierte dank fester Verträge. Die brachten das Geld ein. Einmallieferungen waren gut, aber die Jahresverträge deckten ihre Rechnungen.

Und jetzt hatte einer ihrer größten Kunden beschlossen, sich ein Boot zu bauen. Er hatte die Einzelteile von überall her bestellt und sie nach South Salmon liefern lassen. Von dort sollten sie zu seinem Anwesen dreihundert Meilen nördlich der Stadt geflogen werden.

Als Finn von dem Projekt gehört hatte, war er davon ausgegangen, dass es sich um maximal ein halbes Dutzend Kisten oder Kartons handeln würde. Offensichtlich hatte er sich geirrt.

„An den Kisten ist außen das jeweilige Gewicht notiert", berichtete Bill. „Wir sprechen hier von drei bis vier Kisten pro Flug – maximal. Willst du das mal kurz überschlagen?"

Finn fluchte. Einhundert Flüge? „Das ist nicht machbar", sagte er mehr zu sich als zu Bill. „Wir haben auch noch andere Kunden."

„Er will dafür bezahlen", erwiderte Bill. „Finn, wir können

es uns nicht leisten, diesen Kunden zu verlieren. Er bringt uns über den Winter."

Sein Partner hatte recht. Der Hauptteil ihrer Arbeit fand zwischen April und Oktober statt. Aber einhundert Flüge?

„Ich habe mich schon mal umgehört", fuhr Bill fort. „Die Flugzeuge können wir kriegen. Ich habe auch die Flugpläne ein bisschen umgeschichtet. Das Einzige, was mir jetzt noch fehlt, sind Piloten. Du musst zurückkommen."

Finn starrte auf das Flugzeug von Southwest Airlines, das bereit zum Boarden am Gate stand. Stephen und der Cougar würden nach Las Vegas fliegen. Um sicherzustellen, dass nichts passierte, musste Finn sie begleiten. Denn er vertraute weder der Frau noch Geoff oder sonst jemandem, der mit der Sendung zu tun hatte. Ausgenommen Dakota. Sie hatten eins gemeinsam: Bei der Show taten sie nur, was sie tun mussten.

„Ich kann nicht", sagte er. „Sasha und Stephen brauchen mich."

„Das ist Blödsinn. Die sind einundzwanzig und kommen auch alleine klar. Du gehörst hierher, Finn. Also schwing auch deinen Arsch wieder hierher."

Finn war die letzten acht Jahre für seine Brüder verantwortlich gewesen. Auf keinen Fall konnte er ihnen jetzt einfach den Rücken kehren.

„Wen hast du schon alles angerufen? Hast du es bei Spencer probiert? Er ist ein guter Pilot und normalerweise um diese Jahreszeit frei."

Es herrschte langes Schweigen, bevor Bill wieder sprach. „Das ist also deine Antwort? Ich soll jemand anderen anheuern?"

Während er sich von den anderen Passagieren wegdrehte, senkte Finn die Stimme. „Wie oft hast du mich schon gebeten, dir den Rücken frei zu halten? Bevor du geheiratet hast, wie oft hattest du da ein heißes Date in Anchorage oder wolltest in Juneau nach einsamen Touristinnen Ausschau halten? Ich habe immer getan, worum du mich gebeten hast. Jetzt bitte ich dich darum, mir eine Pause zu gönnen. Sobald ich kann, komme ich zurück. Bis dahin musst du das irgendwie alleine hinkriegen."

„Okay." Bill klang genervt. „Aber du tauchst besser schnell wieder hier auf, oder wir bekommen ein Problem."

„Das werde ich." Doch als er das sagte, fragte Finn sich, ob das wirklich der Wahrheit entsprach.

Nachdem er das Gespräch beendet hatte, steckte er das Handy in die Tasche. Dann reihte er sich in die Schlange der wartenden Passagiere ein, die an Bord gehen wollten. In ihm rangen Schuldgefühle und Verärgerung. Wie um alles noch schlimmer zu machen, musste er Linie fliegen. Er hasste es, Linie zu fliegen. Er hasste es überhaupt, zu fliegen, wenn er nicht selbst im Pilotensessel saß. Aber es war günstiger gewesen, die Tickets nach Las Vegas zu kaufen, statt ein Flugzeug zu mieten. Und Geoff versuchte alles, um Geld zu sparen.

Schließlich in der Maschine, schob Finn seinen kleinen Seesack in die erstbeste Gepäckablage.

„Sir, Sie möchten Ihre Tasche vielleicht lieber mitnehmen", sagte die Flugbegleiterin. „Über Ihrem Platz ist sicher noch was frei."

„Meinetwegen", grummelte Finn und biss die Zähne zusammen.

Er schnappte sich den Seesack und ging den Gang weiter hinunter. Als er sah, dass neben Dakota noch ein Sitz frei war, blieb er stehen. Natürlich gab es in den Fächern hier keinen Platz für sein Handgepäck. Fluchend zwängte Finn sich an Dakota vorbei, ließ sich auf den Mittelplatz fallen und stopfte seinen Seesack unter den Vordersitz, wo eigentlich seine Füße hinsollten.

„Bitte sag mir, dass das hier kein Fünfstundenflug ist", murmelte er.

„Wir sind heute aber gut gelaunt", erwiderte Dakota. „Was ist dir denn über die Leber gelaufen?"

Er lehnte sich in seinem Sitz zurück und schloss die Augen. „Fragst du das als Privatperson oder als Psychologin?"

„Das kannst du dir aussuchen."

„Vielleicht könnten wir den Teil mit der Gesprächstherapie überspringen und gleich zur Elektroschocktherapie übergehen." Ein paar Tausend Volt, die durch meinen Körper jagen, würden alles wieder in die richtige Perspektive rücken, dachte er.

Sanft berührte Dakota ihn am Arm. „Ehrlich? So schlimm? Oder machst du aus einer Mücke einen Elefanten?"

„Mal sehen. Ich habe gerade mit meinem Geschäftspartner gesprochen. Wir haben eine unerwartete Lieferung von fast vierhundert Kisten, die mehrere Hundert Meilen weit geflogen werden müssen. Wir können maximal vier Kisten pro Flugzeug laden. Ich sollte dort sein und helfen. Stattdessen stecke ich in einem Flugzeug nach Las Vegas fest, das ich nicht mal selbst fliege. Du willst wissen, warum? Weil meine Brüder sich entschieden haben, im letzten Semester das College zu schmeißen. Während wir hier miteinander sprechen, plant Sasha, nach Hollywood zu ziehen und sein Leben zu zerstören. Und Stephen steht kurz davor, von einem Cougar vernascht zu werden." Er schaute sie an. „Sag du es mir. Mache ich aus einer Mücke einen Elefanten?"

Um ihre Mundwinkel zuckte es ein klein wenig.

Er kniff die Augen zusammen. „Das ist nicht lustig."

„Ein bisschen schon. Wenn du nicht du wärst, fändest du es auch lustig."

Er lehnte sich wieder zurück. „Geh weg."

„Tut mir leid. Ich werde das jetzt ernster nehmen, versprochen. Bei dem Problem mit deiner Firma kann ich dir wirklich nicht helfen. Wobei, die gute Nachricht ist doch, dass ihr viel zu tun habt. Kann dein Partner keinen anderen Piloten anheuern?"

„Das muss er. Und wahrscheinlich wird er mir das in Rechnung stellen. Ich an seiner Stelle würde es jedenfalls tun."

„Du könntest nach Hause fliegen. Du musst nicht hier sein."

„Muss ich wohl. Jemand muss auf die beiden aufpassen." Er zögerte und schaute sich um, um sicherzustellen, dass auch ja niemand zuhörte.

„Vor Jahren, als unsere Eltern gestorben sind, herrschte das reinste Chaos. Sie sind bei einem Flugzeugabsturz ums Leben gekommen, was natürlich das Interesse der Medien geweckt hat. Überall im Ort sind Reporter herumgeschlichen, wir waren die Topstory der Woche – wenigstens in Alaska. Einige Leute haben sogar Geld geschickt, um uns zu helfen."

Dakota schaute ihn an. „Ich habe das dumpfe Gefühl, du hast das gehasst."

„Stimmt. Ich wusste, dass es nur vorübergehend war, aber auf Sasha hat es anders gewirkt. Er will berühmt werden, weil er denkt, er ist sicher, wenn die Welt sich für ihn interessiert. Sicher, er ist inzwischen einundzwanzig. Der dreizehnjährige Junge, der seine Eltern verloren hat, steckt allerdings immer noch in ihm."

Er lehnte sich wieder zurück. „Stephen macht in diesem Fall einfach nur mit. Ich glaube, er will sichergehen, dass es Sasha gut geht. Tja, auch wenn sie vom Gesetz her erwachsen sind, haben sie bis zum College in einem kleinen Dorf gelebt. Sie wissen nichts über die Welt. Sie sind zu vertrauensselig und haben zu wenig Ahnung, um sich schützen zu können. Ich muss für sie da sein."

„Es tut mir leid." Sie legte ihre Hand auf seine. „Das habe ich nicht gewusst."

Er zuckte mit den Schultern. „Ich weiß, dass ich sie irgendwann ziehen lassen muss. Und das ist für mich auch in Ordnung. Aber nicht so. Nicht wenn sie es mit jemandem wie Geoff zu tun haben."

„Okay, das verstehe ich. Wenigstens weißt du, dass du irgendwann loslassen musst. Du musst lernen, ihnen zu vertrauen, damit sie ihre eigenen Entscheidungen treffen."

„Vielleicht hast du recht. Aber nicht heute." Er schaute sich um. „Hast du sie gesehen?"

„Wen?"

„Die Frau, die meinen Bruder ins Verderben stürzen will? Die, von der du gesagt hast, sie würde sich von ihm schwängern lassen, um ihn in die Falle zu locken." Er wagte nicht zu hoffen, dass sie das Flugzeug verpasste. Denn so viel Glück hätte er wohl nicht.

Aus großen Augen schaute Dakota ihn an. Gleichzeitig hörte Finn etwas aus der Reihe vor sich, das stark wie ein Wimmern klang.

Dakota räusperte sich. „Ah ja. Aurelia ist an Bord. Sie sitzt sogar genau in der Reihe vor uns. Wärst du etwas aufmerksamer gewesen, hättest du sie bemerkt." Sie boxte ihn in die Seite. „Und ich habe nie gesagt, dass sie sich schwängern lässt. Oh, sieh mal." Sie zeigte nach vorne. „Da ist dein Bruder. Vielleicht kann er uns ja erklären, wieso du so ein Idiot bist."

Fast hätte Finn seine Worte bereut. Aber nur fast. Er war sicher, dass Aurelia unter normalen Umständen ein ganz reizender Mensch war. Wie sollte er jedoch einer Frau vertrauen, die versuchte, über eine Realityshow einen Mann zu finden? Wer machte denn so etwas? Außerdem war sie für Stephen viel zu alt. Er würde alles in seiner Macht Stehende tun, um die beiden voneinander fernzuhalten.

Er schaute aus dem Fenster. „Wann fliegen wir ab?"

„Ich schwöre, wenn du vorhast, den ganzen einstündigen Flug über ‚Sind wir bald da?' zu fragen, lasse ich etwas Schweres in deinen Schoß fallen."

Trotz seiner Lage und seiner steigenden Frustration musste Finn lachen. „Okay, du hast gewonnen. Ich werde mich benehmen."

„Kann ich das schriftlich haben?", fragte sie.

„Sicher."

Seufzend lehnte sie sich in ihrem Sitz zurück und nahm seine Hand in ihre. „Du bist so ein Lügner."

„Vielleicht aber auch nicht."

„Das glaube ich erst, wenn ich es mit eigenen Augen sehe und erlebe. Erzähl mal, was würdest du tun, wenn du jetzt in Alaska wärst? Fliegen?"

„Vermutlich."

„Du bist jetzt auch in einem Flugzeug. Das ist praktisch das Gleiche."

Er verschränkte die Finger mit ihren. „Es ist nicht das Gleiche. Wenn man der Pilot ist, hat man das Sagen."

„Wir könnten die Stewardess fragen, ob sie ein Paar dieser kleinen Flügel für dich hat, die sie den Kindern immer geben. Du könntest sie dir an dein Hemd heften. Vielleicht fühlst du dich dann besser."

„Du findest dich ganz schön lustig, oder?"

„Ich *bin* ganz schön lustig."

„Du bist meinetwegen ganz schön. ‚Lustig' würde ich aber nicht sagen."

Sie lächelte. „Damit kann ich leben."

Aurelia war noch nie in Las Vegas gewesen. Sie hatte es im Fernsehen und in Filmen gesehen, aber in der Realität war die Stadt noch viel aufregender.

Der kurze Flug war ihr endlos vorgekommen. Sie hatte sich nichts sehnlicher gewünscht, als in ihrem Sitz zu verschwinden. Finns gemeine Anschuldigungen über sie und ihre Motivation, bei der Show mitzumachen, waren einfach schrecklich gewesen. Den ganzen Flug über hatte sie sich Vorwürfe gemacht, weil sie sich nicht gegen ihre Mutter durchsetzen konnte. Denn wenn sie auch nur einen Hauch von Rückgrat hätte, wäre sie nie in diese Lage gekommen.

Als sie nun am großen Flughafen von Las Vegas angekommen waren, beschloss Aurelia, das schlechte Gefühl abzuschütteln und die Erfahrung einfach nur zu genießen. Sie würde vielleicht nie wieder hierherkommen, und sie hatte das Gefühl, dass sie sich später ganz genau an alles erinnern wollen würde.

Stephen stand neben ihr, gemeinsam warteten sie auf ihr Gepäck. Geoff hatte gesagt, sie solle sich etwas Schickes einpacken, weil sie am nächsten Abend mit Stephen zusammen ausgehen würde. Am Nachmittag standen mehrere kurze Aufnahmen im Kasino und in der Stadt auf dem Plan.

Als das Gepäckband sich in Bewegung setzte, erhaschte Aurelia einen Blick auf Finn und Dakota, die gemeinsam zum Taxistand gingen. Da sie nicht im Bild auftauchen würden, hatten sie keine besondere Garderobe einpacken müssen und reisten lediglich mit Handgepäck. Aurelia dagegen hatte sich ein paar schicke Kleider von den Kolleginnen geliehen und hoffte nur, dass eines gut genug für ihren großen Abend sein würde.

Sehnsüchtig beobachtete sie, wie Finn eine Hand an Dakotas unteren Rücken legte. Es war eine einfache, höfliche Geste, aber sie weckte in Aurelia den Wunsch, ihr Leben mit einem Mann teilen zu können. Mit jemandem, der für sie da wäre, so wie sie für ihn da sein wollte. Mit jemandem, dem etwas an ihr lag.

„Zeig mir einfach, welcher dein Koffer ist, ich hole ihn dann", sagte Stephen.

Sie nickte.

Er ist süß, dachte sie wehmütig. Aber zu jung. Das war es, was sie Stephen so gerne sagen würde: Sie hatte sich bereits damit abgefunden, dass es zwischen ihr und ihm nicht mehr als Freundschaft geben konnte. Sie hatte jedoch Angst, er würde sich anders benehmen, wenn sie ihm das sagte. Und das würde Geoff sofort auffallen ... Aurelia wollte nicht so schnell aus der Show gewählt werden. Je länger sie blieb, desto weniger müsste sie sich mit ihrer Mutter auseinandersetzen. Seltsamerweise fühlte sie sich mit jeder Minute, die sie in Stephens Gegenwart verbrachte, stärker.

Sie sah ihre Reisetasche, wenig später hob Stephen sie vom Band. Als er auch seine gefunden hatte, führte Karen, eine der Produktionsassistentinnen, sie zu einer Limousine. Der Kameramann wartete dort bereits auf sie.

Fürsorglich beugte sich Stephen zu ihr und sagte leise: „Nun guck nicht so verängstigt! Sonst glauben die Leute noch, dass du gar nicht mit mir zusammen sein willst."

„Das stimmt ja auch nicht." Sie versuchte, nicht an Finns unmögliche Bemerkung darüber zu denken, dass sie Stephen in die Babyfalle locken wollte.

„Weil ich genau der bin, auf den du dein Leben lang gewartet hast?", fragte er sie amüsiert.

Sie lächelte. „Ich hatte immer diese brennende Sehnsucht nach jemandem, der mir den Unterschied zwischen Hilary Duff und Lindsay Lohan erklären kann."

Er zwinkerte ihr zu. „Wusste ich's doch."

Sie schauten einander immer noch an, als sie in die Limousine stiegen.

Aurelia war nie sonderlich gut darin gewesen, mit Männern zu sprechen, geschweige denn zu flirten, aber mit Stephen fiel es ihr leicht. Vielleicht weil sie sich bei ihm sicher fühlte. Er war … nett. Vermutlich war das nicht gerade eine Bezeichnung, die er sonderlich aufregend fand, aber für sie war es ein Kompliment.

Sie fuhren vom Flughafen aus Richtung Las Vegas Strip. Die Hochhäuser ragten in den Himmel, ihre verschiedenen Höhen und Formen hoben sich von den sandfarbenen Bergen ab. Als sie näher kamen, konnte Aurelia einzelne Gebäude ausmachen. Die große schwarze Pyramide des Hotels „Luxor". Den Eiffelturm vor dem Paris-Hotel und dann das weitläufige „Caesars Palace".

„Weißt du, wo wir übernachten?", fragte sie.
„Da."
Stephen zeigte nach rechts. Als sie um die Kurve bogen, sah Aurelia die schmalen Türme des „Venetian Hotel". Die Limousine hielt vor dem Eingang an, dann wurde ihnen die Tür geöffnet.

Sie war sich vage bewusst, dass die Kameras alles aufnahmen, aber darauf konnte Aurelia sich nicht konzentrieren. Dafür gab es hier einfach zu viel zu sehen.

Sie betraten eine großzügige Lobby, deren Decke ein Fresko zierte. Alles hier war wunderschön – von den großen Blumenarrangements bis zu den vergoldeten Säulen. Sogar die Teppiche waren wunderschön.

Und es wimmelte nur so von Menschen. Dutzende verschiedene Sprachen wehten zu ihr herüber. In der Luft lag ein leichter Zitrusduft.

„Ihr seid bereits eingecheckt", sagte Geoff und reichte Aurelia den Schlüssel. „Eure Zimmer liegen nebeneinander. Wenn ihr euch entscheidet, etwas Interessantes zu tun oder zu unternehmen, muss uns einer von euch anrufen. Wir wollen natürlich dabei sein."

Aurelia glaubte, ihr würden die Augen herausfallen. Ihn anrufen? Wie bitte? Falls ein Teilnehmerpärchen beschloss, Sex zu haben, wollte er das filmen?

„In der Richtung habt ihr vermutlich eher nichts zu erwarten", murmelte sie.

Geoff seufzte. „Wem sagst du das. Trotzdem, wenn ihr ausreichend Alkohol getrunken habt, könnten wir alle Glück haben."

Aurelia stand mitten in der Lobby. Die Menschen bewegten sich um sie herum, als wäre sie gar nicht da. Was nicht sonderlich überraschend war. Sie war die meiste Zeit ihres Lebens so gut wie unsichtbar.

„Bist du so weit, dein Hotelzimmer in Augenschein zu

nehmen?", fragte Stephen, als er sich zu ihr gesellte. „Geoff hat gesagt, wir sind schon eingecheckt."

Sie hielt ihren Schlüssel hoch.

Stephen warf einen Blick auf die Zimmernummer. „Wir wohnen direkt nebeneinander. Das ist super. Wir können uns verschlüsselte Nachrichten durch die Wand schicken."

Als sie in seine blauen Augen schaute, war sie froh, dass Stephen wenigstens nett war. Das Ganze mit einem Idioten durchzumachen wäre unerträglich gewesen.

„Kennst du irgendwelche Geheimcodes?"

„Nein, aber wir könnten einen lernen. Oder einen erfinden. Du bist doch gut im Umgang mit Zahlen, oder?"

Sie lächelte. „Ich werde mir was überlegen."

Gemeinsam gingen sie zu den Aufzügen. Zum Glück trat der Kameramann in eine andere Kabine und ließ sie für ein paar Minuten allein.

Nachdem sie ihre Etage erreicht hatten, gingen Stephen und Aurelia den langen Flur entlang zu ihren Zimmern. Sie lagen einander gegenüber, nicht nebeneinander, aber das war immer noch nah genug. An die Wand gelehnt, wartete bereits ein anderer Kameramann auf sie.

„Mit wem willst du reingehen?", fragte Aurelia ihn.

Er zuckte mit den Schultern. „Dein Zimmer. Stephen, geh mit ihr hinein!"

Es sollte so aussehen, als teilten sie sich ein Zimmer? Der Gedanke ließ Aurelia erröten, trotzdem steckte sie den Schlüssel ins Schloss und öffnete die Tür.

Sie war noch nicht oft verreist – und wenn, dann hatte sie meistens in keinem Hotel übernachtet. Dennoch wusste sie, wie ein normales Hotelzimmer aussah – und zwar nicht so wie das hier.

Zu ihrer Rechten lag ein wunderschönes Badezimmer aus Marmor und Glas. Es gab eine große Dusche und eine noch größere Badewanne, zwei Waschbecken, eine Frisierkommode und Unmengen an Spiegeln. Es war wie im Film oder wie im Märchen. Hinter dem Badezimmer lag das Schlafzimmer. Wobei diese Bezeichnung nicht wirklich passte. Das riesige Doppelbett war mit feinster Bettwäsche bezogen und wurde von zwei großen Nachttischen flankiert. Dahinter führten drei Stufen in ein etwas tiefer gelegenes Wohnzimmer. Die vom Boden bis zur Decke reichenden Fenster boten einen Ausblick auf das Piratenschiff, das vor Treasure Island auf dem Wasser lag.

Langsam drehte sich Aurelia um die eigene Achse und nahm alles in sich auf. Dann schaute sie Stephen an. „Ich verstehe das nicht. Das hier kann nicht mein Zimmer sein. Es ist so wunderschön." Sie lachte. „Sag mir bitte, dass wir hier nie wieder wegmüssen."

„Wenn wir unten den Jackpot knacken, können wir so lange bleiben, wie du willst", sagte er.

Aurelia lächelte. „Das würde mir gefallen."

Sie vereinbarten, sich in einer halben Stunde zu treffen und gemeinsam ins Kasino hinunterzugehen. Aurelia nutzte die Zeit, um sich das braune Haar auf Lockenwickler aufzudrehen und zu beten, dass es danach einigermaßen aussähe. Sie schlüpfte in eine weiße Jeans und eine türkisfarbene Seidenbluse, die sie vor beinah einem Jahr im Ausverkauf erstanden hatte.

Normalerweise gab sie nicht viel Geld für ihre Freizeitkleidung aus. Ihr gesamtes Budget dafür gab sie für Büro-Outfits und Kostüme aus. Und alles, was sie nicht für den eigenen Lebensunterhalt benötigte, ging entweder an ihre Mutter oder landete auf ihrem Sparbuch. Aber die Seidenbluse hatte Aurelia so gut gefallen, dass sie einfach nicht hatte widerstehen können.

Nachdem sie ihre neu erworbenen Kosmetikartikel auf der marmornen Ablagefläche im Bad ausgebreitet hatte, cremte sie sich erst das Gesicht ein und legte dann sorgfältig Concealer auf. Die pudrige Foundation war wirklich so leicht aufzutragen, wie die Frau in der Parfümerie versprochen hatte. Die Augen schminkte sie sich nur leicht, indem sie einen taupefarbenen Lidschatten benutzte und die Wimpern tuschte. Danach folgten ein wenig Rouge und ein leichter Lipgloss. Ganz zum Schluss drehte Aurelia dann die heißen Wickler heraus und kämmte sich das Haar mit den Fingern durch. Sie beugte sich vor und sprühte die Haare großzügig mit Haarspray ein. Dann richtete sie sich auf, warf den Kopf in den Nacken und betrachtete sich im Spiegel.

In einem Badezimmer voller Spiegel gab es kein Entkommen vor der Realität. Doch dieses Mal war es gar nicht so schlimm. Aurelia betrachtete sich von allen Seiten. Sie würde niemals umwerfend aussehen, aber zum ersten Mal im Leben war sie hübsch. Zumindest fühlte sie sich so, und das musste reichen.

Sie war gerade in ihre Schuhe geschlüpft, als Stephen an die Tür klopfte. Aurelia nahm ihre Handtasche und ging zur Tür.

„Hey", sagte sie und hoffte, nicht so atemlos zu klingen, wie sie sich fühlte.

„Selber hey", setzte er an, hielt dann jedoch inne und starrte sie an. „Wow, du siehst umwerfend aus!"

„Danke."

Sie war sich des Kameramannes, der direkt hinter Stephen stand, wohl bewusst. Einen Moment lang wünschte sie, es wären nur sie beide. Dass ein Bruchteil ihrer gemeinsamen Zeit real sein könnte. Nur genau das war es nicht, daran musste sie immer denken.

„Was willst du als Erstes machen?", fragte Stephen. „Einarmige Banditen, Blackjack oder lieber Roulette?"

„Ich war noch nie in einem Kasino", gab sie zu. „Was schlägst du vor?"

Während sie sich unterhielten, gingen sie zu den Fahrstühlen. Stephen drückte den Knopf nach unten. Die Tür öffnete sich sofort. Als sie den Fahrstuhl betraten, spürte Aurelia, dass Stephen seine Hand an ihren unteren Rücken legte.

Das hat nichts zu bedeuten, sagte sie sich. Männer machten so etwas andauernd. Sie hatte doch gerade erst gesehen, wie Finn es bei Dakota gemacht hatte. Und trotzdem kam sie nicht umhin, zu bemerken, wie gut sich seine Berührung anfühlte. Die Seide ihrer Bluse schien die Hitze seiner Hand noch zu verstärken. Als der Fahrstuhl sich in Bewegung setzte, war Aurelia ein wenig schwindelig. Sie redete sich ein, das käme von der schnellen Abwärtsbewegung und von nichts sonst.

Wenig später verließen sie den Fahrstuhl und traten mitten hinein in das verrückte Chaos. Es war lustig und grell und laut. Aurelia wusste gar nicht, wo sie zuerst hinschauen sollte.

„Hast du Hunger?" Stephen zeigte auf das „Grand Lux Café".

„Vielleicht später", erwiderte sie. Im Moment war sie viel zu aufgeregt, um etwas zu essen. Es gab einfach viel zu viel zu sehen.

Ein älteres Pärchen ging an ihnen vorbei. „Ist es nicht schön, wenn Familien gemeinsam verreisen, George?", fragte die Frau. „Guck, sie hat ihren jüngeren Bruder mit nach Las Vegas gebracht. Ist das nicht süß?"

Sofort brachte Aurelia etwas Abstand zwischen sich und Stephen. Sie wusste nicht, ob er die Bemerkung gehört hatte oder sie bewusst ignorierte. Der Kameramann verfolgte das Pärchen jedoch mit seiner Linse, deshalb wusste Aurelia, dass diese Begegnung gesendet werden würde.

Sie ging einfach los, ohne zu wissen, wohin genau. Ihre Wangen brannten, und die gefühlte Demütigung raubte ihr die ganze Freude an dem Tag. Sie dachte darüber nach, dem Pärchen hinterherzulaufen und ihnen zu erklären, was los war, aber was hätte das für einen Zweck?

Stephen hielt mit ihr Schritt. „Alles okay mit dir?", fragte er.

Seine offensichtliche Verwirrung verriet ihr, dass er die Worte der Frau nicht gehört hatte – oder besser gesagt, noch nicht. Aurelia rief sich in Erinnerung, dass sie einfach Freunde waren. Dadurch fühlte sie sich leider auch nicht besser.

Sie blieb mitten im Kasino stehen und schaute ihn an. Er ist so nett, dachte sie. Ein netter Typ. Aber auf keinen Fall würden sie …

„Entschuldigung, was tun Sie da?"

Aurelia und Stephen drehten sich zu einem muskulösen Mann in dunklem Anzug um, der sie angesprochen hatte. Sein Namensschild wies ihn als Mitglied des Sicherheitsteams aus, und seine Miene verriet ihnen, dass er seine Aufgabe sehr ernst nahm.

Er deutete auf den Kameramann. „Sie dürfen hier nicht filmen."

„Wir drehen eine Realityshow", erklärte Stephen. „Hat die Produktionsfirma das nicht vorher mit Ihnen geklärt?"

„Nein." Der Securitymann ging auf die Kamera zu. „Schalten Sie die Kamera sofort aus, sonst mache ich das für Sie."

„Ich hole Geoff", sagte der Kameramann schnell und rannte förmlich davon.

„Kommt er zurück, oder muss ich ihm hinterherlaufen?"

Aurelia war sich nicht sicher, ob der Mann mit ihnen redete. Offensichtlich war es auch egal. Er zog ein Funkgerät aus der Jackentasche und sprach hinein. Sie hatte das Gefühl, dass die Szene nicht sonderlich gut enden würde.

„Komm, wir gehen." Sie nahm Stephens Hand.

Stephen warf noch einen Blick in das genervte Gesicht des Wachmannes und nickte. „Ich denke, keiner von uns hat Lust, die Nacht im Gefängnis zu verbringen."

Sie drehten sich um.

Sie überlegte eine Sekunde, ob es ihnen wohl erlaubt wäre, einfach zu gehen. Aber niemand folgte ihnen. Ungehindert erreichten sie die Rolltreppe nach oben. Aurelia atmete tief durch.

„Alles in Ordnung? Ich dachte, du wirst mir gleich ohnmächtig", meinte Stephen.

„Ich hatte fürchterliche Angst", gab sie zu. „Ich kann nicht fassen, dass Geoff uns hierhergebracht hat, ohne entsprechende Vereinbarungen mit dem Hotel zu treffen. Mich überrascht auch nicht, dass sie uns hier nicht filmen lassen wollen. Sie wissen ja nicht, was wir damit vorhaben. Es könnte ein Trick sein, ein Versuch, das Kasino auszurauben, oder sonst was."

Sie wollte noch mehr sagen, konnte aber mit einem Mal nicht mehr sprechen. Stephen stand auf der Stufe hinter ihr. Ohne Vorwarnung legte er eine Hand an ihre Hüfte und beugte sich vor.

Aurelia versuchte, sich nichts anmerken zu lassen. Überrascht aufzuschreien wäre kaum angemessen. Außerdem hatte sie seine Hand genommen, um ihn von dem Wachmann wegzuziehen – obwohl das etwas anderes gewesen war. Sie wusste nicht, warum, aber es war so.

Sie erreichten das Ende der Rolltreppe. Aurelia hätte gerne weiter analysiert, was das alles zu bedeuten hatte, doch sie konnte nicht. Nicht solange sie das Gefühl hatte, eine andere Welt betreten zu haben.

Die Decke über ihnen war wie ein Himmel bemalt, mit weißen Wolken, die vorbeizuschweben schienen. Sie waren zwar noch im Hotel, aber es fühlte sich beinah an, als wären sie draußen. Es gab Läden, Restaurants und …

„Sieh nur", sie zeigte atemlos auf die schmalen Boote, die auf einem künstlichen Kanal dahinglitten. „Gondeln."

„Wollen wir mitfahren?", fragte er und drängte sie dabei schon in die Richtung. „Komm, das wird lustig!"

Die Warteschlange war nicht sonderlich lang, sodass Aurelia schon nach wenigen Minuten vorsichtig eine der Gondeln betrat. Die wankte auf dem Wasser, aber Aurelia schaffte es, sich zu setzen, ohne hinzufallen. Stephen nahm neben ihr Platz.

Die Gondel war nicht sehr breit, sodass Stephen ihr jetzt

sehr nah war. Nah genug, um den weichen Stoff seines langärmligen Hemds an ihrer Hand zu fühlen und den Druck seines Oberschenkels an ihrem.

„Hast du so etwas schon einmal gemacht?", fragte er und schaute sich um.

„Nein."

Niemals. Nicht einmal in ihren Träumen.

Gemächlich glitt die Gondel über den sich dahinschlängelnden Kanal. Menschen blieben stehen und winkten. Musik hallte von der Decke wider und umfing sie von allen Seiten. Aurelia sah Geschäfte, deren Namen sie bisher nur aus Zeitschriften kannte. Alles an diesem Augenblick war perfekt.

Dann legte Stephen ihr den Arm um die Schultern, und alles wurde noch viel besser.

Als sie um eine Kurve bogen, wartete ein Mann mit einer Kamera auf sie. Er bat sie zu lächeln und machte dann ein Foto. Als die Fahrt vorüber war, konnten sie sich das Ergebnis auf einem Bildschirm anschauen.

„Du bist wunderschön", sagte Stephen.

Aurelia wusste, dass er nur nett war, trotzdem war sie mit dem Foto zufrieden. Sie schauten beide in die Kamera und lächelten aufrichtig. Ihr fiel auf, dass sie sich beide ein wenig zueinander hinübergelehnt hatten und schon sehr wie ein Pärchen aussahen. Zumindest wenn man den Altersunterschied ignorierte.

„Wir nehmen zwei", erklärte Stephen und bezahlte auch gleich.

„Ich sollte sie bezahlen."

„Warum?"

Weil sie mehr verdiente als er. Weil er noch auf dem College und das hier kein Date war. Doch keinen dieser Gedanken wollte sie laut aussprechen, also sagte sie einfach nur „Danke", als er ihr die dünne Tüte reichte, in der das Bild samt Papprahmen steckte.

„Hast du jetzt Hunger?" Stephen zeigte auf eines der Restaurants, die sich hier draußen befanden.

„Ja."

„Gut. Ich auch."

Es war später Nachmittag und somit nicht viel los. Sie wurden zu einem kleinen Tisch in einer Ecke neben einer großen Grünpflanze geführt. Obwohl alles offen war, fühlte Aurelia sich auf dem Platz geborgen. Es war fast intim.

Der Kellner reichte ihnen die Speisekarten. Obwohl Aurelia hungrig war, konnte sie sich nicht vorstellen, etwas zu essen. Sie entschied sich für einen Salat und einen Eistee. Stephen nahm eine Pizza und eine Cola.

„Du weißt inzwischen, warum ich mich entschieden habe, bei der Show mitzumachen", sagte sie. „Aber was hat dich dazu getrieben?"

Seufzend nahm er seine Gabel in die Hand und drehte sie zwischen den Fingern hin und her. „Das hat viele Gründe. Ich wollte aus South Salmon raus, und die Sendung war eine gute Gelegenheit."

„Eine gute Gelegenheit? Du hast das College im letzten Semester aufgegeben. Inwiefern ist das gut?"

Stephen verdrehte die Augen, aber Aurelia blieb hartnäckig.

„Einen Abschluss zu haben kann nie schaden. Was willst du machen, wenn die Show vorbei ist?"

Stephen legte die Gabel beiseite und beugte sich vor. „Ich will nicht fliegen."

„Wie meinst du das? Willst du mit dem Auto zurück nach Alaska fahren?"

Er lachte. „Nein, ich meine, ich will kein Pilot werden wie mein Bruder. Ich will nicht in das Familiengeschäft einsteigen."

„Oh." Mit Familienerwartungen kannte sie sich aus. Trotz der Tatsache, dass sie fast dreißig war, war es ihr nie gelungen, ihre Mutter ein einziges Mal zufriedenzustellen. „Erwartet Finn, dass du in die Firma einsteigst?"

„Das versteht sich von selbst."

„Hast du ihm gesagt, wie du darüber denkst?"

„Nein. Das wäre ihm ja auch egal."

Aurelia schüttelte den Kopf. „Du sprichst über einen Mann, der einige Tausend Meilen weit geflogen ist, um sicherzugehen, dass es dir und deinem Bruder gut geht. Ich glaube, ihm liegt sehr viel an euch."

„Das ist etwas anderes. Er will, dass ich nach Hause komme, damit er mich kontrollieren kann. Würde ich ihm sagen, dass ich Ingenieur werden möchte, würde er mit mir auf tausend Fuß fliegen und mich dort oben aus dem Flugzeug stoßen."

„Du klingst wie ein Kind."

„Hey!" Er richtete sich auf. „Wie kannst du so etwas sagen?"

„Sieh dir doch an, wie du dich verhältst. Du traust dich nicht, dich mit Finn hinzusetzen und zu reden. Stattdessen läufst du einfach davon. Wie erwachsen ist das bitte?"

„Du solltest auf meiner Seite sein!"

„Ich bin eine unbeteiligte Dritte." Nun ja, „unbeteiligt" war vielleicht nicht das richtige Wort. Ihr war es peinlich, aber sie interessierte sich mehr als nur ein kleines bisschen für Stephen. Warum konnte er nicht dreißig anstatt zwanzig sein? Das Karma konnte manchmal wirklich gemein sein.

„Außerdem", fuhr sie fort, „weiß er dein Hauptfach doch sowieso schon, wenn du nur noch ein Semester von deinem Abschluss entfernt bist."

„Das Hauptfach spielt keine Rolle, solange ich wieder nach Hause komme." Er schüttelte den Kopf. „Als unsere Eltern gestorben sind, ist das wirklich schlimm gewesen. Finn hat sich um uns gekümmert. Jetzt kann er das nicht mehr sein lassen. Er glaubt, wir sind immer noch kleine Kinder, die ihn brauchen."

„Du solltest mit ihm reden. Warum sollte es ihn nicht freuen, dass du Ingenieur werden willst? Das ist doch ein guter, solider Job."

„Ich kenne ihn schon mein ganzes Leben, Aurelia. Du musst mir da einfach glauben. Finn würde das niemals unterstützen."

Sie wollte widersprechen, beließ es jedoch dabei. Immerhin kannte sie genug Leute, die ihr sagten, sie müsse sich mal gegen ihre Mutter zur Wehr setzen. Von außen betrachtet wirkte das immer so leicht. Aber wenn man beteiligt war, sah das alles ganz anders aus. Sie kam einfach nicht gegen die Wogen der Schuld an, die sie bei jedem Versuch überfielen. Es war, als hätte ihre Mutter ein Handbuch, in dem stand, wie man seine Tochter manipuliert, und als hätte sie jede Seite daraus auswendig gelernt.

Stephen war einer der wenigen, die das verstanden. „Ich vertraue dir", sagte sie.

Auf dem Marktplatz rief plötzlich jemand ihre Namen. Sie und Stephen schauten auf und sahen mehrere Menschen umherlaufen. Eine der Produktionsassistentinnen kam auf sie zugeeilt.

„Da seid ihr ja!" Karen klang völlig außer Atem. „Wir haben überall nach euch gesucht. Geoff ist furchtbar wütend. Wir packen zusammen und fahren heim. Ihr müsst jetzt sofort mitkommen."

Aurelia schaute Stephen an, der mit den Schultern zuckte. „Ich schätze, wir kriegen auch am Flughafen noch was zu essen."

„Beeilt euch", sagte Karen. „Wir müssen sofort zum Flughafen. Geoff ist außer sich, dass es hier kein echtes Date zwischen euch gegeben hat."

Aurelia und Stephen verließen das Restaurant. Als sie der Produktionsassistentin zu den Fahrstühlen folgten, lehnte er sich zu Aurelia.

„Geoff liegt falsch", flüsterte er ihr ins Ohr. „Es gab ein Date, und es hat mir einen Heidenspaß gemacht."

Aurelia spürte ein leichtes Ziehen ihres Herzens. „Mir auch", erwiderte sie ebenso leise.

Er lächelte sie an und nahm ihre Hand.

7. Kapitel

Dakota öffnete die Haustür und sah sich Finn gegenüber, der auf ihrer Veranda stand. Es war kurz nach sieben. Sie hatten noch den Flug um halb fünf erwischt, was bedeutete, dass sie noch nicht einmal seit einer Stunde zu Hause war.

„Ich weiß, ich weiß", sagte er und trat von einem Fuß auf den anderen. „Du hast zu tun. Ich sollte dich nicht stören."

„Und trotzdem bist du hier", erwiderte sie lächelnd. „Ist schon gut. Ich hatte keine aufregenden Pläne."

Sie war nicht gerade böse, weil er da war. Und was aufregende Pläne anging – dafür war er definitiv der Richtige.

Im Reinkommen reichte er ihr eine Flasche Wein. „Ich komme mit Geschenken, falls das etwas ändert."

„Das tut es."

„Ich verbringe inzwischen so viel Zeit in dem Weinladen, der Typ wollte schon wissen, ob ich mit ihm durchbrennen will."

Sie lachte. „Du weißt, dass er nur Witze macht, oder?"

„Ich habe es gehofft. In South Salmon sind die Leute nicht so."

„Dann sollten die Leute in South Salmon schleunigst an ihrem Sinn für Humor arbeiten." Sie ging voran in die Küche und stellte die Weinflasche auf den Tresen. „Reicht dir der Wein, oder möchtest du auch etwas essen?"

„Du musst mich nicht bekochen."

„Das war nicht die Frage." Sie ging zum Kühlschrank und öffnete die Tür. Auf den Regalen standen ein paar Salatsoßen, ein Joghurt und eine Schüssel mit rohen Mandeln. Nicht wirklich etwas, das Männer aßen.

Sie drehte sich zu ihm um. „Ich muss mein Angebot zurückziehen. Ich habe nichts im Haus, was dir schmecken würde. Sollen wir eine Pizza bestellen?"

Er hatte bereits die Schublade geöffnet, in der sich der Korkenzieher befand. „Pizza klingt gut. Du darfst dir für deine Hälfte sogar was Gesundes bestellen."

„Wirklich? Wie großzügig von dir."

Er zuckte mit den Schultern. „So bin ich eben."

„Ich Glückliche."

Nachdem sie eine Pizza bestellt hatte, gingen sie, die Weingläser in den Händen, ins Wohnzimmer und setzten sich. Dakota ignorierte die Tatsache, dass es ihr gefiel, Finn in ihrem Haus zu haben. Der Weg führte garantiert nicht zu einem Happy End. Stattdessen konzentrierte sie sich auf die Frage, weshalb er gekommen war.

„Es hat kein Date gegeben", sagte sie, „also laufen Stephen und Aurelia Gefahr, aus der Show gewählt zu werden. Das müsste dich doch eigentlich glücklich machen."

„Ja, solange er danach aufs College zurückkehrt."

„Du kannst ihm nicht den Rest seines Lebens hinterherlaufen. Irgendwann musst du ihn erwachsen sein lassen."

„Ja, und zwar in dem Moment, in dem er sich wie ein Erwachsener benimmt. Bis dahin ist er für mich weiterhin ein Kind."

Dakota lehnte sich zurück und musterte ihn über den Rand ihres Glases hinweg. Er verstand es immer noch nicht. Das Verhalten seiner Brüder hatte seinen Grund in ihrer Erziehung, nicht in Finns Anwesenheit hier in der Stadt. Ob er nun blieb oder ging, die Zwillinge würden ihr Verhalten deshalb nicht ändern. Aber wie konnte sie ihn dazu bewegen, es genauso zu sehen?

„Abgesehen davon, dass sie aufs College zurückgehen, ohne dass du sie an den Haaren dorthin schleifst – gibt es vielleicht noch eine andere Möglichkeit, wie das Ganze hier zu einem guten Ende kommen könnte?", fragte sie.

„Ich weiß es nicht", gab er zu. „Ich schätze, das muss es wohl. Was, wenn sie nie wieder aufs College zurückgehen? Ich muss wissen, dass es ihnen gut geht und sie von niemandem ausgenutzt werden." Er nahm sein Glas. „Aber das will ich mir jetzt gar nicht weiter vorstellen. Also Themenwechsel. Findest du es schade, dass wir Las Vegas frühzeitig verlassen mussten?"

„Ich werde mich deswegen nicht nachts in den Schlaf weinen, wenn du das meinst. Aber es wäre lustig gewesen, noch ein wenig zu bleiben. Es gibt dort so viel zu sehen und zu tun. Ich habe gehört, in dem Hotel kann man großartig shoppen gehen."

„Du gehst gern shoppen?"

Sie lachte. „Ich bin eine Frau. Das liegt mir praktisch in den Genen. Du hingegen kaufst dir das gleiche Hemd ein Dutzend Mal, und deine Socken kommen im Zehnerpack."

„So ist es einfacher", entgegnete er. „Und was hast du gegen meine Hemden?" Er schaute auf sein hellblaues Baumwollhemd hinunter. „Immerhin ist es nicht kariert. Das solltest du zu schätzen wissen."

„Oh, das tue ich. Ich habe gar nichts gegen deine Hemden. Ich finde, du siehst darin gut aus."

„Das sagst du nur so." Er seufzte dramatisch. „Jetzt hast du meine Gefühle verletzt. Ich denke nicht, dass ich weiter darüber reden kann. Es ist so schwer, wenn ein Mann versucht, besonders auszusehen, und es niemand bemerkt."

Um den Wein nicht zu verschütten, musste Dakota das Glas abstellen. Sie versuchte zwar, nicht laut zu lachen, ein kleines Glucksen konnte sie jedoch nicht unterdrücken. Wenn Finn Scherze machte, fand sie ihn umso anziehender.

„Willst du von mir etwa hören, dass du hübsch bist?", fragte sie.

„Nur wenn du es auch so meinst", antwortete er förmlich. „Ich will nicht, dass du nur mit meinen Gefühlen spielst."

Sie stand auf und ging um den Couchtisch herum. Nachdem sie ihm das Weinglas abgenommen und es auf den Tisch gestellt hatte, zog sie ihn auf die Füße. Sie nahm seine Hände in ihre und schaute ihm in die Augen.

„Ich mag dein Hemd wirklich sehr, sehr gern."

„Ich wette, das sagst du zu allen Männern."

„Nein. Nur zu dir."

Sie erwartete, dass er mit dem Spiel weitermachte, doch stattdessen zog er sie an sich und senkte seine Lippen auf ihre.

Der Kuss hatte überhaupt nichts Spielerisches. Finn nahm sie mit einer Intensität, die Dakota den Atem raubte. Es lag ein gewisser Hunger in seinen Berührungen, ein Drängen, das wie ein Echo ihrer plötzlichen, überwältigenden Leidenschaft war. Fest schlang Dakota die Arme um ihn und gab sich ganz dem Gefühl hin, seinen Körper an ihrem zu fühlen.

Er ist stark, verlässlich und beeindruckend, dachte sie verträumt. Alles, was sie an einem Mann wollte. Als er seinen Griff verstärkte, öffnete sie den Mund und hieß ihn willkommen.

Sehnsucht erfüllte sie. Ihre Brüste schienen in Vorfreude zu schwellen, dabei hatte er sie noch gar nicht berührt. In ihrem Unterleib pulsierte der uralte Rhythmus, der sie dazu drängte, sich enger an ihn zu schmiegen. Als Finn sie langsam rückwärts in Richtung Sofa schob, folgte sie ihm gern.

Ihre Beine hatten noch kaum die Sofakante berührt, als sie ein Geräusch hörte. Ein unaufhörliches Klopfen.

„Der Pizzajunge", murmelte sie an Finns Mund.

„Der soll sich selber ein Mädchen suchen."

Sie lachte. „Ich muss ihn bezahlen."

Finn richtete sich auf. „Ich mach das schon."

Er ließ sie los und ging zur Haustür.

Sobald er ihr den Rücken zudrehte, sauste Dakota aus dem Wohnzimmer den kleinen Flur hinunter und in ihr Schlafzimmer. Sekunden später war sie barfuß, und die kleine Lampe auf ihrem Nachttisch brannte. Finn trat an den Türrahmen.

„Ist das deine Art, mir zu sagen, dass du gar keinen so großen Hunger hast?"

Sie neigte den Kopf. „Hunger schon, aber nicht auf Pizza."

Beim Anblick seines sexy Lächelns jagte ihr ein Schauer über den Rücken.

„Eine Frau ganz nach meinem Geschmack", erklärte er und war mit zwei großen Schritten bei ihr.

„Ich wette, das sagst du zu allen Frauen."

„Nein, nur zu dir", flüsterte er, bevor er sie erneut küsste.

„Charlie ist blond bis auf die Knochen", sagte Montana. „Er ist echt ein süßer Kerl, aber ich befürchte, er ist nicht clever genug, um in das Programm aufgenommen zu werden."

„Wann wirst du es genau wissen?", fragte Dakota.

„Wenn Charlie sechs Monate alt ist, wird Max sich ein einigermaßen klares Bild von ihm machen können. Bis dahin bringe ich ihm die Grundzüge bei und schaue, wie das so läuft." Montana drehte sich auf die Seite und streichelte Charlies Bauch. „Aber du liebst alle, stimmt's, mein Großer?"

Der Große war ein drei Monate alter gelber Labradorwelpe. Charlies Pfoten waren fast so groß wie Tennisbälle. Niemand würde je auf die Idee kommen, irgendetwas an ihm klein zu finden.

„Was passiert mit ihm, wenn er es nicht ins Programm schafft?", wollte Nevada wissen.

„Dann wird er zur Adoption freigegeben. Max achtet ja darauf, dass seine Hunde familienfreundlich sind, und hat immer eine lange Warteliste. Charlie wird ein gutes Zuhause finden. Ich würde ihn aber nur ungern gehen lassen. Er ist der erste Hund, den ich von Geburt an ausgebildet habe. Gut, ab der sechsten Woche. Solange ihre Augen noch geschlossen sind, kann man ja nicht viel mit ihnen machen."

Die drei Schwestern lagen ausgestreckt auf Picknickdecken in Montanas Garten. Es war ein ungewöhnlich warmer

Samstagnachmittag für die Jahreszeit, und laut Vorhersage sollten die Temperaturen wieder unter zwanzig Grad fallen. Zwei weitere Hunde spielten im Garten. Ein apricotfarbener Toypudel namens Cece und ein Labradoodle namens Buddy schnüffelten auf dem Rasen und jagten Schmetterlinge.

„Den Pudel verstehe ich irgendwie nicht", sagte Nevada. „Ist sie nicht extrem klein?"

„Cece ist sehr gut ausgebildet", erklärte Montana. „Sie arbeitet hauptsächlich mit kranken Kindern. Weil sie so klein ist, kann sie auf den Betten sitzen. Oft haben die Kinder nicht einmal mehr genügend Kraft, um sie zu streicheln. Dann setzt sie sich ganz eng neben sie oder kuschelt sich an sie. Alleine das sorgt dafür, dass die Kinder sich besser fühlen. Da sie ein Pudel ist, haart sie nicht so viel wie andere Hunde. Sie wird vor jedem Besuch im Krankenhaus gebadet und danach getragen, damit sie keine Keime mit ins Krankenhaus bringt. Deshalb darf sie auf alle Stationen, auch für Schwerkranke."

Dakota setzte sich auf. „Das machst du den ganzen Tag? Mit Hunden zusammen kranke Kinder besuchen?"

„Manchmal. Es gibt auch Hunde, mit denen wir in Seniorenheime fahren. Und einen Teil meiner Zeit verbringe ich damit, die Hunde auszubilden. Die älteren Hunde brauchen nicht mehr so viele Anweisungen, aber mit den jüngeren übe ich regelmäßig. Am meisten Zeit nehmen die Welpen in Anspruch. Und dann kümmere ich mich ja auch noch um das Leseprogramm."

Als Montana vor einer Weile erzählt hatte, dass sie künftig mit Therapiehunden arbeiten werde, hatte Dakota nicht geahnt, wie viel dazugehörte. „Deine Arbeit bedeutet dir sehr viel."

Montana drehte sich auf den Rücken und stützte sich auf die Ellbogen. „Ich glaube, ich habe meine Berufung gefunden. Ihr zwei habt eure schon längst gefunden, was mich wirklich freut, mir aber auch immer das Gefühl gegeben hat, irgendwie unzulänglich zu sein. Ich werde mit der Arbeit niemals reich werden, aber das macht nichts. Ich liebe die Hunde. Ich liebe es, mit Menschen zu arbeiten. Wenn man einsam ist, ist es sehr wichtig, jemanden zu haben, der einen liebt. Selbst wenn dann nur ein Hund da ist."

Nevada setzte sich auf. „Jetzt komme ich mir wie ein Faulpelz vor. Ich mache gar nichts außer Entwürfen."

„Es sind doch Häuser", korrigierte Montana sie. „Jeder braucht schließlich etwas, worin er leben kann."

„Ich entwerfe keine Häuser. Ich arbeite bei Renovierungen oder Anbauten mit."

Aufmerksam schaute Dakota ihre Schwester an. Nevada hatte immer Ingenieurin werden wollen. Bereute sie diese Entscheidung jetzt? „Arbeitest du nicht gerne für Ethan?"

„Es ist nicht so, dass es mir nicht gefällt, aber ..." Nevada zog die Knie an und schlang die Arme um ihre Beine. „Wusstest du, dass ich mich noch nie für eine Stelle beworben habe? Ich meine, abgesehen von den Nebenjobs, die ich während der Highschool- und der Collegezeit hatte, also einen richtigen Job. Sobald ich mich fürs Ingenieursstudium entschieden hatte, ist jeder davon ausgegangen, dass ich für Ethan arbeite. Ich habe meinen Abschluss gemacht und stand am nächsten Tag in seinem Büro. Ich habe mich halt nie beweisen müssen."

„Nur weil du den Job über Vetternwirtschaft bekommen hast, heißt das doch nicht, dass du nicht gut bist", wandte Dakota ein. „Ethan würde dich nicht behalten, wenn ihm deine Arbeit nicht gefiele."

Nevada schüttelte den Kopf. „Glaubst du wirklich, Mom würde zulassen, dass er mich feuert?"

Montana zog Charlie auf ihren Schoß. „Da hat sie nicht ganz unrecht. Ethan kann sie nicht rausschmeißen."

„Willst du das denn?", fragte Dakota.

„Nein. Ich arbeite hart, und ich weiß, dass er mit meiner Arbeit zufrieden ist. Darum geht es gar nicht. Ich bin ins

Familiengeschäft eingestiegen und habe nie daran gedacht, etwas anderes zu tun. Ich will einfach nur wissen, dass ich am richtigen Platz bin und das Richtige tue."

„Ist das der Fluch der Drillinge?", fragte Montana. „Ich wusste doch so lange nicht, was ich machen soll. Und jetzt, wo ich endlich glücklich bin, bist du verwirrt?"

„Es gibt keinen Fluch", widersprach Dakota sofort.

„Ich denke schon eine ganze Weile darüber nach", gab Nevada zu. „Der Haken ist nur, dass ich Fool's Gold nicht verlassen will. Mir gefällt es hier. Hier ist mein Zuhause. Aber andererseits gibt es hier nicht viele Alternativen. Die Vorstellung, mich bei einer anderen Baufirma zu bewerben, fühlt sich für mich nicht gut an. Ich will nicht mit Ethan in Konkurrenz treten."

„Wie sieht dann deine Lösung aus?", wollte Dakota wissen.

Nevada streckte die Beine aus und zupfte an einem Grashalm. „Hat eine von euch schon mal was von Janack Construction gehört?"

Dakota runzelte die Stirn. „Der Name kommt mir bekannt vor. Gab es in der Schule nicht einen Tucker Janack? Er war doch mit Ethan und Josh befreundet. Sie sind vor Jahren mal zusammen im Rennradcamp gewesen, meine ich. An Einzelheiten kann ich mich aber nicht mehr erinnern."

„Ich schon", sagte Montana. „Tuckers Vater ist superreich. Hatte er damals nicht einen Helikopter geschickt, um Tucker abzuholen?"

„Ja und ja", erwiderte Nevada. „Ihnen gehört eine der größten Baufirmen des Landes. Offensichtlich hat Tuckers Vater bei seinem damaligen Besuch gefallen, was er gesehen hat. Er hat im Norden der Stadt achthundert Hektar Land gekauft."

„Wie war das denn möglich?", wunderte Dakota sich. „Gehört das Land nicht Indianern? Das ist nicht zu verkaufen."

„Tuckers Vater ist zu einem Sechzehntel Máa Zib. Mehr

braucht man nicht. Offensichtlich ist Tuckers Mutter auch zum Teil Máa Zib."

Dakota fragte sich, woher ihre Schwester so viel über die Familie wusste. „Sag mal, hast du dich zwischendurch mal mit denen getroffen? Oder woher weißt du das alles?"

„Mit den Eltern? Nein, die kenne ich überhaupt nicht."

„Was wollten sie da denn bauen?", fragte Montana. „Achthundert Hektar ergibt ja ein riesiges Grundstück."

„Ich habe gehört, dort soll ein exklusives Resort entstehen", erklärte Nevada. „Großes Hotel, Spa, Kasino und ein paar Golfplätze. Sie stecken ziemlich viel Geld in dieses Projekt und stellen dafür eine ganze Menge Leute ein."

„Also willst du für sie arbeiten?", hakte Dakota nach.

„Ich habe mich noch nicht entschieden. Vielleicht bewerbe ich mich und gucke, was passiert. Wenigstens hätte ich dann schon mal ein Bewerbungsgespräch gehabt."

Dakota fragte sich, ob nicht mehr dahintersteckte, als Nevada ihnen erzählte. Kam sie mit Ethan nicht mehr zurecht? Oder war es doch nur so, wie sie gesagt hatte – dass sie sich selbst beweisen wollte?

„Ich habe noch gar nichts von diesem Projekt gehört", sagte Montana. „Ich schätze, die Zustimmung der Stadtverwaltung ist nicht nötig, wenn es auf Indianergebiet liegt. Aber man würde doch meinen, dass sie zumindest mit der Bürgermeisterin sprechen."

„Vielleicht haben sie das, und Marsha hat es nur niemandem gegenüber erwähnt", erwiderte Dakota. „Im Moment ist hier ja mit der Realityshow und den Männern, die immer noch in Scharen in die Stadt strömen, so viel los."

„Wann wirst du dich entscheiden?", fragte Montana.

„Noch nicht so bald", gab Nevada zu. „Sie stecken noch in der Entwicklungsphase. Das kann noch Monate oder gar Jahre dauern. Sobald ich höre, dass es mit der eigentlichen Arbeit vorangeht, werde ich mir überlegen, was ich tue." Sie setzte sich anders hin. „Bitte sagt Ethan nichts davon. Es liegt nicht daran, dass ich nicht gerne mit ihm zusammenarbeite. Ich muss nur einfach wissen, dass ich auch woanders arbeiten könnte."

„Ich werde bestimmt nichts sagen", antwortete Montana schnell. „Ich war selber jahrelang unentschlossen und kann nur zu gut verstehen, dass du herausfinden musst, was du wirklich willst."

„Ich werde auch nichts sagen", versprach Dakota. „Wenn du jemandem zum Zuhören oder zum Ideenaustausch brauchst, ich bin immer für dich da."

„Das weiß ich. Danke euch beiden."

„Ist euch eigentlich mal aufgefallen, dass wir alle seit Monaten kein Date mehr hatten?", wechselte Montana das Thema. „Vielleicht ist an diesem blöden Männermangel wirklich was dran."

„Ich habe Dates", widersprach Dakota.

„Nein. Du hast Sex mit Finn. Das ist was anderes."

„Oh, habe ich etwas verpasst?", fragte Nevada. „Wann hast du angefangen, mit Finn zu schlafen?"

Dakota erklärte ihr, wie sie den Bruder der Zwillinge kennengelernt hatte. „Es ist nichts Ernstes", schloss sie. „Sobald er herausgefunden hat, dass seine Brüder durchaus in der Lage sind, selbst für sich zu sorgen, geht er zurück nach South Salmon. Es ist also nichts Längeres und – wie Montana richtig gesagt hat – zählt nicht wirklich als Date."

„Verstanden", sagte Nevada grinsend. „Die Frage ist also: Willst du ein Date, oder willst du Sex?"

„Kann ich nicht beides haben?", fragte Montana. „Muss ich mich für eins entscheiden?"

„Wenn du den richtigen Mann findest, kannst du auch beides haben", erklärte Nevada ihr.

„Und was willst du?", fragte Dakota sie.

Nevada lachte. „Ich nehme den Sex. Zumindest im Moment. Liebe ist mir zu kompliziert."

„Manchmal ist Sex auch kompliziert", erinnerte Montana sie.

Nevada schüttelte den Kopf. „Ich bin gewillt, es darauf ankommen zu lassen." Sie schaute Dakota an. „Wie steht's mit dir? Reicht dir Sex allein?"

Es gibt Dinge, die sie nicht wissen, dachte Dakota. Sie waren damals in der Bar nicht mehr dazu gekommen, darüber zu sprechen, dass sie keine Kinder bekommen könnte. Oder darüber, wie das alles für sie verändert hatte. Sie würde es ihnen irgendwann noch sagen. Aber nicht jetzt. Nicht wenn sie gemeinsam Spaß hatten und diesen wundervollen Tag genossen.

Dakota lächelte ihre Schwestern an. „Ob mir der Sex mit Finn reicht? Auf jeden Fall."

Finn wartete mit Sasha in der Lobby des „Gold Rush Ski Lodge und Resort". Ganz schön hier, dachte er. Wenn man auf hübsche Touristenhotels steht. Er wäre lieber zu Hause.

Nachdem Geoff herausgefunden hatte, was es kosten würde, alle nach San Diego zu fliegen – und vor allem, was das tolle Hotel direkt am Strand kostete, das es ihm angetan hatte –, hatte er beschlossen, Sasha und Lani in der Stadt zu lassen.

Die Poollandschaft der Lodge war in eine kitschige Tropenlandschaft mit falschen Palmen, blinkenden Lichtern und Fackeln verwandelt worden. Unglücklicherweise war das Wetter überhaupt nicht tropisch. Finn machte es zwar nichts aus, aber alle anderen liefen zitternd und mit dicken Mänteln herum.

„Was, wenn ich dir zehntausend Dollar gebe?", fragte er seinen Bruder. „Zehntausend Dollar dafür, dass du nach Hause kommst und das College zu Ende machst. Würdest du es tun?"

Sasha grinste ihn an. „Die Show zahlt zwanzig, Bruderherz."

„Gut. Dann dreißig. Geh ans College zurück, und du bekommst den Scheck noch am gleichen Tag." Seine Firma war erfolgreich, er hatte nicht zu hohe Ausgaben. Das Haus, in dem er und seine Brüder aufgewachsen waren, war abbezahlt.

„Was hat Stephen zu deinem Angebot gesagt?", fragte Sasha.

„Ich soll es mir sonst wo hinstecken."

Sashas Grinsen wurde breiter. „Da hat er wohl mal wieder meine Gedanken gelesen."

„Das hab ich mir schon gedacht", erwiderte Finn verdrossen. „Aber ich musste es wenigstens probieren. Wie sieht denn der Plan für heute aus?"

„Es wird sich wohl alles heute Abend abspielen. Eigentlich war eine Stadtrundfahrt angedacht, aber da wir ja so tun, als wären wir nicht in Fool's Gold, fällt die wohl flach."

Finn schaute sich die Dekoration aus falschen Pflanzen an. „Das ist echt ein verrücktes Geschäft."

„Mir gefällt es."

Er dachte daran, darauf hinzuweisen, dass Sashas Streben nach Ruhm mit dem Tod ihrer Eltern zu tun hatte, aber darüber hatten er und sein Bruder schon oft geredet. Er nahm an, dass Sasha es auf die harte Tour lernen und selbst dahinterkommen musste.

Das war der Teil, der Finn überhaupt nicht gefiel. Nicht das Lernen, sondern der unausweichliche Schmerz, der folgen würde. Wenn er nur sicher sein könnte, dass seine Brüder bereit waren, auf eigenen Beinen zu stehen. Wenn er nur wüsste, dass er alles getan hatte, was er konnte, um sie zu beschützen. Dann könnte er sie ziehen lassen. Aber wie sollte er das jemals herausfinden?

„Du könntest mal chillen", riet Sasha ihm. „Du bist viel zu angespannt. Mach dich mal locker!"

„Und du hast zu viel Zeit mit dem hawaiianischen Mädchen verbracht."

Sasha lachte. „Ich mag das hawaiianische Mädchen. Es ist lustig."

Finn war sicher, dass sein Bruder Lani mochte. Er vermutete jedoch auch, dass ihre Beziehung eher Mittel zum Zweck als eine echte Liebesgeschichte war. Sasha hielt ja schon eine Verabredung, die zwei Stunden dauerte, für eine feste Beziehung. Stephen dagegen war eher der Typ für langfristigere Bindungen. Obwohl sie eineiige Zwillinge waren, waren die beiden sehr unterschiedlich.

„Du solltest ein bisschen Spaß haben", erklärte Sasha ihm. „Sieh das hier doch als Urlaub an."

„Das ist es aber nicht. Ich entspanne oder relaxe oder chille, wenn du und Stephen wieder in Alaska und auf dem College seid."

Sasha seufzte. „Tut mir leid. Das wird nicht passieren. Und ich wünschte, du könntest das endlich ruhen lassen."

Bevor Finn etwas erwidern konnte, rief eine der Produktionsassistentinnen Sasha zu, dass er sich für den Lichtcheck bereithalten sollte. Daraufhin winkte Sasha kurz zum Abschied und folgte dem Mädchen zum Hotel.

Finn schaute auf die Uhr. In ein paar Stunden sollte er eine Gruppe Touristen fliegen. Das war seine zweite Tour diese Woche. Die vorherige Gruppe hatte aus einer Familie inklusive eines dreizehnjährigen Jungen bestanden, den die Vorstellung, ein Flugzeug zu fliegen, vollkommen faszinierte. Finn hatte sich mit ihm über die Möglichkeit unterhalten, Flugstunden zu nehmen.

„Du siehst so ernst aus. Was ist los?"

Er schaute auf und sah Dakota auf sich zukommen. Sie hielt ein Klemmbrett in der Hand und blieb direkt vor ihm stehen.

„Ausnahmsweise mal nicht das Übliche", sagte er.

„Deine Brüder?"

„Die Arbeit."

„Alles okay in South Salmon?"

„Soweit ich weiß."

Sie stand da, als wartete sie auf eine weitere Erklärung.

„Ich habe an die Tour gedacht, die ich nachher noch habe, und an die von vor ein paar Tagen", erklärte er langsam. „Da war dieser Junge. Er war total begeistert vom Fliegen. Manchmal denke ich darüber nach, eine Flugschule zu gründen, die sich besonders an Kinder wendet." Er zuckte mit den Schultern. „Aber wer weiß, ob das funktionieren würde."

„Muss man nicht ein bestimmtes Alter erreicht haben, um eine Fluglizenz zu bekommen?"

„Allein fliegen darf man mit sechzehn, aber mit dem Unterricht kann man schon wesentlich früher anfangen. Wenn man einem Kind das Fliegen beibringt, lehrt man es auch gleichzeitig ein Gespür für Möglichkeiten. Man braucht mathematische Kenntnisse für die Berechnungen. Sie müssten einen Weg finden, das Geld für die Flugstunden zusammenzubekommen ..." Er schüttelte den Kopf. „Es ist nur so ein Gedanke, mit dem ich spiele."

Sie legte den Kopf schief. „Du solltest mit Raoul sprechen, also mit meinem Boss. Es ist ihm ein Anliegen, Kindern zu helfen. Sein Camp ist darauf ausgerichtet, Großstadtkinder in die Berge zu bringen, um sie aus ihrer Umgebung herauszuholen. Er hat vielleicht ein paar Ideen, wie man eine Flugschule aufbauen könnte."

„Das werde ich machen. Danke." Das war definitiv besser, als sich Sorgen um die Zwillinge zu machen.

Sie gab ihm die Kontaktdaten. „Ich sage ihm, dass du ihn anrufen wirst."

Kurz überlegte Finn noch, ob sich so ein Vorhaben überhaupt umsetzen ließe. Es gab nicht viele Kinder in South Salmon. Aber dort war der Sitz seines Frachtunternehmens.

Die Vorstellung, etwas anderes zu machen, fand er jedoch irgendwie aufregend. Das Frachtunternehmen sicherte ihm den Lebensunterhalt, aber Touristen zu fliegen war wesentlich interessanter. Und etwas Sinnvolles mit Kindern zu machen erschien ihm sehr reizvoll. Obwohl er sich Sorgen um seine Brüder machte, hatte es doch auch etwas Befriedigendes, zu wissen, dass er derjenige gewesen war, der ihnen beim Erwachsenwerden geholfen hatte. Auch wenn er noch keine Ahnung hatte, wie gut er diese Aufgabe gemeistert hatte.

Dakota schaute sich in der Poollandschaft um. „In San Diego wäre es jetzt wesentlich wärmer. Da sind gut sechsundzwanzig Grad. Ich hätte schön am Pool liegen und mir Drinks mit kleinen Schirmchen bestellen können." Sie seufzte.

„Ich dachte, du magst Fool's Gold", zog er sie auf.

„Mag ich auch. Aber noch besser gefällt es mir, wenn es wärmer ist. Ich meine, wir haben Frühling. Da sollte es eigentlich ein bisschen warm sein." Sie zitterte in ihrem Mantel. „Ich musste ein paar meiner Wintersachen wieder ausmotten."

„Ich finde es ganz angenehm."

„Du bist aus Alaska. Deine Meinung zählt nicht."

Er lachte leise. „Komm schon. Ich lade dich zu einem Kaffee ein!"

„Bei ‚Starbucks'? Ein Latte Mocha wäre jetzt genau das Richtige."

Er griff nach ihrer Hand, in der sie das Klemmbrett hielt. „Du kannst sogar Schlagsahne oben drauf haben, wenn du willst."

Sie lehnte sich an ihn. „Mein Held."

8. Kapitel

Ein schrilles, unaufhörliches Klingeln riss Dakota aus dem tiefen Traum, in dem ein Panda, ein Floß und Eiscreme vorgekommen waren. Seufzend drehte sie sich zu ihrem Nachttischchen herum und nahm den Telefonhörer ab.

„Hallo?"

„Dakota? Ich bin's, Karen."

Dakota schaute auf die Uhr und fragte sich, warum die Produktionsassistentin sie anrief. „Es ist ein Uhr nachts."

„Ich weiß." Karens Stimme klang gedämpft, als versuche sie, besonders leise zu sprechen. „Ich bin am Pool bei der Lodge. Wir haben hier eine Tanzgruppe aus Tahiti. Vielleicht ist es auch keine Gruppe. Ich weiß nicht, wie man so etwas nennt."

Dakota ließ sich in die Kissen zurückfallen und schloss die Augen. „Ich weiß diese Neuigkeit durchaus zu schätzen, aber ich bin wirklich sehr müde. Ich schaue mir die Tänzer morgen an." Was eigentlich später am heutigen Tag heißen müsste, dachte sie.

„Ich will nicht, dass du sie dir anschaust. Sasha und Lani sind hier. Ich glaube, sie kennt einige der Tänzer. Geoff filmt das alles."

„Dann schaue ich es mir an, wenn es gesendet wird. Ich bin sicher, Sasha und Lani sind sehr gute Tänzer. Danke, dass du an mich gedacht hast, Karen."

„Nicht auflegen! Ich habe angerufen, weil ich Finn sprechen wollte."

Das erregte Dakotas Aufmerksamkeit. Sie setzte sich auf und umklammerte den Hörer fester. „Warum glaubst du, dass du ihn hier erreichst?"

„Ich bitte dich. Weißt du, wie klein Fool's Gold ist? Jeder hier weiß, dass du mit ihm schläfst. Aber darum geht es gar nicht. Ich muss mit ihm sprechen. Ich habe die Befürchtung, das entgleitet uns hier. Sasha tanzt mit dem Feuerpoi."

Dakota wollte gern noch einmal auf die Bemerkung „Jeder hier weiß, dass du mit ihm schläfst" zurückkommen, aber das Wort „Feuerpoi" erschien ihr im Moment dringlicher.

„Feuer im Sinne von Flammen?"

„Ja, sie entzünden sie gerade. Geoff meint, das wäre für die Show super. Aber ich mache mir Sorgen, dass Sasha verletzt wird."

Dakota war schon aus dem Bett. „Finn ist in seinem Hotel. Hast du seine Handynummer?"

„Nein."

Dakota gab sie ihr. „Sag ihm, wir treffen uns am Hotel."

„Mach ich. Beeil dich!"

Vielleicht sagte Karen noch mehr, aber Dakota hörte nicht mehr zu. Sie legte das Telefon zurück auf die Basisstation und schaltete das Licht an. Sekunden später hatte sie eine Jeans an und schlüpfte in ihre Turnschuhe. Nachdem sie nach Autoschlüssel und Handy gegriffen hatte, war sie auch schon aus der Tür und auf dem Weg zum Auto.

Dakota fuhr, so schnell sie konnte, den Berg hinauf und auf den Parkplatz der Lodge. Ein Auto hielt mit quietschenden Bremsen neben ihrem und Finn stieg aus. Er fluchte wie der Teufel.

„Ich werde ihn umbringen", sagte er und stürmte in Richtung Rückseite des Hotels, wo der Pool lag.

Dakota rannte ihm hinterher. „Sie drehen gerade! Nur damit du es weißt."

Finn blickte sie finster an und packte ihre Hand. „Was bedeutet, dass Sasha alle Versuche, ihm zu helfen, abwehren wird."

Er stieß erneut einen unterdrückten Fluch aus. „Ich möchte ja gerne Geoff die Schuld dafür geben, aber ich weiß, dass mein Bruder hier der wahre Idiot ist." Er schaute sie an. „Sie nennen es vermutlich nicht Feuerpoi, weil es nur so aussieht wie Feuer, oder?"

„Karen sagt, es brennt tatsächlich."

Finn beschleunigte sein Tempo, bis er im Laufschritt zum Pool hastete. Dakota hatte keine Chance mitzuhalten und blieb ein paar Sekunden später völlig außer Atem neben ihm stehen.

Morgen früh, dachte sie keuchend, muss ich mir wirklich mal überlegen, ob ich nicht doch ein wenig Sport treiben sollte.

Alle anderen Fragen zu diesem Thema verschwanden in dem Augenblick, in dem sie die Poollandschaft betrat. Ungefähr ein halbes Dutzend tahitianischer Tänzer stand am Wasser. Zwei Männer wirbelten in schwindelerregender Geschwindigkeit Feuerbälle durch die Luft. Sasha hielt einen einzelnen Feuerball, der an einer Kette hing. Entsetzt schaute Dakota zu, wie Sasha den Arm auf Schulterhöhe hob und anfing, den Feuerball durch die Luft zu schleudern.

Die Dunkelheit der Nacht wurde von den Lichtern zweier Kameras erhellt. Das Einzige, was fehlte, war der eindringliche Rhythmus von Trommeln. Das und jemand, der wusste, was er tat.

Angetrieben von den Tänzern und Lani wirbelte Sasha die Kette schneller und schneller durch die Luft. Das Feuer malte unheimliche Lichtkreise in die Nacht. Dakota dachte an Geoff, der irgendwo in den Büschen hockte. Wenn Finn ihn in die Finger bekam, würde der Teufel los sein. Normalerweise hielt sie nichts von Gewalt, aber Geoff hatte mehr als deutlich gemacht, dass ihn einzig und allein die Sendung interessierte. Die Tatsache, dass Sasha ernsthaft verletzt werden könnte, war ihm offensichtlich vollkommen egal.

Mit steifen Schritten ging Finn auf die Tänzer zu. Dakota folgte ihm, nicht sicher, ob sie eingreifen sollte. Sie war zwar überzeugt, dass Finn seine Brüder ihr eigenes Leben führen lassen sollte, aber das hier war etwas anderes.

„Was, zum Teufel, tust du da?", fragte Finn im Näherkommen. „Willst du dich umbringen? Leg das weg!"

Sasha drehte sich zu seinem Bruder um. Es wirkte, als würde er in diesem Moment vergessen, dass er eine Kette mit einem Feuerball am Ende hielt. Er hörte auf, die Kette herumzuwirbeln, und der Ball schwang in Richtung Erde, wobei er einen Bogen beschrieb, der sich beängstigend in Sashas Richtung bewegte.

Dakota war nicht die Einzige, der das auffiel. Während Finn schon auf seinen Bruder zustürzte, rief Lani etwas, einer der Tänzer rief eine Warnung.

Aber es war zu spät. Sashas T-Shirt fing Feuer. Er ließ die Kette sofort fallen und schrie. In der Zeit, die Dakota brauchte, um das Entsetzen zu begreifen, rannte Finn auf seinen Bruder zu, sodass sie gemeinsam in den Pool stürzten.

„Ich werde ihn umbringen", sagte Finn, während er in Dakotas Wohnzimmer auf und ab tigerte. Er hatte geduscht und sich abgetrocknet, war jedoch noch nicht ruhiger geworden.

„Die Konsequenzen sind mir egal. Ich bekenne mich schuldig. Ich stelle mich dem Richter. Meinst du, es gibt einen Richter in diesem Land, der nicht verstehen würde, warum ich meinen Bruder töten musste? Und Geoff. Was soll's. Wenn ich sowieso wegen Mordes ins Gefängnis muss, ist es doch egal, ob für einen oder zwei. Stehen nicht alle auf ‚Zwei zum Preis von einem'-Angebote?"

Dakota saß auf dem Sofa. Zum ersten Mal wusste sie nicht, was sie sagen sollte. Sie glaubte zwar, dass Finn seine Brüder zu sehr kontrollierte, aber heute Abend hatte Sasha die Grenze überschritten. Vor dem Gesetz war er ein Erwachsener. Nur offensichtlich ein sehr dummer. Was für ein Idiot schleuderte mitten in der Nacht einen Feuerball an einer Kette herum? Sicher, das machte sich gut im Fernsehen. Verbrennungen dritten Grades würden seine Karriere allerdings sicher nicht fördern.

Obwohl die Sanitäter gesagt hatten, dass alles in Ordnung war, hatten sie ihn zur genaueren Untersuchung ins Krankenhaus gebracht. Dakota war erleichtert gewesen, als Finn nicht mit in den Krankenwagen gestiegen war. Die beiden Brüder auf so engem Raum zusammengepfercht, das hätte übel enden können.

„Ich kann das nicht mehr", fuhr Finn fort. „Ich werde sie zusammenschnüren und in ein Flugzeug werfen. Ich weiß, du glaubst, dafür komme ich ins Gefängnis, aber das ist mir egal. Wenn ich sie heil und gesund nach Alaska und aufs College zurückbringen kann, gehe ich fröhlichen Mutes in den Knast."

„Und wenn du im Knast bist, werden sie einfach wieder abhauen. Ach, was das Zusammenschnüren angeht, Finn: Die beiden sind ungefähr genauso groß wie du. Du könntest es vielleicht mit einem von ihnen aufnehmen, mit beiden dürfte es schwierig werden."

Er blieb am Fenster stehen und schaute sie an. „Wollen wir wetten? Ich bin wütend genug, um es mit einem Kodiakbären aufzunehmen."

Es war vielleicht nicht der richtige Zeitpunkt, um ihn darauf aufmerksam zu machen, dass der Kodiakbär gewinnen würde. „Ich kann auch nicht glauben, dass Sasha das gemacht hat", gab Dakota zu. „Dass er wirklich so dumm war …"

„Obwohl du es mit eigenen Augen gesehen hast?"

„Ja. Ich bin so enttäuscht."

„Dann stell dir mal vor, wie ich mich fühle." Er kam zum Sofa und setzte sich neben sie. „Ich weiß, du hältst mich für einen Kontrollfreak. Aber glaubst du mir jetzt, dass Sasha sein

Leben riskieren würde, um so verdammt berühmt zu werden, wie er es sich so verzweifelt wünscht? Ich muss ihn aufhalten. Er ist meine Familie." Er schüttelte den Kopf. „Ich werde nie damit aufhören, ihren Erzieher zu spielen, oder?"

Sie lehnte den Kopf an seine Schulter. „Doch, wirst du. Aber du wirst nie aufhören, dir Sorgen um sie zu machen. Das ist ein Unterschied."

„Und ich hatte gedacht, schon längst damit abgeschlossen zu haben." Er schlang seine Arme um sie. „Deshalb will ich keine weiteren Kinder. Es hört nie auf. Man kann sich der Verantwortung nicht entziehen. Woher weißt du, ob du deine Sache gut gemacht hast? Woher weißt du, dass alles in Ordnung sein wird? Es ist zu viel. Mein Gott, ich will einfach nur nach Hause."

Unerwartete Gefühle wirbelten in ihr auf. Der scharfe Schmerz der Erinnerung daran, dass es in ihrer Zukunft vermutlich keine Kinder geben würde. Enttäuschung darüber, dass Finn ihren Traum von einer Familie nicht teilte.

Sie und Finn hatten keine gemeinsame Zukunft. Die Tatsache, dass er keine Kinder wollte und vorhatte, nach South Salmon zurückzukehren, war nicht neu. Dakota hatte von der ersten Sekunde ihres Kennenlernens an gewusst, dass er nicht in Fool's Gold sein wollte. Und das mit den Kindern wusste sie ungefähr genauso lange.

Aber möglicherweise hatte sie sich in der letzten Woche oder so erlaubt zu vergessen, dass Finn kein fester Bestandteil ihres Lebens war. Möglicherweise hatte er es geschafft, ihre Verteidigungslinien zu durchbrechen, sodass sie sich jetzt ziemlich viel aus ihm machte. Was bedeutete: Sie musste ihre Gefühle unter Kontrolle kriegen, wenn sie nicht riskieren wollte, dass ihr bereits zerbrechliches Herz endgültig in tausend Stücke zersprang.

„Tut mir leid", sagte er seufzend. „Das ist wirklich nicht dein Problem."

„Wir sind Freunde. Ich höre dir gerne zu. Außerdem bin ich auf diesem Gebiet sozusagen Profi. Nutz das ruhig aus."

„Ich weiß, was du meinst." Er gab ihr einen leichten Kuss. „Du bist nicht wirklich zurückhaltend, wenn es darum geht, deine Meinung kundzutun."

„Ich nehme das als Kompliment."

„Das ist gut. Denn so war es auch gemeint." Er schaute auf die Uhr an der Wand. „Es ist schon spät. Wir sollten schlafen gehen."

„Willst du hierbleiben?", fragte sie, bevor sie sich zurückhalten konnte.

Was dachte sie sich nur? Gerade hatte sie erkannt, dass es emotional gefährlich für sie war, mit Finn zusammen zu sein, und jetzt fragte sie ihn, ob er die Nacht mit ihr verbringen wollte? Sie hatte keine Angst davor, dass sie Sex haben würden – dazu waren sie beide zu müde und gestresst. Die wirkliche Gefahr lauerte darin, *keinen* Sex zu haben. Einfach nur zu schlafen. Zu teilen. Sich zu verbinden.

„Ja, das wäre schön", erwiderte er und stand auf.

Sie gingen gemeinsam ins Schlafzimmer und zogen sich aus. Dakota ließ ihr kurzärmliges Nachthemd an, zog aber Schuhe und Jeans aus. Finn ließ alles auf den Boden fallen. Anschließend schlüpften sie in das große Doppelbett und trafen sich in der Mitte. Nachdem Dakota das Licht ausgeschaltet hatte, legte er sich auf den Rücken und sie kuschelte sich an ihn. Er legte einen Arm um sie.

„Danke", murmelte er in der Dunkelheit. „Du bist mein Fels in der Brandung."

„Ich bin froh, wenn ich dir helfen kann." Was stimmte. Zu helfen war leicht. Viel schwerer war es, sich selbst zu beschützen.

Sasha saß auf der Liege in der Notaufnahme und wartete darauf, dass der Arzt ihn entließ. Er hatte kleinere Verbrennungen an seiner rechten Seite und an der Unterseite eines Arms. Nichts, was nicht in ein paar Tagen verheilt wäre.

Die Verletzungen brannten wie Hölle, aber das war es wert. Auf der Fahrt im Krankenwagen hatte Lani ihm erzählt, dass Geoff bereits ein paar Reporter angerufen und ihnen erzählt hatte, was passiert war. Der Unfall würde der Show eine Menge Publicity einbringen, was für sie beide unbezahlbar war.

Das einzig Negative an der ganzen Aufregung war, wie wütend Finn auf ihn war. Aber als wenn das was Neues wäre, dachte Sasha. Er hatte es bis jetzt überlebt und würde es weiterhin überleben. Finn war ein alter Mann, der sich nicht mehr daran erinnern konnte, wie es war, jung zu sein und Träume zu haben. Sasha hatte noch sein ganzes Leben vor sich.

Plötzlich wurde der Vorhang vor seinem Bett beiseitegeschoben, und Lani trat ein.

„Wie geht es dir?", fragte sie leise.

Er bedeutete ihr näher zu kommen. „Sind die Jungs da draußen?"

Sie nickte. „Beide Kameras. Ohne schriftliche Genehmigung dürfen sie eigentlich nicht im Krankenhaus filmen, aber du kennst ja Geoff. Sie sollen alles aufnehmen, was sie können."

Sie setzte sich auf sein Bett und grinste ihn an. „Das ist so cool. Wir werden Unmengen an Sendezeit haben. Ich dachte, wenn wir zurückkommen, könnten wir einen großen Streit inszenieren. Sie können es so schneiden, dass es aussieht, als hättest du das mit dem Feuerpoi gemacht, um mir etwas zu beweisen."

Er zog an einer ihrer langen dunklen Strähnen. „Hast du schon mit Geoff gesprochen?"

„Natürlich. Komm schon. Wir wollen doch alle das Gleiche. Super Einschaltquoten. Das ist eine Möglichkeit, sie zu kriegen. Geoff sagt, *Inside Edition* hätte ihn schon angerufen, sie wollen ein Exklusivinterview. Das wäre doch wohl extrem cool!"

Inside Edition?

Seit Jahren hatte er nichts anderes gewollt, als aus South Salmon rauszukommen. Als Kind hatten sich alle seine Träume darum gedreht. Er hatte kein anderes Ziel im Kopf gehabt – nur den leidenschaftlichen Drang, irgendwo anders zu sein.

Je älter er geworden war, desto klarer war ihm geworden, dass er ein besseres Ziel brauchte. Ein Ziel, das er anstreben konnte, anstatt einfach nur wegzuwollen. So war sein Wunsch, ein Star zu werden, entstanden. Jetzt wollte er in einer Fernsehserie mitmachen oder besser noch in einem Kinofilm. Er wollte jemand sein, wollte von Millionen von Menschen geliebt und bewundert werden. Wenn der Preis dafür ein paar Verbrennungen waren, dann sollte das so sein.

„Wir inszenieren also einen großen Streit, und danach kommen diese Szenen?", fragte er.

„Genau." Sie sprach noch leiser. „Ich finde, ich sollte ein wenig weinen und dich anflehen, nicht zu sterben."

Er lachte leise. „Okay. Und dann ein paar hörbare Küsse?"

Sie nickte und stand auf. „Ich sag eben den Jungs Bescheid."

Sasha sah ihr nach. Sie ist wirklich hübsch, dachte er. Aber zwischen ihnen kribbelte es nicht im Geringsten. Es gab viele andere Frauen, die er lieber küssen und mit denen er würde schlafen wollen. Doch was auch immer ihn seinem Ziel näher bringen würde, er würde es tun ...

Kurz darauf kehrte Lani zurück. Sie stellte sich an sein Bett, atmete ein paar Mal tief ein und fing dann an zu weinen.

„Sasha", sagte sie mit tränenerstickter Stimme. „Sasha, du musst wieder gesund werden. Bitte, bitte, stirb nicht. S-Sasha?" Ihr brach die Stimme.

Ihr Talent beeindruckte ihn. Eine Sekunde lang starrte er

sie an und stellte sich vor, wie es wäre, wenn er sie wirklich lieben würde und glaubte, sterben zu müssen.

„Geh nicht", erwiderte er mit leiser, rauer Stimme, die klang, als litte er große Schmerzen. „Lani, ich brauche dich."

„Ich bin hier. Du weißt, dass ich dich nicht verlassen würde." Sie schniefte. „Ich kann nicht glauben, dass du verletzt wurdest. Brauchst du etwas gegen die Schmerzen?"

„Sie haben mir schon etwas gegeben. Es ist nicht so schlimm. Ich werde nicht aufgeben, denn ich habe ja dich."

Ihre Augen funkelten vor Lachen, als sie erwiderte: „Wirklich? Du fühlst es auch? Diese Verbindung zwischen uns? Ich dachte ..." Ein weiterer Schluchzer. „Oh, Sasha, ich hatte solche Angst, etwas zu sagen, und als wir uns vorhin gestritten haben, dachte ich, du machst dir gar nichts aus mir."

„Natürlich mache ich mir was aus dir. Mit dir zusammengebracht zu werden, das war der glücklichste Tag in meinem Leben."

„Meinst du das ernst?"

„Du gehörst zu mir."

„Oh, Sasha."

Sie hielt sich die Hand vor den Mund, um ein Kichern zu unterdrücken, und kletterte dann zu ihm aufs Bett.

„Ich will dir nicht wehtun", sagte sie.

„Das kannst du gar nicht. Einfach nur bei dir zu sein gibt mir die Gewissheit, dass alles wieder gut wird."

„Ich will dich küssen." Sie steckte sich einen Finger in den Hals und tat stumm so, als müsse sie würgen.

Er musste schwer schlucken, um nicht laut loszulachen. „Ja, Baby", murmelte er. „Dich einfach nur zu halten macht alles besser."

Sie fingen an, einander zu küssen, wobei es ihnen mehr um Lautstärke als um Leidenschaft ging. Sasha hörte die metallenen Ösen klimpern, als der Vorhang ein kleines Stück zur Seite geschoben wurde, damit die Kameras sie filmen konnten.

Er hielt die Augen geschlossen und dachte darüber nach, was er mit seiner Hälfte des Geldes anstellen würde. Jede Frau würde ihn wollen – und jeder Mann würde so sein wollen wie er. Dann drehte er Lani auf den Rücken und brachte ein wenig Zunge ins Spiel.

Finn sah sich die Liveübertragung der Sendung an. Die Mischung aus dem, was live auf der Bühne passierte, und den Mitschnitten der Woche war interessant. Irgendjemand musste das alles planen und sich überlegen, wo was hinkam. Einige der aufgenommenen Ausschnitte zeigten einen Wettbewerb, bei dem verschiedene Pärchen gemeinsam Bücherregale aufbauen mussten – es waren solche Regale, die in einem langen, flachen Karton geliefert wurden, viel zu viele Teile und eine vollkommen unverständliche Anleitung hatten.

Sasha und Lani lachten mehr, als dass sie arbeiteten, und wurden nicht in der vorgegebenen Zeit fertig. Stephen und Aurelia waren am schnellsten. Sie arbeiteten schnell und unkompliziert zusammen, teilten sich die Aufgaben und hatten am Ende tatsächlich etwas aufgebaut, das starke Ähnlichkeit mit einem Bücherregal aufwies.

Nach der Szene mit Sasha und dem Feuerpoi konnten die Zuschauer für ihr Lieblingspärchen anrufen. Das Ergebnis sollte in einigen Stunden bekannt gegeben werden.

Am Ende der Sendung wusste Finn, dass Sasha und Lani noch drinbleiben würden. Er hatte das Gefühl, Bücherregale zusammenzubauen reichte nicht, um die Zuschauer zu fesseln, sodass Stephen und Aurelia vermutlich zu den Wackelkandidaten gehörten.

Dakota kam zu ihm. „Wie ist es gelaufen?"

„Sasha und Lani werden diese Woche gewinnen", sagte er. „Bei Stephen und Aurelia bin ich mir nicht so sicher."

„Glaubst du immer noch, dass es zu früh für ihn ist, um nach Hause zu wollen?"

„Oh ja, da bin ich mir ganz sicher."

„Hast du Stephen mal gefragt, was er gerne tun würde?"

„Ich bin ein Mann. Genau wie Stephen. Wir plaudern nicht mal eben so."

„Was wohl Teil des Problems ist."

„Es muss sich gut anfühlen, wenn man immer eine Antwort hat." Ihre Gewissheit nervte ihn.

Dakota reckte leicht das Kinn. „Ich bin hier nicht die Böse. Ich bin auf deiner Seite."

„Warum sagst du mir dann die ganze Zeit, was ich falsch mache?"

„Weil du mir den Eindruck machst, dass du dich darüber nur mit dir selbst auseinandersetzt anstatt mit deinen Brüdern. Du machst dir nicht die Mühe, dir auch mal ihre Sicht der Dinge anzuhören."

„Ich kenne die beiden sehr viel besser als du."

„Darum geht es gar nicht. Mit deiner Art hast du es nicht geschafft, sie umzustimmen. Vielleicht würde dir jetzt ein anderer Blickwinkel helfen."

„Und zwar deiner?"

Sie atmete scharf aus. „Das habe ich nicht gesagt. Ich mag dich und sie. Ich will, dass du deinen Brüdern nahe bist und die Familie zusammenhält. Ich weiß nicht, warum du das nicht erkennst. Du bist so entschlossen, sie vor der Welt zu beschützen, aber das kannst du nicht."

„Ich kann es versuchen."

„Sie sind nicht mehr sieben. Du sagst zwar immer, dass die Zwillinge erwachsen werden müssen, aber vielleicht bist du derjenige, der zu stark an der Vergangenheit hängt."

Wütend funkelte er sie an. „Ist dieser Ratschlag kostenlos, oder erwartest du von mir, dass ich bezahle? Denn er ist einen Scheißdreck wert."

Sie schaute ihn lange an. „Gut. Ich dachte, du wolltest meine Meinung hören. Mein Fehler. Du bist nur daran interessiert, recht zu haben."

Damit drehte sie sich um und ging.

Finn ließ sie ziehen. Er brauchte sie nicht. Er brauchte niemanden. Allerdings wusste er, dass das nicht stimmte. Wäre es ihm wirklich egal, könnte er den nächsten Flug nach Alaska nehmen und seine Brüder ihrem Schicksal überlassen. Wäre es ihm wirklich egal, würde er sich nicht fragen, wie sehr er es sich mit Dakota verscherzt hatte und wie er es wiedergutmachen könnte, ohne eine Beziehung zu vertiefen, die nicht für die Ewigkeit bestimmt war.

9. Kapitel

„Ihr müsst mir schon etwas geben, mit dem ich arbeiten kann", sagte Karen. „Ich finde, ihr seid ein süßes Pärchen mit einer Menge Potenzial, aber ihr gebt nichts her. Keine Streitereien, keine Küsse und schon gar kein Gefummel. Wir haben einfach nichts Interessantes zu filmen. Ihr wisst, wie Geoff ist. Ihr zwei seid bei der letzten Abstimmung Vorletzte geworden. Das bedeutet, ihr lauft Gefahr, rausgewählt zu werden."

„Müssen wir Letzte werden, um rauszufliegen?", fragte Stephen. „Und beruht die Entscheidung auf den Anruferzahlen oder trifft Geoff sie allein?"

Karen seufzte. „Im Prinzip müsst ihr gehen, wenn ihr die wenigsten Zuschauerstimmen bekommt. Was ich sagen will ist, dass ihr uns irgendetwas geben müsst, wenn ihr in der Show bleiben wollt. Ansonsten seid ihr raus."

„Danke, dass du uns das sagst", erwiderte Aurelia.

Sie bemühte sich, die Informationen so anzunehmen, wie sie ihr gegeben wurden. Dennoch fiel es ihr schwer, sich nicht noch unfähiger zu fühlen als sowieso schon. Es sah ganz danach aus, als schaffte sie es sogar, in einer vorgetäuschten Beziehung zu versagen. Wenn sie nicht einmal das hinbekam, wie sollte sie dann jemals einen Mann finden und sich verlieben?

„Ich habe das Gefühl, ihr beide mögt einander", fuhr Karen fort. „Vielleicht könntet ihr euch darauf konzentrieren, anstatt euch andauernd Sorgen wegen der Kameras zu machen."

Aurelia nickte. Sie wusste, dass viele der Pärchen kein Problem mit den Kameras hatten. Im Gegensatz zu den anderen vergaß sie sich nicht, sondern dachte immer daran, wie sie wohl im Fernsehen wirkte. Und sie machte sich Sorgen darüber, was die Leute sagen würden. Nach der ersten Ausstrahlung hatte ihre Mutter angerufen und freimütig Kritik geübt – die nicht besonders nett ausgefallen war. Ihrer Mutter hatte die Kleidung ihrer Tochter nicht gefallen, genauso wenig die Haare und was sie gesagt hatte. Außerdem fand sie Stephen zu jung, stimmte jedoch mit Aurelia darin überein, dass sich das nicht mehr ändern ließ. Es war ja nicht so, dass Aurelia ihn ausgewählt hatte.

Der einzige Lichtblick war, dass sie von Aurelia derzeit nicht erwartete, sie häufig zu besuchen.

„Ich muss zurück ins Büro", sagte Karen. „Bitte, sagt niemandem, dass ich mit euch geredet habe. Ich sollte es euch nämlich nicht sagen, aber ich wollte es gerne."

„Wir werden nichts verraten", versprach Stephen. „Und nächstes Mal machen wir es besser."

Aurelia wartete, bis die Produktionsassistentin gegangen war, bevor sie sich zu ihm umdrehte. „Ich schätze, wir sind schon so gut wie raus. In den ersten Wochen hat uns der Zwillingsfaktor geholfen, aber der hat sich vermutlich inzwischen auch abgenutzt."

Oder lag es an ihr? Die Frage wollte sie lieber nicht mit Stephen diskutieren.

Sie saßen auf der Wiese in dem großen Park mitten in der Stadt. Am Vorabend war der Liveteil der Show gesendet worden, jetzt hatten sie ein paar Tage frei. Für Aurelia bedeutete das, dass sie wieder zur Arbeit gehen musste. Show oder nicht, sie hatte immer noch ihre Kunden, um die sie sich kümmern musste.

„Ich habe noch keine Lust zu gehen", sagte Stephen. „Willst du schon aufhören?"

„Nein, aber wir sind nun mal nicht wie dein Bruder und Lani. Oder möchtest du auch mit dem Feuerpoi spielen, um mehr Stimmen zu bekommen?"

„Ich würde es vorziehen, die Sendung ohne Narben hinter mich zu bringen", erwiderte er grinsend. „Wir könnten doch etwas anderes machen."

„Was ich machen könnte, wäre, mir ein Rückgrat wachsen zu lassen", murmelte sie. „Meiner Mutter Paroli bieten. Ich habe vor ihr wesentlich mehr Angst als vor Geoff."

Stephen saß ihr gegenüber. Seine blauen Augen verdunkelten sich vor Sorge. „Warum macht sie dir Angst?"

„Angst ist nicht das richtige Wort. Wenn ich mit ihr zusammen bin, fühle ich mich nicht wohl in meiner Haut. Ich fühle mich schuldig. Als würde ich ständig etwas falsch machen. Als ich ein Kind war, hat es nur uns beide gegeben. Wir waren ein Team und haben alles zusammen gemacht. Aber dann hat sich etwas verändert. Ich bin mir nicht sicher, wann genau, aber eines Tages waren da diese großen Erwartungen. Anstatt mit meinen Freundinnen auszugehen, musste ich nach Hause kommen und bei ihr bleiben. In der Highschool hatte ich keine einzige Verabredung mit einem Jungen. Das lag zum Teil an mir, ich war ein Bücherwurm und nicht sonderlich hübsch. Zum Teil lag es aber auch an ihr. Wenn ich mal gefragt wurde, hatte sie immer ein Dutzend Gründe parat, aus denen ich nicht gehen konnte."

„Weil sie dich lieber für sich haben wollte?"

Aurelia zögerte. „Ich bin mir nicht sicher. Obwohl sie sich immer darüber beschwert, dass ich nicht verheiratet bin und ihr keine Enkelkinder schenke, bin ich nicht sicher, ob sie glücklich wäre, wenn ich es wäre. Sie hat diese schreckliche Anspruchshaltung. Sie glaubt, dass es meine Verantwortung ist, mich um sie zu kümmern."

„Ist sie krank?"

„Nein. Sie arbeitet. Trotzdem erwartet sie von mir, dass ich den größten Teil ihrer Ausgaben finanziere. Es ist, als existierte ich nur, um ihr zu Diensten zu sein. Ihr gefällt nicht, dass ich ein Leben habe. Und irgendwie habe ich nie widersprochen. Sie redet gern darüber, was sie alles für mich getan hat und wie dankbar ich dafür sein müsste. Und das bin ich auch. Ich frage mich nur, wann ich jemals ein eigenes Leben führen kann."

Stephen beugte sich vor und nahm ihre Hand zwischen seine. „Jetzt", antwortete er sanft. „Du hast jetzt ein eigenes Leben. Je länger du dir das gefallen lässt, desto schwerer wird es, dich davon zu befreien. Willst du vom Leben nicht mehr als das, was du jetzt hast?"

Was sie wollte, war jemand, der sie so anschaute, wie er es jetzt gerade tat. Mit einer Mischung aus Fürsorge und Interesse. Mit einer Intensität, die ihre Finger zittern ließ.

Sie musste dehydriert sein oder so. Das hier war Stephen. Er könnte ihr jüngerer Bruder sein. Nichts an ihm sollte sie zittern oder etwas anderes in ihm sehen lassen als einen Freund. Er war praktisch noch ein Teenager.

„Doch, ich will mehr", erwiderte sie. „Ich will, was die meisten Frauen wollen. Einen Ehemann und Kinder."

„Das wirst du nicht erreichen, solange du dich nicht traust, dich ihr gegenüber zu behaupten. Was ist also größer – deine Angst vor ihr oder dein Wunsch, deine Träume zu erfüllen? Denn darauf läuft es schließlich hinaus."

Innerhalb weniger Minuten hatte er es geschafft, all das in Worte zu fassen, worüber sie die letzten fünf Jahre lang nachgedacht hatte. „Du hast recht", flüsterte sie. „Ich muss mich ihr stellen."

Sie schaute ihn an und biss sich auf die Unterlippe. „Aber muss das heute sein?"

Er lachte. „Nein, muss es nicht."

„Gut. Ich muss noch ein wenig an meiner Courage arbeiten."

„Also willst du auch noch nicht aus der Show raus?"

Sie schüttelte den Kopf. Allein eine weitere Woche mit Stephen wäre wundervoll. Es war so leicht, mit ihm zusammen zu sein; mit ihm konnte sie so gut reden. Bei ihm fühlte sie sich ... sicher. Das war bestimmt keine Beschreibung, die er gern hörte, aber ihr bedeutete das sehr viel.

„Dann müssen wir daran arbeiten, für die Kamera interessanter zu sein", sagte er und rutschte näher an sie heran. „Ich schlage vor, wir fangen hiermit an."

Bevor sie begriff, wovon er sprach, hatte er sie umarmt und drückte seinen Mund auf ihren.

Sie wusste nicht, was sie mehr schockierte – der Kuss oder die Tatsache, dass es helllichter Tag war und sie sich draußen befanden, wo jeder sie sehen konnte. Sie war niemand, der mitten am Tag küsste, soweit sich aus ihren wenigen Kusserfahrungen schließen ließ. Auf dem College hatte es ein paar Jungen gegeben, aber die waren alle Nachtküsser gewesen.

Dennoch schien sie nicht genug Entrüstung aufzubringen, um sich dagegen zu wehren. Nicht solange seine eine Hand auf ihrer Schulter lag und die andere auf ihrem Oberschenkel. Nicht solange sie seine Körperwärme spürte und ihr das Herz in der Brust herumzuhüpfen schien. Nicht solange seine Lippen sich so gut anfühlten.

Zögernd hob sie einen Arm und legte ihn ihm auf die Schulter. Langsam, ganz langsam neigte sie den Kopf und entspannte die Lippen. Jetzt spürte Aurelia, dass es sie immer stärker zu ihm hinzog und sie mehr wollte als nur einen einfachen Kuss.

Dann passierte es. Irgendwo in ihr erwachte ein kleiner, bislang kalter, leerer Raum zum Leben. Anstatt sich ungenügend zu fühlen, fühlte sie sich stark. Anstatt sich zu fragen, was die Leute denken mochten, dachte sie daran, was sie wollte. Anstatt sich zurückzuhalten und Angst zu haben, machte sie einen Schritt vor und berührte seine Unterlippe zart mit der Zunge.

Stephen reagierte, indem er beide Arme um sie schlang, sie sanft aufs Gras bettete und sie mit einer Leidenschaft küsste, die Aurelia den Atem raubte.

Sie stand ihm jedoch in nichts nach, ging auf das Zungenspiel ein, genoss die Wärme, die sie durchdrang, und spürte, wie lange tot geglaubte Regionen ihres Körpers zu neuem Leben erwachten. In diesem Moment war es egal, dass er neun Jahre jünger und sie ein Mauerblümchen war, das seit sechs Jahren kein Date mehr gehabt hatte. In seinen Armen, unter dem hellen Licht der Sonne, war sie eine Frau und er ein Mann. Alles an diesem Augenblick war gut und richtig.

Auf der Suche nach Finn ging Dakota durch die Produktionsbüros. Sie hatte ihn seit ein paar Tagen nicht gesehen und hatte wegen ihres letzten Gesprächs ein schlechtes Gewissen. Eigentlich sollte er sie suchen und nicht umgekehrt, aber sie hatte nicht vor, darauf zu warten. Sie mochte Finn und wollte sichergehen, dass sie Freunde blieben.

Sie fand ihn in einem der leeren Büros, wo er gerade eine Reihe Zahlen mit dem Taschenrechner addierte.

„Hey", sagte sie und lehnte sich gegen den Türrahmen. „Wie läuft es so?"

Er schaute auf. „Gut." Er grinste. „Ich habe mit deinem Chef über die Flugschule gesprochen."

„Und, wie war's?"

„Super. Er hatte viele Tipps zum Aufbau eines Non-Profit-Unternehmens. Ich werde eine Menge Geld brauchen, aber er hat mir ein paar sehr gute Anregungen für den Start gegeben."

„Du klingst begeistert."

„Das bin ich auch. Ich spiele schon eine ganze Weile mit der Idee, habe nur bisher nie gedacht, dass da wirklich etwas draus werden kann."

„Da siehst du mal, was passiert, wenn du dich ins sonnige Kalifornien begibst."

„Stimmt. Ich muss jetzt über einiges nachdenken. Mein Chartergeschäft, die Zwillinge, diese verdammte Show. Aber ich glaube, ich möchte die Flugschule ernsthaft in Erwägung ziehen. Ich weiß noch nicht, wie ich anfange oder wo ich die Schule überhaupt eröffnen würde, aber ich weiß, dass die Idee an sich wichtig und richtig ist."

Er wirkte enthusiastisch und schien sich längst nicht mehr so viele Sorgen um seine Brüder zu machen wie bisher. Die Idee der Flugschule hatte interessante Folgen. Wie er schon einmal angedeutet hatte, gab es in South Salmon nicht viele Kinder. Was bedeutete, dass Finn einen Umzug in Erwägung ziehen musste. Vielleicht schaffte Fool's Gold es ja in die nähere Auswahl ...

„Ich habe mich gefragt, ob du vielleicht heute Abend zum Essen vorbeikommen willst", sagte sie. „Ich habe noch ein Hühnchenrezept, das ziemlich gut ist."

Er stand auf, schob die Hände in die Taschen seiner Jeans und wippte dann auf den Fersen. „Danke für die Einladung, aber heute kann ich nicht."

„Oh. Okay. Sicher."

Die Absage überraschte sie. Dakota ermahnte sich, es nicht persönlich zu nehmen, schließlich wusste sie ja nicht alles, was in seinem Leben vor sich ging. Ein Nein war keine persönliche Zurückweisung. Das Dumme war nur, dass sie sich trotz ihrer psychologischen Ausbildung verletzt fühlte.

„Ich schätze, wir sehen uns dann die Tage", fügte sie hinzu und wandte sich zum Gehen.

„Dakota, warte!"

Sie schaute ihn wieder an.

„Das ist keine gute Idee." Er zog eine Hand aus der Hosentasche und zeigte auf sie und dann auf sich. „Also, dass wir beide uns weiter treffen. Ich bleibe nicht hier, was bedeutet, dass es nirgendwo hinführt."

Er machte Schluss? Sie waren doch eigentlich gar nicht zusammen gewesen, wie konnte er da Schluss machen?

„Ich hatte auch nicht erwartet, dass es irgendwo hinführt", erklärte sie und versuchte, ihren Tonfall so neutral wie möglich zu halten. So viel zu der Hoffnung, er würde sich hier niederlassen. „Ich weiß, dass du nach Alaska oder sonst wohin zurückkehrst und ich hierbleibe. Es ging die ganze Zeit nur darum, gemeinsam Spaß zu haben."

„Ich dachte, dir würde es inzwischen vielleicht mehr bedeuten."

„Wie kommst du darauf?"

Er zuckte mit den Schultern.

Ihre Stimmung wechselte von verletzt zu verärgert. Das war so typisch Mann. „Du irrst dich", erklärte sie kühl. „Ich dachte, ich hätte meine Einstellung von Anfang an deutlich gemacht. Zerbrich dir bitte nicht den Kopf über meine Gefühle."

„Das werde ich nicht."

„Gut."

Ihre Wut wuchs. Am liebsten hätte Dakota geschrien oder mit irgendetwas um sich geworfen. Stattdessen zwang sie sich, tief durchzuatmen und den Kopf hochzuhalten. Im Moment mochte ihr das vielleicht nicht gefallen, aber später würde sie sich so wesentlich besser fühlen.

„Ich wünsche dir einen schönen Abend", stieß sie zwischen zusammengebissenen Zähnen hervor und ging.

Draußen schlug sie erst den Weg zu ihrem Haus ein, überlegte es sich dann jedoch nach ein paar Schritten und ging zu Jo's Bar. Heute war definitiv der richtige Tag für einen Margarita-Abend. Sie würde Tequila trinken, einen Salat essen und den Fashionsender schauen. Später, zu Hause, würde sie ein Bad nehmen, ins Bett gehen und sich dabei die ganze Zeit vor Augen halten, dass Finn Andersson nur ein nervtötender Idiot war und sie dankbar sein konnte, ihn los zu sein.

Und in ein paar Tagen würde sie das dann vielleicht glauben.

Nevadas Einladung zum Abendessen kam genau richtig. Dakota war dankbar für die Möglichkeit, aus dem Haus herauszukommen und Zeit mit ihren Schwestern zu verbringen. Drei gegrillte Steaks und eine Flasche Rotwein später fühlten sie sich alle ziemlich gut. Dakota wollte die Stimmung nicht verderben, wusste jedoch, dass sie reinen Tisch machen musste.

Ihre Schwestern lümmelten auf dem roten Sofa. Im Kamin brannte ein Feuer, und im Hintergrund lief der Soundtrack von *Mamma Mia*. Montana hatte ihre Schwester bereits wegen ihres Musikgeschmacks aufgezogen, aber Dakota war es egal. Dennoch wartete sie, bis der Song, in dem es um Geld ging, vorbei war, bevor sie ihre Unfruchtbarkeit zur Sprache brachte.

„Ich muss euch etwas sagen", kündigte sie also in der kurzen Pause zwischen zwei Liedern an.

„Wir wissen schon, dass du mit Finn schläfst", sagte Montana. „Ich kann mich nur nicht entscheiden, ob ich Einzelheiten hören will. Einerseits ist es gut, dass wenigstens eine von uns ein Liebesleben hat. Andererseits möchte ich nicht vor Augen geführt bekommen, wie traurig mein Leben ist. Das ist keine leichte Entscheidung."

„Ich will es nicht wissen", erklärte Nevada. „Ich muss nicht daran erinnert werden, was ich verpasse."

Irgendwann würde sie ihnen sagen, dass Finn mit ihr Schluss gemacht hatte, aber darüber wollte Dakota an diesem Abend nicht reden. Stattdessen musste sie einen Weg finden, ihren Schwestern zu beichten, dass sie niemals Kinder kriegen würde. Zumindest nicht auf altmodische Art.

Montana setzte sich auf und schaute sie an. „Was ist los?"

„Was hast du?", fragte Nevada fast im selben Moment.

Es war, als könnten sie ihre Gedanken lesen. Einer der Vorteile – oder Nachteile – als Drilling.

„Ich war letzten Herbst bei Dr. Galloway." Sie musste nicht erklären, wer das war. Alle drei Schwestern gingen zu ihr – genauso wie die meisten Frauen in der Stadt, wie Dakota annahm.

„Meine Regelschmerzen sind immer schlimmer geworden. Deshalb hat sie ein paar Untersuchungen angestellt und ein paar Tests gemacht. Es hat sich herausgestellt, dass es bei mir ein paar Probleme gibt." Sie erklärte, was es bedeutete, sowohl ein polyzystisches Ovarialsyndrom als auch eine Beckenendometriose zu haben.

„Ehrlich gesagt stehen die Chancen besser, dass ich vom Blitz getroffen werde, als dass ich auf herkömmliche Art schwanger werde", schloss Dakota in betont leichtem Ton. „Es gibt eigentlich nichts, was man dagegen tun kann. Ich denke schon darüber nach, es mal mit einem Lottoschein zu probieren, denn das mit dem Blitzschlag klingt irgendwie nicht so lustig."

Nevada und Montana standen gleichzeitig auf, durchquerten das kleine Wohnzimmer und hockten sich vor ihren Sessel.

„Geht es dir gut?"

„Warum hast du so lange gewartet, bis du es uns erzählst?"

„Können wir etwas tun? Dir irgendwelche Körperteile spenden?"

„Wird es mit der Zeit besser?"

„Willst du deshalb adoptieren?"

Die Fragen überschnitten sich. Dakota machte sich keine Sorgen um die Richtung, in die das Gespräch lief. Was sie fühlte und was den Schmerz in ihrer Seele linderte, war die Liebe, die sie wie eine Umarmung umfing.

„Mir geht es gut", sagte sie. „Wirklich. Ich bin damit inzwischen vollkommen im Reinen."

„Das glaube ich nicht", erwiderte Nevada. „Wie könntest du? Du hast dir immer Kinder gewünscht. Und zwar viele."

„Deshalb werde ich ja auch adoptieren. Ich stehe auf der Liste. Ich könnte jetzt jeden Tag einen Anruf bekommen."

Das war leicht übertrieben. Bisher waren ihre Adoptionserfahrungen alles andere als positiv, aber das konnte sich ändern. Dakota weigerte sich, die Hoffnung aufzugeben.

Montana umarmte sie. „Es gibt noch andere Wege, schwanger zu werden, oder?"

„Ich würde definitiv Hilfe benötigen, wenn ich vorhätte, ein eigenes Kind auszutragen."

Wegen der Vernarbung konnte es sein, dass sie keine brauchbaren Eizellen produzierte. Und sie herauszuholen wäre schwieriger als bei den meisten Frauen. Es hatte keinen Sinn, jetzt darüber zu reden.

„Hast du aufgegeben?", fragte Montana.

„Kinder? Nein. Ich werde welche haben." Sie wusste nicht, wie, aber sie wusste, dass es stimmte. An diesem Gedanken hielt sie sich fest.

„Das verändert gar nichts", erklärte Nevada ihr. „Du bist eine tolle Frau. Klug und schön und mit einer umwerfenden Persönlichkeit. Jeder Mann wäre froh, dich zu haben."

Sie wusste den Vertrauensvorschuss durchaus zu schätzen, vor allem weil sie wusste, dass Nevada sich selbst nicht sonderlich attraktiv fand. Was eine interessante Wahrnehmungsstörung war. Wenn Nevada ihre Schwester Dakota schön fand und sie beide zwei von drei eineiigen Drillingen waren, wie konnte sie dann nicht das Gleiche über sich denken? Vielleicht hätte Dakota das zum Thema ihrer Doktorarbeit machen sollen.

„Männer scheinen erstaunlich blind zu sein", warf Montana ein. „Das nervt wirklich."

„Wen hast du denn je gemocht, der deine Gefühle nicht erwidert hat?", wollte Dakota wissen.

Um den Mund ihrer Schwester zuckte es. „Im Moment fällt mir keiner ein, aber ich bin sicher, dass es schon vorgekommen ist." Sie setzte sich auf den Teppich und stützte das Kinn in die Hände. „Was stimmt mit uns nur nicht? Warum können wir nicht den Richtigen finden und uns verlieben? Alle anderen haben doch auch eine Beziehung. Sogar Mom denkt darüber nach, sich wieder zu verabreden. Und wir sitzen hier allein."

Montana schaute Dakota an. „Tut mir leid. Ich wollte nicht abschweifen. Wir können gern noch weiter über das Babythema sprechen."

Dakota lachte. „Meinetwegen sind wir damit durch. Aber was die Männerfrage angeht: Darauf habe ich leider auch keine Antwort."

„Brauchst du ja auch nicht", grummelte Nevada. „Du hast ja Finn."

Nicht so sehr, wie die beiden dachten. „Er ist nur vorübergehend hier. Sobald er seine Brüder nach Hause gebracht hat oder auch der Ansicht ist, dass es an der Zeit ist, sie auf eigenen Beinen stehen zu lassen, wird er nach South Salmon zurückkehren."

„Ihr könntet doch eine Fernbeziehung haben", warf Montana ein.

Dakota schüttelte den Kopf. „Finn und ich wollen unterschiedliche Dinge vom Leben. Er ist es leid, Verantwortung zu tragen, und ich will etwas Ernstes. Ehrlich gesagt hat er mir gerade gesagt, dass er fürchtet, ich würde mich zu sehr an ihn gewöhnen. Darum glaube ich, wir werden uns wohl nicht mehr sehen."

Ihre Schwestern starrten sie an.

„Das hat er nicht gesagt", hauchte Nevada fassungslos.

„Doch, hat er."

„Blödmann", murmelte Montana. „Ich mochte ihn. Warum müssen alle Männer Idioten sein?"

„Max ist kein Idiot", warf Nevada ein.

„Würdest du bitte Max aus dem Spiel lassen? Er ist alt genug, um mein Vater zu sein, und obwohl er nett und alles ist … igitt. Er ist mein Chef."

„Beziehungen zwischen Chefs und ihren Sekretärinnen sind doch sehr beliebt", zog Dakota sie auf. „Was ist mit diesem ‚Ms. Jones, Sie sind wunderschön'-Moment, den man aus den alten Filmen kennt? Das könnte doch lustig werden."

„Ich will keinen Sex mit Max. Nie und nimmer."

Nevada sah Dakota an. „Ich hoffe, sie entscheidet sich bald mal. Diese Unentschlossenheit erschöpft mich."

Dakota lehnte sich seufzend im Sessel zurück. „Mich auch."

„Ich ignoriere euch beide", grummelte Montana.

Nevada lachte.

„Wir werden alle schon noch jemanden finden", erklärte Dakota ihren Schwestern. „Statistisch gesehen führt kein Weg dran vorbei."

„Ich bin ja auch ein großer Mathefreund", erwiderte Nevada, „aber ich finde es nicht so toll, wenn sie auf mein Liebesleben angewandt wird."

„Du könntest mit Finn zusammen nach South Salmon ziehen", schlug Montana vor.

Dakota schüttelte den Kopf. „Erstens hat er mich nicht einmal gefragt, ob ich das will." Ganz im Gegenteil, er hatte ziemlich deutlich gemacht, dass er nicht mal mehr daran interessiert war, ihre Beziehung über die nächsten zwei Tage aufrechtzuerhalten, geschweige denn über die nächsten zwanzig Jahre. „Zweitens will ich das nicht. Ich bin sicher, es ist ein toller Ort, aber mein Leben ist hier. Ich liebe Fool's Gold. Hier wohnt meine Familie, hier habe ich meine Freunde und meine Vergangenheit. Ich gehöre hierher. Wenn Geoffs Sendung abgedreht ist, werde ich wieder für Raoul arbeiten und den Lehrplan für das Programm erstellen, das ihm vorschwebt."

Sie dachte außerdem darüber nach, eine eigene Praxis zu eröffnen. Nur Teilzeit, mit einigen wenigen Patienten in der Woche.

„Sein Pech", sagte Nevada. „Ich dachte, der Kerl hätte Hirn. Da habe ich mich wohl geirrt."

„Ich wünschte, ich hätte einen Hund, der gerne Leute beißt." Montana rümpfte die Nase. „Einen richtig großen, angsteinflößenden, beißenden Hund. Das würde ihm helfen zu erkennen, wie der Hase läuft. Vielleicht bilde ich einen der Hunde dazu aus, auf Kommando zu beißen."

Dakota beugte sich vor und umarmte ihre Schwestern. „Ich liebe euch beide", flüsterte sie.

„Wir lieben dich auch."

Ich habe Glück, sagte sie sich. Egal, was passierte, sie musste mit den Rückschlägen des Lebens nie allein zurechtkommen. Es gab Leute, denen etwas an ihr lag. Menschen, die immer für sie da sein würden. Und irgendwann würde sie auch ein Kind haben. Und das wäre genug.

10. Kapitel

Finn fand Sasha und Lani beim Volleyballspielen im Park. Sein Bruder hatte sich offenbar inzwischen von den leichten Verbrennungen erholt. Es schien ihm wieder gut zu gehen. Als Sasha ihn sah, winkte er, unterbrach sein Spiel jedoch nicht.

Nachdem er ein paar Minuten lang zugesehen hatte, schlenderte Finn wieder davon. Es war ein sonnig-warmer Samstagnachmittag. Der Großteil der Einwohner von Fool's Gold schien sich draußen aufzuhalten, spazieren zu gehen oder Erledigungen zu machen. Er sah Eltern mit kleinen Kindern, alte Damen, die ihre Hunde ausführten. Die Feuerwehr hatte einen ihrer Löschzüge in den Park gestellt, und Kinder kletterten auf dem glänzenden Fahrzeug herum. Die Restaurants und Cafés hatten draußen Tische aufgestellt und machten sich das gute Wetter zunutze.

Zwei der Kandidatenpärchen befanden sich außerhalb auf ihren Dates. Finn glaubte, dass sie nach Lake Tahoe gefahren waren. Aber wohin auch immer, fest stand, dass heute nicht in der Stadt gedreht wurde.

Er ging durch den Park und erinnerte sich daran, dass Stephen ihm gesagt hatte, er und Aurelia würden am See picknicken. Zwanzig Minuten später fand er sie auf einer Decke im Schatten eines hohen Baumes sitzend. Aurelia saß im Schneidersitz da, während Stephen auf dem Bauch lag und sie anschaute. Ihre Mienen wirkten ernst, als würden sie über etwas Wichtiges sprechen.

Finn zögerte. Er war hin- und hergerissen zwischen der normalen höflichen Zurückhaltung, nach der er die beiden nicht unterbrechen sollte, und dem Drang, sich zwischen eine erfahrene ältere Frau und seinen Bruder zu stellen. Da entdeckte Aurelia ihn und winkte ihn zu sich.

„Wie geht's?" Er blieb am Rand der Decke stehen; sich dazuzusetzen kam ihm doch ein wenig aufdringlich vor.

Stephen straffte die Schultern. „Gut. Wir haben uns nur unterhalten."

„Ich habe eine etwas herrische Mutter", gab Aurelia zu. „Wir entwickeln gerade eine Strategie. Ich muss mich endlich gerademachen und ihr sagen, dass sie mich in Ruhe lassen soll." Sie kratzte sich an der Nase. „Das klingt so mutig. Ich bin genauso lange vollkommen furchtlos, bis ich vor ihr stehe. Dann falle ich wieder in mich zusammen." Sie schaute Finn an. „Irgendwelche Vorschläge, wie man nicht den Mut verliert, während man seinem persönlichen Dämon ins Auge sieht? Damit meine ich nicht, dass meine Mutter ein Dämon ist. Sie hat Gründe dafür, dass sie meint, mein Leben bestimmen zu müssen. Ich bin diejenige, die damit ein Problem hat."

Finn hatte leichte Schwierigkeiten, ihr zu folgen. „Ich bin sicher, du machst das schon."

Stephen lachte. „Die typische Antwort eines Mannes auf eine emotionale Situation. Im Zweifel einfach distanzieren und dann schnell weglaufen."

„Du läufst aber nicht weg, wie ich sehe", sagte Finn. „Wie kommt's?"

„Ich mag Aurelia. Wir haben viel gemeinsam." Stephen setzte sich etwas gerader hin. „Wir sind beide die Schweigsamen in der Familie, wir mögen die gleichen Filme, wir lesen beide gerne."

„Ich habe das College abgeschlossen und du nicht", warf Aurelia mit einem Lächeln ein. „Oh, warte, das ist ja ein Unterschied."

Ihr neckender, aber wirkungsvoller Seitenhieb überraschte

Finn. „In der Collegefrage stehst du auf meiner Seite?", fragte er ungläubig.

„Es kommt mir ein wenig kurzsichtig vor, sich bis zum letzten Semester zu quälen und dann alles hinzuschmeißen." Anstatt Stephen anzuschauen, sah Aurelia Finn an. „Stephens Hauptfach war Ingenieurwesen."

„Ich weiß", erwiderte Finn. Er verstand das nicht. Sie schien diese Worte irgendwie für bedeutsam zu halten. Er war Stephens älterer Bruder. Natürlich wusste er, was er studierte.

In diesem Moment bedachte Stephen sie mit einem Blick, der sie verstummen ließ. Als sie den Kopf senkte, streckte er die Hand aus und berührte ihren Arm.

Finn stand daneben und kam sich wie das fünfte Rad am Wagen vor. Hier ging etwas vor, das er nicht verstand und das ihm unbehaglich war. Was ihn wiederum an Dakota erinnerte. Sie würde es verstehen und alles geraderücken. So war sie nämlich.

„Ich, äh, ich muss mal wieder los", sagte Finn schnell. „Habt noch viel Spaß zusammen."

Er eilte davon, nicht sicher, wohin. Hauptsache weg.

Was war nur mit den beiden los? Was Aurelias Meinung zu Stephens Collegeabbruch anging, war Finn nicht sicher, ob sie wirklich so ein netter Mensch war, wie Dakota behauptet hatte, oder ob es einfach Teil ihres Verführungsplans war.

Nachdenklich ging er immer weiter. Einheimische und Touristen bevölkerten den Park. Kleine Kinder fütterten die Enten am Seeufer mit Brot. Als sein Blick auf jemanden mit blonden Haaren und einer vertrauten Figur fiel, blieb Finn kurz stehen. Dakota!

Er ging in ihre Richtung und runzelte die Stirn, während sich eine Familie zwischen ihnen in Bewegung setzte. Nein. Das war nicht Dakota, sondern eine ihrer Schwestern, die gerade mehrere Hunde ausführte. Finn blieb stehen und wartete, bis sie außer Sichtweite war. In diesem Moment klingelte sein Handy.

Ein Blick aufs Display verriet ihm, dass Bill anrief. „Hey, wie läuft's?"

„Gut. Der Neue ist ein hervorragender Pilot. Er macht seine Arbeit und geht dann nach Hause. Das gefällt mir. Wir haben schon sechzig Kisten ausgeliefert."

„Das ging ja schnell." Finn war überrascht, dass das so gut klappte.

„Wem sagst du das. Wenn der Junge Lust hat hierzubleiben, kannst du so lange wegbleiben, wie du willst."

„Gut zu wissen. Mir hat es nicht gerade gefallen, dich ohne ausreichende Unterstützung zurückzulassen."

„Tja, und jetzt hab ich ausreichend helfende Hände", sagte Bill. „Ich muss los. Wir sprechen uns die Tage."

Nachdem sie das Gespräch beendet hatten, stand Finn im Park und erkannte, dass er für den Rest des Tages nichts zu tun hatte. Er trat ins Sonnenlicht und schaute sich die Betriebsamkeit um sich herum an. Jeder hatte irgendetwas vor. Jeder hatte jemanden, mit dem er zusammen sein konnte. Abgesehen von seinen Brüdern war Dakota hier der einzige Mensch, mit dem er gern Zeit verbrachte. Das Problem war bloß, dass er sich bei ihrem letzten Treffen wie ein Arschloch benommen hatte.

Es hat gar nicht an ihr gelegen, gestand er sich ein. Es hatte an ihm gelegen. Er würde gern sagen, dass er sich so benommen hatte, weil er wusste, dass ihre Beziehung nicht halten würde und er sie nur beschützen wollte. Doch das wäre gelogen. Denn er fühlte sich ihr von Tag zu Tag näher. Diese Erkenntnis hatte ihn in Panik versetzt. Und dementsprechend hatte er agiert – oder besser gesagt reagiert. Er hatte sie zurückgewiesen.

Jetzt musste er mit den Konsequenzen leben.

Da er wusste, dass er sich in jedem Fall entschuldigen musste – und zwar egal, ob sie ihm nun verzeihen würde oder nicht –, machte er sich zu Fuß auf den kurzen Weg zu Dakotas Haus. Dort angekommen, klopfte er an die Tür und wartete.

Wenn sie nicht zu Hause war, würde er später noch einmal wiederkommen.

Ein paar Sekunden später wurde die Tür geöffnet. Dakota hob fragend die Augenbrauen, als sie ihn sah, sagte aber nichts. Sie trug Jeans und ein T-Shirt und war barfuß. Ihr blondes Haar war zerzaust. Sie sah gut aus. Besser als gut. Sie war sexy und wirkte nur ein kleines bisschen böse auf ihn.

„Ich sollte wohl als Erster etwas sagen, hm?"

Sie lehnte sich gegen den Türrahmen. „Klingt nach einem guten Plan."

„Ich habe eine gute Entschuldigung dafür, dass ich mich wie ein Idiot benommen habe."

„Ich kann es kaum erwarten, sie zu hören."

Er räusperte sich. „Würde es reichen, wenn ich dazu erkläre, dass ich ein Mann bin?"

„Vermutlich nicht."

War immerhin einen Versuch wert, dachte er. „Ich war frustriert und habe mich über meine Brüder geärgert. Und darüber, dass ich mich mit dir eingelassen habe. Das war nicht geplant. Du weißt ja, dass ich wieder abreise, und ich weiß es auch."

„Also hast du dich für die erwachsene Reaktion darauf entschieden."

„Es tut mir leid. Das hast du nicht verdient. Ich war wirklich dumm."

Sie trat einen Schritt zurück und hielt die Tür auf. „Komm rein."

„So einfach ist das?"

„Die Entschuldigung war gut, und ich glaube dir."

Erleichtert trat er ins Haus, Dakota schloss die Tür hinter ihm. Dann schaute sie ihn an.

„Finn, ich habe viel Spaß mit dir. Ich unterhalte mich gern mit dir, und der Sex ist auch ziemlich gut." Sie lächelte. „Lass dir den letzten Teil ja nicht zu Kopf steigen."

„Werde ich nicht", versprach er. Obwohl er sich gern eine Sekunde gegönnt hätte, um das Lob zu genießen.

Ihr Lächeln schwand. „Mir ist sehr bewusst, dass dein Aufenthalt in dieser Stadt nur vorübergehend ist. Wenn du gehst, wirst du mir fehlen. Trotzdem werde ich nicht durchdrehen und versuchen, dich zum Bleiben zu überreden."

„Ich weiß", erwiderte er schnell. „Ich hätte das alles nicht sagen sollen. Du wirst mir auch fehlen."

„Nachdem wir jetzt geklärt haben, wie sehr wir einander vermissen werden, willst du trotzdem noch Zeit mit mir verbringen, solange du hier bist?"

Er hatte in den letzten acht Jahren nicht viele Verabredungen gehabt. Seit seine Eltern tot waren und er die Verantwortung für seine Brüder übernommen hatte, hatte er einfach nicht genug Zeit. Daher war er nicht sicher, ob ihre direkte Art etwas damit zu tun hatte, dass sie keine Teenager mehr waren, oder damit, dass sie einfach eine ganz besondere Frau war. Er hatte jedoch das dumpfe Gefühl, es war Letzteres.

„Ich würde dich gern so oft sehen, wie es geht", antwortete er. „Und wenn du mich anflehen willst, nicht zu gehen, würde mich das auch nicht stören."

Sie lachte. „Du und dein Ego. Ich bin sicher, das würde dir gefallen. Du in deinem Flugzeug, bereit loszufliegen. Ich schluchzend auf der Rollbahn. Eine klassische Szene aus einem Kriegsfilm der 40er-Jahre."

„Ich mag Kriegsfilme."

„Lass mich eben Schuhe anziehen." Sie ging ins Wohnzimmer und schlüpfte in ihre Sandalen. „Jetzt zeige ich dir erst mal die Stadt. Und nachher kannst du zum Essen bleiben." Sie wandte sich wieder zu ihm um. „Und wenn du ganz viel Glück hast, benutze ich dich nachher vielleicht noch und schlafe mit dir."

„Wenn ich irgendetwas tun kann, das dich dazu ermutigt, sag einfach Bescheid."

„Ich bin sicher, da gibt es etwas", antwortete sie lächelnd. „Lass mich nachdenken ..."

Dakota verbrachte den Nachmittag damit, Finn die Stadt zu zeigen. Sie stöberten in Morgan's Buchladen, tranken einen Kaffee bei Starbucks und schauten sich die letzten beiden Runden eines Kinder-Baseballspiels an. Gegen fünf Uhr am Nachmittag kehrten sie zu ihrem Haus zurück.

„Willst du was bestellen?", fragte er.

„Ich habe immer noch alle Zutaten für das Hühnchengericht." Sie genoss es, die sanfte Brise auf der Haut zu spüren und seine Hand in ihrer zu halten.

„Wer hat dir eigentlich das Kochen beigebracht?", wollte er wissen. „Deine Mom?"

„Ja. Sie ist eine fantastische Köchin. Bei uns hat sich immer ganz traditionell die gesamte Familie zum Essen versammelt. Von uns wurde fest erwartet, jeden Abend da zu sein, egal, was sonst los war. Als Teenager habe ich diese Regel gehasst, aber jetzt weiß ich sie zu schätzen."

„Klingt, als wärst du in guten und engen Familienverhältnissen aufgewachsen."

Sie schaute ihn an. „Nach allem, was du bisher so erzählt hast, ist es bei dir doch das Gleiche gewesen."

„Nein, so war es bei uns nicht. Dad und ich sind ständig irgendwo hingeflogen. Wir haben nicht oft zusammen gegessen. Aber du hast recht, wir haben uns trotzdem nahegestanden."

Schließlich erreichten sie ihr Haus und traten ein. Während er sich ihre CD-Sammlung anschaute, bereitete sie das Hühnchen vor. Nachdem sie es in den Ofen geschoben hatte, schnappte sie sich eine Flasche Wein und gesellte sich zu Finn ins Wohnzimmer.

Sie saßen gemeinsam auf dem Sofa.

„Wie alt warst du, als du gelernt hast zu fliegen?", wollte sie wissen.

„Sieben oder acht. Als ich ungefähr vier Jahre alt war, hat mein Dad mich zum ersten Mal mitgenommen. Er hat mir oben immer die Instrumente überlassen. Mit zehn war es mir sehr ernst damit, Pilot zu werden. Man muss eine ganze Menge Zeug lesen, aber ich habe es geschafft."

Sie setzte sich so auf, dass sie ihn anschauen konnte. „Warum liebst du es so sehr?"

„Zum Teil sicher, weil ich in Alaska aufgewachsen bin, wo man viele Orte nur per Schiff oder Flugzeug erreichen kann. Einige der im Norden liegenden Dörfer sind sogar ausschließlich per Flugzeug erreichbar."

„Oder mit Hundeschlitten", entgegnete sie scherzhaft.

„Ein Hundeschlitten funktioniert nur im Winter." Er legte eine Hand auf ihren Oberschenkel. „Jeder Tag ist anders. Andere Fracht, anderes Wetter, andere Ziele. Ich helfe gern Menschen, die darauf angewiesen sind. Und mir gefällt die Freiheit. Ich bin mein eigener Boss."

„Du könntest überall dein eigener Boss sein."

„Das stimmt", gab er zu. „Sosehr ich Alaska auch liebe, bin ich doch kein Mann, der sich nicht vorstellen könnte, irgendwo anders zu leben. Es gibt durchaus Dinge, die mir am Leben in der Stadt gefallen. Vielleicht muss es keine Großstadt sein. Aber ich finde es auch gut, wenn Traditionen erhalten bleiben. Mein Großvater hat die Firma gegründet. Seitdem befindet sie sich in Familienbesitz. Manchmal gab es einen Partner, manchmal waren es nur wir."

Dakota wusste, wie es war, an einen bestimmten Ort zu gehören. „Meine Familie war eine der Gründerfamilien dieser Stadt. Von Anfang an dabei zu sein kann einem das Gefühl geben, Teil der Geschichte zu sein."

„Genau. Ich weiß nicht, was aus der Firma wird", gab er zu. „Sasha hat kein Interesse am Fliegen. Ich habe lange gedacht, Stephen würde sie übernehmen, aber jetzt bin ich mir da nicht mehr so sicher. Mein Geschäftspartner Bill hat einen jüngeren Bruder und einen Cousin. Sie wollen beide mitmachen. Im Moment fliegen sie für regionale Frachtunternehmen. Deshalb konnte er sie jetzt nicht bitten, während meiner Abwesenheit einzuspringen."

Er beugte sich vor und nahm sein Weinglas in die Hand. „Manchmal denke ich darüber nach, meinen Anteil zu verkaufen. Einfach das Geld zu nehmen und irgendwo anders neu anzufangen. Dabei war es mir früher so wichtig, in South Salmon zu bleiben – sowohl für mich als auch für meine Brüder."

„Aber das ist jetzt nicht mehr so?", fragte sie.

Er nickte.

Dakota wollte nicht zu viel in das Gespräch hineindeuten. Finn sagte einfach nur, was ihm durch den Kopf ging. Die Tatsache, dass er nicht vorhatte, für immer in Alaska zu bleiben, änderte nichts an den Gegebenheiten. Er hatte ihr mehrfach klargemacht, dass er kein Interesse daran hatte, in Fool's Gold zu bleiben. Und wenn ein Mann so redete, dann sagte er die Wahrheit. Es war keine versteckte Botschaft an sie, ihn stärker zu umwerben.

Und dennoch wünschte sie sich doch tief im Herzen, dass es so wäre. Was sie zu einer ausgemachten Idiotin machte – was Dakota wiederum nicht sonderlich gefiel.

„Du musst ja heute keine Entscheidung treffen", sagte sie. „Selbst wenn du nicht in South Salmon bleiben willst – Alaska ist groß."

Er schaute sie an. „Versuchst du, sicherzustellen, dass ich meine Meinung nicht doch ändere und hierbleibe? Es klingt verdammt wie ‚Und pass auf, dass dir im Rausgehen die Tür nicht gegen die Hacken schlägt'."

Sie lachte. „So etwas würde ich nie sagen."

Er lachte auch. „Der Gedanke reicht schon."

Langsam stellte er sein Weinglas ab und zog sie an sich. Sie ließ es gern geschehen und genoss es, seinen Körper an sich zu spüren. Wie immer erregte diese Mischung aus Stärke und Sanftheit sie. Der Mann konnte sie dahinschmelzen lassen, ohne sich besondere Mühe geben zu müssen.

Mit seinen Lippen streifte er ihre. „Das Essen ist im Ofen?"

„Hm, hm."

„Wie lange haben wir?"

Sie schaute auf die Uhr. „Ungefähr fünfzehn Minuten. Ich wollte noch einen Salat dazu machen."

„Oder du könntest die nächsten fünfzehn Minuten damit verbringen, mit mir rumzumachen."

Sanft schlang sie die Arme um ihn und zog ihn näher an sich. „Salat wird vollkommen überbewertet."

Er gab ihr einen intimen Kuss, woraufhin sie den Mund öffnete und die langsamen, verführerischen Bewegungen seiner Zunge genoss. Ihre Lust wuchs. Er legte eine Hand auf ihr Knie und ließ sie dann immer weiter an ihrem Körper hinaufwandern, bis er ihre Brust erreichte.

Ihre Brustwarzen zogen sich vor Erregung zusammen. Zwischen den Beinen war sie schon feucht.

Haben wir wirklich so einen Hunger, fragte sie sich. Könnte sie das Hühnchen nicht einfach aus dem Ofen holen und später zu Ende braten?

Dakota zog sich schon leicht zurück, doch bevor sie etwas sagen konnte, klingelte das Telefon. Finn streckte den Arm zur Ladestation aus und reichte ihr das Mobilteil.

Sie setzte sich.

„Hallo?"

„Dakota Hendrix?", fragte eine ihr unbekannte Frauenstimme.

„Ja."

„Ich bin Patricia Lee. Wir haben vor ein paar Monaten über ihre Bewerbung für eine Adoption gesprochen."

„Was?" Sie schüttelte sich gedanklich, um einen klaren Kopf zu bekommen. „Oh ja, ich erinnere mich." Die international operierende Agentur hatte ihre Bewerbung sehr schnell angenommen. Im Gegensatz zu anderen Agenturen war es kein Problem gewesen, dass sie Single war.

„Ich habe gehört, was mit dem kleinen Jungen passiert ist", sagte Patricia. „Und das tut mir sehr leid. Ich weiß nicht, ob man es Ihnen gesagt hat, aber es hat eine Verwechslung mit den Papieren gegeben."

Das war Dakota bereits erzählt worden, sie war nur nicht sicher gewesen, ob es der Wahrheit entsprach oder die Agentur das Kind lieber an ein verheiratetes Paar vermitteln wollte. Wie auch immer, es war seltsam, dass Patricia an einem Samstagabend anrief.

„Natürlich war ich enttäuscht", gab Dakota zu.

„Dann sind Sie immer noch daran interessiert, ein Kind zu adoptieren?"

„Ja, natürlich."

„Ich hatte gehofft, dass Sie das sagen. Wir haben hier ein kleines Mädchen. Sie ist sechs Monate alt und einfach entzückend. Ich habe mich gefragt, ob Sie wohl an ihr interessiert wären."

Dakota spürte, wie ihr das Blut aus dem Kopf wich. Sie fragte sich, ob sie wohl ohnmächtig werden würde. „Meinen Sie das ernst? Sie haben ein Kind für mich?"

„Ja, das haben wir. Ich schicke Ihnen die Akte sofort per E-Mail. Darin sind auch ein paar Fotos. Vielleicht mögen Sie mich anrufen, nachdem Sie sich die Bilder angeschaut haben? Eine unserer Mitarbeiterinnen kehrt morgen Abend spät zurück. Wenn Sie das Mädchen haben möchten, kann sie es mit dem gleichen Flug mitbringen. Ansonsten könnte es ein paar Monate dauern, bis die Kleine zu Ihnen kann. Ich weiß, es ist etwas überstürzt. Also, wenn Sie lieber noch warten möchten, kann ich das gut verstehen. Das würde auch nichts an Ihrem Bewerberstatus ändern."

In Dakotas Kopf drehte sich alles. Sie boten ihr an, wonach

sie sich die ganze Zeit gesehnt hatte. Die Chance auf eine eigene Familie. Und sechs Monate alt. Das war so jung. Dakota kannte die Entwicklungsprobleme von Kindern, die in Waisenhäusern aufwuchsen, zumindest schon in groben Zügen. Je jünger das Kind war, desto leichter waren diese Probleme zu lösen. Der kleine Junge, den man ihr zuvor angeboten hatte, war schon fünf Jahre alt gewesen.

„Bis wann müssten Sie meine Entscheidung haben?"

„In den nächsten paar Stunden", gestand Patricia. „Es tut mir leid, dass es so kurzfristig ist. Unser Kontakt ist wegen eines familiären Notfalls abberufen worden. Und wir versuchen, mit jedem Erwachsenen, der nach Hause fliegt, ein Kind mitzuschicken. Aber wie gesagt, es ist allein Ihre Entscheidung. Wir wollen Sie nicht unter Druck setzen. Wenn Sie noch nicht bereit sind, rufen wir die nächste Familie auf der Liste an."

Dakota ging in die Küche. Sie nahm einen Stift sowie einen Post-it-Block und setzte sich an den Küchentisch. „Geben Sie mir Ihre Telefonnummer", bat sie. „Ich schaue mir die Akte an und melde mich in einer Stunde, ja?"

„Danke", erwiderte Patricia.

Nachdem Dakota die Nummer notiert hatte, legte sie auf. Sie saß in ihrer Küche. Sie wusste, dass sie auf einem Stuhl saß und ihre Füße den Boden berührten, aber ein Teil von ihr fühlte sich an, als würde sie fliegen. Als würde sie fliegen und zittern und kurz vor einem Tränenausbruch stehen. Sie schien noch zu atmen, denn sie war ja bei Bewusstsein, allerdings fühlte sie ihren Körper nicht wirklich.

Irgendwo im Hintergrund ertönte ein klingendes Geräusch. Kurz darauf kam Finn in die Küche und holte die Auflaufform aus dem Ofen. Dann wandte er sich ihr zu.

„Du willst ein Kind adoptieren?" Er klang überrumpelt.

Sie nickte, weil sie nicht in der Lage war, sich auf irgendetwas zu konzentrieren. „Ja. Sie haben ein kleines Mädchen für mich, das übermorgen in Los Angeles ankommt." Sie schaute ihn an. „Sie ist aus Kasachstan. Sechs Monate alt. Sie schicken mir ihre Akte. Ich muss meinen Computer anschalten."

Sie stand auf und konnte sich nicht mehr erinnern, wo ihr Computer war. *Das hier passiert nicht wirklich, oder?* Dakota lachte. „Sie werden mir mein eigenes kleines Mädchen geben."

„Ich wusste ja, dass du dir Kinder wünschst…" Er verstummte, dann nickte er langsam. „Du musst dich um eine ganze Menge kümmern. Es ist wohl besser, wenn ich mich aus dem Staub mache."

„Was? Oh."

So viel zu unserem romantischen Dinner, dachte sie traurig. So viel zu ihm. Finn hatte mehr als deutlich gemacht, dass er nicht auf der Suche nach einer neuen Familie war.

„Danke", sagte sie. „Ich muss die Entscheidung sehr schnell treffen."

„Kein Problem." Er wandte sich zum Gehen, blieb dann jedoch noch einmal kurz stehen. „Erzählst du mir, wie du dich entschieden hast?"

„Natürlich."

„Gut."

Sie schaute ihm nach. Ein Anflug von Traurigkeit erfasste sie, löste sich aber schnell auf, als Dakota in ihr Büro eilte und den Laptop hochfuhr. Der Computer schien ewig zu brauchen. Doch als er endlich hochgefahren war und sie den Ordner öffnen konnte, sah sie das Bild.

Und sie wusste es.

11. Kapitel

Die Entscheidung zu fällen war leicht, wie Dakota am nächsten Morgen feststellte. An den Einzelheiten drohte sie jedoch zu ersticken. Sie hatte kaum geschlafen. Jedes Mal, wenn sie die Augen schloss, fiel ihr etwas Neues ein, um das sie sich noch kümmern musste. Auch dass sie vorsorglich einen Zettel und einen Stift auf den Nachttisch gelegt hatte, half nicht.

Es war kaum acht Uhr morgens, und sie war schon erschöpft. Sie hatte sich Listen gemacht, auf denen alles stand, was sie besorgen musste. Außerdem hatte sie sich aufgeschrieben, wen sie alles anrufen musste. Die letzte große Frage, die sie zu klären hatte, war, ob sie nach Los Angeles fahren oder fliegen sollte.

Obwohl fliegen schneller wäre, durfte sie nicht vergessen, dass sie es mit einem sechs Monate alten Baby zu tun haben würde, das sie nicht kannte. Was, wenn ihre neue Tochter die ganze Zeit über schrie? Dakota hatte keine Ahnung, wie man damit umging. Also wäre es sinnvoller, mit dem Auto zu fahren. Aber war eine achtstündige Autofahrt für das Kind nicht genauso anstrengend?

Unschlüssig tippte Dakota mit dem Stift auf den Block. In ein paar Minuten würde sie ihre Mutter anrufen. Sie wollte Denise die guten Neuigkeiten mitteilen und sie in der Transportfrage um Rat bitten.

In der Zwischenzeit könnte sie noch einmal ihre Einkaufsliste durchgehen. Sie brauchte Windeln und Decken, außerdem Babynahrung. Dakota wusste nicht viel über Babys, aber sie war ziemlich sicher, dass ein Wechsel des Herstellers der

Kleinen Bauchschmerzen verursachen konnte. Hoffentlich hatte die Person, mit der die Kleine reiste, ausreichend Babynahrung dabei.

Sie ging zum Telefon am Sofa. Bevor sie jedoch den Hörer abnehmen konnte, klopfte es leise. Sie drehte um und öffnete die Haustür. Vor ihr auf der kleinen Veranda stand Finn. Er hatte zwei Kaffeebecher in der Hand.

„Was machst du denn hier?", fragte sie ihn. „Es ist noch ziemlich früh."

Er reichte ihr einen der Becher. „Mit fettarmer Milch, richtig?"

„Ja, danke." Sie trat beiseite und schüttelte den Kopf. „Sorry, ich bin heute Morgen ein wenig durcheinander. Warum bist du hier?"

„Du nimmst das Baby."

„Woher weißt du das?"

Er lächelte. „Ich kenne dich. Du hast darüber gesprochen, dass du keine eigenen Kinder bekommen kannst, aber gerne Kinder hättest. Natürlich ergreifst du die Gelegenheit zur Adoption, wenn sie sich bietet."

„Okay, du hast recht." Eine unerwartete Einsicht, dachte sie, aber nett.

Er folgte ihr ins Haus.

„Ich weiß nicht, was ich tun soll", gab sie zu. „Ich habe kaum geschlafen. Und es kommt mir so vor, als wären noch tausend Dinge zu erledigen."

Er lehnte sich gegen die Arbeitsplatte in der Küche. „Natürlich. Die meisten Leute haben neun Monate Zeit, um herauszufinden, was man mit einem Baby macht. Du hattest was, neun Stunden?"

Nur zu wahr, dachte sie. Sie war immer noch überrascht, ihn zu sehen. Er war am Vorabend so schnell verschwunden.

„Ich habe mir schon lauter Listen gemacht", sagte sie und zeigte auf die Zettel auf dem Küchentisch. „In ein paar Minuten werde ich meine Mom anrufen. Sie hat sechs Kinder. Wenn jemand weiß, was zu tun ist, dann sie."

„Hast du dir schon einen Namen überlegt?"

Sie lächelte. „Ich dachte an Hannah. Das ist der Name, der mir in den Sinn gekommen ist, als ich ihr Bild gesehen habe."

„Hannah Hendrix. Das gefällt mir."

„Mir auch." Sie seufzte. „Das ist alles so surreal. Ich weiß nicht mal, was ich denken soll."

„Das wird schon."

„Das weißt du doch gar nicht."

„Natürlich. Du bist ein Mensch, der sich um andere kümmert. Und hast du mir das nicht die ganze Zeit erklärt? Dass Kinder wissen müssen, dass man für sie da ist?" Er lächelte. „Ich freue mich wirklich für dich, Dakota."

Seine Unterstützung war unerwartet, aber schön. Sie hätte jetzt ohne Probleme in Tränen ausbrechen können, war jedoch fest entschlossen, es nicht zu tun.

„Für einen Mann, der keinerlei Interesse daran hat, eine Familie zu gründen, bist du erstaunlich feinfühlig und verständnisvoll."

Er zuckte zusammen. „Erzähl das nur keinem. Ich habe einen Ruf zu verlieren. Wie kommst du nach L. A.?"

„Um Hannah abzuholen? Ich kann mich nicht entscheiden. Auch darüber wollte ich mit meiner Mutter reden. Fliegen wäre schneller, aber ich habe Angst, ein mir noch unbekanntes Baby mit an Bord zu nehmen. Eine Autofahrt wäre vielleicht die bessere Lösung, die dauert allerdings ziemlich lange. Ich weiß nicht, wie es ihr geht oder wie sie so ist. Sie könnte ziemlich unsicher sein."

„Lass uns fliegen", schlug er vor. „Ich miete ein Flugzeug. Sie kommt am internationalen Terminal an, oder?"

„Ja. Aber du kannst mich doch nicht nach Los Angeles fliegen."

„Warum nicht? Vertraust du mir nicht?"

Ihre Sorge galt nicht seinen Fähigkeiten als Pilot. Sie war sicher, darin war er hervorragend. „Ist es nicht ziemlich teuer, ein Flugzeug zu chartern?"

„Ach, so schlimm ist das nicht. Es kostet etwas mehr als ein Linienflug, aber ich spreche von einem kleinen Viersitzer, nicht von einem Jet. Wir sind dann schneller als mit dem Auto und – wenn man die Sicherheitskontrollen und alles bedenkt – auch schneller als mit einem normalen Flugzeug. Es gibt gleich neben dem Flughafen von Los Angeles einen kleineren privaten Flughafen. Wir landen dort und fahren mit dem Shuttlebus zum internationalen Terminal."

„Das klingt perfekt." Sie war erleichtert, dass ihr Problem gelöst war. „Danke. Da fällt mir wirklich ein Stein vom Herzen. Und wie bezahle ich das Flugzeug? Brauchst du meine Kreditkartennummer?"

„Darum kümmern wir uns später", erwiderte er. „Ich fahr dann mal los und kümmere mich um alles."

Sie verabredeten eine Zeit, zu der sie am nächsten Morgen losfliegen wollten, dann gab Finn ihr einen leichten Kuss. „Herzlichen Glückwunsch!"

„Ich danke dir für alles."

„Ich freue mich, wenn ich dir helfen kann."

Nachdem er gegangen war, stand Dakota mit ihrem Kaffeebecher in der Hand mitten in der Küche. Sein Angebot, ihr zu helfen, überraschte sie noch immer. Sie hatte keine Ahnung, warum er sich so bemühte, aber sie hatte nicht vor, es groß zu hinterfragen. Sie war einfach nur dankbar.

Ein schneller Blick auf die Uhr verriet ihr, dass es an der Zeit war, ihre Mutter anzurufen. Sie hatte nur einen Tag, um ihr Leben neu zu arrangieren. In weniger als achtundvierzig Stunden würde sie eine Mutter sein.

Um die Mittagszeit wimmelte es in ihrem Haus nur so vor Menschen, die ihr Glück wünschen wollten. Dakota hatte ihre Mutter angerufen, Denise wiederum hatte all ihre Töchter informiert – und die meisten Leute, die sie in Fool's Gold kannten.

Nevada und Montana waren als Erste aufgetaucht. Wenige Minuten später war ihre Mutter gefolgt. Liz und Jo kamen gemeinsam mit Charity und ihrem Baby. Marsha, die Bürgermeisterin, hatte Alice, die Polizeichefin, im Schlepptau. Freunde und Nachbarn gaben sich die Klinke in die Hand.

Dakota hatte bereits die Fotos ausgedruckt, die die Adoptionsagentur von Hannah gemailt hatte. Sie wurden jetzt eifrig herumgereicht.

„Bist du schon aufgeregt?", wollte Montana wissen. „Ich hätte fürchterliche Angst. Meine mütterlichen Fähigkeiten reichen gerade so für Hunde. Ich bin nicht sicher, ob ich auch mit Kindern klarkäme."

„Ja, ich habe auch Angst", gab Dakota zu. „Was, wenn ich es vermassle? Was, wenn sie mich nicht mag? Was, wenn sie zurück nach Kasachstan will?"

„Das Gute ist, dass sie noch nicht reden kann", meinte Nevada. „Sie kann dich ja gar nicht bitten, sie wieder zurückzuschicken."

„Das ist ja ein toller Trost", murmelte Dakota.

Ihre Mutter setzte sich zu ihr aufs Sofa und legte ihr den Arm um die Schultern. „Du machst das schon. Anfangs wird es sicher nicht ganz leicht, aber du hast den Dreh bestimmt bald raus. Deine Tochter wird dich lieben, und du wirst sie lieben."

„Das kannst du doch gar nicht wissen." Dakota musste einen leichten Panikanfall unterdrücken.

„Natürlich kann ich das", widersprach ihre Mutter. „Ich garantiere es dir sogar. Und das Beste an allem ist: Endlich bekomme ich eine Enkeltochter."

Nevada lächelte. „Weil es ja auch immer nur um dich geht."

„Natürlich." Denise lachte. „Ich meine, ich liebe meine

Enkelsöhne, aber ich kann es kaum erwarten, endlich etwas in Rosa und mit Rüschen zu kaufen. Bitte mach meine Enkelin zu einem richtigen Mädchen, ja?"

„Ich werde mich bemühen", versprach Dakota.

Sie schaute sich in dem gut gefüllten Wohnzimmer um. Die meisten Frauen hatten zu dieser spontanen Versammlung etwas zu essen mitgebracht. Es waren ein paar Aufläufe dabei, die Dakota im Laufe der Woche essen könnte. So war das hier. Jeder kümmerte sich um seinen Nächsten.

In diesem Moment kam eine sehr schwangere Pia mit ihrem Ehemann Raoul, der gleichzeitig Dakotas Chef war, auf sie zu.

„Das ist so typisch." Pia umarmte sie so fest, wie ihr dicker Bauch es zuließ. „Gleich an den Anfang der Reihe springen. Ich habe noch beinah zwei Monate bis zur Geburt, und du bekommst dein Baby trotzdem früher."

„Glückwunsch." Raoul schaffte es, ihr einen Kuss auf die Wange zu geben, ohne Pia dabei aus seiner Umarmung zu lassen. „Wie hältst du dich?"

„Ich bin panisch. Ich muss einkaufen gehen", antwortete sie. „Ich brauche Windeln und ein Kinderbettchen und einen Wickeltisch." Sie wusste, dass das noch nicht alles war, aber mehr fiel ihr gerade nicht ein. In einem der Babybücher werde ich es finden, dachte sie. Gab es darin nicht immer Listen mit allem, was man brauchte? „Gibt es irgendetwas, was man für ein sechs Monate altes Baby nicht braucht?", fragte sie.

„Mach dir keine Gedanken", beruhigte ihre Mutter sie. „Ich begleite dich. Zusammen sorgen wir schon dafür, dass du alles hast, was du für den Heimflug brauchst. Du musst mir nur deinen Haustürschlüssel geben. Wenn du dann morgen nach Hause kommst, wird alles fertig sein."

Hätte ihr das irgendjemand anders erzählt, hätte sie es nicht geglaubt. Aber bei ihrer Mutter lag der Fall anders. Denise wusste, wie man Sachen erledigt bekam. Sechs Kinder großzuziehen machte einen automatisch zu einem Organisationsgenie.

„Danke", flüsterte sie und umarmte ihre Mutter. „Ohne dich würde ich das alles nicht schaffen."

Die Gefühle drohten sie zu überwältigen. Nichts von all dem fühlte sich real an. Und doch wusste Dakota, dass es passierte. Sie würde ein Baby bekommen. Ein eigenes Kind. Trotz ihres körperlichen Makels würde sie ihre eigene Familie haben.

Sie schaute sich im Zimmer um, ließ den Blick über die Familienmitglieder und Freunde schweifen, die alles stehen und liegen gelassen hatten, um vorbeizukommen und ihr alles Gute zu wünschen. In diesem Augenblick erkannte Dakota, dass sie sich irrte. Sie bekam nicht endlich ihre eigene Familie. Die hatte schon immer existiert. Stattdessen bekam sie einen wundervollen, unerwarteten Segen.

Dakota war noch nie in einem kleinen Flugzeug geflogen. Aber selbst der Flug in einer Maschine von den Ausmaßen einer Konservendose war nichts im Vergleich zu der Aussicht, Mutter eines sechs Monate alten Kindes zu werden, das sie überhaupt nicht kannte.

Während Finn die Maschine in südwestlicher Richtung nach Los Angeles steuerte, blätterte Dakota panisch durch das Buch, das sie am Vortag gekauft hatte. Die Autoren von *Was im ersten Jahr zu erwarten ist* verdienten eine Auszeichnung. Und vielleicht ein dazugehöriges Haus am Strand. Dank ihnen wusste sie wenigstens, wo sie anfangen musste.

„Windeln", murmelte sie.

„Alles gut bei dir?", fragte Finn.

„Nein. Pia hat sich gestern über die verschiedenen Arten von Windeln ausgelassen. Ich dachte, sie macht Witze, und habe sie damit aufgezogen. Aber was weiß ich schon über Windeln? Ich kann mich nicht erinnern, wann ich zuletzt ein

Baby gewickelt habe. Als ich auf der Highschool babygesittet habe, waren die Kinder immer schon älter."

Sie schaute ihn an und versuchte, trotz ihrer Panik ruhig zu atmen. „Das ist verrückt. Was denken die Leute sich denn nur, mich mit einem Kind allein zu lassen? Hätten sie mich nicht näher durchleuchten müssen? Es hat nur zwei Besuche zu Hause gegeben. Hätte ich nicht irgendeinen praktischen Test bestehen müssen? Ich weiß nicht, welches Fläschchen sie bekommt und ob sie geimpft ist. Kinder werden doch geimpft, oder? Impfungen sind ein wichtiges Thema."

„Beruhige dich", sagte Finn sanft. „Windeln zu wechseln ist nicht so schwer. Ich habe meine Brüder oft gewickelt, als sie noch Babys waren. Mit Wegwerfwindeln geht das ziemlich leicht."

„Sicher. Vor zwanzig Jahren war das leicht. Aber das kann sich inzwischen geändert haben."

Er richtete seine Aufmerksamkeit wieder auf den Blick aus dem Fenster und zog den Mundwinkel hoch. „Glaubst du, die haben es den Eltern in den letzten zwanzig Jahren schwerer gemacht, ein Baby zu wickeln? Das wäre kein sonderlich guter Marketingplan."

In ihrer Brust wurde es auf einmal eng. Alles ist gut, sagte Dakota sich. Doch das Atmen fiel ihr zunehmend schwerer. „Jetzt nur nicht logisch werden, Mister. Willst du wirklich, dass ich hysterisch werde? Das kann ich nämlich."

„Das bezweifle ich nicht", erwiderte er. „Dakota, du musst dir selbst vertrauen. Was die Nahrung und die Impfungen angeht, wirst du die Informationen schon von demjenigen bekommen, der sich gerade um Hannah kümmert. Was haben sie dir gesagt, als sie angerufen haben?"

„Nicht viel", murmelte sie. „Du hast den Großteil ja mit angehört."

„Gab es vorher keine anderen Gespräche?"

„Doch. Mehrere. Ich musste ein paar Fragebögen ausfüllen. Wir haben uns unterhalten, sie sind nach Fool's Gold gekommen und haben mich und meine Familie genauer angeschaut. Das war ein ziemlich langer Prozess."

„Also haben sie alles gründlich überprüft. Wenn die Agentur dir vertraut, wieso solltest du es dann nicht auch tun?"

„Okay." Sie atmete tief durch. „Das könnte funktionieren."

„Denk dran, du hast deine Mom, die dir hilft. Deine Schwestern und Freunde. Und du kannst mich auch alles fragen, was du willst."

Sie drückte sich das Buch fest gegen die Brust. „Würdest du bitte umdrehen?"

„Ich mache alles außer umdrehen. Du weißt, dass du dieses Baby willst."

Er hatte recht. Sicher, am Anfang würde es schwer werden, aber sie würde lernen. Mütter lernten seit Tausenden von Jahren. Außerdem wurde ihr nachgesagt, überdurchschnittlich intelligent zu sein. Das musste doch helfen.

Seufzend klappte sie das Buch auf und versuchte zu lesen. Die Wörter verschwammen vor ihren Augen. Die Abbildungen machten ihr Angst, und beim Anblick der Listen hätte sie am liebsten laut geschrien.

„Ich brauche mehr Zeit. Kann ich nicht ein kleines bisschen mehr Zeit haben?"

„Wir landen in ungefähr vierzig Minuten. Reicht das?"

Sie funkelte ihn an. „Das ist nicht witzig."

„Ich wollte auch gar nicht witzig sein." Er schaltete das Mikrofon ein und sprach mit dem Tower.

Dakota wusste nicht viel übers Fliegen, aber sie erkannte, dass Finn die Wahrheit gesagt hatte. Als sie aus dem Fenster schaute, sah sie Los Angeles in seiner ganzen Ausdehnung unter sich.

Ich schaffe das, machte sie sich Mut. Sie wollte es schaffen. Sie schaute auf die Notizen, die ihre Mutter ihr mitgegeben hatte. Sie wusste, dass sie die richtigen Dinge dabeihatte, selbst wenn sie nicht wusste, was genau das alles war. Sie war darauf vorbereitet, dass Hannah müde und unleidlich war. In ihrer Tasche befanden sich weiche Decken, Windeln und Stofftiere sowie Wechselkleidung in verschiedenen Größen für den Notfall.

Finn hatte versprochen, ihr anfangs beim Windelwechseln zu helfen. Im Flughafengebäude gab es eine Familientoilette. Alles würde gut werden. Das musste sie sich nur immer wieder vorsagen.

Wie angekündigt kam das Flugzeug vierzig Minuten später auf dem Rollfeld zum Stehen. Finn schnappte sich die Windeltasche und stieg aus. Dakota folgte ihm. Ihr war ein wenig schwindelig; wenn ihr Herz noch kräftiger schlagen würde, müsste es ihr eigentlich aus der Brust springen. Das wäre kein hübscher Anblick.

Finn ging kurz ins Büro des Flughafens und erklärte, dass sie ungefähr eine Stunde auf dem Boden bleiben würden. Dakota hatte sich bereits nach dem Flug aus Europa erkundigt. Hannah und ihre Begleitung befanden sich gerade in der Zollabfertigung.

Mit dem Shuttlebus fuhren sie zum LAX-Terminal für internationale Flüge. Finn trug die Windeltasche über der Schulter und hielt Dakotas Hand. Sie klammerte sich an ihn. Dass sie vermutlich ein jämmerliches Bild abgab, war ihr durchaus bewusst. Aber es war ihr egal.

Im Wartebereich der Ankunftshalle wimmelte es nur so von wartenden Familien. Menschen aus Dutzenden Ländern unterhielten sich in verschiedenen Sprachen. Dakota war nicht sicher, wie sie hier eine Frau mit einem Baby finden sollte, die sie noch nie gesehen hatte.

„Ich wünschte, sie hätten mir auch ein Foto von ihr geschickt, nicht nur von Hannah", sagte sie. „Das würde die Sache erleichtern."

„Dakota Hendrix?"

Als Dakota sich umdrehte, sah sie eine kleine grauhaarige Nonne, die ein weinendes Baby in den Armen hielt. Das ist das kleine Mädchen von den Fotos, dachte Dakota. Sein Gesichtchen war ganz rot, und es war wesentlich kleiner, als sie erwartet hatte. Und trotzdem wurde in ihr alles still, als wüsste jede Zelle in ihrem Körper, dass dies ein ganz besonderer Moment war, wie er nur selten im Leben vorkommt.

„Ich bin Dakota", flüsterte sie.

„Ich bin Schwester Mary, und das hier ist Ihr kleines Mädchen."

Instinktiv streckte Dakota die Arme aus und nahm das Kind. Hannah strampelte nicht, sondern kuschelte sich in Dakotas Armbeuge und schaute sie aus großen braunen Augen an.

Hannah trug einen pinkfarbenen Body mit einem T-Shirt darunter. Beides war zerknittert und fleckig. Was in Anbetracht der langen Reise, die sie hinter sich hatte, kein Wunder war. Ihr dunkles Haar saß ein wenig unvorteilhaft wie ein Helm auf ihrem Kopf, trotzdem war sie wunderschön.

Ihre vollen Wangen waren dunkelrot, und ihr Mund bewegte sich, als sammle sie Energie für den nächsten Schrei. Durch ihre Kleidung hindurch fühlte sie sich warm an.

Finn geleitete sie zu einer relativ ruhigen Ecke des Terminals. Während die Menschen um sie herumeilten, überprüfte Schwester Mary Dakotas Papiere. Dann unterzeichneten sie beide das Übergabeprotokoll, und das war's.

„In ein paar Tagen wird jemand von der Agentur anrufen, um einen Termin mit Ihnen zu vereinbaren", sagte Schwester Mary. „Haben Sie schon einen Namen für sie?"

„Hannah."

„Ein wunderschöner Name", erwiderte die Nonne. „Sie hat eine anstrengende Reise hinter sich. Im Moment hat sie außerdem leichtes Fieber, und Sie sollten ihre Ohren untersuchen lassen. Ich glaube, sie hat eine Mittelohrentzündung."

Die Frau seufzte, als sie Dakota eine Packung Kinderparacetamol reichte. „Das ist alles, was wir haben. Das Geld ist wirklich knapp. Es gibt so viele Kinder und so wenig Mittel. Der Arzt hat diese Reise zwar genehmigt, allerdings eher, damit sie nicht noch länger warten muss. In einer Stunde soll sie die nächste Dosis bekommen."

Hannah hatte die Augen geschlossen. Dakota schaute sie an, hin- und hergerissen zwischen der Schönheit ihrer Tochter und der Angst, dass sie ernsthaft krank sein könnte.

„Ist sie nicht ein bisschen klein für ihr Alter?"

„Nicht im Vergleich mit den anderen Kindern. Ich habe einen kleinen Nahrungsvorrat für sie mitgebracht, ein paar Windeln und ihre Kleidung." Die Nonne schaute auf die Uhr. „Es tut mir leid, aber ich muss meinen Anschlussflug bekommen."

„Ja, natürlich", sagte Dakota schnell. „Bitte fühlen Sie sich nicht genötigt, noch weiter hierzubleiben. Ich stelle Hannah so schnell wie möglich einem Arzt vor."

„Die Notfallnummern haben Sie ja", fügte Schwester Mary noch hinzu und reichte Finn einen kleinen Koffer. „Rufen Sie jederzeit an, egal ob Tag oder Nacht."

„Danke."

Zum Abschied schüttelte Finn der Nonne die Hand. Als Schwester Mary gegangen war, wandte er sich an Dakota. „Bei dir alles in Ordnung?"

„Nein", gestand sie leise. „Hast du gehört, was sie gesagt hat? Hannah ist vermutlich krank." Das Baby hatte die Augen noch immer geschlossen. Sein Atem ging regelmäßig, aber seine Haut war so rot. Sie brannte richtig unter Dakotas Finger, als sie die Wange der Kleinen streichelte. „Ich muss sie zu einem Arzt bringen."

„Möchtest du das gleich hier tun, oder willst du lieber erst einmal nach Hause fliegen?"

„Bringen wir sie nach Hause." Dakota schaute auf die Uhr. Sie hatte für den späten Nachmittag bereits einen Termin beim Kinderarzt verabredet. Es war besser, sich dort um alles zu kümmern, als jetzt noch einen fremden Arzt hinzuzuziehen.

Sie nahmen den gleichen Weg zurück, den sie gekommen waren. Glücklicherweise hatte der Shuttlebusfahrer auf sie gewartet. Das Prüfen der Instrumente und die Erteilung der Starterlaubnis dauerten zum Glück nicht lang. Weniger als eine Stunde nach ihrer Ankunft befanden sie sich schon wieder in der Luft.

Dieses Mal saß Dakota auf dem Rücksitz. Hannah war auf dem Sitz neben ihr festgeschnallt. Dakota betrachtete sie ängstlich und zählte jeden Atemzug.

„Alles okay?", fragte Finn.

„Ich versuche, nicht auszuflippen."

„Sie wird wieder."

„Das hoffe ich." Sie behielt den Blick auf ihre Tochter gerichtet. „Sie ist so klein." Zu klein. „Ich weiß, sie kommt aus einem sehr armen Teil der Welt, und das Waisenhaus hat nicht viel Geld oder andere Mittel. Ich wusste, dass es Probleme geben könnte. Davor haben sie mich ausdrücklich gewarnt."

Am Anfang ihrer Bewerbung als Adoptivmutter hatte es mehrere persönliche Gespräche gegeben. Dakota hatte Videos der verschiedenen Waisenhäuser gesehen, mit denen die Adoptionsagentur zusammenarbeitete. Sie hatte auch mit anderen Eltern gesprochen. Man hatte ihr von Kindern erzählt, die für ihr Alter klein gewesen waren, aber schnell aufgeholt hatten. Alle anfänglichen Schwierigkeiten waren beschönigt worden.

Jetzt, als Dakota die fiebrige Wange ihrer Tochter fühlte, brannten ihre Augen.

„Ich will nicht, dass ihr etwas passiert."

„Du bringst sie doch zu einem Arzt. Es dauert nur noch ein paar Stunden."

Sie nickte, weil sie nicht sprechen konnte. Ihre kleine Tochter könnte ernsthaft erkrankt sein – und sie konnte nichts tun, damit es ihr besser ging. Sie hatte weder richtige Medizin, noch wusste sie, wie man einen kalten Umschlag machte.

„Weißt du, was ein kalter Umschlag ist?", fragte sie Finn.

„Nein. Warum?"

„Ich dachte, der könnte ihr helfen."

„Dakota, du musst dich entspannen. Warte, bis es einen Grund gibt, aufgebracht zu sein, okay? Du wirst deine Energie brauchen, um mit Hannah zurechtzukommen, sobald sie zu krabbeln anfängt."

„Ich hoffe, du hast recht." Erst als sie hörte, wie belegt ihre Stimme klang, merkte Dakota, dass sie weinte.

Sie ließ den Kopf in die Hände sinken und ließ die Tränen einfach laufen. Ein paar Sekunden später wachte Hannah auf und fing ebenfalls an zu weinen. Das Baby rieb sich die Ohren, als täten sie ihm weh.

„Ist schon gut", sagte Dakota schnell. „Alles gut, meine Süße. Ich habe hier ein wenig Medizin, dann geht es dir gleich besser."

Sie holte die Tropfen heraus und maß die richtige Dosis ab. Das Flugzeug lag währenddessen erstaunlich ruhig in der Luft, wofür Dakota sehr dankbar war.

„Du rettest mir das Leben", sagte sie zu Finn. „Allein hätte ich das nicht geschafft. Ich weiß gar nicht, wie ich dir danken soll."

„Halt einfach durch."

Sie nickte und hielt Hannah den kleinen Löffel mit der Medizin an die Lippen. Das Mädchen wandte den Kopf ab.

„Komm schon, Süße. Du musst die leckere Medizin nehmen. Danach wirst du dich besser fühlen."

Nachdem sie ihr den Löffel noch ein paar Mal angeboten hatte, berührte Dakota leicht die Nase der Kleinen und strich ihr über die Wange. Hannah öffnete den Mund, Dakota steckte den Löffel hinein, und Hannah schluckte.

Aber was auch immer sie hatte, frei verkäufliche Medizin half dagegen nicht. Oder Hannah war müde. Oder sie hatte Angst. Immerhin war sie von Fremden umgeben. Welchen Grund es auch immer hatte, sie weinte lauter und stärker, ihr gesamter Körper erbebte unter ihren Schluchzern. Dakota versuchte sie zu beruhigen, indem sie an dem Autositz wackelte, in dem die Kleine lag, und ihren Bauch streichelte. Sie sang ihr sogar etwas vor, doch nichts half.

Den Rest des Fluges und die gesamte Autofahrt zum Kinderarzt über schrie Hannah. Es zerriss Dakota das Herz und verursachte ihr Übelkeit. Sie wusste nicht, was sie tun sollte, und fühlte sich dabei erst recht schrecklich. Ihre Unwissenheit brachte ein unschuldiges Kind in Gefahr. Was hatte die Agentur sich nur gedacht, ihr ein Kind zu überlassen?

Endlich bogen sie auf den Parkplatz des Kinderarztes ein. Dakota holte Hannah aus dem Sitz, wickelte sie in eine Decke und trug das immer noch schreiende Baby ins Wartezimmer. Finn folgte ihr.

Dakota, die nun selber weinte, konnte kaum ihren Namen sagen. Die Arzthelferin warf nur einen Blick auf die beiden und deutete auf eine Tür zu ihrer Linken.

„Vivian bringt Sie gleich ins Behandlungszimmer."

„Okay. Danke."

Dakota schaute Finn an. „Ich weiß nicht, wie ich dir danken soll", sagte sie über das Weinen des Kindes hinweg. „Du musst nicht warten. Ich rufe meine Mom an, damit sie uns abholt."

Finn strich ihr mit den Fingern über die Wange. „Geh nur. Ich warte. Ich werde dich jetzt nicht alleinlassen. Ich muss doch sehen, wie alles zu einem guten Ende kommt."

„Du bist ein toller Mann. Ehrlich. Ich werde mit jemandem reden, damit du eine Medaille bekommst."

Er lächelte schief. „Aber keine zu große. Du weißt, ich habe einen erlesenen Geschmack."

Trotz allem gelang ihr ein Lächeln. Dann drehte sie sich um und folgte der Arzthelferin ins Behandlungszimmer.

12. Kapitel

„Der Schlüssel zum guten Elternsein liegt darin, weiter zu atmen", erklärte Dr. Silverman. „Ehrlich, wenn Sie ohnmächtig werden, helfen Sie niemandem." Die Kinderärztin, eine zierliche Blondine Ende dreißig, lächelte.

Dakota wollte sie anschreien. Fand die Ärztin das etwa lustig? Das war es nämlich nicht. Die Situation war entsetzlich und vielleicht sogar lebensbedrohlich, aber auf keinen Fall lustig.

Sobald Dr. Silverman das Behandlungszimmer betreten hatte, hatte Hannah aufgehört zu weinen. Ohne einen Laut hatte sie die Untersuchung über sich ergehen lassen und lag nun schlaff und heiß in Dakotas Armen.

„Sie ist erschöpft", sagte die Ärztin. „Diese Reise wäre für niemand leicht gewesen. Ich bin sicher, sie hat Angst und ist verwirrt. Ihr bisheriges Leben war nicht einfach. Dazu kommen noch ein paar andere Probleme."

Dakota rüstete sich für das Schlimmste. „Und das Fieber?"

Die Ärztin nickte. „Sie hat in beiden Ohren eine Infektion, und außerdem zahnt sie. Sie ist viel zu klein für ihr Alter, was unter den gegebenen Umständen nicht überrascht. Mir gefällt auch nicht, was für eine Nahrung man ihr gegeben hat."

Sie schaute sich die Dose mit dem Pulver noch einmal an, die Dakota mitgebracht hatte. Es war eine von denen, die Schwester Mary für Hannah eingepackt hatte.

„Okay", fuhr die Ärztin nach kurzem Überlegen fort. „Wir werden sie mit einem Antibiotikum behandeln. Ich setze das bei Ohrentzündungen eigentlich nicht so gern ein, aber sie braucht einen kräftigen Schubs, damit es ihr bald besser geht."

Dr. Silverman erklärte, wie das Medikament zu verabreichen war und welche Folgen die Kombination aus Ohrenschmerzen, erstem Zahn und aufgrund der Nahrung vermuteten Magenschmerzen haben konnte. Sie besprachen, wie Hannah am besten langsam an eine etwas leichter verdauliche Nahrung gewöhnt werden könnte und wie oft und mit welchen Mengen sie gefüttert werden sollte.

„Normalerweise kann man mit sechs Monaten schon anfangen, festere Nahrung zu geben, aber ich möchte, dass Sie damit noch mindestens drei Wochen warten. Sie soll erst einmal gesund werden und an Gewicht zulegen. Dann sehen wir weiter." Dr. Silverman erklärte auch, wie Dakota sicherstellte, dass Hannah nicht dehydrierte.

„Haben Sie jemanden, der Ihnen hilft?", wollte die Ärztin schließlich wissen. „Die ersten paar Tage werden die schwierigsten."

„Meine Mutter hilft mir." Dakota schwirrte der Kopf von all den Informationen, die sie erhalten hatte. „Außerdem habe ich Schwestern und Freunde." Ganz zu schweigen von den Frauen in der Stadt, die ihr mit Freude zur Hand gehen würden.

„Gut." Die Ärztin nahm eine Visitenkarte aus der Tasche ihres weißen Kittels. „Ich habe dieses Wochenende Notdienst. Wenn Sie mich brauchen, können Sie das unter dieser Nummer angeben."

Dakota nahm die Karte und seufzte. „Danke. Kann ich irgendetwas tun, um Sie zu überzeugen, die nächsten paar Jahre bei mir einzuziehen?"

Dr. Silverman lachte. „Ich schätze, mein Ehemann hätte etwas dagegen, aber ich kann ihn ja mal fragen."

„Vielen, vielen Dank für Ihre Hilfe."

Die Ärztin strich Hannah über den Kopf. „Soweit ich das

beurteilen kann, ist sie grundlegend gesund. Sobald ihre Ohren frei und die Zähnchen durchgebrochen sind, wird sich Ihr Leben merklich beruhigen. Versuchen Sie, entspannt zu bleiben und zu schlafen, sobald sich eine Gelegenheit bietet. Oh, und vergessen Sie nicht zu atmen."

Sie machten einen Termin für eine Nachuntersuchung aus, besprachen, in welchen Fällen ein Notruf bei der Ärztin angebracht war und auf welche Anzeichen Dakota achten sollte.

„Ich denke, Sie werden gut zurechtkommen", sagte Dr. Silverman. „Sowohl Sie als auch die Kleine."

Dakota nickte. „Ich weiß Ihre Hilfe wirklich zu schätzen." Wenn sie jetzt nur noch einen Weg finden würde, einen klaren Kopf zu behalten.

Sie kehrte mit Hannah auf dem Arm ins Wartezimmer zurück. Finn stand auf, sobald er sie sah, und war mit wenigen Schritten bei ihnen.

„Was hat sie gesagt?", wollte er wissen.

„Hoffentlich nicht mehr als das, was ich mir merken konnte." Dakota ging zur Anmeldung und vereinbarte einen neuen Termin.

Als sie mit Finn zu seinem Auto ging, erzählte sie ihm alles, was die Ärztin gesagt hatte. „Ich muss zur Apotheke und ein Rezept einlösen. Außerdem soll ich andere Babynahrung kaufen. Die alte darf ich aber nicht einfach absetzen, sondern muss sie im Laufe der nächsten Woche langsam ausschleichen. Ansonsten könnte Hannah sehr krank werden, und noch schlimmere Bauchschmerzen sind das Letzte, was die kleine Maus jetzt braucht."

Es fehlt nicht viel, und ich gebe mich der Überforderung hin, dachte sie. Von null auf hundert ohne große Vorwarnung. Alle ermutigten sie, sagten ihr, dass sie das schon schaffen würde. Aber am Ende des Tages war sie diejenige, die allein mit dem Baby dastand.

„Ich bringe euch jetzt nach Hause", kündigte Finn an.

„Und dann fahre ich zur Apotheke und hole die Medikamente. Eine Sache weniger, um die du dich kümmern musst."

Dakota schnallte Hannah in ihrem Autositz an, schloss die Tür und richtete sich auf. „Du hast bereits so viel für mich getan. Ich weiß gar nicht, wie ich dir danken soll."

„Ich schicke dir eine Liste", erwiderte er lächelnd.

Die Fahrt zu Dakotas Haus dauerte nicht lange. Die ganze Zeit über drehte Dakota sich immer wieder um, um nach ihrer Tochter zu schauen. Die Erschöpfung hatte eingesetzt, inzwischen schlief das Baby tief und fest.

Sie sagte sich, dass alles besser würde, wenn sie erst die richtigen Medikamente hätte. Zumindest hoffte sie das. Es gab …

„Da feiert wohl jemand eine Party", sagte Finn, als er auf ihre Einfahrt bog.

Als sie seinem Blick folgte, sah sie, dass mindestens ein Dutzend Fahrzeuge auf der Straße parkten. Ein paar davon erkannte sie – und sie hatte das Gefühl, die Besitzer der anderen ebenfalls zu kennen.

Wärme und Erleichterung vertrieben einen Großteil ihrer Angst. Sie war nicht allein. Wie hatte sie das nur vergessen können?

„Das ist keine Party", antwortete sie und stieg aus. „Zumindest nicht so, wie du denkst."

Er schaute sie über das Autodach hinweg an. „Was ist es dann?"

„Komm, sieh es dir selber an."

Sie nahm Hannah aus dem Autositz. Die Kleine rührte sich kaum. Finn schnappte sich die Wickeltasche und folgte Dakota ins Haus.

Sie hatte zwar die ganzen Autos gesehen, war aber überrascht, wie viele Menschen sich in ihrem Wohnzimmer und ihrer Küche aufhielten. Ihre Mutter und ihre Schwestern waren da. Bürgermeisterin Marsha und Charity. Die schwangere Pia.

Liz und die zerstrittenen Friseurschwestern Julia und Bella. Gladys und Alice. Und Jenel aus dem Schmuckgeschäft. Überall waren Frauen.

„Da ist sie ja." Denise eilte auf sie zu. „Ist alles in Ordnung? Wie war die Reise? Wie geht es deinem kleinen süßen Mädchen?"

Dakota legte Hannah in die Arme ihrer Mutter. Zu mehr war sie nicht in der Lage. Ihr war die Kehle zu eng, das Herz zu voll.

In einer Ecke sah sie einen großen Berg Geschenke. Die Pakete waren in gelbes, rosafarbenes und weißes Papier eingeschlagen und hatten bunte Schleifen und Bänder. Im Esszimmer stand ein Hochstuhl, und auf den Stühlen lagen Windelberge. Sie sah zwei dampfende Schmortöpfe auf der Arbeitsfläche in der Küche stehen, dazu einen großen Früchtekorb und einen Strauß Luftballons.

Während Denise ihre neue Enkeltochter sanft schaukelte, führten Nevada und Montana ihre Schwester in das Zimmer, das ihr bisher als Büro gedient hatte. Der kleine Computertisch war an die hinterste Wand gerückt worden. Die vormals weißen Wände erstrahlten jetzt in einem Hauch von Rosa. Vor dem Fenster hingen neue Vorhänge, und ein dicker Teppich lag auf dem Holzfußboden.

Mitten im Raum stand ein Kinderbettchen. Das Bettzeug war in fröhlichem Gelb und Weiß gehalten und mit lauter kleinen Ballerina-Häschen bedruckt. Über dem Kopfteil drehte sich gemächlich ein Mobile mit Häschen und Enten. Es gab außerdem einen Wickeltisch und eine Kommode. Die Türen des Schranks standen offen und gaben den Blick auf winzige Babysachen frei, die auf weißen Bügeln hingen.

„Das ist eine ganz besondere Farbe", erklärte Nevada. „Sie enthält keine Dämpfe und ist besonders kindersicher. Alles andere hat das Biosiegel und ist vollkommen ungiftig."

Dakota wusste nicht, was sie dazu sagen sollte. Und so war

es gut, dass ihre Schwestern sie einfach nur umarmten. Sie hatte die Stadt schon öfter in Aktion gesehen, war selbst oft Teil davon gewesen, aber noch nie war sie die Empfängerin der geballten Liebe von Fool's Gold gewesen. Das Gefühl der Verbundenheit und der Zusammengehörigkeit überwältigte sie.

„Damit habe ich nicht gerechnet", flüsterte sie und kämpfte gegen die Tränen des Glücks an.

„Dann ist unsere Arbeit ja gelungen", erwiderte Nevada.

Finn betrat das Kinderzimmer. „Ihr wisst wirklich, wie man eine Party schmeißt", sagte er. „Ich fahre schnell zur Apotheke und löse das Rezept ein. Ich komme ganz schnell zurück."

Dakota nickte. Sie konnte nichts sagen. Aus ihrer Sicht hatte sie an diesem Tag schon zu viel Zeit mit Heulen verbracht. Wenn sie jetzt versuchte, ihm zu danken, würden die Tränen sofort wieder fließen. Der Mann hatte eine Pause verdient.

Immer noch überwältigt, ließ sie zu, dass ihre Schwestern sie ins Wohnzimmer zurückführten. Ihre Mutter hatte immer noch Hannah auf dem Arm, und das Baby schien sich in dem erfahrenen Griff merklich zu entspannen. Einige der Frauen sprangen auf, um Dakota Platz auf dem Sofa zu machen. Sie ließ sich in die Kissen sinken. Man drückte ihr einen Teller in die Hand und ein Glas mit etwas, das aussah wie Cola light.

„Und jetzt erzähl uns alles von Anfang an", bat ihre Mutter. „Geht es Hannah gut? Finn hat etwas davon gesagt, dass er Medizin holen muss?"

„Sie wird wieder", antwortete Dakota, stellte das Glas auf den Tisch und schob sich Nudelsalat auf die Gabel. „Es wird eine Weile dauern, bis wir uns eingelebt haben, aber mit Hannah ist alles in Ordnung."

Aurelia stand auf dem Bürgersteig und genoss die Wärme des frühen Abends. Manche Menschen waren einfach talentiert. Fasziniert beobachtete sie Sasha und Lani, die sich im Park stritten. Es war nicht einfach nur ein normaler Streit, sondern sie schrien einander an und fuchtelten wild mit den Armen. An einer Stelle packte Sasha Lani an den Oberarmen, zog sie zu sich und küsste sie.

Anfangs leistete Lani Widerstand. Sie drehte sich weg und hob die Hand, als ob sie Sasha ohrfeigen wollte. Er ließ sie jedoch nicht los und küsste sie noch einmal. Dieses Mal ergab sie sich. Ihr Körper lehnte sich weich an seinen, bevor sie ihn näher an sich zog. Aus der Entfernung sah es aus, als hätte das junge Paar gerade eine Krise gemeistert.

Aurelia wusste es jedoch besser. Der Streit war nur gespielt, eine kleine Szene für die Kameras. „Du musst zugeben, die beiden sind echt gut", sagte sie zu Stephen. „Ob sie es nun bis zum Ende der Show schaffen oder nicht, augenscheinlich haben sie alles, was man als guter Schauspieler braucht."

Stephen legte ihr die Hände auf die Schultern. Sie war nicht sicher, warum er das tat, und nach den möglichen Gründen zu suchen bereitete ihr Kopfschmerzen. Er war ein guter Kerl. Mit ihm zusammen zu sein war so leicht, obwohl es im Fernsehen nicht so rüberkam. Jedes Mal, wenn sie und Stephen zusammen gefilmt wurden, wurde es irgendwie komisch.

Sie konnte nicht sagen, woran es lag. Für gewöhnlich suchte sie die Schuld ja bei sich. Aber wenn sie allein dafür verantwortlich war, dürfte ihre Vorstellung vor der Kamera nur halb schlecht sein. Sie war allerdings, wie Geoff erst am Vortag gesagt hatte, ganz und gar grauenhaft.

„Hallo, Aurelia."

Beim Klang ihres Namens drehte sie sich um und sah, dass ihre Mutter auf sie zukam. Wegen der Arbeit und der Show hatte sie nicht viel Zeit gehabt, sie zu besuchen. Stattdessen rief sie regelmäßig an, obwohl ihre Mutter ihr jedes Mal erklärte, dass das nicht das Gleiche sei und außerdem nicht annähernd reiche.

„Deine Mutter, wie ich annehme?", flüsterte Stephen ihr ins Ohr.

Bevor sie bejahen konnte, trat er an ihr vorbei und stellte sich vor. Ihre Mutter und er schüttelten einander die Hände. Immer noch die Hand von Aurelias Mutter haltend, dankte Stephen ihr, dass sie Aurelia dazu gedrängt hatte, bei der Sendung mitzumachen.

„Ihre Tochter spricht sehr oft von Ihnen", sagte er. „Man merkt, wie viel Sie ihr bedeuten."

„Nein, das tut sie nicht." Schniefend entzog Aurelias Mutter ihm ihre Hand und funkelte die beiden wütend an. „Wenn ich ihr wirklich viel bedeuten würde, käme sie mich öfter besuchen."

„Sie hat mit der Show und ihrem Job alle Hände voll zu tun."

Aurelia trat zwischen die beiden. Sie wusste, wohin das Gespräch führen würde. Und obwohl sie Stephens Einsatz zu schätzen wusste, spürte sie, dass es an der Zeit war, für sich selbst einzustehen.

„Stephen, magst du uns eine Minute allein lassen?"

Er nickte nur und entfernte sich.

Aurelia führte ihre Mutter zu einer nahe stehenden Bank. Bevor sie aber etwas sagen konnte, setzte ihre Mutter an.

„Ich kann nicht glauben, wie jung er ist! Ich hatte ja gehofft, sie würden übertreiben, aber jetzt, wo ich ihn persönlich sehe ... Offensichtlich haben sie nicht übertrieben. Das ist beschämend. Weißt du, was meine Freunde sagen? Die Leute bei der Arbeit? Interessiere ich dich gar nicht?" Sie seufzte und schüttelte den Kopf. „Du bist immer schon egoistisch gewesen, Aurelia. Und da wir gerade dabei sind, wo bleibt mein Scheck für diesen Monat?"

Aurelia schaute die Frau an, die sie großgezogen hatte. Es

hatte immer nur sie beide gegeben, und lange Zeit war das genug gewesen. Sie war in dem Glauben aufgewachsen, dass die Familie über allem stand und es in ihrer Verantwortung lag, sich um ihre Mutter zu kümmern. Sie hatte sich immer gesagt, dass die Bitterkeit ihrer Mutter erklärbar, wenn auch nicht entschuldbar war. Doch jetzt, da sie darüber nachdachte, verstand sie eigentlich nicht, warum ihre Mutter immer so wütend war.

Stephen fand Finns Einmischungen nicht gut, sah sie jedoch nur als kleines Ärgernis an. Aurelia hatte einen anderen Blick auf die Dinge. Denn Finn hatte sein Leben sozusagen auf Eis gelegt, weil er sich um seine Brüder sorgte. Er tat das nicht für sich. Alles, was er machte, war für sie. So etwas hatte sie bei ihrer Mutter noch nie erlebt.

In ihrer Familie kam ihre Mutter an erster Stelle. Ihre Mutter war die Wichtige. Irgendwie hatte Aurelia die Manipulation zugelassen. Ein Teil der Schuld lag bei ihrer Mutter, aber einen Teil musste sie auch bei sich suchen. Sie war fast dreißig Jahre alt. Es war an der Zeit, die Regeln zu ändern.

„Mom, ich weiß es wirklich zu schätzen, dass du mich ermutigt hast, in der Show mitzumachen. Und du hattest recht – ich habe mich nicht bemüht, die nächste Stufe meines Lebens zu erreichen. Ich will heiraten und Kinder kriegen, doch stattdessen verstecke ich mich hinter meiner Arbeit und verbringe meine gesamte Freizeit mit dir."

„In letzter Zeit nicht", konterte ihre Mutter angesäuert.

„Es tut mir leid, dass du das Gefühl hast, ich schenke dir nicht genügend Aufmerksamkeit. Durch die Zeit hier bei der Show ist mir aber einiges klar geworden: Ich bin deine Tochter und werde dich immer lieben, aber ich muss endlich mein eigenes Leben führen."

„Ich verstehe", sagte ihre Mutter eisig. „Lass mich raten. Ich bin nicht länger wichtig."

„Du bist sehr wichtig. Es ist keine Entweder-oder-Situation.

Ich denke, ich kann mein Leben führen und dir trotzdem weiter nahe sein." Aurelia atmete tief durch. Jetzt kam der schwere Teil. Sie hatte einen Knoten im Magen; es war ein dicker Klumpen aus Angst und Schuld.

„Du hast einen sehr guten Job", fuhr sie langsam fort. „Das Haus ist abbezahlt, genau wie dein Auto." Das wusste sie sehr gut, denn sie hatte beide Darlehen abgestottert. „Wenn es einen Notfall gibt, werde ich dir immer helfen. Aber ansonsten musst du dich jetzt selber um deine Rechnungen kümmern."

Ihre Mutter sprang auf und funkelte sie böse an. „Aurelia, so habe ich dich nicht erzogen! Ich bin die einzige Mutter, die du je haben wirst. Wenn ich erst mal tot bin, wird dich deine Selbstsucht bis ans Ende deiner Tage verfolgen."

Mit diesen Worten drehte sie sich um und ging. Aurelia schaute ihr hinterher. Sie wusste, ihre Mutter erwartete, dass sie aufsprang und ihr hinterherlief. Doch das konnte sie nicht. Ihre Beziehung war immer schwierig und verdreht gewesen. Wenn sie daran etwas ändern wollte, müsste sie stark bleiben.

Stephen kam zu ihr und legte ihr einen Arm um die Schultern. „Wie fühlst du dich?"

„Mir ist übel." Sie presste sich die Hand auf den Bauch. „Wir sind noch nicht fertig. Sie wird das nicht auf sich beruhen lassen. Aber ich habe das Gefühl, einen wichtigen ersten Schritt gemacht zu haben, und das ist doch schon mal etwas."

„Das ist super."

Sie schaute ihn an und lächelte. „Super ist es, wenn man eine grässliche Krankheit heilt. Ich habe mich nur endlich mal gegen meine Mutter behauptet."

„Wann hast du das das letzte Mal getan?"

„Da muss ich so ungefähr fünf gewesen sein."

„Dann ist es schon eine verdammt große Tat und verdient, als super bezeichnet zu werden."

„Du bist zu nett zu mir."

„Zu dir kann man gar nicht zu nett sein."

Gemeinsam gingen sie durch den Park, wobei sie die entgegengesetzte Richtung einschlugen, in die ihre Mutter verschwunden war. Aurelia sagte sich, dass sie die Schuldgefühle ignorieren musste. Im Laufe der Zeit würden sie bestimmt verblassen.

Die Wahrheit war, dass ihre Mutter durchaus in der Lage war, sich um sich selbst zu kümmern. Aber aus irgendeinem Grund wollte sie, dass Aurelia das übernahm.

„Vielleicht glaubt sie, wenn ich für sie bezahle, beweist das meine Liebe", sprach sie ihre Gedanken laut aus.

„Oder sie will es all ihren Freunden erzählen. Das verleiht ihr unter ihnen einen gewissen Status. Nach dem Motto ‚Seht nur, wie wichtig ich meiner Tochter bin'."

„Daran habe ich noch gar nicht gedacht", gab sie zu. „An guten Tagen sage ich mir ja, dass sie mir eher leidtun sollte, statt dass ich wütend auf sie sein sollte."

„Funktioniert das?"

„Manchmal."

Sie blieben am Lake Ciara stehen. Die Sonne war bereits untergegangen, und der Himmel war dunkel. Die ersten Sterne kamen heraus. Als kleines Kind hatte Aurelia sich bei Sternschnuppen immer etwas gewünscht, hatte gehofft, dass ihre Träume wahr werden würden. Damals war es in fast all ihren Träumen darum gegangen, den gut aussehenden Prinzen zu finden, der sie retten würde.

Jetzt, im Rückblick, erkannte sie, worin die Rettung bestand: darin, sich von ihrer Mutter zu befreien. Obwohl sie es genoss, jemanden zu haben, um den sie sich kümmern konnte, hatte diese Beziehung eindeutig zu viele Regeln und Bedingungen. Sogar als Kind hatte sie den Wunsch verspürt, für sich selbst geliebt zu werden.

Diese Sehnsucht lebte immer noch in ihr. Heute wusste Aurelia jedoch, dass die Lösung nicht von den Sternen kommen würde. Sie würde sich charakterlich so weiterentwickeln müssen, bis sie in der Lage wäre, diese Art Liebe anzunehmen. Heute hatte sie einen wichtigen ersten Schritt getan. Wenn ihre Mutter erneut versuchen würde, sie in die alte Beziehung zurückzuziehen, würde sie alles tun, um standhaft zu bleiben.

„Du wirkst so ernst", sagte Stephen.

„Ich erinnere mich gerade daran, stark zu bleiben."

Er schaute ihr in die Augen. „Ich bewundere dich."

Sie blinzelte. „Wie bitte?"

„Du musst mit so viel zurechtkommen. Du stellst dich gegen die einzige Familie, die du hast. Du nimmst an dieser Sendung teil."

Obwohl sie seine Bewunderung durchaus genoss, fühlte sie sich ihrer nicht wert. „Ich bin fast dreißig Jahre alt. Es ist höchste Zeit, dass ich es mit meiner Mutter aufnehme. Außerdem hast du dich gegen deinen älteren Bruder aufgelehnt. Ich glaube, du hast mich erst dazu inspiriert."

Er schüttelte den Kopf. „Es gab immer nur euch beide. So eine Beziehung zu verändern ist nicht leicht." Er verzog das Gesicht. „Außerdem habe ich mich meinem Bruder nicht gestellt. Ich bin einfach nur davongelaufen."

„Das ist was anderes."

Ohne Vorwarnung beugte er sich vor und küsste sie. Das Gefühl seiner Lippen auf ihren machte Aurelia ganz schwach vor Verlangen. Sie erwiderte den Kuss, obwohl sie wusste, dass sie das nicht sollte. Sie sagte sich, dass sie gleich aufhören würde, nur noch eine Sekunde ...

Er schlang die Arme um sie und zog Aurelia eng an sich. Sie folgte ihm willig, ergab sich einer Macht, die größer war als ihre Zweifel. Er war groß und stark und gab ihr das Gefühl von Sicherheit. Bei Stephen glaubte sie immer, ihr könne nichts passieren, solange er nur bei ihr war.

Als sie seine Zunge an der Unterlippe spürte, öffnete sie den Mund für ihn. Sie hieß ihn willkommen, spürte, wie die Hitze anstieg. Seine Hände glitten über ihren Rücken, ruhten dann auf ihren Hüften. Sie drängte sich an ihn und spürte seine Erektion an ihrem Bauch.

Der körperliche Beweis dafür, wo es hinführen würde, schockierte sie so sehr, dass sie sich zurückzog. Heftig atmend trat sie einen Schritt zurück und schaute ihn an.

„Halt", bat sie ihn keuchend. Sie schüttelte den Kopf und hob eine Hand. „Du musst aufhören. *Wir* müssen aufhören. Das ist verrückt."

In seinen blauen Augen funkelte die Leidenschaft. Er streckte erneut die Hände nach Aurelia aus, doch sie entfernte sich noch ein Stück.

„Ich meine es ernst", sagte sie so kräftig, wie sie konnte. Ihr fiel es schwer, entschlossen zu wirken, wenn sie sich doch einfach nur wieder in seine Arme werfen, von ihm gehalten werden und mit ihm schlafen wollte.

„Ich verstehe das nicht", erwiderte er. „Ich dachte …" Er wandte den Blick ab. „Entschuldige, mein Fehler."

„Nein." Sie griff nach seinem Arm, um ihn aufzuhalten. „Ich muss mich entschuldigen. Ich drücke mich ganz falsch aus. Stephen, das hier hat nichts mit dir zu tun. Es geht um mich und uns und wo wir im Leben stehen." Sie schaute ihn an, wollte, dass er verstand.

„Du bist einundzwanzig Jahre alt. Du musst deinen Collegeabschluss machen und dann mit deinem Leben loslegen. Du hast noch so viele Dinge zum ersten Mal zu erleben, vor dir liegen noch so viele neue Erfahrungen. Ich will dir da nicht im Weg stehen."

Er wirkte nicht so, als verstünde er sie oder als wüsste er ihre Selbstaufopferung irgendwie zu schätzen. „Wovon redest du da? Du tust ja so, als wärst du hundert Jahre älter als ich. Welche ersten Male habe ich denn noch vor mir, die du nicht mehr vor dir hast? Sicher, du bist ein paar Jahre älter, aber na und? Ich bin gern mit dir zusammen. Ich dachte, dir würde es genauso gehen."

Er war gern mit ihr zusammen? Es war schwer, sich auf das zu konzentrieren, was wichtig war, und nicht in dieser Information zu schwelgen. Was die ersten Male anging ... „Wie wäre es damit, sich das erste Mal zu verlieben? Das solltest du mit jemandem in deinem Alter tun."

Er bedachte sie mit dem Blick eines selbstbewussten Mannes. Und in diesem Moment trennten keine neun Jahre sie. Sie waren gleich – oder vielleicht war er sogar ein wenig erfahrener.

„In wen warst du schon verliebt?", fragte er.

„Äh, nun ja, eigentlich bin ich noch nie verliebt gewesen, aber wir reden hier ja auch nicht von mir."

„Dein Argument ist aber, dass ich noch eine ganze Welt voller Erfahrungen vor mir habe. Aber das stimmt nicht. Du hast mir erzählt, dass du sogar während deiner Collegezeit jedes Wochenende nach Hause gefahren bist. Und zwar nicht zu deiner großen Liebe. Und seitdem bist du mit deiner Arbeit und deiner Mutter vollauf beschäftigt gewesen."

Aurelia begann zu bereuen, Stephen so viel erzählt zu haben. Sie hatte nicht geahnt, dass er diese Informationen nutzen würde, um eine Diskussion mit ihr zu gewinnen.

„Du bist doch keine Jungfrau mehr, oder?", fragte er.

Sie errötete, schaffte es aber, den Blick nicht abzuwenden. „Nein. Natürlich nicht." Sie hatte schon Sex gehabt. Einmal. Auf dem College. Der Abend war ein Desaster gewesen. Ein einziges Mal war sie übers Wochenende nicht nach Hause gefahren. Sie war auf dem Campus geblieben und auf eine Party gegangen, auf der sie sich zum ersten Mal im Leben betrunken hatte. Und auch zum letzten Mal.

Sie erinnerte sich noch daran, wie sie zur Feier gegangen war und dort einen Typen kennengelernt hatte. Er war süß und lustig gewesen, und sie hatten sich ein paar Stunden lang miteinander unterhalten. Dann hatte er sie geküsst und ... Sie war nicht sicher, was danach passiert war. Alles war irgendwie verschwommen. Sie erinnerte sich, dass er sie überall berührt hatte, und daran, dass sie nackt gewesen war. Außerdem hatte der Sex wesentlich mehr wehgetan, als sie gedacht hatte. Aber sie wusste keine Einzelheiten mehr, sondern hatte nur noch vage Bilder im Kopf.

Die nächsten drei Wochen hatte sie in der Angst verbracht, schwanger zu sein, und die nächsten paar Monate in der Sorge, sich irgendetwas anderes eingefangen zu haben. Am Ende war sie relativ unbeschadet aus der Sache herausgekommen, aber nichts an dem Vorfall hatte in ihr den Wunsch geweckt, das zu wiederholen. Bis jetzt. Bis ein einundzwanzigjähriger Junge sie in die Arme gezogen und geküsst hatte. Plötzlich taten sich ganz neue Möglichkeiten auf.

Das Leben ist wirklich nicht planbar, dachte sie traurig. Endlich hatte sie jemanden gefunden, an dem ihr etwas lag, und dann war alles an ihm falsch. Sie nahm jedoch an, es hätte schlimmer kommen können. Er könnte verheiratet oder achtzig oder schwul sein.

„Ich weiß, was ich mit dem Rest meines Lebens anfangen will", erklärte sie. Sie musste jetzt einfach das Richtige tun. „Ich stehe mit beiden Beinen im Beruf und habe etwas, das ein wenig einem Leben ähnelt. Ja, ich habe Probleme mit meiner Mutter, aber daran arbeite ich und werde es auch weiter tun. Du musst dein College beenden und herausfinden, was du mit dem Rest deines Lebens anfangen willst. Du musst ein Mädchen in deinem Alter finden, dich verlieben, heiraten und wunderschöne Babys machen."

Das Reden fiel ihr schwer. Ihr war die Kehle ganz eng, und ihre Augen fingen an zu brennen. „Du bist etwas ganz Besonderes, Stephen. Ich will für dich nur das Beste."

„Das ist doch Blödsinn. Glaubst du wirklich, mich interessiert, was andere Leute denken? Was hat das Alter mit all dem zu tun? Warum kannst du nicht dieses Mädchen sein? Und was den Rest meines Lebens angeht: Wieso kann ich das nicht gemeinsam mit dir herausfinden?"

„Weil das nicht geht."

„Das ist mal ein Argument." Er packte sie bei den Schultern. „Du bist diejenige, die ich will."

„Das sagst du jetzt. Aber schon morgen könntest du deine Meinung ändern."

„Du auch. Oder soll ich dir nur aufgrund deines Alters vertrauen?"

Sie wollte ihm sagen, dass er ihr trauen konnte, weil er sie kannte. Aber sie wusste, er würde nur entgegnen, dass das umgekehrt genauso galt. Womit er recht hätte – was sie am meisten ängstigte. Denn was hatte sie dann noch für Argumente?

„Du machst mir Angst", gestand sie ihm mit zittriger Stimme flüsternd ein.

Sofort ließ er die Hände fallen und trat einen Schritt zurück. „Das tut mir leid. Ich wollte nicht ..."

„Nein, nicht so", unterbrach sie ihn schnell. „Ich habe keine Angst *vor* dir. Ich habe Angst vor dem, was ich fühle, wenn ich in deiner Nähe bin. Ich habe Angst vor dem, was ich will." Sie schüttelte den Kopf. „Ich will dich nicht noch einmal privat sehen. Wir treffen uns zu den Verabredungen für die Show, aber mehr kann ich nicht."

„Aurelia, nein!"

Sie drehte sich um und ging. Es war nicht leicht, aber es war das Richtige. Sie hörte, dass er ihr nachlief, dann jedoch seine Meinung änderte. So ist es besser, sagte sie sich. Es fühlte sich im Moment zwar nicht so an, irgendwann würde sie allerdings über ihn hinwegkommen. Er brauchte eine andere Frau. Und was sie anging – sie war immer schon gut darin gewesen, die Bedürfnisse anderer über die eigenen zu stellen.

Finn hielt den letzten Gästen, die Dakotas Haus verließen, die Tür auf. Als er mit den Medikamenten aus der Apotheke zurückgekommen war, hatte es im Haus immer noch nur so von hilfsbereiten Freunden gewimmelt. Sie hatten Dakota gezeigt, wie sie das Baby am besten fütterte und wickelte, und gaben auch sonst viele wertvolle Ratschläge.

Dakotas Mutter hatte angeboten zu bleiben, aber das hatte Dakota dankend abgelehnt.

„Ich muss wissen, ob ich das auch allein schaffe", sagte sie tapfer.

„Ruf mich an, wenn du etwas brauchst", erwiderte ihre Mutter. „Ich kann in zehn Minuten hier sein."

Dakota sah kurz aus, als wollte sie ihre Meinung noch einmal ändern und ihre Mutter bitten, doch zu bleiben. Dann schüttelte sie den Kopf. „Wir bekommen das schon hin."

Finn begleitete Denise zur Tür.

„Wenn sie zu verzweifelt wirkt", flüsterte Denise, „rufst du mich an."

„Das mache ich", versprach er. Obwohl ... Wenn Dakota zu verzweifelt wirkte, würde er selbst über Nacht bleiben. Es war vielleicht schon lange her, dass seine Brüder Babys gewesen waren, aber Finn erinnerte sich noch gut an die Zeit.

Als er ins Wohnzimmer zurückkehrte, hatte es sich inzwischen geleert. Finn zog die einzige Schlussfolgerung und ging den kurzen Flur zum Kinderzimmer hinunter.

Hannah lag in ihrem Bettchen. Dakota hatte sie vorhin schon umgezogen. Alle waren sich einig gewesen, dass sie mit dem Baden noch ein wenig warten könne. Die Kleine hatte für einen Tag genügend neue Erfahrungen gemacht.

Hannah schaute auf das sich leicht drehende Mobile. Die rotierenden Häschen schienen sie zu hypnotisieren. Noch während sie gebannt zuschaute, fielen ihr langsam die Augen zu.

„Ich hatte nicht erwartet, dass sie so wunderschön ist", flüsterte Dakota und streichelte ihrer Tochter die Wange.

Finn stellte sich hinter sie und legte eine Hand auf ihre Hüfte. „In ungefähr fünfzehn Jahren werden die Jungen einmal um den Block Schlange stehen."

Dakota lächelte ihn an. „Im Moment mache ich mir eher Gedanken darüber, wie wir die erste Nacht überstehen."

„Sie hat ihre Medizin bekommen und scheint sich ein wenig besser zu fühlen. Ihr Magen ist voll, und wie man eine Windel wechselt, weißt du auch."

Sie trat vom Bettchen weg und ging ins Wohnzimmer. Finn folgte ihr.

„Du hast recht", sagte sie fröhlich. „Ich hatte einen Crashkurs im Muttersein. Alles wird gut." Ihr Lächeln konnte ihn jedoch nicht täuschen. „Du warst toll. Vielen Dank für deine Hilfe. Es war ein langer Tag, du musst erschöpft sein."

Sie hält die Fassade aufrecht, dachte er. Und sie war gut darin, so zu tun, als ob. Trotzdem sah er die Panik in ihren Augen – und die Entschlossenheit, sich nichts anmerken zu lassen.

Das ist der Zeitpunkt, in dem ich ihr sagen soll, dass ich sie jetzt allein lasse, ermahnte er sich. Was sie vorher gehabt hatten, war toll gewesen. Lustig und unkompliziert. Hannah hatte alles verändert. Dakota war jetzt eine Mutter. Es gab neue Regeln; und er hatte nicht vor, sie zu brechen. Sich zu verabschieden, solange es noch ging, erschien ihm am sinnvollsten.

Nur dass er irgendwie nicht gehen mochte. Ihre vorgetäuschte Tapferkeit berührte ihn. Ihr Wille, sich mit Leib und Seele in eine Situation zu stürzen, die sie offensichtlich überforderte, weckte seine Bewunderung. Gepaart mit der Tatsache, dass er sie sowieso schon gernhatte, war es ihm unmöglich, jetzt zu gehen. Selbst wenn es das Beste wäre.

„Ich bleibe die Nacht über hier", erklärte er. „Du kannst mich nicht umstimmen, also versuche es gar nicht erst."

„Wirklich?"

Er nickte.

Sie sank auf das Sofa und schlug die Hände vors Gesicht. „Gott sei Dank! Ich habe versucht, so zu tun, als wüsste ich, was ich tue. Aber ich habe überhaupt keine Ahnung. In meinem ganzen Leben habe ich noch nicht so viel Angst gehabt. Hannah ist komplett von mir abhängig, und ich weiß nicht, was ich hier eigentlich tue."

Er setzte sich neben sie und zog sie in seine Arme. „Ich sage dir, was du jetzt tust. Du holst das Babyfon und stellst es in dein Schlafzimmer. Dann machen wir uns bettfertig. Ich bin hier, also kannst du so lange schlafen, wie du musst."

„Oh ja, ich würde gerne schlafen", gab sie zu und lehnte den Kopf an seine Schulter.

„Dann ist das hier deine Chance."

Sie schaute ihn an. „Danke! Für alles. Du bist mein Held."

„Ich war noch nie irgendjemandes Held."

„Das wage ich zu bezweifeln."

Er stand auf und zog sie auf die Füße. Gemeinsam gingen sie ins Schlafzimmer.

Irgendwo in ihm schrie eine Stimme, dass er sich damit nur Ärger einhandelte, doch er hörte nicht hin. Er würde sich auf nichts einlassen. Er blieb nur eine Nacht, danach würde alles zwischen ihnen wieder so werden, wie es vorher gewesen war.

13. Kapitel

„Wir müssen die Show interessanter machen", sagte Geoff. „Ich wollte eines der Festivals als Kulisse nehmen. In dieser Stadt findet ja alle zwei Wochen irgendetwas statt."

„Manchmal sogar noch öfter", stimmte Dakota zu. „Ich glaube, als Nächstes steht das Tulpenfest auf dem Plan. Ich spreche mit der Bürgermeisterin und schaue, was sie dazu sagt, wenn dort gedreht wird."

Sie hatte das Gefühl, Bürgermeisterin Marsha wäre von der Idee nicht sonderlich begeistert, würde aber vermutlich zustimmen. Je besser man Geoff im Auge hatte, desto besser war es für alle Beteiligten.

„Gut", erwiderte Geoff. „Wir brauchen ein bisschen Drama. Der Vorstand beschwert sich schon. Ich bin mir allerdings nicht sicher, ob das Festival reicht. Glaubst du, wir können Polizeifunk bekommen und den Cops folgen? Vielleicht gibt es ja mal eine Explosion oder so."

„Wir haben hier eine sehr geringe Explosionsrate", erklärte sie ihm und bemühte sich, nicht zu offensichtlich die Augen zu verdrehen.

„Schade", murmelte er.

Dakota wusste nicht, was sie darauf sagen sollte.

Seufzend schaute Geoff auf den Block in seiner Hand, wie um nachzusehen, ob es noch weitere Punkte zu besprechen gab. In dem Moment gab Hannah ein kleines Glucksen von sich.

Geoff drehte sich in Richtung des Geräuschs und sah das kleine Mädchen in seinem Laufstall. Hannah lag auf dem Rücken und schaute das Mobile an, das Dakota über ihrem Kopf befestigt hatte.

„Ist das ein Baby?", fragte Geoff.

„Äh ... ja."

„Deines?"

Sie unterdrückte ein Lächeln. „Ja."

Er wandte sich zum Gehen und schaute sie dann noch einmal an. „Warst du schwanger und es ist mir nicht aufgefallen?"

„Sie ist sechs Monate alt."

„Das heißt also nein?"

Ihr Lächeln schwand. „Ich war vorher nicht schwanger."

„Okay. Man hat mir nämlich gesagt, ich wäre nicht sonderlich aufmerksam, was Dinge angeht, die nichts mit der Show zu tun haben. Aber mir wäre bestimmt aufgefallen, wenn du schwanger gewesen wärst."

„Da bin ich mir sicher."

Er schaute Hannah an. „Aber sie ist deine, oder?"

Dakota dachte darüber nach, ihm die Adoption zu erklären, beschloss aber, dass er nun auch wieder nicht so interessiert wirkte. „Sie ist meine, ja."

„Okay. Fragst du wegen der Explosion?"

„Nein, aber ich frage wegen des Festivals."

Geoff seufzte. „Ich schätze, das muss reichen."

„Ich schätze, das wird es."

Er ging.

Dakota lachte, trat an den Laufstall und nahm Hannah hoch. „Was für ein dummer Mann", murmelte sie und drückte ihre Tochter an sich. Als sie die Stirn der Kleinen befühlt hatte, war sie erleichtert, dass sie kühl war. Das Antibiotikum wirkte schnell.

Am Morgen hatte ihre Mutter kurz hereingeschaut, um nach ihr zu sehen und sie davor zu warnen, dass Hannahs Fieber im Laufe des Tages steigen könnte. Dakota hatte für den Fall Paracetamoltropfen dabei. Bislang lief alles gut. Hannah hatte gegessen und schien weniger verängstigt auf die neue Umgebung zu reagieren.

Dakota setzte sich auf ihren Stuhl, wiegte ihr Baby auf dem Schoß und rief die Bürgermeisterin an, um mit ihr über eine Drehgenehmigung für das Festival zu sprechen.

„Wenn ich Nein sage, packt er dann seine Sachen und reist ab?"

„Vermutlich nicht."

„Dann kann er meinetwegen drehen. Wie geht es Hannah?"

„Besser. Sie hat letzte Nacht ein paar Stunden geschlafen und isst auch gut."

„Sehr schön. Du weißt, du kannst mich jederzeit anrufen, wenn du etwas brauchst."

„Ja, ich weiß. Danke."

Nachdem Dakota noch ein paar Anrufe getätigt hatte, schlenderte sie mit ihrer Tochter auf dem Arm durch die Produktionsräume. Niemand schien sich übermäßig für ihr Kind zu interessieren, was ihr nur recht war. Diese Leute kannten sie nicht.

Als sie an ihren Arbeitsplatz zurückkehrte, legte sie Hannah in den Kindersitz und stellte ihn so hin, dass sie durchs Fenster die morgendlichen Dreharbeiten beobachten konnte. Dakota bemühte sich, sich auf die Arbeit zu konzentrieren, aber alle paar Sekunden glitt ihr Blick zu Hannah.

Sie hatte ein Kind. Ein eigenes Kind. Noch konnte sie das Wunder gar nicht richtig begreifen.

Ein paar Minuten später kam Bella Gionni, eine der verfeindeten Gionni-Schwestern, in ihr Büro.

„Ich wollte mal sehen, wie es so geht." Bella war dunkelhaarig und ungefähr Mitte vierzig. „Wir alle haben uns gefragt, wie die erste Nacht wohl gewesen ist."

„Gut", erwiderte Dakota. „Hannah hat einigermaßen gut geschlafen. Sie fühlt sich schon besser. Ich glaube, ihre Ohren tun ihr nicht mehr ganz so weh."

Sie verschwieg, dass Finn die Nacht bei ihr verbracht hatte. Jedes Mal, wenn Hannah einen Laut von sich gegeben hatte, war Dakota aufgesprungen und ins Kinderzimmer gerast. Finn war immer an ihrer Seite gewesen, hatte ihr geholfen, das Fläschchen zuzubereiten und es sich zum Füttern im Schaukelstuhl gemütlich zu machen. Ohne ihn hätte sie es nicht geschafft.

„Kann ich sie mal auf den Arm nehmen?", fragte Bella.

„Natürlich", erwiderte Dakota. Die Ärztin hatte gesagt, sie solle Hannah so normal wie möglich behandeln. In Fool's Gold hieß das, viele verschiedene Leute kennenzulernen.

Sie nahm das Baby aus dem Sitz. Bella streckte die Arme aus, und Hannah schien sich ihr entgegenzulehnen. Soweit Dakota es beurteilen konnte, genoss das kleine Mädchen die Aufmerksamkeit. Vielleicht hatte sie im Waisenhaus nicht genug davon bekommen.

„Wer ist denn dieses kleine hübsche Mädchen?", gurrte Bella. „Bist du das? Ja, das bist du. Du wirst mal eine richtige kleine Herzensbrecherin."

Dakota wusste, es war der erste von vielen, vielen Besuchen. Nicht nur, dass Bella zurückkommen würde, es würden auch andere vorbeischauen. Die Frauen der Stadt würden sich schon um sie beide kümmern.

Obwohl sie die Unterstützung schätzte und wusste, dass sie sich darauf verlassen konnte, war ihr sehr bewusst, dass es Finn gewesen war, der sie während der vergangenen Nacht davor bewahrt hatte durchzudrehen. Ihn bei sich zu haben hatte ihr alles bedeutet. Es war noch besser gewesen als Sex – was sie ihm so nie sagen würde, denn der Sex mit ihm war einzigartig. Aber in der letzten Nacht hatte er sich um sie gekümmert. Er war der Mann gewesen, den sie gebraucht hatte.

Sie hatte sich bisher noch nie auf einen Mann verlassen. Die Erfahrung war neu und gefiel ihr. Trotzdem durfte sie sich nicht daran gewöhnen. Immerhin würde Finn bald abreisen, das hatte er sehr deutlich gemacht.

Sie würde es einfach so lange genießen, wie es ging.

Aurelia wusste, dass sie ein Problem hatte, als drei Tage vergangen waren und ihre Mutter sich immer noch nicht gemeldet hatte. Normalerweise verging kein einziger Tag, an dem sie nicht mindestens zweimal miteinander sprachen. Obwohl sie wusste, dass sie lernen musste, auf eigenen Füßen zu stehen, gab es aus ihrer Sicht keinen Grund, den Kontakt mit dem einzigen Familienmitglied zu verlieren, das sie hatte. Deshalb schaute sie am folgenden Freitag nach der Arbeit bei ihrer Mutter vorbei.

Sie hatte kaum den Finger von der Klingel genommen, da wurde die Tür auch schon geöffnet.

„Hey, Mom."

„Bist du etwa meinetwegen hier?" Ihre Mutter tat überrascht.

„Ja. Wir haben ein paar Tage nicht miteinander gesprochen. Ich wollte mal nach dir sehen."

„Ich kann mir beim besten Willen nicht vorstellen, wieso. Du hast mir ja sehr deutlich zu verstehen gegeben, dass du dir nichts aus mir machst. Ich könnte auf der Straße tot umfallen, und du würdest einfach über mich hinwegsteigen."

Aurelia ermahnte sich, ruhig zu bleiben. Sie hatte neue Grenzen gesetzt, die ihrer Mutter nicht passten und die diese nun testete. Aber nur wenn sie sich selbst respektierte, würde ihre Mutter auch irgendwann lernen, sie zu respektieren.

Anstatt also wütend oder frustriert zu sein, lächelte sie. „Du bist so geschickt mit Worten. Du schaffst es immer, die lebhaftesten Bilder hervorzurufen. Ich wünschte, ich hätte dieses Talent von dir geerbt." Damit schlüpfte sie an ihrer Mutter vorbei ins Haus.

„Hast du schon einen Tee gemacht?", fragte sie auf dem Weg in die Küche. Ihre Mutter kochte nach der Arbeit immer Tee, außer sie traf sich mit Freundinnen.

Auf dem Herd stand kein Kessel, offenbar würde ihre Mutter also am Abend ausgehen. Gut. Dann konnte sich das Gespräch nicht stundenlang hinziehen.

Ihre Mutter folgte ihr und blieb mitten in der Küche stehen. Die Arme hatte sie vor der Brust verschränkt, die Lippen fest aufeinandergepresst. „Bist du hergekommen, um dich über meine Armut lustig zu machen?"

Aurelia hob die Augenbrauen. „Da ist es wieder. Mom, hast du jemals daran gedacht, Romane zu schreiben? Du bist so gut darin. Vielleicht auch Kurzgeschichten für Frauenzeitschriften, weißt du?"

„Ich schätze es gar nicht, wenn du dich über mich lustig machst."

„Das tue ich nicht", sagte Aurelia sanft. „Ich wollte nach dir sehen und sichergehen, dass alles in Ordnung ist. Es tut mir leid, dass du mich nicht anrufen magst. Ich hoffe, das ändert sich im Laufe der Zeit."

„Das wird sich ändern, wenn du aufhörst, dich so egoistisch zu benehmen. Bis dahin will ich mit dir nichts zu tun haben."

Da war er. Der Fehdehandschuh. In der Vergangenheit hatte Aurelia immer nachgegeben. Der Gedanke, von ihrer Mutter im Stich gelassen zu werden, hatte jeden noch so kleinen Anflug von Unabhängigkeit sofort pulverisiert. Aber heute war es anders. Sicher, sie hatte das Gefühl, sich gleich übergeben zu müssen. Doch das würde vergehen. Sie hatte gemeint, was sie vor ein paar Tagen gesagt hatte. In einem Notfall würde sie sofort helfen, sie war es allerdings leid, als finanzielle und emotionale Stütze benutzt zu werden.

Sie hatte viel Zeit gehabt, um über ihr Handeln nachzudenken. Stephen hatte ihre Wünsche respektiert. Seit dem letzten Gespräch hatte sie kein einziges Mal von ihm gehört. Warum ging ihre Mutter so einfach über ihre Wünsche hinweg, während es Stephen leichtfiel, genau das zu tun, worum sie ihn gebeten hatte? Über dieses Dilemma denke ich ein andermal nach, sagte sie sich.

„Ich hoffe, du hast heute Abend Spaß mit deinen Freundinnen", sagte sie leise. „Es war schön, dich zu sehen, Mom." Sie wandte sich zum Gehen.

Ihre Mutter holte sie im Flur ein. „Du gehst? Einfach so?"

„Du hast gesagt, du willst nichts mehr mit mir zu tun haben, bis ich mich wieder so benehme wie früher. Das kann ich aber nicht. Es tut mir leid, wenn du mich deswegen für egoistisch hältst. Ich glaube nämlich nicht, dass ich das bin."

„Ich bin deine Mutter. Ich sollte in deinem Leben an erster Stelle stehen."

Aurelia schüttelte den Kopf. „Nein, Mom. Ich muss in meinem Leben an erster Stelle stehen. Ich muss mich um mich kümmern."

Ihre Mutter stemmte die Hände in die Hüften. „Ich verstehe. Egoistisch ohne Ende. Ich weiß, was du dir einredest. Im Zweifel alle Schuld auf die Mutter schieben. Ich nehme an, das ist alles mein Fehler."

„Das habe ich nicht gesagt, und das denke ich auch nicht. Aber wenn du in deinem Leben an erster Stelle stehst und auch in meinem, wo bleibe ich dann?"

Sie rechnete mit keiner Antwort, trotzdem wartete sie aus Höflichkeit ein paar Sekunden. Ihre Mutter öffnete und schloss den Mund ein paar Mal.

„Ich melde mich bald wieder", sagte Aurelia und ging.

Auf dem Weg nach Hause ging sie den Wortwechsel in Gedanken noch einmal durch. Zum ersten Mal war sie zufrieden mit dem, was sie gesagt hatte. Sie war vielleicht noch nicht da angekommen, wo sie hinwollte, aber sie machte Fortschritte.

Plötzlich verspürte sie den Wunsch, Stephen anzurufen und ihm zu erzählen, was passiert war. Doch das konnte sie nicht. Sie sahen einander in der Sendung und sonst nicht. Es war die richtige Entscheidung, das wusste sie – auch wenn das die Einsamkeit nicht erträglicher machte.

Dakota wickelte Hannah in ein Handtuch. Nach dem Bad war ihre Tochter rosig und warm. Denise stand neben dem Wickeltisch und kitzelte ihre Enkeltochter an den Füßen.

„Wer ist das hübsche kleine Mädchen hier?", fragte sie mit Singsang in der Stimme. „Wer ist meine kleine Prinzessin?"

Hannah wedelte mit den Armen in der Luft und lachte.

„Ihr geht es schon viel besser", sagte Dakota. Zu wissen, dass ihre Tochter langsam gesund wurde, war für sie eine riesige Erleichterung. Sich daran zu gewöhnen, sich um ein Baby zu kümmern, war schwer genug, aber wenn dieses Baby auch noch krank war, wurde es zum Albtraum.

Sie und Hannah lebten jetzt beinah eine Woche zusammen. Inzwischen war so etwas wie Routine eingezogen. Der Nachsorgebesuch bei der Kinderärztin war schon wesentlich besser gelaufen als der erste Termin. Die Ärztin hatte bestätigt, dass Hannah sich gut machte. Sie hatte ein wenig zugenommen, ihre Ohren waren frei. Hannah musste das Antibiotikum noch zu Ende nehmen, auch das Zahnen war noch nicht vorbei. Aber das war alles machbar.

„Sie isst sehr gut", bemerkte Denise. „Ich sehe direkt, dass es ihr besser geht. Hast du die Nahrung schon umgestellt?"

„Ja. Wir hatten Glück. Sie hat die Umstellung gut vertragen. Die Ärztin meint, in einer Woche könnte ich langsam mit fester Nahrung anfangen. Das ist eine ganze Woche früher, als wir erwartet hatten. Damit wird sie noch mehr Gewicht zulegen und zu ihrer Altersgruppe aufschließen."

Sie trocknete das kleine Mädchen zu Ende ab, wickelte es und zog ihm einen Pyjama an. Inzwischen war Hannah schon halb eingeschlafen. Ihre Lider waren ganz schwer, und sie entspannte sich sichtlich.

„Willst du sie ins Bett bringen?", fragte Dakota ihre Mutter.

Denise lächelte strahlend. „Danke", flüsterte sie und nahm das Baby auf den Arm.

Hannah kuschelte sich an sie. Denise ging zum Bettchen und legte die Kleine vorsichtig hinein. Nachdem sie das Mobile in Gang gesetzt hatte, dimmte sie das Licht und verließ das Zimmer.

„Ich habe so ein Glück mit ihr." Dakota stellte die Lautstärke des Babyfons ein. „Hannah ist gern mit verschiedenen Leuten zusammen. Ich hatte ja gehört, dass Kinder aus Waisenhäusern allem Neuen gegenüber sehr scheu sein können. In dieser Stadt wäre das ein echtes Problem."

Sie setzten sich aufs Sofa. Denise schaute sie an.

„Du machst das übrigens wirklich gut", sagte sie. „Ich weiß, die Hälfte der Zeit hast du fürchterliche Angst, aber das merkt man dir nicht an. Bald wirst du nur noch ein Viertel der Zeit Angst haben, darauf kannst du dich schon mal freuen."

„Danke", erwiderte Dakota. „Du hast recht. Ich habe Angst. Es wird aber langsam besser. Zu wissen, dass sie gesund wird, hilft sehr. Genau wie die Besuche von Freunden. Ethan und Liz sind vor ein paar Tagen hier gewesen, und auf der Arbeit kommen immer wieder Leute vorbei." Sie lächelte ihre Mutter an. „Du hilfst mir natürlich auch sehr."

„Ich bin gerne hier. Schließlich habe ich endlich ein Enkelkind, das in der Nähe wohnt. Du musst mir bitte nur rechtzeitig sagen, wenn ich zu einer dieser nervtötenden, sich ständig einmischenden Omas werde. Ich werde dann zwar nicht unbedingt mein Verhalten ändern, aber ich verspreche, dass ich mich wenigstens schuldig fühlen werde."

Dakota lachte. „Ich schätze, solange es dir unangenehm ist, ist es in Ordnung."

„Kommst du denn gut mit dem Stress zurecht? Schläfst du genug?", fragte ihre Mutter.

„Besser denn je." Die ersten paar Nächte war Finn bei ihr geblieben. Allein ihn bei sich zu haben hatte alles besser gemacht. Dakota hatte jedoch erkannt, dass sie sich an irgendeinem Punkt dem Leben als alleinerziehende Mutter stellen musste. In der ersten Nacht ohne ihn hatte sie gar nicht geschlafen, aber seitdem wurde es von Nacht zu Nacht besser.

„Manchmal kriege ich ohne einen Grund einen Panikanfall", gab sie zu. „Lässt das irgendwann nach?"

„Ja und nein", antwortete ihre Mutter. „Die Panikanfälle werden weniger, bis dein Kind ein Teenager wird. Dann fängt der echte Albtraum an." Denise lächelte. „Aber das ist noch lange hin. Genieß Hannah, solange sie noch jung ist und sich rational verhält."

„Wir waren als Teenager doch gar nicht so schlimm", wandte Dakota ein.

„Ihr musstet auch nicht schlimm sein, ihr wart schließlich zu sechst."

„Das ist natürlich ein Argument."

Ihre Mutter musterte sie. „Auch auf die Gefahr hin, mich einzumischen: Wie läuft es mit Finn? Ich habe ihn die letzten Tage gar nicht mehr gesehen. Oder ist er immer nur hier, wenn ich weg bin?"

„Finn war mir mit Hannah eine große Hilfe", gab Dakota zu. „Das hat echt gutgetan. Aber was den romantischen Teil betrifft ..."

Es war schwer, ihre Beziehung zu erklären, vor allem, weil Dakota es selbst nicht ganz verstand.

„Er ist ein toller Mann, aber wir haben unterschiedliche Ziele im Leben. Wir hatten viel Spaß zusammen, dann wurde es ein wenig kompliziert. Er ist wegen seiner Brüder hier und ..." Sie zuckte mit den Schultern. „Ich habe ehrlich gesagt keine Antwort auf deine Frage."

„Ich verstehe", sagte ihre Mutter. „Ich hatte mich schon gefragt, ob das mit ihm etwas Ernstes ist."

„Das war es nicht", versicherte Dakota ihr und fragte sich gleichzeitig, ob das wirklich stimmte.

Sie dachte oft an Finn und vermisste ihn. Sie wusste, dass er am Flughafen arbeitete, und redete sich ein, dass er deshalb nicht mehr so viel bei ihr war. Es gab genügend Touristen, um die er sich kümmern musste. Und Raoul hatte erwähnt, dass er ein weiteres Gespräch mit Finn über die Gründung eines Non-Profit-Programms geführt hatte.

„Ich verstehe." Ihre Mutter musterte sie. „Keines meiner Mädchen ist verheiratet. Manchmal denke ich, das ist vielleicht meine Schuld."

„So gerne ich dir das in die Schuhe schieben würde", konterte Dakota, „glaube ich nicht, dass ich das kann. Ich bin nie verliebt gewesen. Ich wollte es immer sein und dachte, es würde auch irgendwann passieren. Auf dem College waren ein paar tolle Jungs, aber ich konnte mir nie vorstellen, den Rest des Lebens mit ihnen zu verbringen. Vielleicht liegt es einfach an mir."

„Nein, das bestimmt nicht. Du bist warmherzig und liebevoll. Du bist einfach bezaubernd. Ich glaube, die Männer in dieser Stadt sind schlicht und ergreifend dumm."

Dakota lachte und umarmte ihre Mutter. „Danke für deine unerschütterliche Unterstützung. Was die Männer hier in der Stadt angeht, habe ich auch keine Ahnung."

„Aber was Finn betrifft, bist du dir sicher?"

„Er wünscht sich weniger Verantwortung, nicht mehr. Sobald seine Brüder ihren Platz im Leben gefunden haben, wird er in sein normales Leben zurückkehren. Selbst wenn er vorher vielleicht versucht gewesen wäre, etwas Festeres daraus zu machen, hat Hannahs Ankunft alles verändert."

Dakota war sich der Tatsache sehr bewusst, dass es als alleinerziehende Mutter nicht leichter würde, einen Mann zu finden. Dennoch hoffte sie, für die Liebe zu ihrem Kind nicht auf die Liebe eines Mannes verzichten zu müssen.

„Ich will, was du hattest", gestand sie. „Ich will die große Liebe. Eine Liebe, die mich für den Rest meines Lebens stützen wird."

„Glaubst du, dass wir nur eine große Liebe im Leben erleben?", fragte ihre Mutter.

„Glaubst du das nicht?"

„Dein Vater war ein wundervoller Mann, und ich habe ihn sehr geliebt. Aber ich glaube nicht, dass es nur einen Mann für uns gibt. Wir sind von Liebe umgeben. Vielleicht bin ich dumm und zu alt, um darauf zu hoffen, aber ich würde mich gern noch einmal verlieben."

Dakota musste sich zusammenreißen, um sich den Schock nicht anmerken zu lassen. Mit Männern auszugehen war eine Sache, aber sich zu verlieben? Sie hatte immer angenommen, für ihre Mutter gäbe es nach ihrem Vater nie wieder einen Mann.

Jetzt schaute sie Denise an und sah sie zum ersten Mal als das, was sie war: eine lebenslustige, attraktive Frau. Es gab vermutlich viele Männer, die an ihr interessiert waren.

„Hast du schon jemand Bestimmten im Auge?"

„Nein, aber ich bin für alle Möglichkeiten offen. Stört dich das?"

„Nein. Ich beneide dich nur", gab Dakota zu. „Du bist bereit, es noch einmal zu wagen."

„Und du hast mit deinem kleinen Mädchen etwas gewagt. Der richtige Mann wird auch noch kommen, du wirst schon sehen."

„Ich hoffe es."

Sie wollte sich auch verlieben. Das Problem war, dass sie, wenn sie an Liebe dachte, auch sofort Finn vor Augen hatte. War sie ernsthaft an ihm interessiert? Oder lenkte sie sich nur ab, indem sie den einzigen Mann wollte, den sie nicht haben konnte?

14. Kapitel

Dakota saß mit ihrer Tochter mitten im Wohnzimmer auf einer Decke auf dem Fußboden. Einige altersgemäße Spielzeuge waren um sie herum verteilt. Lächelnd hielt Dakota ein großes Bilderbuch in der Hand und las Hannah ganz langsam eine Geschichte vor.

„Das einsame Häschen war froh, einen Freund gefunden zu haben." Sie zeigte auf die Zeichnung im Buch. „Siehst du das Häschen? Es ist nicht mehr alleine. Es hat jetzt einen Freund." Sie tippte mit dem Finger auf das kleine, flauschige weiße Kätzchen, das seine Nase an der des ehemals einsamen Häschens rieb.

„Siehst du das Kätzchen?" Sie tippte noch einmal darauf. „Es ist weiß."

Nach allem, was sie gelesen hatte, brauchte Hannah sehr viel verbale und visuelle Stimulierung. Und die Geschichte schien sie sehr zu interessieren. Sie schaute dorthin, worauf Dakota zeigte. Außerdem erregten die bunten Farben der Zeichnungen ihre Aufmerksamkeit. Dakota wollte gerade umblättern, als es plötzlich an der Haustür klopfte.

Sie stand auf und nahm Hannah auf den Arm. Ihr stockte der Atem, als sie Finn auf ihrer kleinen Veranda stehen sah.

Er sah so sexy aus wie immer, vor allem, als er ihr dieses langsame Lächeln schenkte, das ihren Unterleib förmlich in Flammen setzte. „Hi. Hätte ich erst anrufen sollen? Tut mir leid. Ich bin so viel geflogen, und das hier ist meine erste Pause. Wie geht es dir?"

„Gut. Komm rein."

Er kam ins Haus und streckte sofort die Hände nach Hannah aus. „Wie geht es meinem tollen Mädchen?", fragte er.

Das Baby streckte seinerseits die Arme nach ihm aus. Lachend zog Finn es an seine Brust. Hannah kuschelte sich an ihn, als hätte sie ihn auch vermisst.

„Du bist ja schon wieder gewachsen", murmelte er und gab ihr einen Kuss auf den Kopf. Dann richtete er seine Aufmerksamkeit auf Dakota. „Du siehst übrigens auch gut aus."

Sie grinste. „Oh, danke. Ich weiß das Kompliment zu würdigen, selbst wenn es nur ein Nachsatz war."

Sie ging voran ins Wohnzimmer. Finn setzte sich mit Hannah auf dem Schoß auf die Decke. Dakota nahm ihnen gegenüber Platz.

Wenn sie ihn anschaute, dachte sie eigentlich an zerwühlte Laken und im Bett verbrachte Vormittage. Aber so einen starken, selbstbewussten Mann mit einem Baby im Arm zu sehen, das hatte auch etwas. Endlich verstand sie, was Frauen an diesem Anblick fanden.

„Wie läuft es mit der Show?", fragte er. „Ich habe vor ein paar Tagen mit Sasha gesprochen. Er hat sich darüber beschwert, dass sie demnächst eine heiße Verabredung vorspielen müssen."

„Schlechte Wortwahl. Nach dem Vorfall mit dem Feuer hat sogar Geoff Angst, die beiden einfach machen zu lassen."

„Dann bleiben sie bestimmt deshalb in der Nähe der Stadt. Für Stephen und Aurelia gibt es noch keine weiteren Pläne. Ich glaube, die beiden sind Geoff zu langweilig."

„Ja, das kann sein. Er achtet panisch darauf, die Einschaltquoten oben zu halten. Er hat erwähnt, dass ihm eine Explosion während des Tulpen-Festivals ganz gelegen käme. Ich habe ihm gesagt, dass das auf gar keinen Fall passieren wird. Aber genug von der Show. Wie läuft die Fliegerei? Vermisst du die Berge Alaskas schon?"

„Nicht so sehr, wie ich vermutet hatte. Es gibt viele Menschen, die lieber nach Fool's Gold fliegen, als zu fahren. Ich persönlich verstehe das nicht – die Strecke hierher ist wunderschön, und das sage ich als Pilot. Na ja, aber es hält mich auf Trab. Ich habe ein paar Frachtflüge hinter mir und habe einen Nachmittag damit verbracht, einen Schreikranich von San Francisco nach San Diego zu bringen. Er soll ein ziemlich guter Zuchtkranich sein." Er lachte unterdrückt. „Für mich sah er aus wie alle anderen, aber ich bin ja auch keine Schreikranichfrau."

Während er sprach, griff Hannah nach einem der Stofftiere auf dem Boden.

„Willst du das?" Finn nahm den kleinen rosafarbenen Elefanten und gab ihn ihr.

„Ga ga ga."

Dakota schaute das kleine Mädchen an. „Hast du gerade ‚ga' gesagt?" Sie schaute zu Finn auf. „Du hast das auch gehört, oder? Sie hat gesprochen."

Finn ließ sich auf den Rücken fallen und hielt das Baby an ausgestreckten Armen über sich. „Nun sieh einer an, wie klug du bist. Du kannst schon ‚ga' sagen."

Hannah jauchzte vor Vergnügen, als Finn sie weiter in der Luft hielt. Nachdem er sich wieder in eine sitzende Position gebracht hatte, streckte sie ihre kleine Hand erneut nach dem Elefanten aus. Finn gab ihn ihr.

Dakota konnte nicht aufhören zu grinsen. „Ich weiß, dass ich nichts damit zu tun habe, aber ich bin trotzdem so unglaublich stolz."

„Das ist typisch für Eltern."

Das stimmte. Sie war jetzt ein Elternteil. „Ich muss mir das Gefühl gut merken, damit ich mich daran erinnern kann, wenn sie vierzehn ist und mich in den Wahnsinn treibt."

Er lachte leise. „Das klingt nach einem guten Plan."

Gemeinsam beobachteten sie das kleine Mädchen. Hannah schien ganz fasziniert von dem kleinen Elefanten zu sein.

„Einer der Männer, die ich geflogen habe, hat vor, im Norden der Stadt ein Kasino zu bauen", erzählte Finn.

„Ja, davon habe ich gehört. Offensichtlich soll es ziemlich luxuriös werden. Es wäre gut für die Stadt, wenn noch mehr Touristen kämen."

„Ich habe außerdem viel über den Männermangel hier gehört. Du weißt, dass die ganze Welt denkt, Fool's Gold wäre voller verzweifelter Frauen?"

Dakota zuckte zusammen. „Das Problem besteht schon länger. Ich habe dir doch von der Studentin erzählt, die ihre Abschlussarbeit über den hiesigen Männermangel geschrieben hat. Die Medien haben das Thema aufgegriffen und sind vollkommen durchgedreht. Deshalb ist Geoff ja auch mit seiner Sendung hier. Demografisch gesehen sind die Männer hier zwar in der Unterzahl, aber die Frauen sind weit davon entfernt, verzweifelt zu sein." Sie schaute ihn an. „Obwohl es durchaus eine Erklärung dafür wäre, wieso ich mich so zu dir hingezogen fühle."

„Du würdest mich immer wollen, egal, wie viele Männer in der Stadt wären."

„Probleme mit deinem Ego hast du zumindest nicht."

„Oder mit irgendeinem anderen Teil von mir."

Das stimmt, dachte Dakota und erinnerte sich daran, wie sich sein Körper an ihrem angefühlt hatte. Aber das würde sie ihm nicht offenbaren.

„Ich finde, im Moment sind ziemlich viele Männer in der Stadt", fuhr Finn fort. „Herrscht immer noch ein Mangel?"

„Ich bin mir nicht sicher. Die sind hier letzten Herbst in Bussen angekarrt worden, aber ich weiß nicht, wie viele von ihnen geblieben sind. Es ist auch egal. Der Stadt geht es gut, deshalb ist das Gewese der Presse ja auch so nervtötend."

„Es ist schön in Fool's Gold", erwiderte er beruhigend. „Ihr werdet es überstehen."

„Bürgermeisterin Marsha zählt die Minuten, bis Geoff und seine Produktionsfirma abreisen. Sie hat Angst davor, was er als Nächstes veranstalten will. Ich bin ziemlich sicher, dass

Geoff Fool's Gold zu ruhig und langweilig findet. Auf jeden Fall würden wir uns von ihm keine Touristenbroschüren schreiben lassen."

Während sie sprachen, lehnte sich Hannah immer mehr gegen Finn. Ihr wurden die Lider schwer, bis sie die Augen schloss.

„Da ist aber jemand müde", sagte Dakota und stand auf. Sie schaute auf die Uhr. „Es ist schon lange Zeit für ihr Nickerchen. Ich will sie nicht zu spät hinlegen, denn inzwischen schläft sie nachts schon beinah durch."

Finn reichte ihr das Baby an und stand ebenfalls auf. „Ja, daran sollte man nicht herumpfuschen."

„Genau. Schlaf ist immer noch sehr kostbar – zumindest für mich."

Behutsam brachte Dakota ihre Tochter ins Kinderzimmer. Finn schlenderte ihr hinterher. Sie schaute nach der Windel, legte die Kleine dann ins Bettchen und stellte das Mobile an.

Finn trat neben sie und berührte Hannahs Wange. „Schlaf gut, kleines Mädchen."

Mit einem tiefen Seufzer schlief das Baby ein. Leise nahm Dakota das Babyfon hoch, bevor sie das Zimmer verließen und Finn die Tür hinter ihnen schloss.

„Wie lange schläft sie?", fragte er.

„Ungefähr zwei Stunden. Dann gibt es Abendessen, und ich lese ihr noch ein wenig vor. Die Abende sind …"

Sie hatte noch weitersprechen wollen, doch dazu kam sie nicht mehr. Denn kaum waren sie im Wohnzimmer angekommen, legte Finn die Hände auf ihre Hüften und drehte Dakota zu sich um. Als er die Lippen auf ihre senkte, war Dakota sehr froh, seiner Forderung nachgegeben zu haben.

Ihr erster Gedanke war, dass der letzte Kuss zu lange her war. Finn hatte so viel mit seiner Fliegerei zu tun gehabt. Und sie hatte sich an das Muttersein gewöhnen müssen. Aber als sie nun seine Zunge an der Unterlippe spürte, verblassten diese Gedanken, sodass sie sich in der heißen Leidenschaft verlor, die immer unter der Oberfläche brodelte, wenn sie in Finns Nähe war.

Er schmeckte nach Kaffee und Pfefferminz. Sein Körper war stark und muskulös. Sie schlang ihm die Arme um den Hals, versuchte, näher zu kommen, alles von ihm zu spüren. Seine Wärme umfing sie.

Mehr, dachte sie sehnsüchtig. Sie wollte mehr.

Das Babyfon noch in der Hand, führte sie ihn zum Schlafzimmer. Sie stellte das Babyfon auf die Kommode, überprüfte kurz die Lautstärkeeinstellung, dann wandte sie sich ihm zu.

Bis jetzt hatte keiner von ihnen wieder gesprochen. Dakota nahm an, dass er genauso wenig mit dem überwältigenden Verlangen gerechnet hatte wie sie. Aber wenn sie der Sehnsucht in seinen Augen trauen konnte, dann würde er sich nicht widersetzen. Und sie wusste, dass sie alles wollte, was er anzubieten hatte.

Er kam auf sie zu. Sie sank in seine Arme.

Vielleicht war es nicht ihre klügste Entscheidung an diesem Tag, das war allerdings in Ordnung. Es mochte Konsequenzen haben, sich Finn in dem Wissen hinzugeben, dass er irgendwann abreisen würde. Darüber mache ich mir später Gedanken, versprach Dakota sich und gab sich ganz dem Gefühl des Kusses und seiner Hände auf ihrem Körper hin. Im Moment gab es für sie nur den Mann und die Gefühle, die er in ihr weckte.

Finn hörte Dakotas gleichmäßigen Atem. Es war erst vier Uhr am Nachmittag, aber sie war total erschöpft. Er hätte gern behauptet, das läge an ihm. Verglichen mit der Betreuung eines sechs Monate alten Babys war eine Stunde leidenschaftlicher Sex jedoch nichts.

Er bezweifelte, dass Dakota seit Hannahs Ankunft mehr als vier Stunden am Stück geschlafen hatte. Als er nun hörte, dass Hannah sich rührte, stand er auf und stellte das Babyfon leise.

Nachdem er sich Boxershorts und Jeans übergezogen hatte, ging er barfuß ins Kinderzimmer. Hannah lächelte ihn an und hob die Ärmchen, als wollte sie von ihm hochgenommen werden. Den Gefallen tat Finn ihr und drückte ihren kleinen Körper an seine nackte Brust.

„Hast du gut geschlafen, kleine Süßkartoffel? Deine Mama ruht sich gerade ein bisschen aus, also müssen wir sehr, sehr leise sein."

Er ging mit ihr zum Wickeltisch. Nachdem er ihre Windel gewechselt hatte, nahm er Hannah mit in die Küche und warf einen Blick in den Kühlschrank. Er kannte Dakota inzwischen gut genug, um beim Anblick der vorbereiteten Fläschchen nicht überrascht zu sein.

„Man kann eine Frau nur bewundern, die sich zu organisieren weiß", sagte er an Hannah gewandt.

Auf dem Herd stand ein Topf mit Wasser. Er schaltete die Platte an und wartete, bis das Wasser heiß wurde. Kurz liebäugelte er mit der Mikrowelle. Ein Wassertopf mochte altmodischer sein, war jedoch definitiv auch verlässlicher.

Während sie warteten, schaukelte er das Baby sanft. Hannah schaute ihm die ganze Zeit in die Augen und schenkte ihm ein zögerndes Lächeln.

„Du wirst eines Tages eine richtige Herzensbrecherin", sagte er. „Genau wie deine Mutter."

Dakota ist mehr als das, dachte er und erinnerte sich an ihren Geschmack, daran, wie zart sich ihre Haut anfühlte. Sie war eine Versuchung. Nicht nur, weil er gern mit ihr ins Bett ging, sondern weil er überhaupt gern Zeit mit ihr verbrachte. Jeder Mann würde sich freuen, abends zu so einer Frau nach Hause zu kommen. Unter anderen Umständen …

Nein, rief er sich zur Ordnung. Sie war nichts für ihn. Er hatte schon ein Leben, und darin kamen weder eine Frau noch ein Baby vor. Er war die letzten acht Jahre der Verantwortungsbewusste gewesen. Jetzt, da seine Brüder beinah erwachsen waren, würde er endlich frei sein. Und er hatte Pläne. Er wollte eine neue Firma aufbauen. Das Letzte, was er gebrauchen konnte, war eine Beziehung, die ihn daran hinderte.

Als das Fläschchen heiß war, probierte er die Milch. Nachdem er sich vergewissert hatte, dass sie die richtige Temperatur hatte, kehrte er in Hannahs Zimmer zurück und setzte sich mit ihr in den Schaukelstuhl.

Das kleine Mädchen saugte gierig an der Flasche. Während sie trank, verfolgte Finn, wie sie ihn beobachtete. Ihre großen braunen Augen waren besonders. Er lächelte Hannah an. Daraufhin hob sie eine Hand, packte seinen kleinen Finger und hielt ihn ganz fest. Tief in seinem Inneren spürte Finn, wie sich etwas verschob, beinah so, als würde er dort Platz schaffen.

Lächerlich, sagte er sich.

Als sie ausgetrunken hatte, nahm er ein Handtuch vom Stapel neben dem Schaukelstuhl, legte es sich auf die Schulter und ließ Hannah ein Bäuerchen machen. Sie kuschelte sich an ihn. Er hielt sie fest, schaukelte vor und zurück und summte dabei vor sich hin.

„Deine Mom sagt, sie liest dir gern vor. Ich habe das Buch mit dem Häschen gesehen. Ich schätze, das ist angemessener als eine Autozeitschrift. Obwohl du dich vielleicht später für Autos interessierst. Das kann man heute wohl noch nicht sagen. Hm, wir sollten vielleicht mal nach deiner Mom schauen. Das letzte Mal, als ich sie gesehen habe, war sie nackt." Er grinste. „Sie sieht nackt sehr gut aus."

„Das muss ich dir wohl einfach so glauben."

Finn schaute auf und sah Dakotas Mutter im Türrahmen stehen. Hastig stand er auf und fragte sich gleich darauf, ob das ein Fehler gewesen war. Schließlich trug er nur Jeans, sonst nichts, und hielt Dakotas Baby in den Armen. Dakota war im Schlafzimmer und schlief vermutlich noch. Und zwar nackt, wie er gerade so zuvorkommend erwähnt hatte.

Obwohl er normalerweise sehr schlagfertig war, fiel ihm jetzt nichts Passendes ein.

Ohne zu zögern kam Denise zu ihm und nahm ihm das Baby ab. „Ich schätze, ich hätte vorher anrufen sollen. Dakota schläft?"

Er nickte.

Er fühlte sich wie ein Siebzehnjähriger, der beim Herummachen mit seiner Freundin erwischt worden war. Nur dass er nicht mehr siebzehn war und ein wenig mehr gemacht hatte, als nur zu knutschen.

Als Erstes sollte ich mich anziehen, dachte er und überlegte, wie er am geschicktesten an Denise vorbeikommen konnte, ohne dass seine Absicht zu offensichtlich war. Dann hörte er ein Geräusch auf dem Flur.

„Hast du dich um Hannah gekümmert?" Eine sehr verschlafene Dakota betrat das Kinderzimmer.

Sie hatte nur einen Bademantel an, sonst nichts. Ihr Haar war zerzaust, ihre Lippen waren geschwollen von ihren Küssen. Sie sah zerwühlt und befriedigt aus – und dann komplett schockiert, als sie ihre Mutter sah.

„Mom?"

„Hallo. Ich habe Finn gerade gesagt, dass ich wohl lieber hätte anrufen sollen."

„Ich, äh ..." Dakota grinste. „Zum Glück bist du nicht vor zwei Stunden aufgetaucht. Das wäre wirklich peinlich gewesen."

Ihre Mutter lachte. „Und zwar für uns alle." Sie trat beiseite. „Ich glaube, Finn hat gerade versucht, möglichst unauffällig an mir vorbeizukommen."

„Ich dachte, ich ziehe mich besser an", murmelte er.

„Meinetwegen musst du kein Hemd überziehen", entgegnete Dakotas Mutter mit einem Augenzwinkern.

„Mom, du machst ihm noch Angst."

„Ich komm damit schon klar", behauptete Finn, war sich allerdings nicht sicher, ob das wirklich stimmte.

Er entschuldigte sich und verschwand im Schlafzimmer. Dort zog er sich schnell an. Er stieg gerade in den zweiten Stiefel, als Dakota hereinkam.

„Tut mir leid", sagte sie. „Bevor ich Hannah bekommen habe, ist sie nie einfach so vorbeigekommen. Ich hatte heute auch nicht damit gerechnet."

„Ist schon okay."

Sie zuckte die Schultern. „Es ist schon irgendwie peinlich."

„Ich werde es überleben." Als er beide Stiefel anhatte, richtete er sich auf und küsste sie. „Alles okay bei dir?"

„Hm-hm. Danke, dass du mich hast schlafen lassen."

„Du hast es gebraucht. Ich habe Hannah schon gefüttert."

„Das habe ich mir gedacht. Sie hat nämlich diesen zufriedenen Ausdruck im Gesicht."

Zärtlich berührte er ihre Wange. „So wie du."

Er ist ein guter Mann, dachte Dakota, während sie ihn zur Tür begleitete.

Inzwischen hatte sich ihre Mutter in die Küche zurückgezogen, was Dakota sehr zu schätzen wusste. Sich unbeobachtet verabschieden zu können war wesentlich einfacher. Allerdings würde sie sich danach trotzdem ihrer Mutter stellen und alles erklären.

„Wir sehen uns bald", sagte Finn.

Sie nickte und hoffte nur, dass es stimmte.

Nachdem er gegangen war, kehrte sie in die Küche zurück, wo ihre Mutter mit Hannah spielte.

„Ich bin froh, dass du dich ein wenig ausruhen konntest", sagte Denise. „Ich weiß, wie müde du gewesen bist."

Dakota wartete auf die unvermeidliche Frage, aber ihre Mutter sagte nichts mehr. „Du willst doch bestimmt wissen, was das mit Finn ist."

„Ich denke, ich weiß schon genug. Er gehört zu den Männern, die gut aussehen, wenn sie ein Baby im Arm halten. Sollte ich mir Sorgen um dich machen?"

„Nein. Ich passe auf mein Herz auf." Einen Moment lang gestattete sie sich, sich zu wünschen, dass das nicht nötig wäre. Sie wünschte sich, dass Finn nicht nur ein Mann war, der mit einem Baby im Arm gut aussah, sondern auch ein Mann, der bleiben würde. Aber sie kannte die Wahrheit.

„Bist du sicher, dass du nicht schon in ihn verliebt bist?"

Was für eine verrückte Frage. „Natürlich bin ich sicher. Das würde ich niemals zulassen."

Aurelia stand auf dem Bürgersteig und fühlte sich alles andere als wohl. Die Produktionsassistentin Karen hatte ihr Zeit und Ort des nächsten Treffens mit Stephen gemailt. Im Stillen hatte Aurelia gehofft, alle würden sie und Stephen einfach vergessen, aber das war wohl zu viel verlangt. Jetzt musste sie nicht nur ein Date mit ihm hinter sich bringen, sondern auch noch vor laufenden Kameras und den neugierigen Augen der Fernsehzuschauer mit ihm sprechen.

Wenn wir doch nur früher abgewählt worden wären, dachte sie und trat unruhig von einem Fuß auf den anderen. Doch das wäre ein feiger Ausweg gewesen.

In Wahrheit schuldete sie Stephen eine Entschuldigung. Sie wären zwar niemals füreinander bestimmt, aber das entschuldigte nicht, wie sie die Situation gehandhabt hatte. Sie war nicht sehr nett gewesen. Vermutlich, weil es einen Teil von ihr gab, der ihn nicht aufgeben wollte. Einen Teil von ihr, der sich weder um den Altersunterschied kümmerte noch um die Tatsache, dass er jemanden verdiente, der am gleichen Punkt im Leben stand wie er.

Irgendwie war alles so kompliziert geworden. Sie wusste nicht, wie sie es wieder einfacher machen konnte.

„Aurelia?"

Nachdem sie sich zu der Stimme umgedreht hatte, sah sie sich Stephen gegenüber. Trotz ihrer besten Bemühungen war es ihm wieder gelungen, sich anzuschleichen. Einen Herzschlag lang verspürte sie bei seinem Anblick pures Glück. Er war so groß und stark, so gut aussehend. Sie lächelte und wusste, dass er all ihre Gedanken lesen konnte.

Dann meldete die Realität sich wieder – und damit die Erkenntnis, dass sie für ihn niemals die Richtige sein könnte.

„Ich schätze, wir müssen ein Date über uns ergehen lassen", sagte sie. „Wenn wir immer noch das langweiligste Pärchen sind, werden wir bestimmt diese Woche abgewählt."

„Willst du das denn?", fragte er.

„Das wäre das Logischste."

Ihr fiel das Sprechen schwer. Wenn sie ihm so nahe war, funktionierte ihr Gehirn anscheinend nicht richtig. Sie konnte nur daran denken, von ihm gehalten zu werden, und daran, wie sie sich gefühlt hatte, als er sie geküsst hatte.

Warum musste er so sein? Warum konnte er nicht älter sein – oder sie jünger?

„Ich wollte dich nicht verletzen", platzte es aus ihr heraus. „Ich wollte nicht, dass es dir leidtun muss, mich geküsst zu haben. Ich mache mir um mich keine Sorgen. Aber ich habe Angst um dich."

Hastig schlug sie sich die Hand vor den Mund und wünschte, sie könnte die Worte irgendwie zurücknehmen. Sie hätte ihm das niemals sagen, hätte niemals die Wahrheit zugeben dürfen. Jetzt würde er sie für eine Idiotin halten. Oder schlimmer noch: Er hätte jetzt womöglich Mitleid mit ihr.

Ohne nachzudenken, kehrte sie ihm den Rücken und ging los. Sie hatte kein Ziel vor Augen, nur das brennende Verlangen, der Situation zu entfliehen. Doch weit war Aurelia nicht gekommen, da stand er wieder vor ihr, legte ihr die Hände auf die Schultern und schaute sie mit seinen dunkelblauen Augen an.

„Mir würde der Kuss niemals leidtun. Oder dass wir uns begegnet sind."

Wie sehr sie sich wünschte, dass das wahr wäre. Und in diesem Augenblick war es das vermutlich sogar, aber einer von ihnen musste über den heutigen Tag hinausdenken.

„Angenommen, ich würde dir glauben", erwiderte sie. „Was passiert dann als Nächstes? Was wirst du dann tun?"

Er grinste. Es war dieses glückliche, entspannte Grinsen, bei dem ihr ganz warm wurde.

„Aufs College zurückgehen."

Sie starrte ihn an. „Wie bitte? Aufs College zurückgehen? Das wollte dein Bruder doch die ganze Zeit. Warum würdest du es jetzt tun?"

„Weil ich weiß, dass du mich dann ernst nehmen würdest."

Sie öffnete den Mund und schloss ihn wieder. „Wirklich?"

Er nickte. „Mir hat es auf dem College gefallen. Mir hat auch das Ingenieursstudium gefallen. Ich habe Kurse in Bioingenieurwesen belegt, mit Schwerpunkt auf alternativen Brennstoffen. Das ist ein stark wachsender Industriezweig. Das College war ja nie mein Problem – Finn war mein Problem. Er weiß, dass Sasha kein Interesse daran hat, in den Familienbetrieb einzusteigen. Darum erwartet er von mir, dass ich es tue." Er zuckte die Schultern. „Ich fliege gern, aber ich möchte es nicht zum Beruf machen. Das habe ich noch nie gewollt."

„Ich weiß das, Finn allerdings nicht. Du musst es ihm sagen."

Es zuckte um seinen Mund. „Würdest du es ihm an meiner Stelle sagen? Was seine Firma und das College angeht, hat Finn eine ziemlich festgefahrene Meinung. Ich glaube, das hat mit dem Tod unserer Eltern zu tun und damit, dass er uns aufgezogen hat. Er hat das echt gut gemacht, aber er hat sich inzwischen zu sehr daran gewöhnt, über unser Leben zu bestimmen. Ich wusste, dass er von mir erwartet, dass ich die Firma mal übernehme. Ich wusste nur nicht, wie ich ihm sagen soll, dass ich das nicht möchte. Deshalb habe ich etwas Drastisches getan – ich bin mit Sasha hierhergefahren, um an der Sendung teilzunehmen. Ich hätte nie gedacht, dass ich hier jemanden wie dich finde."

Sie starrte ihn immer noch ungläubig an. „Ich verstehe das nicht." Ihre Stimme war nur ein Flüstern.

„Ich dachte, ich würde nach *etwas* suchen. Jetzt verstehe ich aber, dass ich nach *jemandem* gesucht habe. Nach dir. Ich werde aufs College zurückkehren und meinen Abschluss machen, weil ich dich glücklich machen will. Aber auch, weil ich dann mehr der Mann bin, den du willst. Es geht einzig und allein um dich, Aurelia. Verstehst du das nicht?"

Sie hörte nur ein entferntes Rauschen. Die Welt schien sich um sie zu drehen, und Aurelia brauchte einen Moment, um zu erkennen, dass sie einer Ohnmacht nah war. Sie bekam keine Luft, aber dann küsste Stephen sie, und Kleinigkeiten wie zu atmen waren mit einem Mal vollkommen unwichtig.

Sie erwiderte den Kuss, verlor sich vollkommen in dem Gefühl, seine Lippen auf ihrem Mund zu spüren. Der Moment war alles, wovon sie jemals geträumt hatte. Besser noch, der Mann war alles, was sie sich je gewünscht hatte.

Nachdem er sich von ihr gelöst hatte, schaute er ihr in die Augen. „Ich liebe dich, Aurelia. Ich glaube, das habe ich vom ersten Moment an, in dem ich dich gesehen habe."

„Ich liebe dich auch."

Sie war sich nie sicher gewesen, ob sie diese Worte jemals zu einem Mann sagen würde. Doch während sie sie aussprach, wurde ihr klar, dass jede Silbe genau richtig war.

Natürlich würden sie mit einigen Komplikationen zurechtkommen müssen. Es musste vieles erklärt und geklärt werden. Aber das konnte warten. Im Moment gab es nur Stephen und die Tatsache, dass er sie liebte.

Er küsste sie noch einmal. Sie drängte sich näher an ihn und …

„*Genau* das meine ich", sagte Geoff. „So etwas wollen die Leute sehen."

Stephen richtete sich auf und sah so geschockt aus, wie Aurelia sich fühlte. Als sie ihn anschaute, stieg Panik in ihr auf. Die Kameras! Wie hatten sie die nur vergessen können? Sie hatten ein Privatgespräch geführt – das jetzt im Fernsehen zu sehen sein würde.

Stephen fluchte unterdrückt. „Es tut mir leid. Ich habe vergessen, dass wir nicht allein sind."

„Ich auch."

Es hatte keinen Zweck, zu Geoff zu gehen. Er würde ihren Wunsch nicht verstehen, einen so intimen Augenblick privat halten zu wollen. Ihn interessierten nur die Einschaltquoten. Und das langweilige Pärchen hatte die gerade gewaltig angeschoben.

Es waren nicht allein Geoff und die Crew, die alles mit angesehen hatten. Bald würde das ganze Land Zeuge werden.

Stephen umfasste ihr Gesicht mit beiden Händen. „Willst du deine Meinung noch einmal ändern?"

„Nein."

„Ich auch nicht." Er lächelte. „Wir sollten uns besser für das Schlimmste wappnen. Wie heißt es doch in dem Film? Wenn du springst, springe ich auch."

„Es geht aber ganz schön tief nach unten."

„Mach dir keine Sorgen. Ich fange dich auf."

15. Kapitel

Dakota und Finn saßen auf dem Sofa und schauten die aktuelle Folge von *Wahre Liebe für Fool's Gold*. In der Vorschau vor der Werbung wurden Aurelia und Stephen gezeigt, die irgendwo in der Stadt voreinander standen und einander intensiv in die Augen schauten.

„Ich wusste gar nicht, dass die beiden diese Woche gezeigt werden", sagte Dakota. „Sie hatten doch kein Date, oder?"

„Nicht dass ich wüsste." Finn reichte ihr die Schüssel mit dem Popcorn.

Er war zum Abendessen vorbeigekommen. Sie hatte Steaks und Salat gemacht. Gemeinsam hatten sie am Tisch gesessen, gelacht und geredet und abwechselnd Hannah auf dem Arm gehalten. Ein schöner Abend, dachte Dakota und ermahnte sich, nicht allzu viel hineinzudeuten. Sicher, sie genoss Finns Gesellschaft, aber er war nur ein Freund. Wie nannte man das heute noch? Er war ein Freund mit gewissen Vorzügen.

Hannah war inzwischen im Bett. Lächelnd dachte Dakota daran, dass sie und Finn nach der Sendung hoffentlich auch ins Bett gehen würden – wobei es ihr weniger um ausreichenden Schlaf ging.

Nach der Werbepause ging die Show weiter. Die Aufnahme von Stephen und Aurelia wirkte, als wäre die Kamera ein ganzes Stück entfernt gewesen. Die Stimmen schienen auch nachträglich verstärkt worden zu sein ... so als hätten die beiden kein Mikro getragen.

Dakota brauchte einen Moment, um zu begreifen, was Aurelia da gerade sagte. Irgendetwas darüber, dass sie Stephen nicht verletzen wollte und dass er nichts bereuen sollte. Sein aufrichtiger Gesichtsausdruck, als er sagte, er könne ihre Beziehung niemals bereuen, überraschte Dakota.

„Ich habe gar nicht gewusst …", fing sie an und presste dann die Lippen aufeinander. Oh, Mist. So viel zu der Frage, ob die beiden das ruhige Paar waren. Als niemand hingeschaut hatte, hatten sie sich aufeinander eingelassen. Hätte Dakota es nicht besser gewusst, hätte sie geschworen, dass die beiden sich ineinander verliebt hatten.

Das würde Finn gar nicht freuen.

Verstohlen warf sie ihm einen Blick zu und sah, dass er wie gebannt auf den Fernseher starrte. Bevor sie wusste, was sie sagen sollte – und ob überhaupt –, nahm das Gespräch eine andere Richtung.

„Ich wusste, dass er von mir erwartet, dass ich die Firma mal übernehme. Ich wusste nur nicht, wie ich ihm sagen soll, dass ich das nicht möchte."

Finn ließ die Popcornschüssel los und stand auf. „Was, zum Teufel …"

Dakota stellte die Schüssel auf den Couchtisch und erhob sich ebenfalls. „Atme erst einmal tief durch. Das kann für dich doch nichts Neues sein."

Finn funkelte sie an. „Natürlich ist das neu für mich! Wir reden seit Jahren darüber. Wenn Stephen mit dem College fertig ist, steigt er in die Firma ein. Das steht schon ewig fest."

Dakota glaubte das nicht. Nach allem, was sie wusste, hatte Stephen nie ernsthaftes Interesse an der Firma gezeigt. Er hatte auf dem College Ingenieurwesen als Hauptfach belegt. Wenn er bei seinem Bruder einsteigen wollte, hätte er dann nicht Betriebswirtschaft oder irgendetwas mit Bezug zum Fliegen studiert?

„Du bist nicht sauer, weil er nicht in die Firma einsteigen will", sagte sie sanft. „Du bist sauer, weil er es dir nicht persönlich gesagt hat und du es auf diese Weise herausfinden musst."

„Natürlich spielt das mit hinein. Warum, zum Teufel, konnte er nicht mit mir reden? Ich bin sein Bruder. Warum sagt er mir nicht die Wahrheit?"

Sanft legte sie ihm die Hand auf den Arm. „Vielleicht, weil du nicht an der Wahrheit interessiert bist. Du willst nur die Geschichte hören, die du hören willst. Ich vermute, deine beiden Brüder sagen dir schon eine ganze Weile die Wahrheit. Sie sind nicht einfach aus einer Laune heraus hierhergekommen. Sie suchen schon länger nach einem Ausweg, und die Show hat ihn ihnen geboten."

„Du weißt nicht so viel, wie du zu wissen glaubst." Er sprach leise und klang wütend, allerdings vermutete Dakota, dass er eher auf sich wütend war als auf sie.

„Ich weiß, dass du sie drängst. Und zwar schon eine ganze Weile. Du willst über ihr Leben bestimmen, weil du glaubst, das wäre der einzige Weg, sie zu beschützen." Sie atmete tief ein. „Finn, du hast bei deinen Brüdern hervorragende Arbeit geleistet. Das kann jeder sehen. Es gibt keine offensichtliche Grenze, die dir sagt, ab jetzt ist es okay, sich keine Sorgen mehr um sie zu machen, sich nicht mehr um sie zu kümmern. Doch genau danach suchst du. Nach etwas, das dir sagt, es ist in Ordnung, sie loszulassen."

Er schüttelte ihre Hand ab und trat ein paar Schritte zurück. „Du hast ja keine Ahnung, worüber du da redest."

„Doch, habe ich. Lass die beiden einfach so sein, wie sie sein wollen. Du hast ihnen alles mitgegeben, was sie brauchen, um erfolgreich zu sein. Vertrau dir – und vertraue ihnen."

„Selbst wenn das bedeutet, dass sie das College nicht zu Ende machen?"

„Ja, sogar dann."

„Das geht nicht." Er schob die Hände in die Taschen seiner Jeans.

„Was willst du also tun?", fragte sie. „Stephen einen Job in der Firma aufzwingen? Ihm solche Schuldgefühle bereiten, dass er nicht anders kann? Das bist du nicht. Du willst nicht, dass er aus reinem Pflichtgefühl ein anderes Leben führt, dass er etwas nur tut, weil er es tun muss."

„Mir ist es genauso gegangen", grummelte Finn. „Niemand hat mich gefragt, was ich gewollt habe. Was ich vorgehabt hatte, hat niemand auch nur im Geringsten interessiert. Den einen Tag waren meine Eltern noch am Leben, alles war gut. Am nächsten waren sie tot. Ich bin dabei gewesen. Wusstest du das? Ich habe das Flugzeug geflogen, als es abgestürzt ist. Es gab einen Sturm, und meine Mutter wollte nicht fliegen, also hatten wir vor abzuwarten. Aber sie hatte sich Sorgen um meine Brüder gemacht, also sind wir irgendwann doch gestartet. Das Flugzeug ist von einem Blitz getroffen worden, und wir sind abgestürzt. Meine Eltern waren beide verletzt. Ich musste zu Fuß in den nächsten Ort laufen. Und als ich endlich Hilfe gefunden hatte, waren sie tot."

Diese Einzelheiten hatte er ihr nicht erzählt – sie wusste nur, dass seine Eltern bei einem Flugzeugabsturz umgekommen waren, und hatte nicht daran gedacht, ihn nach Details zu fragen. Sie hatte ja keine Ahnung gehabt, wie schlimm es gewesen war – und welche Rolle er gespielt hatte. Kein Wunder, dass er sich davor scheute, sich auf etwas Festes einzulassen oder Verantwortung zu übernehmen.

Jetzt ergab auf einmal alles einen Sinn. Sein Verhalten gegenüber seinen Brüdern. Sein Sorgen um ihre Zukunft und Sicherheit. Er versuchte, das Schicksal zu beeinflussen, aber das war nicht möglich.

Dakota stellte sich vor ihn und schaute ihm in die Augen. „Du hast getan, was du tun musstest. Du hast dich um deine Familie gekümmert. Deine Eltern wären sehr stolz auf dich."

Er wollte weggehen, doch sie packte sein Hemd und hielt ihn fest.

„Du hast recht", sagte sie. „Niemand hat dich gefragt, ob du die Verantwortung übernehmen wolltest. Du hast es getan, weil es um deine Familie ging und weil es einfach das Richtige war. Du hast das verstanden. Genau wie du jetzt tief in deinem Inneren weißt, dass du Stephen nicht in der Firma haben willst, wenn er dort nicht sein will."

Finn schaute sie lange an, dann breitete er die Arme aus. Dakota trat in seine Umarmung und hielt sich an ihm fest, als wollte sie ihn nie wieder gehen lassen.

„Er hätte es mir sagen müssen", flüsterte er. „Er hätte es mir persönlich sagen sollen. Dann hätte ich es verstanden."

Sie bezweifelte, dass Finn seinem Bruder das klärende Gespräch leicht gemacht hätte. Trotzdem stimmte es. Auf diese Weise hätte er es nicht herausfinden sollen.

Sie könnte anführen, dass Stephen noch ein Junge war, obwohl das in gewissem Widerspruch zu ihrem vorherigen Argument stand, demzufolge Finn seine Brüder ihr eigenes Leben führen lassen sollte. Außerdem verstand sie seinen Schmerz, auch wenn sie ihn nicht selbst empfand. Er hatte so viel aufgegeben und fühlte sich nun betrogen.

Familien waren nie einfach gestrickt. Natürlich war es toll, eine zu haben, aber es konnte auch ganz schön schwierig werden. Vielleicht wurde es auch nur alles kompliziert, wenn man jemanden liebte.

Während sie in seiner Umarmung stand, erkannte sie, dass ihre Mutter recht gehabt hatte. Sich in Finn zu verlieben wäre leicht. Zu leicht. Sie würde sehr, sehr vorsichtig sein müssen.

Dakota und ihre Schwestern lagen auf mehreren Decken im Garten. Hannah saß zwischen ihnen und lachte über die Grimassen, die sie abwechselnd schnitten. Das Sonnenlicht war warm, der Himmel blau, und Buddy, ein blass cremefarbener Labradoodle, den Montana gerettet hatte, beobachtete sie alle ängstlich.

„Ich kann nicht glauben, dass du jetzt wirklich Mutter

bist", sagte Nevada. „Das ging alles so schnell. Letzten Monat warst du noch Single, und jetzt hast du ein Kind."

„Wem sagst du das." Dakota drehte sich auf die Seite und betrachtete ihre Tochter. „Seit ich weiß, dass es für mich schwierig werden könnte, eigene Kinder zu bekommen, denke ich über eine Adoption nach. Aber das war immer nur reine Theorie. Das hier hingegen ist sehr real." Sie grinste. „Und natürlich bin ich trotzdem immer noch Single."

Hannah griff nach ihrem rosafarbenen Elefanten. Er lag aber etwas außerhalb ihrer Reichweite, deshalb fiel Hannah, als sie sich danach streckte. Montana hob sie hoch und hielt sie in der Luft. Das Baby lachte, während Buddy nervös fiepte.

„Alles gut", sagte Montana zu dem Hund. „Ihr passiert nichts."

Montana legte das kleine Mädchen zurück auf die Decke, woraufhin Buddy zu ihr kroch. Bei ihr angekommen, legte er sich so hin, dass er ihr mit seinem Körper sowohl Unterstützung als auch Schutz bot.

„Er ist wirklich sehr kinderfreundlich", sagte Dakota.

Montana nickte. „Ja, mit kleinen Kindern kommt er großartig zurecht. Allerdings neigt er dazu, sich zu viele Sorgen zu machen. Er wird immer ganz verrückt, wenn sie hinfallen. Aber er ist so geduldig. Ihm macht es überhaupt nichts aus, wenn die Kinder auf ihm herumkrabbeln und an seinem Fell oder an seinem Schwanz ziehen. Einiges davon liegt am Training, aber hauptsächlich ist sein Verhalten seiner Persönlichkeit zuzuschreiben. Er ist ein echter Babysitterhund." Sie beugte sich vor und kraulte Buddy am Kopf. „Stimmt's, mein Großer?"

Der Hund hielt seine Aufmerksamkeit auf das Baby gerichtet. Er winselte ein wenig, als wäre er besorgt, dass die Frauen dem, was hier vor sich ging, nicht genügend Aufmerksamkeit schenkten.

„Ich will auch ein Baby", murmelte Nevada. „Zumindest glaube ich das. Aber nicht so."

„Für dich käme eine Adoption also nicht infrage?" Dakota war ein wenig überrascht über die Reaktion ihrer Schwester.

„Doch, schon, aber nicht so schnell. Ja, ich weiß, du hast dich bewusst dafür entschieden. Die schlussendliche Entscheidung, das Kind zu nehmen, musste allerdings ganz schön schnell gefällt werden. Hat dir das keine Angst gemacht?"

„Ich hatte Riesenschiss, das gehört jedoch dazu. Ich hätte sicher mehr Zeit gehabt, mich vorzubereiten, wenn ich von einer Schwangeren als zukünftige Mutter ausgesucht worden wäre." Sie berührte das weiche, dunkle Haar ihrer Tochter. „Aber ich würde es trotzdem immer wieder genauso machen."

„Du bist mutiger als ich", gab Montana zu. „Ich komme mit den Hunden klar, mehr nicht. Außerdem glaube ich nicht, dass ich eine besonders gute Mutter wäre."

„Warum nicht?" Dakota glaubte, dass ihre Schwester eine fabelhafte Mutter abgäbe. „Du bist fürsorglich und liebevoll. Du gibst alles. Sieh dir doch nur an, wie du mit den Hunden umgehst."

„Das ist etwas anderes."

„Das finde ich nicht", widersprach Nevada. „Du bist überhaupt nicht so unzuverlässig, wie du glaubst."

Hannah ließ ihren Elefanten fallen und streckte gleich wieder die Hand danach aus. Daraufhin rutschte Buddy ein Stück näher an sie heran, als wollte er sicherstellen, dass sie nicht erneut umfiel.

„Wie geht Finn denn mit alldem um?", startete Montana einen nicht sonderlich subtilen Versuch, das Thema zu wechseln. „Er hat dich nach Los Angeles geflogen, um Hannah abzuholen. Das war ja sehr nett."

Er hat eine ganze Menge Nettes getan, dachte sie. Und nur das Wenigste hatte mit Transport zu tun.

„Er gehört zu den Guten. Die Babysache nimmt er ziemlich ruhig auf. Dass er zwei jüngere Brüder hat, hilft natürlich. Er erinnert sich noch daran, wie es mit ihnen als Babys gewesen ist."

Außerdem ist er sehr darauf bedacht, sich nicht zu sehr einzulassen, rief sie sich in Erinnerung. Das hielt sein Stresslevel niedrig.

Während sie ihre lachende Tochter anschaute, fragte Dakota sich, wie es wäre, wenn Finn nicht vorhätte zu gehen. Wenn er sich hier niederlassen wollte. Das wäre ziemlich erstaunlich. Vor allem, wenn er das mit ihr zusammen tun wollen würde.

„Dakota?"

Sie schaute auf und sah, dass ihre Schwestern sie fragend anschauten.

„Alles in Ordnung?", fragte Nevada.

„Ja. Nur ein kleiner Tagtraum."

„Zufällig einer, in dem ein bestimmter gut aussehender Pilot vorkam?", wollte Montana grinsend wissen. „Er sieht aus, als wäre er ein guter Küsser."

„Das ist er. Aber wir sind nur Freunde. Alles andere wäre dumm."

„Aus seiner Sicht oder aus deiner?"

„Ihr wisst, warum er hier ist", erinnerte Dakota die beiden. „Sobald er sicher ist, dass es seinen Brüdern gut geht, reist er ab. Er hat alles, was er braucht, in Alaska."

„Außer dich", merkte Montana an. „Oder Hannah. Übrigens muss er unsere Stadt einfach mögen. Ich meine, wer will nicht in Fool's Gold leben?"

„Ich bin sicher, da gibt es Hunderte", murmelte Nevada.

Dakota war es leid, über sich zu sprechen. „Weiß eigentlich eine von euch, ob Mom inzwischen ein Date hatte?"

„Nein", antwortete Nevada. „Ich kenne aber ein paar sehr nette Bauunternehmer, die ungefähr in ihrem Alter sind. Wäre ich eine bessere Tochter, würde ich wohl anbieten, sie zu verkuppeln. Nur irgendwie bringe ich das nicht über mich."

„Fändest du es schlimm, wenn sie jemanden kennenlernt?" Montana runzelte leicht die Stirn.

„Nein. Ich will, dass sie glücklich ist. Daddys Tod liegt jetzt schon zehn Jahre zurück. Ich denke nicht, dass es noch zu früh ist."

„Was ist es dann?", hakte Dakota nach.

Nevada grinste. „Ich habe Angst, dass sie innerhalb von dreißig Sekunden einen findet. Das wäre ziemlich deprimierend. Ich kann mich nämlich nicht erinnern, wann ich das letzte Mal mit einem Mann aus gewesen bin."

„Wem sagst du das." Montana seufzte.

„Was ist mit den Bauunternehmern?", wollte Dakota wissen. „Ist keiner von denen jung genug, um infrage zu kommen?"

„Ich arbeite mit den Männern. Es ist nicht gut, mit jemandem auszugehen, den man täglich bei der Arbeit sieht."

„Warum nicht?", fragte Montana. „Wenn du mit ihnen arbeitest, lernst du sie doch in allen möglichen Situationen kennen. Das verrät dir viel über ihren Charakter. Ist das nicht gut?"

Nevada zuckte die Schultern und schaute Dakota an. „Ich schätze, du hast kein Interesse an Dates?"

„Ich habe ein Baby."

„Und einen Mann." Montana warf sich vorsichtig auf Buddy. „Gib's zu. Der Sex mit ihm ist fantastisch."

Dakota bemühte sich nicht einmal, ihr Grinsen zu verbergen. „Es ist noch besser, als du dir vorstellen kannst."

Finn versuchte, seinem Bruder aus dem Weg zu gehen. Er wollte gar nicht hören, was Stephen zu sagen hatte. Trotzdem fing Stephen ihn zwei Tage nach Ausstrahlung der Sendung am Flughafen ab. Finn war gerade dabei, Kisten ins Flugzeug zu laden, als Stephen mit einem Mal vor ihm stand.

„Ich bin beschäftigt", sagte Finn brüsk.

„Irgendwann musst du mit mir reden."

„Ich habe dich seit einer Woche nicht gesehen. Tu also nicht so, als würdest du mir schon seit Tagen hinterherlaufen."

„Du weißt, was ich meine." Sein Bruder funkelte ihn an. „Du bist wütend."

Finn stellte die Kiste an ihren Platz und richtete sich auf. „Weil du aller Welt im Fernsehen mitgeteilt hast, dass ich ein Idiot bin? Wer wäre da nicht wütend?"

„Das habe ich nicht gesagt. Ich habe gesagt, dass ..." Stephen schüttelte den Kopf. „Vergiss es." Er drehte sich weg. „Es ist egal. Du hörst mir ja sowieso nicht zu. Ich weiß gar nicht, warum ich mir die Mühe mache."

Während Stephen sich in Bewegung setzte, riet Finns Instinkt ihm, ihn gehen zu lassen. Der Junge benahm sich wie ein verwöhntes Gör. Er hatte einen Anlauf gemacht, um seinen Standpunkt darzulegen. Und weil das nicht funktionierte, gab er sofort auf. So viel zu Dakotas These, dass seine Brüder bereit waren, auf eigenen Beinen zu stehen.

Allerdings sollte er hier der Erwachsene sein.

„Du hättest es mir einfach nur sagen müssen."

Stephen blieb stehen, drehte sich aber nicht um. „Du hättest nicht zugehört. Du hättest mir gesagt, ich soll zusehen, dass ich meinen Hintern aufs College zurückbewege und mich darauf vorbereite, ins Familiengeschäft einzusteigen. Du hast immer gewusst, dass Sasha das nicht will, darum bin nur ich übrig geblieben."

Finn spürte, wie Frustration in ihm aufstieg, aber er ignorierte sie, so gut es ging. Kommuniziere, sagte er sich. Das war der Sinn eines Gesprächs. Nicht, sich anzuschreien. Und nicht, um jeden Preis recht zu behalten.

„Ich möchte nicht, dass du etwas tust, das dich unglücklich macht", erklärte er. „Ich dachte, du studierst Ingenieurwesen, weil es dich interessiert. Nur dachte ich nicht, dass du wirklich als Ingenieur arbeiten willst."

Jetzt drehte Stephen sich um. „Ich habe im ersten Jahr einen Einführungskurs belegt, und der hat mich gefesselt."

Er schob die Hände in die Vordertaschen seiner Jeans. „Verstehe mich nicht falsch, aber ich will nicht du sein. Ich fliege gern. Es macht Spaß und bringt mich schnell an jeden Ort, aber das ist nicht mein Leben. Dass ich nicht in der Firma mitmachen will, bedeutet nicht, dass ich nicht zu schätzen weiß, was du tust. Du hast nach Moms und Dads Tod sehr viel aufgegeben. Du bist immer für uns da gewesen. Ich bin jetzt nur ein paar Jahre jünger, als du zum Zeitpunkt des Unfalls gewesen bist. Und ich kann mir nicht vorstellen, genauso zu handeln wie du damals."

Unbehaglich verlagerte Finn das Gewicht auf den anderen Fuß. „Du hast ja auch keine zwei Brüder, die von dir abhängig sind. Das ändert einiges."

„Du hast dich um mich gekümmert", erwiderte Stephen ernst. „Dafür bin ich, sind *wir* dir unglaublich dankbar." Er schenkte ihm ein halbherziges Lächeln. „Ich vielleicht noch mehr als Sasha."

Finn spürte, wie er seine Schultern entspannte. „Dad wollte, dass das Geschäft in der Familie bleibt. Bill hat mich immer gedrängt, es ihm zu verkaufen, aber das wollte ich wegen euch beiden nicht."

„Ich dachte, du liebst das Fliegen? Ich dachte, die Firma ist dein Ein und Alles."

„Ich liebe es, zu fliegen. In Wahrheit entspricht es nur nicht meiner Vorstellung von schönem Zeitvertreib, Fracht hin und her zu fliegen. Ich will eine Charterfirma gründen und Leute überall hinfliegen. Vielleicht bringe ich auch Kindern das Fliegen bei." Finn atmete tief ein. „Manchmal habe ich schon daran gedacht, irgendwo anders hinzuziehen. Neu anzufangen. Die Welt beginnt und endet nicht in South Salmon."

„Ich wusste nicht, dass dir das bewusst ist."

„Ach, weißt du, ich habe auch meine klaren Momente."

Stephen wurde wieder ernst. „Was in der Show passiert ist, tut mir leid. Wir wussten nicht, dass die Kameras dabei waren. Wir haben uns einfach nur unterhalten."

„Das habe ich mir auch schon zusammengereimt", gab Finn zu. „Ich hätte mir nur gewünscht, dass du vorher zu mir gekommen wärst und es mir gesagt hättest. Das hätte vielleicht einiges verändert."

„Du hast recht. Es tut mir leid."

Die Worte habe ich nicht sehr oft gehört, dachte Finn. Aber es waren die richtigen. „Mir tut es auch leid. Ich wollte dich zu nichts drängen, was du nicht tun willst."

„Danke. Ich schätze, es hat funktioniert. Ich gehe aufs College zurück."

Finn starrte ihn an. „Seit wann das denn?"

„Das war der Anfang meines Gesprächs mit Aurelia." Stephen sah verwirrt aus. „Ich habe gesagt, dass ich aufs College zurückkehren will, und dann haben wir uns über das Ingenieursstudium unterhalten."

„Okay, daran erinnere ich mich."

„Lass mich raten." Stephen verdrehte die Augen. „Du hast den Teil gehört, dass ich nicht in die Firma einsteigen will, und bist wütend geworden. Hast du noch irgendetwas anderes mitbekommen?"

Finn schüttelte den Kopf. „Offensichtlich nicht. Ich schätze, ich hätte besser zuhören sollen."

Stephen schaute wieder unbehaglich drein. „Was Aurelia angeht …", fing er an.

„Ich bin ihr sehr dankbar", unterbrach Finn ihn. „Ich weiß nicht, wie sie es geschafft hat, dich wieder für dein Studium zu begeistern, aber ich bin froh darüber."

„Es ist eher … Du hast recht", gab Stephen zu. „Durch sie habe ich, äh, wirklich die Wichtigkeit eines abgeschlossenen Studiums erkannt."

Da steckte doch noch mehr dahinter. Finn merkte, dass

Stephen entweder etwas verbarg oder versuchte, ihn abzulenken. Er wusste nur nicht, wovon.

Einen Moment lang dachte er darüber nach, die Wahrheit aus ihm herauszubekommen, doch dann entschied er, es gut sein zu lassen. Dakota hatte recht. Seine Brüder waren erwachsen. Sie konnten sich ganz gut selbst um ihr Leben kümmern. Wenigstens würde Stephen aufs College zurückkehren. Finn wusste, dass Sasha nach Los Angeles oder New York ziehen würde. Aber Stephen würde zu Ende bringen, was er angefangen hatte, und das war ein Sieg.

Was als ruhiges Mittagessen mit ihren Schwestern angefangen hatte, entwickelte sich nach und nach zu einem richtigen Hühnertreffen, wie sie es nannten. Es schien, dass jede Frau, die Dakota in der Stadt kannte, heute zum Lunch im „Fox and Hound" auftauchte. Immer mehr Tische wurden in einer Ecke des Restaurants zusammengeschoben; die Touristen saßen in ihren Nischen und beobachteten die laute Truppe.

Dakota saß an einem der eckigen Tische. Alle Aufmerksamkeit war auf sie und Hannah gerichtet. Oder besser gesagt, ausschließlich auf Hannah. Das Baby wurde von Frau zu Frau weitergereicht, geherzt, bestaunt, gewiegt und gedrückt.

„Wenigstens musst du dir keine Sorgen darum machen, die Babypfunde wieder loszuwerden." Während Pia sprach, rutschte sie unruhig auf dem Stuhl hin und her. Sie war im sechsten oder siebten Monat schwanger – mit Zwillingen. Allein sie anzuschauen bereitete Dakota Unbehagen.

„Wie kannst du denn überhaupt schlafen?", fragte sie.

„Nur sehr unruhig. Wenn ich eine bequeme Position finde, schlafe ich sehr gut. Die Schwierigkeit besteht nur eben darin, eine bequeme Position zu finden. Das und mein unglaublicher Hunger sind die größten Probleme. Ich könnte den ganzen Tag nur essen. Was ist das nur mit Schwangerschaft und Heißhungerattacken? Klar, ich esse für drei, aber zwei von denen wiegen weniger als fünf Pfund. Man könnte meinen, ich würde ausgewachsene Footballspieler zur Welt bringen."

„Das ist es wert", sagte Bürgermeisterin Marsha.

„Ich freue mich ja auch auf die Babys", erklärte Pia. „Nur das zusätzliche Gewicht macht mich ein wenig nervös. Ich habe viel gelesen. Angeblich soll Stillen helfen, die Kilos wieder loszuwerden."

„Zwillinge zu stillen ist eine ganz schöne Herausforderung", sagte eine der Frauen lachend. „Aber es wird dir definitiv helfen, Gewicht zu verlieren. Außerdem ist es für die Babys besser. Hat mit dem Immunsystem und einer besseren Mutter-Kind-Bindung zu tun."

„Ich wünschte, Raoul könnte einen Teil des Stillens übernehmen", murmelte Pia.

Dakota grinste bei dem Gedanken, dass der ehemalige Footballspieler ein Baby stillte. „Er kann dich auf andere Weise unterstützen."

„Da gibt er sich jetzt schon große Mühe", gab Pia zu. „Er liebt diese Babys, obwohl sie noch nicht einmal geboren sind."

„Und du liebst ihn", warf Nevada vom anderen Ende des Tisches ein.

Pia lächelte. „Ja, das tue ich. Er ist echt erstaunlich. Ich hatte so ein Glück, dass er sich in mich verliebt hat. Natürlich behaupte ich ihm gegenüber, dass er das Glück gehabt hat, damit er bescheiden bleibt. Ich weiß nur, dass es so schwer wäre, das alles allein durchzumachen."

„Zwillinge sind eine besondere Herausforderung", meinte die Bürgermeisterin. „Trotzdem hättest du ja auch noch uns alle. Genau wie Dakota."

Dakota nickte. „Ich fühle mich tatsächlich nicht allein." Was stimmte. Obwohl es schön wäre, einen Mann zu haben – einen Partner, der da war und einspringen konnte –, wusste sie, dass sie diese Frauen immer um Hilfe bitten und sich auf sie verlassen konnte.

Dennoch verspürte sie einen leichten Anflug von Neid, als sie hörte, wie Pia über Raoul sprach. Die Augen ihrer Freundin leuchteten auf, und sie verzog den Mund zu diesem ganz besonderen Lächeln. Ihre Mutter sah genauso aus, wenn sie über ihren verstorbenen Mann redete. Verliebt zu sein tut einer Frau gut, dachte Dakota sehnsüchtig.

Sie hatte sich immer gesagt, dass sie den einen, den Richtigen, schon irgendwann finden würde. Jetzt war sie sich da nicht mehr so sicher. Hannah war toll; und Dakota war so dankbar, sie zu haben. Das Leben als alleinerziehende Mutter machte es jedoch nicht leichter, sich zu verlieben.

Hätte sie in diesem Moment ihr Baby in den Armen gehalten, hätte sie ihm zugeflüstert, dass es das mehr als wert war. Doch Hannah saß gerade auf der anderen Seite des Tisches auf dem Schoß von Gladys, einer der älteren Ladys aus der Stadt.

„Also, verhindert Stillen nun, dass man wieder schwanger wird, oder nicht?", fragte Pia.

„Ich glaube schon", erwiderte Denise und senkte den Blick. „Oder ist es nicht das Stillen? Es ist bei mir schon zu lange her, und tragischerweise hatte ich schon lange keinen Sex mehr."

„Wem sagst du das", pflichtete Gladys ihr bei und reichte Hannah widerstrebend Alice Barns, der Polizeichefin. „Sicher gibt es inzwischen mehr Männer als vorher, aber die sind alle zu jung. Wie wäre es, wenn mal ein paar ältere hergebracht würden?" Sie grinste. „Aber sie sollen bitte auch nicht zu alt sein."

Alle lachten.

„Ich weiß noch, dass man nach der Geburt eine ganze Weile seine Periode nicht bekommt", sagte Denise. „Aber ich glaube auch, dass man schon wieder schwanger werden kann, bevor sie erneut einsetzt. Mir war immer so, als wenn wenigstens einer meiner Jungs das Resultat mangelnden Wissens gewesen ist." Sie lachte leise. „Nicht, dass ich mich beschweren will."

„Über die Jungs oder über den Sex?", fragte Gladys.

„Beides."

Dakota lehnte sich in ihrem Stuhl zurück und genoss es, mit den Frauen zusammen zu sein, die ihr am Herzen lagen. Diese Stadt war ganz besonders. Was immer auch passierte, hier fand man Rückhalt und Verständnis. Sie musste sich nur die eigene Situation vor Augen führen. Alle waren für sie da gewesen, als sie Hannah adoptiert hatte. Und wenn sie sich entschieden hätte, auf die altmodische Art alleinerziehende Mutter zu werden, hätten die anderen Frauen sie auch unterstützt.

Aber dass das passiert, ist ja nun mal sehr unwahrscheinlich, rief sie sich in Erinnerung. Eins zu hundert. Die Chancen könnten genauso gut eins zu einer Million stehen. Wenn sie jemals schwanger würde, sollte sie noch am gleichen Tag ein Lotterielos kaufen. Es war absolut unwahrscheinlich ...

Dakota atmete scharf ein. Alles in ihr schien zu erstarren, als ihr mit einem Mal bewusst wurde, dass sie schon eine ganze Zeit keine Periode mehr gehabt hatte. Ganz sicher nicht, seit Hannah da war. Und auch davor war es schon eine Weile her ...

Gedanken wirbelten durch ihren Kopf, während sie versuchte, herauszufinden, was los war. Die offensichtliche Antwort lautete, sie war schwanger – aber das konnte nicht sein. Ihre Ärztin hatte da keine Fragen offen gelassen. Sie hatte immer noch im Ohr, wie Dr. Galloway die schlechte Nachricht verkündet hatte.

„Es ist sehr unwahrscheinlich, dass Sie jemals auf übliche Weise schwanger werden. Ich will nicht sagen, dass es unmöglich ist, aber statistisch gesehen wird es nicht passieren."

Dakota legte sich die Hand auf den Bauch und fragte sich, was, um Himmels willen, passieren würde, wenn sich ihre Ärztin geirrt hatte.

16. Kapitel

„Ich verstehe das nicht", murmelte Dakota nun schon zum siebten Mal. „Ich kann nicht schwanger sein. Das geht nicht. Das ist angeblich unmöglich."

Dr. Galloway war eine ältere Frau mit einem praktischen Haarschnitt und einem freundlichen Lächeln. Sie tätschelte ihr das Bein, während sie Dakota half, sich wieder hinzusetzen.

„Ich würde sagen, es ist ein Wunder", sagte sie. „Oder sind das keine guten Neuigkeiten?"

Dakota atmete tief ein und versuchte, ihre durcheinanderwirbelnden Gedanken zu ordnen. Der Schwangerschaftstest, den sie am Vorabend zu Hause gemacht hatte, hatte ihre Vermutung bestätigt. In die nächste Stadt zu fahren, um ihn unerkannt zu kaufen, hatte länger gedauert, als auf das Ergebnis zu warten. Dakota hatte anschließend zu Hause mit ihrer Tochter gespielt, dabei ständig auf die Uhr geschaut und schließlich die eindeutige Nachricht gelesen.

Schwanger.

Ein einziges Wort, das schwer misszuverstehen war, obwohl sie größte Schwierigkeiten hatte, die Bedeutung zu verstehen. Schwanger? Unmöglich. Und doch war sie es.

„Es sind gute Neuigkeiten", bekräftigte sie zögernd. „Natürlich will ich mehrere Kinder." Hannah und ihr Geschwisterchen stünden sich altersmäßig sehr nahe. „Ich habe nur nicht gedacht ..."

„Sie haben nicht gedacht, dass es wirklich passieren könnte", beendete Dr. Galloway den Satz für sie. „So ist das Leben. Ich habe das in meiner Praxis schon oft erlebt. Eigentlich müsste ich Sie ja ausschimpfen, junge Lady, dass Sie kein Kondom benutzt haben. Schwangerschaftsverhütung ist nicht der einzige Grund, aus dem man sich schützen sollte."

„Da haben Sie natürlich recht." Dakota hätte am liebsten geschrien – nicht weil die Neuigkeiten sie so sehr entsetzten, sondern mehr, weil ihr das Gespräch so surreal erschien. „Sind Sie wirklich sicher?"

„Ich werde noch einen Bluttest zur Bestätigung machen, aber ich bin mir sicher. Anhand der Untersuchung würde ich sagen, Sie sind ungefähr in der sechsten Woche."

Dakota öffnete den Mund und schloss ihn wieder. In der sechsten Woche? Demnach war sie gleich beim ersten Mal mit Finn schwanger geworden. Sie waren so verrückt nacheinander gewesen, hatten sich in ihrer Leidenschaft verloren ... Wenn es überhaupt ein Ereignis gegeben hatte, das alle Wahrscheinlichkeiten auf den Kopf stellen konnte, dann jener erste Abend.

„Ich stehe unter Schock." Sie schüttelte den Kopf und fragte sich, ob sie sich jemals wieder normal fühlen würde. „Ich habe nicht geglaubt, dass das passieren kann. Ich war fest überzeugt, ich könnte höchstens mit medizinischer Hilfe schwanger werden."

„Das dachte ich auch. Als ich gesagt habe, es wäre sehr unwahrscheinlich, dass Sie auf natürlichem Wege ein Kind empfangen, war das noch sehr positiv formuliert. Ich dachte nämlich, es wäre vollkommen unmöglich. Ja, es gab eine verschwindend geringe Chance, aber ich hätte nie vermutet, dass der Fall eintritt." Sie lächelte. „Ihr Galan muss beeindruckende Spermien haben."

„Sieht so aus." Dakota schaute sie an. „Ich habe gerade ein Mädchen adoptiert. Sie ist sechs Monate alt."

„Das sind doch hervorragende Neuigkeiten! Ich freue mich für Sie. Ich war schon immer der Meinung, Geschwister sollten vom Alter her nicht zu weit auseinander sein. Für die

Eltern ist das schwieriger, aber für die Kinder ist es besser."
Dr. Galloway notierte sich etwas auf ihrem Block. „Was ist mit dem Vater?"

„Ich habe keine Ahnung, was er davon halten wird", antwortete Dakota ehrlich. Sie fragte sich, ob das Gefühl in ihrem Magen auf Nervosität, Panik oder auf Hormone zurückzuführen war. „Finn möchte sich nicht ernsthaft binden oder mehr Verantwortung übernehmen." Er hatte seine Brüder beinah auf den richtigen Weg gebracht. Ein Baby – er würde total durchdrehen.

„So reden Männer vorher oft, aber wenn sie sich dann mit einem eigenen Kind konfrontiert sehen, ändern sie ihre Meinung meist ganz schnell. Sie werden es ihm doch hoffentlich sagen?"

„Ja." Irgendwann. Erst einmal musste sie die Information selbst verdauen.

Sogar jetzt, im Behandlungszimmer der Ärztin, von der Hüfte abwärts nackt, nachdem sie eine Urinprobe abgegeben und sich hatte untersuchen lassen, kam ihr das alles noch irreal vor. Sie konnte das Wort *schwanger* zwar aussprechen, aber sie fühlte es nicht in ihrem Herzen.

Dr. Galloway öffnete eine Schublade und nahm mehrere Broschüren heraus. „Ein paar Informationen für den Anfang. Lassen Sie sich vorne ein paar Proben der pränatalen Vitamine mitgeben und das Rezept, das ich Ihnen ausdrucken lasse." Sie erhob sich. „Sie sind eine gesunde junge Frau. Es hat nie ein Zweifel daran bestanden, dass Sie ein Kind austragen könnten. Und jetzt, da Sie auch das Problem der Empfängnis überwunden haben, werden wir alles tun, was wir können, damit Ihre Schwangerschaft so angenehm wie möglich verläuft. Genießen Sie dieses Glück, Dakota."

„Das werde ich."

Sie wartete, bis die Ärztin das Zimmer verlassen hatte, bevor sie aufstand und nach ihrer Kleidung griff. Die Broschüren legte sie auf den Untersuchungsstuhl und zog sich ihren Slip an. Als sie die Jeans hochhob, fiel ihr Blick auf die Zeichnung einer schwangeren Frau. Die Seitenansicht zeigte, wie ein Baby kurz vor der Geburt im Körper lag.

Während sie das schlichte Bild betrachtete, berührte Dakota ihren immer noch flachen Bauch. Ihr Herz fing an, schneller zu schlagen, der Atem stockte ihr in der Kehle.

Sie war schwanger! Nach all der Trauer und dem Herzschmerz, nachdem sie gedacht hatte, von einem Makel behaftet zu sein und nie wie andere Frauen sein zu können, war sie schwanger.

Jetzt stand sie mitten im Untersuchungszimmer und lachte. Tränen brannten ihr in den Augen.

„Freudentränen", flüsterte sie. „Freudige Freudentränen."

Schnell zog sie sich an. Mit einem Mal konnte sie gar nicht mehr erwarten, es ihrer Mutter zu erzählen, die gerade auf Hannah aufpasste. Denise wäre begeistert. Dakota klammerte sich an das Glücksgefühl und wusste, dass sie später sicher noch einen Panikanfall bekommen würde, wenn sie sich bewusst machte, bald zweifache alleinerziehende Mutter zu sein.

Würde sie das schaffen? Konnte sie das schaffen? Hatte sie eine Wahl?

Es gab so viel zu überlegen, zu bedenken. Sie musste am Flughafen vorbeifahren und …

Und was? Es Finn erzählen?

Seufzend ließ sie sich auf die Kante des Untersuchungsstuhls sinken und schüttelte den Kopf. Für ihn sind das keine guten Neuigkeiten, dachte sie traurig. Auf gar keinen Fall würde er die Verantwortung für ein Baby übernehmen wollen.

Sicher, er kümmerte sich liebevoll um Hannah und unterstützte sie, wo er nur konnte. Jedoch alles im Rahmen einer vorübergehenden „Onkel"-Rolle. Er genoss die Zeit mit der Kleinen. Aber nur weil er Kinder mochte, hieß das nicht, dass er auch Vater sein wollte.

Finn hatte von der ersten Sekunde ihrer Bekanntschaft an keinen Zweifel daran gelassen, was er wollte. Er hatte nie vorgegeben, an etwas anderem interessiert zu sein als daran, die Stadt so schnell wie möglich wieder zu verlassen. Wenn sie mehr wollte, machte sie sich nur etwas vor.

Unvermittelt kam ihr der Name der Fernsehsendung in den Sinn. *Wahre Liebe für Fool's Gold.*

Sie wusste, dass sie wahre Liebe wollte. Das war leicht. Sie zu finden war schon schwieriger. Und was Fool's Gold anging – hier hatte sie zwar die Liebe gefunden, aber sie würde nicht hierbleiben, sondern zurück nach Alaska gehen.

Finn war ein toller Mann. Deshalb lief sie ohnehin Gefahr, ihr Herz an ihn zu verlieren. Und ihr war nur allzu bewusst, dass er ehrlich gewesen war, als er gesagt hatte, er würde nicht bleiben. Das hatte er auch so gemeint. Was sie jetzt natürlich in ein unangenehmes Dilemma stürzte.

Wie und wann sollte sie Finn erzählen, dass sie schwanger war?

Sie glaubte nicht, dass er es für einen Manipulationsversuch halten würde, mit dem sie ihn zum Bleiben bewegen wollte. Zumindest würde er das nicht annehmen, wenn er Zeit hatte, darüber nachzudenken. Überraschen würde es sie allerdings nicht, wenn seine erste Reaktion in diese Richtung ginge. Also musste sie darauf vorbereitet sein.

Dann war da die Frage nach dem geteilten Sorgerecht. Wollte er überhaupt etwas mit dem Kind zu tun haben? Und wenn ja, wie würden sie das regeln? Würde er ab und zu von South Salmon hierherfliegen? Was wäre im Winter, wenn der kleine Ort quasi von der Welt abgeschnitten war? Und was würde später passieren, falls einer von ihnen oder beide sich in jemand anderen verliebten? Für sich konnte Dakota sich das zwar nicht vorstellen, aber Finn war ein Mann, den nahezu jede Frau haben wollte.

Das sind eindeutig zu viele Fragen. Sie stand auf und nahm einen reinigenden Atemzug. Sie musste heute nicht alle Antworten finden. Sie war in der sechsten Woche schwanger. Das bedeutete, sie hatte noch mehrere Monate, bevor eine Entscheidung gefällt werden musste. Sie konnte sich Zeit lassen und in Ruhe überlegen, wie sie es Finn am besten beibrachte. Was seine Beteiligung an der Erziehung ihres Kindes anging – wenn sie die Erziehung allein übernehmen musste, würde sie es tun. Sie hatte vielleicht keinen Lebenspartner, aber eine großartige Familie und eine Stadt, in der sie geliebt wurde.

Praktische Worte, dachte sie auf dem Weg zur Anmeldung, wo sie die Proben und das Rezept einsteckte. Worte, durch die sie sich stärker und besser fühlen sollte. Stattdessen war in ihr nur eine Leere, ein Gefühl der Sehnsucht nach dem einen, was sie nicht haben konnte.

Sehnsucht nach Finn.

Sasha lehnte sich auf der Bank zurück. „Ich hätte gedacht, dass mich inzwischen schon ein Agent angerufen haben müsste", grummelte er. „Was, wenn keiner von ihnen die Sendung guckt?"

Lani saß vor ihm auf dem Rasen. Sie schaute auf und lächelte. „Sie gucken."

„Das kannst du doch gar nicht wissen."

Meistens mochte Sasha Lani. Er verstand sich gut mir ihr, und weil keiner von ihnen mit dem anderen schlafen wollte, herrschte auch keine unangenehme Spannung zwischen ihnen. Sie war für ihn wie eine Schwester.

Aber manchmal brachte sie ihn wirklich auf die Palme. Vor allem wenn sie so tat, als wüsste sie alles übers Fernsehgeschäft und er gar nichts. Gut, vielleicht war er nicht zur Pilotsaison in Los Angeles gewesen. Das hieß doch aber nicht, dass er sich nicht informierte, indem er las und mit verschiedenen Leuten sprach. Er hatte sich im Internet sehr schlau gemacht.

Lani drehte sich auf den Bauch. Ihr langes dunkles, lockiges

Haar strich über das Gras. Sie ist wirklich schön, dachte er, aber überhaupt nicht mein Typ.

„Ich habe es dir doch erzählt", erklärte sie selbstgefällig. „Ich habe den besten Agenten in L. A. Nachrichten zukommen lassen. Also ihren Assistenten. Und vorgeschlagen, dass sie uns anschauen."

Das hatte er ganz vergessen. „Aber du weißt nicht, ob sie das auch tun."

Sie verdrehte die Augen. „Sei nicht so pessimistisch. Du musst einfach darauf vertrauen! Du musst dir alles, was du willst, bis ins kleinste Detail vorstellen und dann daran arbeiten, es Wirklichkeit werden zu lassen. So werden wir zu Stars. Meinst du etwa, mir gefällt es, in dieser dummen Show mitzumachen? Es ist ein fabelhaftes Konzept, aber Geoff nervt einfach nur. Er hat keine Visionen. Und trotzdem bringt die Sendung mich zu den Leuten nach Hause. Ich werde gesehen. Deshalb bin ich hier."

Lani ist sich ihrer so sicher, dachte Sasha. Sie hatte einen Plan. Er hatte nur einen Traum und den dringenden Wunsch, South Salmon hinter sich zu lassen. Das war der Unterschied zwischen ihnen, wie er jetzt erkannte. Anstatt sich über sie zu beklagen, sollte er versuchen, so viel wie möglich von ihr zu lernen.

„Also, was machen wir nun?", fragte er.

„Schließ deine Augen."

Er schaute sie an. „Äh, nein."

Sie richtete sich auf und kniete sich vor ihn. „Ich mache nichts Schlimmes. Vertrau mir. Jetzt schließ die Augen und fang an, ganz tief in deinen Bauch zu atmen."

Schicksalsergeben lehnte er sich auf der Bank zurück, schloss die Augen und konzentrierte sich darauf, ruhig und tief zu atmen. Er spürte, wie er langsam anfing, sich zu entspannen.

„Okay. Jetzt stell dir dein Traumhaus in L. A. vor. Es liegt direkt am Strand, oder?"

„Ja, in Malibu." Er lächelte, hielt die Augen jedoch immer noch geschlossen. „Ich kann das Meer sehen." Was er wirklich vor seinem inneren Auge sah, waren Mädchen in Bikinis, aber das sagte er Lani nicht. „Und ich weiß, wie man visualisiert."

„Du weißt, wie man tagträumt", korrigierte sie ihn. „Das ist was anderes."

Er wollte ihr widersprechen, erinnerte sich aber daran, dass es für sie hier kein Spiel, sondern Ernst war.

„Okay", gab er also nach. „Mach weiter!"

„Jetzt stell dir vor, von dem Holzdeck deines Hauses führen Stufen hinunter zum Strand. Zehn Stufen. Sie sind aus Holz. Du bist barfuß. Es ist ein warmer, sonniger Tag. Du fühlst das Treppengeländer unter deiner Hand und das hölzerne Deck unter deinen Füßen. Es weht ein leichter Wind."

Sasha war überrascht, dass er die Veranda tatsächlich spüren konnte. Das Holz war weich und von der Sonne ganz warm. Er fühlte fast schon Sand zwischen seinen Zehen. Die leichte Brise strich ihm übers Gesicht. Er spürte, wie sich seine Haare bewegten.

„Jetzt stell dir vor, dass du die Stufen hinuntergehst." Sie sprach mit tiefer, beruhigender Stimme. „Du kommst dem Strand immer näher. Du riechst das Meer und hörst das Rauschen der Wellen. Du siehst Leute am Strand." Sie lachte. „Nee, anders. Du siehst Mädchen am Strand."

„Vielleicht nur ein paar", erwiderte er und lachte leise. „Okay. Ich gehe die Stufen hinunter."

„Geh langsam", sagte sie. „Stell dir alles ganz genau vor. Das Geländer. Vergiss das nicht. Du gehst immer weiter hinunter. Nur noch eine Stufe, dann bist du am Strand. Bleib auf dieser letzten Stufe stehen. Kannst du dich dort sehen?"

Er nickte. Er sah nicht nur alles, er fühlte es auch. Der Moment war so real, dass er das Salz auf seinen Lippen schmeckte.

„Jetzt betritt den Sand", fuhr sie fort. „Fühl, wie warm er ist. Er hat genau die richtige Temperatur. Nicht zu heiß, aber an der Oberfläche warm und weiter unten ein wenig kühler. Drei der Mädchen sehen dich. Sie flüstern miteinander und kommen dann auf dich zugelaufen. Sie wissen genau, wer du bist, und sind total aufgeregt, dich zu treffen, denn du spielst in ihrer Lieblingssendung mit. Eine von ihnen hat ein *People Magazine* in der Hand – und du bist auf dem Cover."

Sasha grinste. Alles hieran war echt, bis zum Foto auf der Titelseite. Er kniff die geschlossenen Augen zusammen und lachte dann. Da stand es in dicken Lettern: *Sexiest Man Alive*.

Er öffnete die Augen und schaute Lani an. „Das war super. Wie machst du das? Ich will mehr davon."

„Du bist so ein Baby. Warum visualisierst du nicht jeden Tag? Das ist die beste Methode, um zu bekommen, was du willst. Klar, man muss auch dafür arbeiten, aber es hilft dir, zur rechten Zeit am rechten Ort zu sein. Wenn du visualisierst und übst, bereitest du dich auf den Erfolg vor. Ich visualisiere seit meinem vierzehnten Lebensjahr, wie ich den Oscar gewinne."

Sie stand auf und setzte sich neben ihn auf die Bank. „Ich kenne niemanden in diesem Geschäft. Ich habe weder viel Erfahrung noch Freunde, die ich fragen kann. Ich mache das alles ganz allein. Durch das Visualisieren mache ich es real. So komme ich durch den Tag. Wenn du etwas willst, Sasha, musst du an dich glauben. Denn die meiste Zeit über wird es kein anderer tun."

„Ich verstehe. Ich muss mir darüber klar werden, was ich will, und mir dann vorstellen, es wäre alles schon passiert."

„Ja. Aber tu es jeden Tag. Das macht es erst richtig wirkungsvoll." Sie seufzte. „Ich habe mir vorgestellt, in einer Realityshow mitzumachen. Ich hätte etwas spezifischer sein sollen. Mir will keiner verraten, wie die Einschaltquoten aussehen. Hast du irgendwas darüber gehört?"

„Wovon redest du da?"

Sie stöhnte. „Davon, wie sich die Show macht. Stimmen die

Einschaltquoten? Sind die Werbekunden mit der Zielgruppe zufrieden? Solche Informationen sind wichtig. Wir wollen ja, dass die Show ein Erfolg wird."

„Was macht es schon, wenn sie es nicht wird? Wir sind dann doch schon lange weg."

„Es ist wichtig. Denn wenn wir es in unseren Lebenslauf schreiben, sollte schon mal irgendjemand von der Sendung gehört haben. Es nützt gar nichts, sich als Hauptdarsteller einer Show anzupreisen, die niemand gesehen hat." Sie schaut ihn an. „Du machst mich echt verrückt, aber im positiven Sinn."

„Das ist Teil meines Charmes", erwiderte er grinsend.

„So toll bist du nun auch wieder nicht." Sie schaut an ihm vorbei. „Nach allem, was wir bisher wissen, kann es gut sein, dass die Kameraleute uns gefolgt sind. Wir sollten ein wenig herummachen – nur für den Fall."

Obwohl es zwischen ihnen nicht knisterte, war es nie verkehrt, ein hübsches Mädchen zu küssen. Doch anstatt sich zu sagen, dass er sie begehrte, ertappte Sasha sich dabei, wie er an ihre Lektion über das Visualisieren dachte. Er würde damit sofort anfangen. Das Erste, was er visualisieren würde, war, wie sein großer Bruder in ein Flugzeug nach Alaska stieg und ihn endlich in Ruhe ließ.

Finn nahm seine beiden Einkaufstüten und verließ den Supermarkt. Er war kaum auf dem Bürgersteig angekommen, da hielt ihn eine große, ältere Frau auf.

„Sie sind der Mann", sagte sie und musterte ihn. „Derjenige, der sich mit Dakota trifft."

Er war nicht sicher, ob das eine Feststellung oder eine Frage war. Aber egal wie, seiner Ansicht nach ging es sie nichts an. Allerdings war er hier in Fool's Gold, und er hatte gelernt, dass die Menschen sich hier einmischten, ob man es nun wollte oder nicht.

„Ich kenne Dakota", gab er zu.

„Wie geht es ihr? Das Baby ist so süß. Hannah heißt sie, oder?"

„Äh, ja." Finn wollte gern fragen, warum sie ihn überhaupt angesprochen hatte, aber er wusste, dass das hier nicht funktionierte. Diese Fremde würde ihm sagen, was sie von ihm wollte, sobald sie dazu bereit war – und keine Sekunde eher. Sein Job war es, abzuwarten und zuzuhören.

„Wissen Sie, ob sie immer noch so viel Essen in der Tiefkühltruhe hat?", fragte die Frau. „Ich warte immer lieber, bevor ich einen Auflauf vorbeibringe. Wenn eine Familienkrise eintritt, eilen am Anfang immer alle hin und bringen Essen, das dann eingefroren werden muss. Aufgewärmt schmeckt es aber nie so gut wie frisch. Ich denke, wir sollten uns für solche Fälle einen Plan machen. Die Leute könnten sich dann eintragen und das Essen an mehreren Tagen hintereinander bringen anstatt alles auf einmal. Aber mir hört ja keiner zu. Also mache ich es selber. Ich warte ein paar Wochen und bringe dann Essen vorbei. Also wissen Sie nun, ob sie noch genug hat?"

„Olivia."

Finn drehte sich um und sah Denise, Dakotas Mutter, näher kommen. Ihr Lächeln wirkte eher amüsiert als freundlich, so als wüsste sie, dass er in der Falle saß und es allein in ihrer Macht stand, ihm da herauszuhelfen – oder auch nicht. Da sie ihn halb nackt im Haus ihrer Tochter vorgefunden hatte, verstand er ihren Wunsch, ihn ein wenig leiden zu sehen. Er hoffte nur, dass am Ende ihr gutes Herz siegen und sie ihn befreien würde.

„Hallo, Denise", sagte die ältere Frau. „Ich habe gerade mit Dakotas jungem Mann hier gesprochen, um herauszufinden, ob ich ihr einen Auflauf vorbeibringen soll."

„Olivia ist für ihre Aufläufe bekannt", erklärte Denise dem verzweifelten Finn. „Sie stammt ebenfalls aus einer der Gründerfamilien von Fool's Gold. Olivia, das hier ist Finn."

„Wir haben uns schon kennengelernt", erwiderte sie. „Er spricht nicht viel, oder? Das kann ich respektieren. Ich ziehe auch die ruhigen Männer vor. Ich nehme an, dass er andere Eigenschaften hat, die ihn auszeichnen."

Finn konnte sich nicht erinnern, wann er das letzte Mal befürchtet hatte zu erröten. Vermutlich irgendwann in seinen Teenagerjahren. Und nun stand er hier auf einer Straße in Fool's Gold und versuchte, nicht rot zu werden.

Denises braune Augen funkelten vor Vergnügen. „Ich bin sicher, die hat er. Nicht, dass Dakota mit mir darüber sprechen würde. Da müsstest du wohl eher eine ihrer Schwestern fragen."

Finn hätte sich beinah verschluckt und fing an, sich vorsichtig zurückzuziehen. Denise packte ihn jedoch am Arm und hielt ihn fest.

„Vielleicht mache ich das", sagte Olivia. „In der Zwischenzeit würde ich ihr einen Auflauf vorbeibringen, wenn du meinst, dass sie sich darüber freut."

„Oh, sicher", antwortete Denise. „Und du hättest sicher deinen Spaß daran, Hannah kennenzulernen. Sie ist einfach wundervoll. Ein entzückendes kleines Mädchen. Sie war sehr klein für ihr Alter, als Dakota sie bekommen hat, aber inzwischen ist sie ordentlich gewachsen. Dakota hat sie inzwischen auch schon auf feste Nahrung umgestellt."

„Ich erinnere mich noch, was das immer für eine Schweinerei war", erwiderte Olivia lächelnd. „Okay, danke für die Information. Wenn du Dakota triffst, sag ihr doch bitte, dass ich später bei ihr vorbeikomme."

„Das mache ich", versprach Denise. Sie wartete, bis Olivia gegangen war, dann wandte sie sich an Finn. „Ich war nicht sicher, ob du das alleine schaffen würdest."

„Ich respektiere Ihren Wunsch, mich leiden zu sehen."

„Das ist das Vorrecht einer Mutter. Aber so schlimm war es doch gar nicht. Die meisten Leute in der Stadt sind nett, wenn auch ein wenig neugierig." Das Funkeln war in ihre Augen zurückgekehrt.

Er ertappte sich dabei, dass er lächelte. „Hier müssen die Menschen offensichtlich nicht viel allein durchstehen."

Sie nahm ihm eine der Tüten ab, und gemeinsam gingen sie in Richtung seines gemieteten Zimmers.

„Wir glauben nicht an Autarkie", erklärte sie. „Aber du bist selber in einem kleinen Dorf aufgewachsen, du kennst das sicher."

„Ja, wir sind auch immer da, wenn ein Nachbar Hilfe braucht. Im Großen und Ganzen wird jedoch erwartet, dass man allein zurechtkommt."

„Nach der Geburt der Mädchen gab es einige Komplikationen." Denise schüttelte den Kopf. „Ich war sehr krank. Ich kann mich nicht mehr an viel erinnern. Ralph, mein Mann, wollte mich nicht allein im Krankenhaus lassen. Aber wir hatten drei kleine Jungen zu Hause und eine Firma. Ganz zu schweigen von den Babydrillingen. Außerdem war Weihnachten. Das war eine sehr anstrengende Zeit. Als ich endlich nach Hause durfte, war ich noch sehr schwach. Es dauerte einige Monate, bis ich mich erholt hatte. Die Frauen aus der Stadt haben sich um uns gekümmert. In den ersten sechs Monaten war wirklich täglich jemand bei uns im Haus. Ich glaube, die erste Windel habe ich bei den Mädchen gewechselt, als sie drei Monate alt waren."

„Beeindruckend."

„Ich will nur, dass du weißt, wie wir uns um unsere Leute kümmern. Wenn du dich entscheidest hierzubleiben, wirst du einer von uns, und wir werden uns auch um dich kümmern."

„Um mich muss man sich nicht groß kümmern."

„Ich bin mir sicher, dass das stimmt. Ich wollte nur, dass du weißt, wie es sein würde. Aber nach allem, was mir meine Tochter so erzählt, denkst du ja sowieso nicht daran, hierzubleiben."

Er schaute sie an und fragte sich, was als Nächstes kommen würde. Er war nicht sicher, was Denise von ihm hielt oder was für einen Mann sie sich für ihre Tochter wünschte. Wollte sie, dass er blieb? Oder wäre es ihr lieber, wenn er so schnell wie möglich abreiste?

„Ich bin nicht auf der Suche nach noch mehr Verantwortung in meinem Leben", gab er zu. Die Wahrheit mochte ihr nicht gefallen, aber er würde nicht lügen, um sie glücklich zu machen. „Dakota ist allerdings etwas ganz Besonderes. Ich mag sie sehr."

„Nur nicht genug, um zu bleiben." Das war keine Frage. „Mach dir keine Sorgen. Wenn du bleiben willst, wäre das toll. Wenn nicht, wird sie damit auch zurechtkommen."

Sie gab ihm die Erlaubnis zu gehen. Es würde keine Schuldgefühle oder Spiele geben. Auf gewisse Art war das perfekt. Nur, warum fühlte er sich dann nicht besser?

Sie hatten sein Motel erreicht. Finn kam es merkwürdig vor, sie hereinzubitten, aber vor der Tür zu stehen war auch blöd. Denise löste das Problem, indem sie ihm die Einkaufstüte zurückgab, die sie ihm abgenommen hatte.

„Ich hoffe, du findest, wonach du suchst."

„Wie kommen Sie darauf, dass ich etwas suche?", fragte er.

„Du siehst nicht sehr glücklich aus." Sie milderte ihre Bemerkung mit einem Lächeln ab.

Dann drehte sie sich um und ging. Finn sah ihr hinterher, bevor er sein kleines Zimmer betrat und die Tür hinter sich schloss. Nachdem er die Lebensmittel in den kleinen Kühlschrank geräumt hatte, ging er rastlos auf und ab.

Er wäre Denise am liebsten hinterhergelaufen und hätte ihr gesagt, dass sie falsch lag. Natürlich war er glücklich. Er hatte die letzten acht Jahre damit zugebracht, seine Brüder aufzuziehen, und jetzt war seine Aufgabe endlich erledigt. Er konnte mit gutem Gewissen nach Hause gehen und sicher sein, dass sie sich in der Welt behaupten würden. Warum, zum Teufel, sollte er also nicht glücklich sein?

Er warf sich aufs Bett und starrte an die Decke. Wem machte er hier was vor? Er war nicht glücklich. Und zwar schon seit Langem nicht mehr. Gern hätte er seinen Brüdern die Schuld dafür gegeben, aber er wusste, dass mehr dahintersteckte. Es lag an ihm.

Es wäre nur logisch, den nächsten Schritt zu tun, dachte er. Wenn ich nur wüsste, welcher das ist!

Sein Handy klingelte und bewahrte ihn damit vor weiteren schmerzhaften Selbsterkenntnissen.

„Hier ist Geoff", sagte eine ihm vertraute grimmige Stimme. „Du solltest dir heute Abend die Sendung anschauen. Was du da siehst, wird dich bestimmt freuen."

„Nicht, wenn Sasha wieder mit Feuer spielt", gab Finn zurück.

„Es ist besser als Feuer", erwiderte Geoff. „Du solltest es auf keinen Fall verpassen."

17. Kapitel

Obwohl Dakota die meisten Folgen von *Wahre Liebe für Fool's Gold* mit Finn zusammen gesehen hatte, war es an diesem Abend anders als bisher. Während er mit Hannah auf der Brust gemütlich auf der Couch lag, fühlte Dakota sich unruhig und angespannt. Ohne Zweifel lag das an dem Geheimnis, das sie hütete. Schwanger zu sein konnte die Welt einer Frau ganz schön auf den Kopf stellen. Dakota fand allein den Gedanken, ein Baby zu bekommen, aufregend. Noch vor zwei Monaten hatte sie geglaubt, nie eine eigene Familie zu haben. Und jetzt hatte sie eine wunderschöne Tochter, zudem war ein weiteres Kind auf dem Weg. Das war wahrlich aus dem Vollen schöpfen.

Aber jede Medaille hatte zwei Seiten. In diesem Fall war die Kehrseite, dass sie Finn seine Vaterschaft gestehen musste. Das fiel ihr umso schwerer, als sie wusste, wie wenig er sich ein Baby wünschte.

„Habe ich schon mal erwähnt, dass Geoff nicht unbedingt zu meinen besten Freunden gehört?", fragte Finn. „Er hat mich extra angerufen, um mir zu sagen, dass ich die heutige Folge anschauen muss, aber bisher ist noch nichts Aufregendes passiert. Oder vielleicht empfinde ich das nur so?" Er schaute sie an. „Gehöre ich vielleicht nicht zur Zielgruppe?"

Dakota brauchte einen Moment, um zu verstehen, wovon er sprach. „Ich habe gehört, dass die Einschaltquoten nicht sonderlich gut sind. Karen hat mir erzählt, dass die Zahlen Geoff ganz schön ins Schwitzen gebracht haben. Ich denke, das liegt am Konzept der Sendung. Ich bin echt ein großer Freund von Realityshows, aber die hier ergibt keinen Sinn.

Wir wollen alle gerne sehen, wie Leute sich verlieben, hier wirkt nur leider alles gestellt."

Er hob die Augenbrauen. „Ich will nicht sehen, wie Leute sich verlieben."

Sie lächelte. „Okay. Ist wohl eine Mädchensache. Vor einer Weile haben sich zwei Teilnehmer von *The Biggest Loser* verliebt. Das war einfach toll. Meine Schwester und ich haben uns deswegen ständig angerufen."

„Aber du kennst die doch gar nicht. Warum interessiert es dich, wenn sie sich verlieben?"

„Einfach so. Es ist schön, Verliebten zuzusehen. Das ist ja auch das, was diese Show interessant machen soll. Aber scheinbar liegt da genau das Problem – es verliebt sich keiner."

Sie schaute zum Fernseher und sah Sasha und Lani. „Da sind sie ja!"

Finn richtete seine Aufmerksamkeit wieder auf die Sendung, während Dakota sich dabei ertappte, dass sie eher Finn als die beiden auf dem Bildschirm beobachtete. Er war ein toller Mann. Nett und verantwortungsvoll. Außerdem war er fabelhaft im Bett, aber das sollte nicht so wichtig sein. Sie lächelte. War es aber.

In einer Hand hielt er die Fernbedienung und erhöhte die Lautstärke, während er die andere auf Hannahs Rücken liegen ließ. Das Baby schlief, den Kopf an seine Schulter gelehnt, die Nase an seinen Hals gedrückt. Bei dem Anblick wäre auch der unsensibelsten Frau das Herz schwer geworden, und sie wäre dahingeschmolzen. Dakota wusste jedenfalls nicht, wie sie widerstehen sollte.

„Das ist interessant", sagte Finn.

Dakota schaute zum Fernseher. Sasha und Lani waren im Park. Sasha saß auf der Bank und Lani vor ihm im Gras. Sie waren in ein Gespräch vertieft.

„Du bist so ein Baby. Warum visualisierst du nicht jeden Tag? Das ist die beste Methode, um zu bekommen, was du willst. Klar, man muss auch dafür arbeiten, aber es hilft dir, zur rechten Zeit am rechten Ort zu sein. Wenn du visualisierst und übst, bereitest du dich auf den Erfolg vor. Ich visualisiere seit meinem vierzehnten Lebensjahr, wie ich den Oscar gewinne."

Sie stand auf und setzte sich neben ihn auf die Bank. „Ich kenne niemanden in diesem Geschäft. Ich habe weder viel Erfahrung noch Freunde, die ich fragen kann. Ich mache das alles ganz allein. Durch das Visualisieren mache ich es real. So komme ich durch den Tag. Wenn du etwas willst, Sasha, musst du an dich glauben. Denn die meiste Zeit über wird es kein anderer tun." Sie seufzte. „Ich habe mir vorgestellt, in einer Realityshow mitzumachen. Ich hätte etwas spezifischer sein sollen. Mir will keiner verraten, wie die Einschaltquoten aussehen. Hast du irgendwas darüber gehört?"

Dakota blinzelte. Sie wusste nicht viel über das Entertainment-Geschäft, aber sie war ziemlich sicher, dass sich die Teilnehmer einer Show nicht über die Einschaltquoten unterhalten sollten.

„Wovon redest du da?"

Lani stöhnte. „Davon, wie sich die Show macht. Stimmen die Einschaltquoten? Sind die Werbekunden mit der Zielgruppe zufrieden? Solche Informationen sind wichtig. Wir wollen ja, dass die Show ein Erfolg wird."

„Was macht es schon, wenn sie es nicht wird? Wir sind dann doch schon lange weg."

„Es ist wichtig. Denn wenn wir es in unseren Lebenslauf schreiben, sollte schon mal irgendjemand von der Sendung gehört haben. Es nützt gar nichts, sich als Hauptdarsteller einer Show anzupreisen, die niemand gesehen hat." Sie schaute ihn an. „Du machst mich echt verrückt, aber im positiven Sinn."

„Das ist Teil meines Charmes", erwiderte er grinsend.

„So toll bist du nun auch wieder nicht." Sie schaute an ihm

vorbei. „Nach allem, was wir bisher wissen, kann es gut sein, dass die Kameraleute uns gefolgt sind. Wir sollten ein wenig herummachen – nur für den Fall."

Dakota sah, wie die beiden einander mit geübter Leichtigkeit in die Arme fielen. Von Romantik keine Spur. Es war schmerzhaft offensichtlich, dass sie das nur taten, um mehr Sendezeit herauszuschinden.

Sie zuckte zusammen. „Das zu zeigen war ein großer Fehler von Geoff. Ich bin sicher, er glaubt, die Leute würden jetzt mehr über die Show reden. Aber ich fürchte, die Zuschauer werden sich betrogen fühlen."

„Was bedeutet, dass mein Bruder demnächst rausgewählt wird", erwiderte Finn.

Sie wusste nicht, ob er wirklich darüber froh war. „Und was dann?"

„Wenn ich das verdammt noch mal wüsste." Er gab Hannah einen Kuss auf den Kopf. „Tut mir leid, kleines Mädchen." Er ließ sich tiefer ins Sofa sinken und seufzte. „Wenn ich raten müsste, würde ich sagen, dass Sasha nach Los Angeles zieht. Er wird auf gar keinen Fall nach South Salmon zurückkehren. Stephen hat mir erzählt, dass er seinen Collegeabschluss machen will. Ich schätze, ich kann von Glück sagen, dass wenigstens einer der beiden sein Studium beendet."

Bevor sie ihn darauf aufmerksam machen konnte, dass er damit eine fünfzigprozentige Erfolgsrate aufweisen konnte, gab es einen Schnitt. Auf dem Bildschirm waren jetzt Stephen und Aurelia zu sehen. Sie standen in offensichtlich leidenschaftlicher Umarmung da. Das ist nicht gespielt, dachte Dakota und spürte, wie ihr der Mund offen stand. Das war heiß und sexy und sehr, sehr real.

„Oje", murmelte sie. „Das hätte ich Aurelia nicht zugetraut."

Finn sprang auf die Füße. Sie musste ihm zugutehalten,

dass er Hannah dabei so sicher hielt, dass das Baby sich nicht einmal rührte. Aber Dakota sah die Wut in seinen Augen.

„Sie hat gelogen. Sie hat so getan, als wäre sie daran interessiert, dass Stephen seinen Collegeabschluss macht. Er hat mich auch angelogen. Verdammt. Er hat kein Wort darüber verloren." Er drehte sich zu Dakota um. „Ich werde sie beide umbringen."

Finn war egal, ob er das Gesetz brach. Er wusste, es war falsch, jemanden zu töten, vor allem eine Frau. Er wusste, er würde dafür ins Gefängnis gehen, und das akzeptierte er. Er war zwar nicht sicher, wie das alles hatte geschehen können, aber er würde dem ein Ende setzen. Und wenn er schon dabei war, würde er auch gleich Geoff ausfindig machen und ihm die Faust ins Gesicht schlagen.

Trotz seiner Rage erkannte er, dass er zum zweiten Mal innerhalb von zwei Monaten darüber nachdachte, einen Mord zu begehen. In seinem normalen Leben, dem Leben, das ihm in South Salmon gefallen hatte, waren ihm solche Gefühle vollkommen fremd gewesen. Er war einfach dumm, fett und glücklich seinem Tagewerk nachgegangen. Na gut, nicht gerade dumm und fett, aber trotzdem. Er war nicht im Traum auf die Idee gekommen, einen anderen Menschen vom Erdboden zu tilgen.

Das liegt nicht an mir, sagte er sich. Das liegt an dieser verdammten Stadt.

Dakota nahm ihm Hannah ab. Das Baby rührte sich und protestierte leise, bevor es wieder einschlief. Für eine Sekunde schaute Finn in das süße Gesicht der Kleinen und merkte, wie er ruhiger wurde. Dann fiel sein Blick wieder auf den Fernseher, wo sein Bruder mit einem hemmungslosen Cougar rummachte, und die Wut kehrte zurück.

„Geh nicht, solange du so wütend bist", bat Dakota ihn. „Ich weiß, dass du dich darüber nicht gerade freust."

„Nicht freuen?"

Um des Babys willen versuchte er, leise zu sprechen, obwohl er am liebsten gebrüllt hätte. Ja, so richtig zu schreien war eine verdammt verführerische Vorstellung. Genau wie mit Sachen um sich zu werfen oder mit der Faust gegen die Wand zu schlagen. Wenn er das allerdings tat, riskierte er, hier etwas kaputt zu machen. Und das Einzige, was er im Moment zerstören wollte, war Geoffs Gesicht.

„Wenn ich in mir keinen Hass auf sie schüre, wie soll ich sie dann umbringen?"

„Sprichst du von Aurelia?" Dakota schaute ihn aus großen Augen an. „Du kannst niemanden umbringen. Das ist nicht nur falsch, das liegt auch gar nicht in deiner Natur."

„Das könnte es aber. Ich bin durchaus in der Lage, die Meinen zu beschützen. Ich wusste, dass sie ein Cougar ist. Ich wusste es und hätte von Anfang an etwas dagegen unternehmen sollen. Als ich das letzte Mal mit ihr gesprochen habe, war sie so nett. Sie hat so getan, als läge es ihr am Herzen, dass Stephen ans College zurückkehrt. Aber das war alles nur gespielt."

„Du willst deinen Bruder vor der Frau beschützen, in die er vermutlich verliebt ist? Ja, das ergibt Sinn. Finn, setz dich! Atme tief durch. Das ist nicht das Ende der Welt."

„Sie ist beinah zehn Jahre älter als er. Sie steht mit beiden Beinen im Leben. Was will sie von meinem kleinen Bruder?"

„Ich bin sicher, die Frage hat sie sich auch gestellt. Ich kenne Aurelia nicht sonderlich gut, aber ich bin ihr ein paar Mal begegnet. Ich bin zur selben Schule gegangen wie sie. Sie ist nicht aggressiv. Sie hat eine grauenhafte Mutter und lebt ein sehr beengtes Leben. Ich bin sicher, sie ist hierüber genauso bestürzt wie du."

Er schaute mit Absicht zum Fernseher, auf dem das fragliche Pärchen sich immer noch küsste. „Ja. Ich sehe, wie verstört sie von der ganzen Sache ist."

Dakota bettete Hannah auf ihre andere Seite. „Vielleicht ist sie in genau diesem Moment nicht bestürzt, aber ich bin mir sicher ..."

„Sie will was von ihm. Was auch immer es ist, sie wird es nicht bekommen. Sie benutzt ihn nur. Wahrscheinlich hat sie das Ganze von Anfang an geplant."

Dakota sah nicht überzeugt aus. „Tu nichts Unüberlegtes."

Er ignorierte ihre Bitte. „Verrätst du mir, wo sie wohnt?"

„Nein. Und du solltest dich erst auf die Suche nach ihr und deinem Bruder machen, wenn du dich beruhigt hast."

„Das wird noch lange dauern." Er ging zur Tür, kehrte dann um und kam zurück. Er gab Dakota einen Kuss auf die Wange und Hannah einen auf die Stirn, dann stapfte er davon.

Vor Dakotas Haus hielt er inne, nicht sicher, in welche Richtung er gehen sollte. Er hatte keine Ahnung, wo Aurelia wohnte. Also würde er mit Stephen anfangen.

Er ging in Richtung Stadtzentrum. Seine Brüder teilten sich ja in einem Motel auf der anderen Seite des Parks ein Zimmer, direkt am See. Fünfzehn Minuten später klopfte er an die Tür zu ihrem Zimmer, aber nichts rührte sich. Zweifelsohne versteckte Stephen sich vor ihm. In Anbetracht von Finns Launen ein durchaus kluger Schachzug.

Er überquerte gerade den Parkplatz, als er Stephen und Aurelia kommen sah. Die beiden hielten Händchen und blieben abrupt stehen, sobald sie ihn entdeckten.

Er blieb ebenfalls stehen und wartete ab.

Zwischen ihnen lagen ungefähr zehn Meter. Stephen flüsterte Aurelia etwas zu, dann kamen die beiden näher. Sie gingen unter einer Straßenlaterne entlang. Jetzt erkannte Finn, dass Aurelia geweint hatte.

Das ändert gar nichts, sagte er sich. Sie war eine gute Schauspielerin. Zu schade, dass das Los sie nicht mit Sasha zusammengebracht hatte. Sie hätten gemeinsam Ruhm und Erfolg ernten können.

„Offensichtlich müssen wir uns unterhalten", sagte Stephen, als sie nahe genug herangekommen waren.

„Wir können das hier klären oder in deinem Zimmer." Finn funkelte Aurelia wütend an. „Oder wir können zu dir gehen, und du kannst mir dort von deinem kleinen Plan erzählen."

Aurelia riss die Augen auf. Weitere Tränen liefen ihr die Wangen hinunter. „Es ist nicht, was du denkst."

„Sehe ich so aus, als würde ich das glauben?"

„Schluss", sagte Stephen und ging zu seinem Motelzimmer voran. Er schloss auf und öffnete die Tür.

Aurelia ging als Erste hinein. Finn folgte ihr.

Der Raum war klein. Zwei Doppelbetten, eine lange Kommode mit einem alten Fernseher darauf, ein Sessel in der Ecke und eine Tür, die zu dem kleinen Badezimmer führte. Die Bude war alles andere als beeindruckend, aber Geoff hatte nicht das Gefühl, seine Teilnehmer verwöhnen zu müssen.

„Ich weiß, dass du aufgebracht bist", eröffnete Stephen.

„Meinst du?"

Sein Bruder ignorierte den Einwurf. „Doch egal, wie wütend du bist, du behandelst Aurelia mit Respekt. Wenn nicht, ist das Gespräch hier auf der Stelle beendet."

In Stephens Stimme lag ruhige Entschlossenheit. Und seine Haltung drückte Stärke aus. Finn war bemüht, sich die Überraschung nicht anmerken zu lassen. Keiner seiner Brüder hatte je versucht, es mit ihm aufzunehmen. Sie hatten es vorgezogen, sich heimlich davonzustehlen, anstatt ihn direkt zu konfrontieren. Vielleicht wurde Stephen tatsächlich langsam erwachsen.

„Okay." Er verschränkte die Arme vor der Brust. „Sag mir, warum ich nicht vom Schlimmsten ausgehen soll."

Aurelia und Stephen schauten einander an. Finn war sich bewusst, dass sie schweigend miteinander kommunizierten, jedoch konnte er dem nicht folgen.

„Wir haben das nie geplant", erklärte Aurelia leise.

„Du hast dich für die Show gemeldet", erinnerte Finn sie. „Es ist eine Show, in der man jemanden kennenlernen soll. Offensichtlich wolltest du also jemanden kennenlernen. Ich stimme allerdings in einem zu: Vermutlich hattest du keine Kontrolle darüber, mit wem man dich verkuppelt."

Er spürte, wie ihm der letzte Rest Selbstbeherrschung zu entgleiten drohte. Die Wut kehrte zurück – und mit ihr der Wunsch, um sich zu schlagen. „Sieh ihn dir an", befahl er. „Er ist einundzwanzig. Er ist immer noch ein Kind. Dass er weggelaufen ist, um an dieser Sendung teilzunehmen, ist der Beweis dafür. Wenn du glaubst, dass du hier irgendwas gewinnen kannst, dass es hier Reichtümer zu holen gibt, dann vergiss es."

Stephen trat zwischen sie und legte Finn eine Hand auf die Brust. „Hör auf", grollte er. „Wage es nicht, sie zu bedrängen oder zu bedrohen! Lass nicht zu, dass das hier ein böses Ende nimmt."

Einerseits wusste Finn die neue Reife seines Bruders zu schätzen. Andererseits zeigte er sie zum denkbar falschesten Zeitpunkt.

„Stopp", sagte Aurelia. Sie trat zwischen die Brüder und drängte die beiden auseinander, bis sie auf Armeslänge voneinander entfernt standen. „Ihr seid eine Familie. Vergesst das nicht!" Sie schaute Stephen an. „Bitte, lass mich das regeln. Finn meint es nicht böse. Er macht sich nur Sorgen um dich, und das ist schön."

„Und ich mache mir Sorgen um dich", erwiderte Stephen. „Ich will nicht, dass er dich traurig macht."

Aurelia schüttelte den Kopf. „Das liegt nicht an ihm. Das hängt mit dem zusammen, was um uns herum passiert." Sie wandte sich an Finn und ließ die Arme sinken. „Du hast recht. Ich habe bei der Show mitgemacht, weil ich nach etwas gesucht habe. Vieles davon hat mit meiner Mutter zu tun, was ich jetzt aber nicht weiter ausführen werde." Sie brachte ein kleines Lächeln zustande.

Ihr ganzes Gesicht verändert sich, wenn sie lächelt, dachte Finn. Wirkte sie eben noch unscheinbar, war sie jetzt hübsch. Ihre Augen funkelten intelligent. Mit einem Mal erkannte er, wieso Stephen sie so anziehend fand. Aber das machte die Beziehung nicht besser.

„Ich hätte das besser durchdenken sollen", gab Aurelia zu. „Es war mir so peinlich, als sie mich mit Stephen zusammengebracht haben. Er ist jung und attraktiv und gesellig. Also alles, was ich nicht bin. Doch ich hatte Angst, einfach so aus der Show auszusteigen. Das wäre wie eine weitere Zurückweisung gewesen. Außerdem wollte ich die zwanzigtausend Dollar. Ich möchte mir ein Haus kaufen."

Sie faltete die Hände vor dem Bauch. „Ich weiß, dass du das nicht verstehen kannst. Du bist immer erfolgreich gewesen. Man muss sich nur ansehen, was du aus dem Familienbetrieb und aus deinen Brüdern gemacht hast."

Sie warf Stephen einen Blick zu und schaute dann wieder Finn an. „Ich hatte nie den Mut, für mich einzustehen. Ich hatte immer Angst. Erst mit Stephen zusammen zu sein hat mir gezeigt, wer ich sein kann, wenn ich mich nur traue, das Risiko einzugehen. Er hat mir beigebracht, mutig zu sein. Vorher wusste ich nicht einmal, dass ich das kann."

„Ich bin sicher, das wäre eine herzzerreißende Geschichte für jemanden, der sich auch nur im Geringsten dafür interessiert", konterte Finn. „Aber ich …"

„Ich war noch nicht fertig", unterbrach sie ihn entschlossen und schaute ihm in die Augen. „Ich würde es sehr zu schätzen wissen, wenn du mich das sagen lässt, was ich zu sagen habe."

„Okay", sagte Finn langsam, erstaunt darüber, dass sie sich traute, es mit ihm aufzunehmen. Er war ziemlich sicher, dass er sie eingeschüchtert hatte, daher kam dieser Akt der Courage für ihn vollkommen unerwartet. Möglicherweise konnte er sie dadurch ein kleines bisschen besser leiden.

„Ich bin kein Cougar. Ich habe nicht nach einem jüngeren Mann Ausschau gehalten. Ich weiß nicht, wonach ich gesucht habe, und vielleicht ist das das Problem. Ich habe nie damit gerechnet, jemanden zu finden. Ich habe nie geglaubt, gut genug zu sein. Aber das bin ich. Ich verdiene genauso viel Liebe wie jeder andere auch."

Sie hob das Kinn. „Es war nie mein Plan, mit einer leidenschaftlichen Umarmung im Fernsehen aufzutreten. Dafür entschuldige ich mich und auch für die Peinlichkeit, die ich damit über deine Familie gebracht habe. Aber ich entschuldige mich nicht dafür, dass ich deinen Bruder liebe. Ich entschuldige mich nicht dafür, ihn zu mögen und nur das Beste für ihn zu wollen."

Sie atmete tief durch. „Ich weiß, dass er zu jung ist. Ich weiß, dass ihn noch ein ganzes Leben voller Erfahrungen erwartet und ich mich dem nicht in den Weg stellen sollte. Aber Gott hat einen kranken Sinn für Humor, denn ich kann nicht anders, ich habe mich bis über beide Ohren in ihn verliebt."

Finn war so lange auf ihrer Seite, bis sie sagte, dass sie in seinen kleinen Bruder verliebt war. Doch bevor er etwas erwidern konnte, wandte Aurelia sich an Stephen.

„Dein Bruder hat recht. Du gehörst nicht zu mir. Geh nach Hause. Mach deinen Abschluss. Such dir einen Beruf, den du liebst. Lebe dein Leben."

Sie klingt ernst, gestand Finn ihr zu. Unter anderen Umständen hätte er ihr geglaubt und wäre äußerst beeindruckt gewesen.

Stephen trat auf sie zu. Und Finn wusste, was jetzt passieren würde. Sein Bruder würde schreien und aufstampfen und schmollen, bis er seinen Willen durchgesetzt hatte – alles Beweise dafür, dass er noch nicht bereit war für eine ernste Beziehung. Aber wie sich herausstellte, irrte Finn sich.

Sanft umfasste Stephen Aurelias Gesicht. „Ich weiß, dass du das glaubst. Ich weiß, du denkst, mit dir zusammen zu sein ist nicht gut für mich. Aber du irrst dich. Du bist alles, was ich je gewollt habe. Ich *werde* aufs College zurückkehren und meinen Abschluss machen. Ich *werde* mir einen Job suchen. Aber das tue ich hier. Mit dir. Du kannst nichts tun oder sagen, das mich dazu bringen würde, dich zu verlassen. Ich liebe dich."

Finn spürte die Tiefe der Gefühle zwischen den beiden. Und plötzlich fühlte er sich wie ein Außenseiter, der ungewollt in die Privatsphäre der beiden eingedrungen war.

Stephen schaute ihn an. „Wegzulaufen war falsch von mir. Einfach hierher zu flüchten hat dich nur in deiner Meinung bestätigt, dass ich noch kein Mann bin. Ich habe mich wie ein Kind verhalten und verdiene es, wie eins behandelt zu werden. Aber es tut mir leid, dass ich es vermasselt habe. Es tut mir leid, dass du mir hinterherreisen musstest. Ich weiß, dass du eine Firma hast und entsprechend viel Verantwortung trägst. Aber daran habe ich nicht gedacht. Ich habe nur an mich gedacht."

Finn wäre genauso erstaunt gewesen, hätte Aurelia sich in ein Eichhörnchen verwandelt und getanzt. „Ist ja alles noch mal gut gegangen", brummte er.

„Noch nicht, aber das wird es." Stephen drehte sich wieder zu Aurelia um. „Ich will dich heiraten. Ich weiß, das ist noch zu früh, deshalb frage ich dich jetzt nicht. Ich will nur, dass du weißt, welche Richtung mir für uns vorschwebt. Ich mache meinen Abschluss und suche mir einen Job. Wir gehen weiter miteinander aus. Und in genau einem Jahr werde ich dich fragen, ob du mich heiraten willst. Und an dem Tag erwarte ich dann eine Antwort."

Finn wartete darauf, dass wieder die heiße Wut in ihm aufstieg, aber da war nichts. Nicht einmal ein klitzekleiner Zornesfunken. Hätte er das Gefühl benennen müssen, das ihn gerade durchflutete, hätte er auf Bedauern getippt. Nicht Bedauern darüber, dass sein Bruder erwachsen geworden war.

Sondern Bedauern darüber, dass er, Finn, nichts hatte, was dem, was Stephen und Aurelia verband, auch nur nahekam. Sein kleiner Bruder hatte das große Los gezogen.

Er wollte nicht verliebt sein. Nicht wirklich. Er wollte etwas anderes. Trotzdem beschlich ihn das Gefühl, etwas Wichtiges verpasst zu haben.

„Ich lass euch dann mal allein", sagte er.

„Du musst nicht gehen", wandte Aurelia ein. Aber während sie sprach, konnte sie den Blick nicht von Stephen lösen.

„Ihr zwei habt eine Menge zu besprechen."

Er dachte, sein Bruder würde sich vielleicht vergewissern wollen, dass zwischen ihnen wieder alles in Ordnung war, aber Stephen war zu sehr damit beschäftigt, Aurelia zu küssen. Finn verließ das Zimmer, trat auf den Bürgersteig hinaus und schloss die Tür hinter sich. Mit einem Bruder war reiner Tisch gemacht, blieb nur noch der andere.

Er ging die Straße hinunter und fragte sich, was er wegen Sasha unternehmen sollte. Wie könnte er ihn ...

Vor „Morgan's Books" blieb er schließlich stehen und blinzelte ins Schaufenster. Was seine Brüder anging, konnte er gar nichts tun. Dakota hatte die ganze Zeit über recht gehabt. Seine Aufgabe war erledigt. Er hatte sie, so gut es ging, erzogen, aber sie für immer vor allem zu beschützen, das war ein Ding der Unmöglichkeit. Er musste darauf vertrauen, dass sie bereit waren, eigene Entscheidungen zu treffen. Es war langsam an der Zeit.

Dakota schaute auf die Klamotten, die übers Bett verstreut lagen. Im Schlafzimmer ihrer Mutter sah es aus, als wäre ein Kaufhaus explodiert.

„Ich wusste gar nicht, dass du so viele Sachen hast", sagte sie und legte Hannah in den Laufstall. „Wann hast du das letzte Mal deinen Kleiderschrank ausgeräumt? Sind das da Stulpen? Mom, die Achtziger sind schon lange vorbei."

„Das ist nicht lustig", gab ihre Mutter zurück. „Wenn du glaubst, das ist witzig, irrst du dich. Ich habe hier eine Krise. Eine wirklich, wirklich große Krise. Mir ist übel, ich habe Kopfschmerzen und habe genügend Wasser eingelagert, um ein Schlachtschiff zu versenken. Ich bin eine Frau am Rande des Nervenzusammenbruchs. Das bitte ich zu respektieren."

Ihre Mutter sank auf das Bett, wo sie sich auf verschiedene Outfits setzte und sie zerknitterte.

„Tut mir leid." Dakota versuchte, sich ihre Belustigung nicht anmerken zu lassen. „Ich werde keine Witze mehr machen."

„Das glaube ich dir nicht. Aber darum geht es gar nicht. Ich kann das nicht." Denise schlug die Hände vors Gesicht. „Was habe ich mir nur dabei gedacht? Ich bin für so etwas zu alt. Das letzte Mal, dass ich mit einem Mann verabredet gewesen bin, sind noch Dinosaurier über die Ebenen gezogen. Wir hatten nicht mal Strom."

Dakota ging vor ihr auf die Knie und zog ihrer Mutter die Hände vom Gesicht. „Ich weiß zufällig, dass fast alle Dinosaurier ausgestorben waren und es auch schon Strom gegeben hat. Komm schon, Mom. Du weißt, dass du das willst."

„Nein, will ich nicht. Es ist noch nicht zu spät, um abzusagen, oder? Ich kann noch absagen. Du könntest ihn anrufen und ihm erzählen, dass ich an einem typhösen Fieber leide. Du kannst ruhig andeuten, dass es sehr ansteckend ist und ich in eine der staatlichen medizinischen Einrichtungen in Arizona verlegt werde. Ich habe gehört, trockene Luft soll bei Typhus Wunder wirken."

In dem Moment hörte Dakota Stimmen im Flur. „Kommen wir zu spät?", rief Montana. „Ich hoffe, wir haben den lustigen Teil noch nicht verpasst."

Montana und Nevada betraten das Schlafzimmer und ließen den Blick über die Ansammlung von Kleidern und Accessoires schweifen.

„In den Nachrichten haben sie gar nichts von einem Tornado gesagt", merkte Nevada fröhlich an. „Ist jemand verletzt worden?"

„Ich sehe schon, ich habe euch Mädchen mit zu viel Liebe und Freiheit erzogen", konterte ihre Mutter angespannt. „Ich hätte euch mehr unterdrücken sollen. Vielleicht würdet ihr mich dann respektvoller behandeln."

„Wir lieben dich, Mom", erwiderte Nevada. „Und wir respektieren dich. Ich wusste nur nicht, dass du so viele Klamotten hast."

Dakota kicherte. „Sprich das lieber nicht an. Sie beißt dir den Kopf ab."

Montana hob Hannah aus dem Laufstall und knuddelte sie. „Wo ist denn mein hübsches Mädchen? Wir beide ignorieren die schnippischen Erwachsenen einfach, nicht wahr?"

„Ich habe eurer Schwester gerade gesagt, dass ich das nicht kann", sagte Denise. „Ich kann nicht mit einem Mann ausgehen. Als ihr reingekommen seid, haben wir gerade besprochen, dass sie ihm erzählt, ich hätte Typhus."

Nevada verdrehte die Augen. „Genau. Weil er ja auch nie darauf kommen würde, dass das gelogen ist. Komm schon, Mom. Es ist doch nur ein Abend. Du musst einfach mal wieder rausgehen und gucken, ob es dir überhaupt gefällt. Im Moment ist es nur reine Theorie. Wenn es grauenhaft ist, musst du es nie wieder tun. Außerdem machst du uns alle verrückt. Keine von uns hat im Moment auch nur die Aussicht auf ein Date!" Sie warf Dakota einen Blick zu. „Na gut, Dakota vielleicht. Aber so richtig lässt sie die Katze nicht aus dem Sack, was ihre Beziehung zu Finn angeht. Nach allem, was wir wissen, könnten die beiden morgen auf die Bahamas fliegen, um zu heiraten."

„Ihr werdet heiraten?", fragte Denise.

Dakota seufzte. „Tu nicht so, als würdest du dich mit etwas ablenken lassen, von dem du weißt, dass es nicht stimmt.

Nevada hat recht. Du musst das heute Abend einfach ausprobieren." Sie brachte ihre Mutter bewusst nicht dazu, sich auszumalen, was im schlimmsten Fall passieren konnte. Diese Frage führte selten zu einer guten Antwort.

„Wer ist denn der Typ?", fragte Montana, die immer noch Hannah auf dem Arm hielt.

„Ein Freund von Morgan", sagte Denise.

„Wir mögen Morgan", warf Nevada ein. „Das ist ein gutes Zeichen."

Denise stand auf und presste sich die Hände auf den Magen. „Sein Freund ist vielleicht gar nicht wie er. Er könnte ein Serienmörder sein. Oder ein Transvestit."

„Na ja, wenigstens hast du genügend Klamotten, um sein Hobby zu unterstützen", kommentierte Montana das Chaos im Zimmer.

Dakota und Nevada lachten. Ihre Mutter warf ihnen böse Blicke zu.

„Das ist nicht gerade hilfreich", sagte sie. „Ich werde euch drei bitten müssen zu gehen. Hannah kann bleiben. Sie ist eine große Stütze." Sie schaute das kleine Mädchen an. „Bekomm bloß nie Töchter! Vertrau mir. Die brechen dir nur das Herz."

Nevada ging zum Bett und schaute auf den Kleiderhaufen. Nach einer Sekunde streckte sie die Hand aus und zog ein weiß-blaues Wickelkleid mit Blümchenmuster hervor.

„Zieh das an! Das passt beinah überall. Du siehst darin toll aus, und es ist bequem. Außerdem ist es perfekt für diese Jahreszeit. Du hast doch diese umwerfenden blauen Schuhe. Das wird ihn mächtig beeindrucken."

Denise schaute das Kleid an, dann ihre drei Töchter. „Meinst du wirklich?"

Dakota nickte. „Du weißt, wie sehr ich es hasse, Nevada recht zu geben, aber dieses Mal muss ich es. Das Kleid ist perfekt. Du siehst darin entzückend aus, und – was noch wichtiger ist – du fühlst dich darin wohl." Sie ging zu ihrer Mutter und legte ihr einen Arm um die Schultern. „Ich weiß, es ist Furcht einflößend, aber es ist auch wichtig. Dad ist seit fast elf Jahren tot. Es ist in Ordnung, dass du dein Leben weiterlebst. Du verdienst es, glücklich zu sein."

Ihre Mutter atmete zitternd ein. „Okay", sagte sie. „Ich gehe zu dieser Verabredung, und ich trage dieses Kleid. Ich bin schon geschminkt, und mein Haar sieht so gut aus, wie es eben aussehen kann. Ich muss mich also nur noch anziehen." Sie schaute auf die Uhr. „Oh, Gott. Ich habe nur noch zwei Stunden, bis er hier ist. Ich glaube, mir wird schlecht." Sie fächerte sich mit den Händen Luft zu. „Schnell. Lenkt mich ab! Jemand muss etwas sagen, damit ich vergesse, dass ich ein Date habe."

Montana und Nevada schauten einander an und zuckten ratlos die Schultern. In diesem Moment entschied Dakota, dass der Zeitpunkt genauso gut war wie jeder andere, um ihre Neuigkeiten mitzuteilen.

„Ich versuch's mal", meinte sie lächelnd. „Mom, ich muss dir etwas sagen. Ich bin schwanger."

18. Kapitel

Dakotas Schwestern sahen sie beide mit sehr überraschtem Gesichtsausdruck an. Ihre Mutter stürzte vor und umarmte sie.

„Wirklich?", fragte sie, ohne loszulassen. „Du sagst das nicht nur, um mich von meinem Date abzulenken?"

„So etwas würde ich nicht tun. Ich bin schwanger. Das kommt in Anbetracht meiner medizinischen Vorgeschichte etwas unerwartet. Ich habe es nicht geplant, aber ich freue mich trotzdem darüber."

„Finn muss kräftige Schwimmer haben", sagte Montana. „Es ist doch von Finn, oder?"

Dakota lachte. „Ja, das ist es. Außer ihm hat es lange niemanden gegeben. Ich weiß, dass es Schwierigkeiten gibt. Ich weiß auch, dass er das nicht gewollt hat, aber ich bin trotzdem glücklich. Ich werde ein Baby haben – damit hätte ich nie gerechnet."

„Ihr habt vermutlich genügend Sex, um alle Wahrscheinlichkeitsberechnungen null und nichtig zu machen", murmelte Nevada. „Statistisch gesehen war es ja immer möglich. Es bedurfte nur der richtigen Umstände."

Dakota trat zurück und drehte sich einmal im Kreis. „Es ist mir egal, ob es seine Schwimmer waren oder der Mond oder die Landung von Außerirdischen. Ich bin einfach so aufgeregt!" Sie hatte immer noch Schwierigkeiten, die Realität zu erfassen. Bis jetzt hatte sie allerdings noch nichts extrem Negatives daran entdecken können. Sicher, zwei Kinder mit so geringem Altersunterschied zu haben würde eine Herausforderung werden, aber andere Frauen hatten es vor ihr geschafft, da würde es ihr auch gelingen.

„Wenn du dich entscheidest, Mutter zu sein, dann aber

auch voll und ganz." Denise lachte. „Wenn du dich freust, freue ich mich auch."

„Ja, das tue ich. Hannah findet es bestimmt toll, einen kleinen Bruder oder eine kleine Schwester zu haben."

Montana und Nevada wechselten einen vielsagenden Blick. Dakota wusste genau, was die beiden dachten. Sie atmete tief ein.

„Nein, ich habe es ihm noch nicht erzählt", beantwortete sie die ungestellte Frage. „Ich weiß, das muss ich – und ich werde es tun. Aber ich weiß auch, dass er das nicht sonderlich gut aufnehmen wird. Finn hat immer sehr deutlich gemacht, was er vom Leben will, und mehr Verantwortung gehört eindeutig nicht dazu. Er geht wundervoll mit Hannah um, aber sie ist nicht sein Kind. Er kann jederzeit fortgehen. Ein Baby wird für ihn alles verändern."

Seufzend gestand Dakota sich ein, dass sich ein emotionaler Sturm näherte. Sosehr sie glauben wollte, dass er sich freuen würde, sie wusste es doch besser. Er könnte sogar denken, dass sie ihn absichtlich in die Falle gelockt hatte. Doch was immer auch passieren mochte, sie würde es überstehen. Selbst wenn er sie verließ, würde sie es überleben. Gebrochene Herzen wuchsen wieder zusammen. Und das würde auch ihres tun. Denn egal, was geschah, sie erwartete jetzt ein Baby.

„Er könnte dich überraschen", wandte ihre Mutter ein. Obwohl ihre Miene durchaus hoffnungsvoll war, drückte ihre Stimme Zweifel aus.

„Ich glaube nicht." Nevada wirkte zögerlich, sprach aber weiter. „Was so etwas angeht, neigen Männer dazu, die Wahrheit zu sagen. Wenn ein Typ sagt, er kann nicht treu sein, dann sollte eine Frau das ernst nehmen. Und wenn er sagt, er will keine Familie, ist das vermutlich nicht gelogen." Sie wandte sich an Dakota. „Es tut mir leid. Ich möchte wirklich gern unrecht haben. Aber ich will nicht, dass du noch mehr verletzt wirst."

„Ich weiß." Dakota kannte die Risiken. Die Beziehung zwischen ihr und Finn hatte anfänglich auf gegenseitiger Anziehung und gutem Sex beruht. Im Laufe der Zeit hatte sie dann festgestellt, dass er ein ziemlich toller Mann war. Sie hatte gespürt, dass sie dabei war, sich in ihn zu verlieben, und hatte angenommen, das wäre das größte Problem, dem sie sich stellen müsste: in einen Mann verliebt zu sein, der sich nach nichts mehr sehnte als danach, die Stadt zu verlassen.

Jetzt musste sie ihm erklären, dass ihre Behauptung, nicht schwanger werden zu können, nicht ganz der Wahrheit entsprochen hatte. Das war kein Gespräch, das sonderlich angenehm zu werden versprach.

„Vielleicht überrascht er dich ja wirklich", sagte Montana. „Vielleicht wird er anfangs böse sein, erkennt dann aber, dass es genau das ist, was er die ganze Zeit gewollt hat. Vielleicht ist er total verknallt in dich und weiß nur nicht, wie er es dir sagen soll."

„Wenn das Wörtchen ‚wenn' nicht wäre ...", murmelte Denise und seufzte. Sie schaute Dakota an. „Es tut mir leid, Honey. Nevada hat recht. Männer neigen dazu, die Wahrheit zu sagen, selbst wenn sie es gar nicht wollen. Ich glaube nicht, dass Finn über die Entwicklung sonderlich glücklich sein wird."

„Ich weiß." Dakota lächelte. „Aber ich komme schon klar. Ich weiß ja, dass ich euch und die ganze Stadt als Rückhalt habe. Außerdem habe ich Hannah. Und ich bekomme ein Baby. Das ist das reinste Wunder. Und was immer passiert, dieses Wunder kann mir keiner nehmen. Das können die wenigsten Menschen von sich behaupten. Die meisten erleben so etwas Großartiges niemals. Finn an meiner Seite zu haben wäre das Sahnehäubchen, aber ich bin zufrieden mit dem, was ich habe."

„Du liebst ihn", schloss Nevada aus ihren Worten. „Ist dir das schon früher aufgefallen?"

„Nein, weil ich es mir selbst nicht eingestehen wollte."
Liebe? Dakota sagte sich, dass sie nicht überrascht sein durfte. Wenn man bedachte, um welchen Mann es ging, war es vermutlich unausweichlich gewesen.

Liebe. Sie drehte es hin und her und fand schließlich, dass es passte. Sie liebte ihn. Und zwar schon eine ganze Weile.

„Es wird ein ungewöhnliches Happy End", erklärte sie ihren Schwestern und ihrer Mutter. „Ich bekomme zwar nicht den Mann, aber dafür alles andere. Das wird mir reichen."

Sie kamen alle geschlossen auf sie zu, umarmten sie und hielten sie fest. Dakota spürte ihre Liebe und merkte, wie sie dadurch stärker wurde. Es gab Menschen, die wesentlich schlimmere Situationen vollkommen allein durchstehen mussten. Sie hatte Glück. Sie hatte ihre Familie – und ihre Familie hatte sie.

Finn glich die Nummern auf dem Frachtschein mit den Markierungen auf den Kisten ab, die er geladen hatte. Es war ein guter Tag zum Fliegen. Es ging nur ein leichter Wind, der Himmel war klar, und er würde nach Reno fliegen. Sicher, es war ein Hin- und Rückflug mit etwas weniger als einer Stunde Aufenthalt auf dem Boden. Trotzdem fand er es schön, mal an einen Ort zu fliegen, an dem er noch nie gewesen war.

Ihm gefiel der Luftraum über der Westküste. Das Wetter war wesentlich vorhersagbarer als in Alaska, und es gab auch mehr Flughäfen, die man ansteuern konnte. Es gab kleine Städtchen und große Städte. Und anstatt Berge und arktische Stürme zu umfliegen, musste er sich seinen Weg zwischen den Linienflügen der großen Fluggesellschaften suchen. Die Herausforderungen waren anders, aber genauso aufregend.

Das Fliegen lag ihm im Blut. Er konnte und wollte nicht ohne. Er bedauerte, dass keiner seiner Brüder diese Leidenschaft mit ihm teilte, aber er akzeptierte es. Er hätte sich schließlich auch zu keinem anderen Beruf drängen lassen.

Nachdem er die letzten Papiere abgehakt hatte, machte er sich auf den Weg zum Büro. Wenn er früh genug heimkam, konnte er noch eine zweite Runde fliegen. Das würde Hamilton glücklich machen.

Der alte Kauz erinnerte ihn an seinen Großvater. Beide waren kluge Geschäftsleute, die bei offen zugegebenen Fehlern verständnisvoll reagierten und außerdem unglaublich großzügig waren. Es waren Männer aus einer anderen Zeit.

„Finn?"

Aus den Gedanken gerissen, blieb er stehen und drehte sich um. Sasha kam über das Rollfeld auf ihn zu. Er war gestern Abend aus der Show gewählt worden. Nach allem, was er und Lani vor der Kamera zugegeben hatten, war es keine große Überraschung gewesen, dass die enttäuschten Zuschauer sie nicht mehr sehen wollten.

Er fragte sich, ob Sasha wohl sehr traurig war. Doch als er ihn jetzt im Näherkommen betrachtete, erkannte er, dass sein kleiner Bruder ganz aufgeregt war. Sasha hatte also gute Neuigkeiten.

Auch ohne dass man es ihm ausdrücklich sagte, wusste Finn, dass Sasha nicht nach South Salmon zurückkehren würde. Trotzdem wartete er, bis sein Bruder das Wort ergriff.

„Hast du die Show gesehen?", fragte Sasha. Er klang eher fröhlich als traurig. „Ich kann nicht glauben, dass sie uns erwischt haben. Wir sind immer so vorsichtig gewesen." Er zuckte die Schultern und grinste. „Aber nicht vorsichtig genug, wie es aussieht."

„Du klingst nicht sonderlich betrübt."

„Ich fahre nach L. A., weil ich heute Morgen einen Anruf von einem Agenten bekommen habe. Eine seiner Assistentinnen hat die Show gesehen und findet mich heiß." Sein Grinsen wurde breiter. „Heiß ist gut. Also will er, dass ich nach L. A. komme, damit wir uns unterhalten. Er hat schon ein paar Ideen, wo er mich hinschicken will. Da wäre zum einen eine

Serie, in der einer der Schauspieler ausgetauscht werden soll, und zum anderen eine kleine Rolle in einem Film."

Sasha sprach weiter, erzählte, dass er und Lani nachmittags losfahren wollten. Sie kannte ein billiges Apartment, in dem sie erst einmal bleiben konnten. Es schien, als hätte sie auch einige Vorstellungstermine und einen Agenten, der sich für sie interessierte.

Finn wusste, es war an der Zeit loszulassen. Sasha gehörte nicht länger nach South Salmon. Sein Bruder musste weiterziehen.

„Das ist es, was ich wirklich will", schloss Sasha ernst. „Ich weiß, dass dich das enttäuscht."

„Ein wenig", gab Finn zu. „Aber ich bin nicht überrascht. Du entwickelst dich schon eine ganze Weile in diese Richtung."

„Das klingt ja beinah so, als wärst du nicht wütend auf mich."

„Das bin ich auch nicht. Ich werde nicht behaupten, dass ich mir genau dieses Ergebnis gewünscht hätte. Mir wäre es lieber, wenn du deinen Collegeabschluss machen würdest. Aber du musst deine eigenen Entscheidungen treffen und mit den Konsequenzen leben. Ich hoffe, dass sich für dich alles zum Guten wendet. Ich hoffe also, du wirst ein Fernseh- oder Filmstar."

„Danke!" Sasha klang glücklich und überrascht. „Ich dachte, du wärst furchtbar wütend."

„Tja, du hast mich mürbe gemacht, Kleiner." Finn zog sein Portemonnaie aus der Hosentasche und zählte das Geld, das er am Morgen am Automaten gezogen hatte. „Hier sind dreihundert Dollar und ein Scheck über tausend. Such dir eine vernünftige Unterkunft. Und versuch, regelmäßig zu essen."

„Ich weiß nicht, was ich sagen soll." Sasha nahm das Geld. „Das weiß ich wirklich zu schätzen. Das Geld wird mich ein ganzes Stück weiterbringen."

„Dein Bruder geht aufs College zurück. Und das Geld aus deinem Ausbildungsfonds ist auch immer noch da. Wenn du dich entschließt zurückzukommen, kannst du dein Studium jederzeit wieder aufnehmen."

Es zuckte um Sashas Mundwinkel. „Du bist der beste Bruder, den man sich wünschen kann. Ich weiß, ich war echt anstrengend. Aber das war nicht mit Absicht."

Finn merkte, wie es ihm die Kehle zuschnürte. „Die meiste Zeit schon."

Sasha lachte. „Vielleicht fünfzig Prozent." Das Lachen verebbte. „Du hast das mit uns echt gut hinbekommen. Mom und Dad wären stolz auf dich. Ich habe jetzt endlich einen Plan. Du kannst also aufhören, dir Sorgen um mich zu machen."

„Das wird nie passieren, aber ich bin bereit, dich gehen zu lassen."

Sie gingen im gleichen Augenblick aufeinander zu. Einer kurzen Umarmung folgten ein paar ungeschickte Klapse auf den Rücken. Mehr Gefühl konnte keiner von ihnen zeigen. Dann steckte Sasha das Geld ein, winkte und ging davon.

Finn war nach Fool's Gold gekommen, um seine Brüder zur Heimkehr zu zwingen. Er hatte geglaubt, der einzige Ort, an den sie gehörten, wäre das College oder South Salmon. Mit beidem hatte er danebengelegen. Keiner seiner Brüder kam nach Hause. Und seltsamerweise war das für ihn in Ordnung.

Am nächsten Morgen erschien Dakota bei der Arbeit mit einem brennenden Bedürfnis nach einem Kaffee und dem Versprechen an sich selbst, Finn noch vor Sonnenuntergang von dem Baby zu erzählen. Oder vielleicht bis zum Ende der Woche.

Sie wollte nicht feige sein oder ihm die Information vorenthalten. Sie war einfach nur so glücklich – und wollte dieses Gefühl noch eine Weile auskosten. Sie wollte sich Träumen über die Zukunft hingeben und so tun, als würde alles gut werden. Sie wollte sich ein Haus mit einem großen Baum im Garten vorstellen, in dem sie mit zwei Kindern und Finn lebte.

Denn so sehr sie dieses Baby wollte, so sehr wollte sie mit dem Vater des Babys zusammen sein. Die große Überraschung war im Grunde nicht, dass sie sich in ihn verliebt hatte, sondern dass sie so lange gebraucht hatte, um es sich einzugestehen.

Als sie zu ihrem provisorischen Büro in der Produktion ging, sah sie überrascht, dass davor große Trucks parkten. Im Näherkommen sah sie Männer in T-Shirts, die Kisten und Möbel in die Trucks verluden. Hätte Dakota es nicht besser gewusst, hätte sie gesagt, hier wurde zusammengepackt.

Die Produktionsassistentin Karen saß an einem Tisch, der mitten auf dem Bürgersteig stand.

„Was ist denn hier los?" Dakota ging zu ihr und schaute sie fragend an. „Warum arbeitest du hier draußen?"

Karen sah zu ihr auf. Ihre Augen waren rot und geschwollen, als hätte sie geweint. „Es ist vorbei. Die Sendung ist abgesetzt worden." Sie schniefte. „Man hat es uns gestern Abend erzählt. Geoff hat mich vom Flughafen aus angerufen. Er ist schon wieder in L.A."

„Abgesetzt? Wie kann das denn sein? Wir sind doch noch gar nicht durch. Wer hat denn gewonnen?"

„Niemand", erwiderte Karen ausdruckslos. „Es interessiert auch niemanden. Die Einschaltquoten waren miserabel. Es hat ganz gut angefangen, aber in der dritten Woche sind wir abgestürzt. Es ist ein einziges Desaster."

Dakota hatte Schwierigkeiten, die Informationen zu verarbeiten. „Was passiert mit den Teilnehmern?"

„Die fahren nach Hause."

„Und du?"

Karen stiegen Tränen in die Augen. „Ich arbeite für Geoff. Im Moment ist das nicht so gut. Ich habe viele Freunde in der Branche, die mir helfen werden. Ich muss bei einem anderen Produzenten oder einer anderen Produktionsfirma Arbeit finden." Sie seufzte. „Zum Glück habe ich ein paar Ersparnisse. So etwas passiert andauernd. Wenn man in diesem Geschäft überleben will, muss man darauf vorbereitet sein, auch mal längere Phasen der Arbeitslosigkeit zu überstehen. Aber das ist kein Spaß, und ich weiß, die Leute fragen sich, ob ich es gewusst habe. Habe ich nicht. Nur interessiert das leider niemanden."

„Das tut mir leid." Dakota fühlte sich nicht wohl in der Situation. Sie wusste nicht, was sie noch sagen sollte. Wie man so viel Geld in eine Sendung investieren und diese dann nach wenigen Wochen absetzen konnte, verstand sie einfach nicht.

„Wenn du ein Empfehlungsschreiben oder irgendetwas anderes brauchst, sag mir Bescheid", sagte sie zu Karen.

„Danke." Die Produktionsassistentin schaute auf ihre Uhr. „Falls du noch irgendwelche privaten Sachen da drin hast, solltest du sie jetzt lieber rausholen. Dein Büro wird um neun Uhr abgebaut."

„Okay, das mach ich." Dakota stand noch einen Augenblick unschlüssig da, aber Karen hatte sich schon wieder ihrer Arbeit zugewandt.

Auf dem Weg zu ihrem kleinen Eck im Produktionsbüro holte Dakota ihr Handy aus der Tasche und hinterließ der Bürgermeisterin eine Nachricht. Sie vermutete, dass sich die Neuigkeiten schon in der Stadt verbreitet hatten. Vor der Tür wurden gerade die Kameras in die Lkws geladen. Menschen stiegen in ihre Autos und fuhren davon. Die Fernsehsendung hatte versucht, die Stadt zu übernehmen. Doch Dakota hatte das Gefühl, in einigen Stunden wäre es, als hätte die Sendung nie stattgefunden. Vielleicht lag das in der Natur des Fernsehens. Es war alles nur eine Illusion, und nichts hielt für immer.

Zu Mittag war Dakota wieder in ihrem alten Büro, bereit, sich mit dem Lehrplan zu beschäftigen, für dessen Erstellung sie eingestellt worden war. Sie hatte ein kurzes Treffen mit Raoul Moreno, auf dem sie den Schlachtplan besprachen, wie er es nannte. Dakota ließ diese Bezeichnung aus zwei Gründen durchgehen. Zum einen, weil er ein ehemaliger Quarterback der NFL war und Begriffe aus dem Sport ihn glücklich machten. Zum anderen, weil er ihren Gehaltsscheck unterschrieb.

Bevor sein Sommercamp vorübergehend in eine Grundschule verwandelt worden war, hatte er den Traum verfolgt, eine Einrichtung für Mittelstufenkinder zu errichten. Der Schwerpunkt sollte auf Mathematik und Naturwissenschaften liegen. Die Kinder würden für drei bis vier Wochen am Stück kommen, Intensivunterricht in Mathematik oder Naturwissenschaften erhalten und – so die Theorie – von den Möglichkeiten, die sich ihnen boten, begeistert an ihre normalen Schulen zurückkehren. Da die Grundschule das Camp noch für mindestens zwei Jahre benötigte, blieb ihnen mehr als ausreichend Zeit, den Lehrplan zu entwickeln.

Um Punkt zwei Uhr kam Montana zu ihr ins Büro. In der einen Hand hielt sie eine Leine, mit der anderen schob sie den Buggy. Buddy, der besorgte Labradoodle, lief neben dem Buggy her. Alle paar Sekunden schaute er nach Hannah, als wollte er sicherstellen, dass mit ihr alles in Ordnung war.

„Ich weiß nicht, ob Buddy ein guter Vater wäre, wenn er ein Mensch wäre", sagte Montana, „oder ob er die Hälfte des Tages unter Beruhigungsmitteln stünde."

„Er ist ein ziemlich gut aussehender Kerl." Dakota stand auf und kam um den Tisch herum. „Er würde vermutlich das weibliche Geschlecht für sich entdecken und vergessen, seine Kinder aus der Kita abzuholen."

Montana beugte sich vor und streichelte den Hund. „Hör nicht auf sie, Buddy. Das stimmt nicht. Du würdest niemals vergessen, deine Kinder abzuholen. Wer ist mein hübscher Großer? Ja, du bist das. Wir ignorieren meine gemeine Schwester einfach."

Dakota lachte. „Tut mir leid, Buddy. Ich hab nur Witze gemacht." Sie nahm Hannah aus dem Buggy und drückte sie an sich. „Wie geht es meinem Mädchen?"

Montana richtete sich wieder auf. „Sie ist ein solches Herzchen! Sie isst schon wesentlich besser. Und ich habe das Gefühl, man kann förmlich sehen, wie sie wächst. Ich kann nicht behaupten, dass ich volle Windeln sonderlich gerne mag, aber ich bin inzwischen ziemlich gut im Wickeln."

„Vielen Dank, dass du dich um sie kümmerst", erwiderte Dakota. „Jetzt, da ich wieder hier arbeite, sollte ich sie an wenigstens drei Tagen die Woche mit herbringen können. Also brauche ich nicht mehr so viel Hilfe. Mom wird sie an einem der anderen Tage nehmen, und ich hatte ungefähr fünf Anrufe von Frauen aus der Stadt, die sie an dem anderen Tag betreuen wollen."

„Es muss schön sein, beliebt zu sein."

„Das liegt nicht an mir, das liegt an Hannah. Sie ist beliebter als wir drei zusammen."

Montana hockte sich auf die Tischkante. „Ich glaube, ich könnte das nicht."

„Was, einen Lehrplan entwickeln?"

„Ein Baby zu haben." Montanas Blick glitt zum Bauch ihrer Schwester. „Oder zwei."

„Das war nicht geplant", gab Dakota zu und ermahnte sich, beim Gedanken daran, dass sie bald alleinerziehende Mutter zweier kleiner Kinder wäre, nicht in Panik zu verfallen. „Ich gebe zu, ich habe Angst. Aber darüber werde ich nicht nachdenken. Beide Kinder sind ein Segen."

„Und was ist Finn dann?"

Eine gute Frage – die sie nicht beantworten konnte.

„Ich liebe ihn", antwortete Dakota leise und zuckte die

Schultern. „Ich weiß, es ist dumm, aber ich kann nicht anders. Ich ..." Sie lächelte. „Er ist einfach der Richtige."

„Wow, du hast ihn gefunden."

„Ja, aber ich sage nicht, dass das eine intelligente Wahl war."

„Es könnte funktionieren", meinte Montana.

„Ich weiß deine Loyalität zu schätzen, aber glaubst du das wirklich?"

„Er könnte dich überraschen."

Dakota sah sie skeptisch an. „Er hat ziemlich deutlich gemacht, dass er sein altes Leben zurückhaben will. Nun, da seine Brüder ihr eigenes Leben haben, ist er endlich frei. Ich weiß, ihm liegt etwas an mir, aber das ist nicht das Gleiche, wie Liebe oder Verantwortung zu übernehmen."

„Also wirst du ihn nicht fragen?"

„Ich werde mich nicht damit verrückt machen, mir etwas zu wünschen, was nie passieren wird."

Augenscheinlich wollte Montana etwas entgegnen, besann sich dann jedoch eines Besseren. „Was kann ich tun, um dir zu helfen?"

„Was wolltest du denn eigentlich sagen?", hakte Dakota nach.

Ihre Schwester stand auf. „Dass du aufgibst, ohne es versucht zu haben. Wenn du ihn liebst, wenn er der eine ist, solltest du dann nicht wenigstens probieren, es hinzubekommen? Um ihn kämpfen? Ach nein. Er hat ja noch gar nicht Nein gesagt, weil du es ihm noch nicht erzählt hast. Also gibt es gar nichts zu kämpfen."

„Ich werde es ihm sagen. Ich warte nur, weil ich genau weiß, was passieren wird. Und ich will das, was wir im Moment haben, nicht kaputt machen. Vertrau mir. Wenn Finn herausfindet, dass ich schwanger bin, wirst du die Spuren seiner durchdrehenden Räder auf dem Asphalt sehen."

„Wenn du es sagst."

Das Gespräch lief überhaupt nicht so, wie Dakota gedacht

hatte, und das nervte sie. Sie sagte sich aber, dass es nicht Montanas Fehler war. Ihre Schwester verstand das nicht. Etwas zu wollen bedeutete nicht, dass man es auch bekam.

„Du musst ihm die Chance geben, dich zu überraschen", murmelte Montana. „Vielleicht nutzt er sie ja."

Dakota nickte, weil sie sich nicht streiten wollte. Dennoch wusste sie, dass die Wahrheit ganz anders aussah.

An diesem Abend war Dakota rastlos. Ihr ging die kleine Auseinandersetzung mit ihrer Schwester einfach nicht aus dem Kopf. Außerdem konnte sie die Stimme nicht länger ignorieren, die ihr sagte, dass sie sich versteckte, anstatt ehrlich zu sein. Dass sowohl Finn als auch sie Besseres verdient hatten.

Als er später vorbeikam, köchelte gerade eine Marinara-Soße auf dem Herd, und im Hintergrund spielte leise Musik. Hannah hielt ihr abendliches Schläfchen.

„Hey", sagte Finn und trat ein. „Wie war dein erster Tag ohne Fernsehshow? Vermisst du die Aufregung der Unterhaltungsindustrie?"

Wenn er lächelte, bildeten sich um seine blauen Augen herum kleine Fältchen. Er war groß und gut aussehend und stark. Er war jemand, an den sie sich anlehnen konnte.

Vielleicht hatte sie sich bis jetzt nie verliebt, weil sie nie den Richtigen kennengelernt hatte. Irgendetwas hatte bei den anderen immer gefehlt. Mit Finn hingegen fühlte sie sich ... vollständig.

Wenn es nur wahr sein könnte ...

Sie wartete, bis er die Haustür geschlossen hatte, dann lehnte sie sich an ihn und zog seinen Kopf zu sich herunter, damit sie ihn küssen konnte. Ihm zu sagen, was sie empfand, könnte direkt ins Verderben führen, aber es ihm zu zeigen ... Vielleicht war das etwas anderes.

Sie presste die Lippen auf seine, legte all ihre Frustration, ihre Liebe, ihre Sorgen in diesen Kuss. Und Finn hielt sie fest, als spüre er, dass sie gehalten werden musste. Er erwiderte den Kuss, ließ seine Zunge um ihre tanzen, zog ihren Körper näher an sich heran.

Leidenschaft flammte in ihr auf, doch es ging um so viel mehr als nur Sex. Es ging um ihn und darum, was sie gemeinsam haben könnten.

Wortlos griff sie nach seiner Hand und zog ihn durch das Wohnzimmer, den Flur hinunter und in ihr Schlafzimmer. Bei offener Tür würde sie es problemlos mitbekommen, wenn Hannah sich rührte.

In der Dämmerung des Schlafzimmers drehte Dakota sich zu ihm um. In seinen Augen standen Fragen, aber er stellte sie nicht. Offensichtlich wusste er, dass sie im Moment nicht reden wollte.

Er nahm den Saum ihres T-Shirts und zog es ihr über den Kopf. Sogleich öffnete sie den Verschluss ihres BHs. Als sie mit nacktem Oberkörper vor ihm stand, beugte Finn sich vor und nahm ihre aufgerichtete Brustwarze in den Mund. Mit einer Hand liebkoste er ihre andere Brust.

Sein Mund war warm. Und die Berührung seiner Zunge erregte sie. Mit jedem zarten Saugen spürte Dakota, wie sie zwischen den Beinen feuchter wurde. Doch das reichte ihr nicht. Sie wollte mehr. Sie wollte alles. Sie wollte ihn auf sich fühlen, von ihm genommen werden und ihn in sich spüren. Sie brauchte ihn. Sie brauchte die Verbindung mit ihm.

Erneut schien er ihre Gedanken zu lesen und griff nach dem Knopf ihrer Jeans. Dakota half ihm, ihn zu öffnen, und schlüpfte dann aus der Hose. Sofort ließ Finn seine Hand zwischen ihre Beine gleiten. Sie war bereit. Mit dem Daumen streichelte er ihr Lustzentrum. Während er die kleine, empfindliche Perle stimulierte, drang er mit zwei Fingern in sie ein.

Von allen Seiten stürmten die Empfindungen auf sie ein. Von seinem Mund an ihrer Brust über seine streichelnden, massierenden, drängenden Finger. Er tauchte tiefer in sie, fand all die Punkte, bei deren Berührung sie lustvoll aufstöhnen musste. Ihre Beine fingen an zu zittern. Obwohl sie sich an ihn klammerte, hatte sie Probleme, aufrecht stehen zu bleiben. Aber sie wollte nicht, dass er aufhörte. Sie wollte nicht, dass ihn irgendetwas von dem ablenkte, was er mit ihr tat – und was sich so unglaublich gut anfühlte.

Anspannung, Vergnügen und ein unersättliches Verlangen rissen sie mit. Sie war nah dran, so nah dran ...

Da hörte er auf. Sie protestierte, nicht sicher, was los war. Bevor sie jedoch fragen konnte, schob er sie rückwärts zum Bett. Sie saß auf dem Rand der Matratze. Er kniete sich vor sie, drückte ihre Oberschenkel auseinander und führte mit seiner Zunge fort, was er mit dem Daumen begonnen hatte. Während er sie auf so intime Weise küsste, ließ er seine Finger wieder in sie hineingleiten.

Seine Zunge, sein Atem, die Finger ... das alles war zu viel. Sie hatte kaum Zeit, das Gefühl zu genießen, da wurde sie auch schon von einem erlösenden Orgasmus überrollt. Sie schrie laut auf, während sie am ganzen Körper erzitterte.

Eine Welle folgte der nächsten, bis Dakota sich ganz schwach fühlte. Finn stand auf und befreite sich von seiner Kleidung. Als Hemd, Schuhe, Socken, Jeans und Boxershorts zu Boden fielen, kroch sie unter die Bettdecke. Sekunden später war er bei ihr.

„Dakota", hauchte er und drang mit einem Stoß in sie ein.

Sie hieß ihn willkommen, schlang die Beine um seine Hüften und zog ihn näher an sich. Normalerweise schloss sie die Augen, aber dieses Mal hielt sie sie geöffnet, schaute zu, wie er sie anschaute. Sie waren miteinander verbunden. Sie fühlte, was er fühlte, spürte seine Anspannung, die erwartungsvolle Vorfreude. Gemeinsam näherten sie sich dem Höhepunkt. Und die Sehnsucht nach mehr wuchs, bis es nichts mehr gab, als gemeinsam zu kommen.

Sie klammerte sich an ihn, während er sie an sich zog. Die

Nacht umfing sie, bis es schien, als wären sie schon immer zusammen gewesen und als könnte nichts sie jemals trennen.
Ich liebe dich.
Sie dachte die Worte, sprach sie jedoch nicht aus. Sie wusste, wenn sie das täte, müsste sie ihm die Wahrheit sagen. Und dann wären diese Worte eine Falle, würden ihm das Gefühl geben, ihr verpflichtet zu sein.
Wenn er das nur wäre.
Der Wunsch war wie ein Gebet, das sie ins Universum hinausschickte. War es zu viel verlangt, den einen Mann haben zu können, auf den sie ihr ganzes Leben lang gewartet hatte?
Während sich diese Frage in ihrem Kopf bildete, hörte Dakota das sanfte Seufzen von Hannah und hatte damit ihre Antwort. Ihr war bereits so viel gegeben worden. Auf gar keinen Fall konnte sie alles haben.
Vielleicht würde sie Finn nicht behalten können, aber sie würde sein Baby haben. Und irgendwie würde ihr das reichen.

19. Kapitel

„Du bringst mich noch um." Bills Stimme klang erstaunlich klar, wenn man bedachte, dass er zwölfhundert Meilen weit entfernt war. „Wir stehen am Anfang der Saison, Finn. Du musst entweder zurückkommen oder mir das Geschäft überlassen."

„Ich weiß." Finn umklammerte das Handy. „Gib mir noch eine Woche!"

„Um was zu tun? Du hast gesagt, die Show ist vorbei. Deine Brüder sind damit fertig. Was gibt es in dieser verdammten Stadt also noch für dich zu tun?"

Eine ausgezeichnete Frage, dachte Finn. Eigentlich sollte er in das erste Flugzeug Richtung Alaska springen. Doch er tat es nicht. Er hatte das komische Gefühl, hier noch etwas zu erledigen zu haben.

„Es liegt an der Frau, oder?"

„Dakota? Ja, zum Teil liegt es an ihr." Er hatte nicht geplant, sich auf etwas Festes einzulassen. Er wollte niemandem nahe sein. Aber Dakota hatte etwas, dem er nicht widerstehen konnte. Sich von ihr zu trennen würde ihm schwerer fallen, als er erwartet hatte.

„Denkst du darüber nach, dort zu bleiben?"

„Ich weiß nicht. Ich bin mir mit gar nichts mehr sicher. Bill, ich weiß, es ist unfair. Du reißt dir für unsere Firma den Arsch auf. Gib mir noch eine Woche! Dann habe ich eine Antwort."

Sein Freund seufzte. „Gut. Eine Woche. Aber keinen Tag länger. Und dafür bist du mir jetzt was schuldig."

„Ich weiß. Was immer du willst, es gehört dir."

Bill lachte. „Als würde ich das glauben. Wir sprechen uns

in einer Woche. Wenn du dann nicht anrufst, verkaufe ich deine Hälfte der Firma an den Erstbesten, der mir einen Nickel dafür gibt."

„Klingt fair", erwiderte Finn und verabschiedete sich.

Er stand auf dem Rollfeld des Flughafens von Fool's Gold und schaute auf die Flugzeuge. Er könnte sich hier ein Leben aufbauen, wenn er das wollte. Die Frage war nur – wollte er? Er hatte so lange eine so große Verantwortung getragen und hatte sich immer gesagt, dass er endlich frei sein würde, wenn seine Brüder aus dem Gröbsten heraus wären. Dass er dann nur noch an sich denken und tun würde, was immer er wollte.

Jetzt war er frei. Aber allein zu sein war gar nicht so toll wie gedacht. Er war es gewohnt, ein Teil einer Familie zu sein. Ein Teil von irgendetwas. Wollte er das wirklich hinter sich lassen? Musste es alles oder nichts sein?

„Was hat dein Partner gesagt?", wollte Hamilton wissen.

Finn hatte dem alten Mann gegenüber erwähnt, dass er Bill anrufen musste. „Er ist nicht sonderlich froh darüber, dass ich immer noch hier bin. Ich habe ihm gesagt, dass ich mich innerhalb der nächsten Woche entscheiden werde."

Hamilton hob seine buschigen Augenbrauen. „Denkst du darüber nach, mich auszuzahlen? Ich kann die entsprechenden Papiere aufsetzen."

Der alte Mann bot ihm seine Firma fast jedes Mal an, wenn Finn zur Arbeit erschien. Der Preis war fair, und es war ausreichendes Wachstumspotenzial vorhanden. Finn hatte schon einige Ideen bezüglich fester Fracht- und Passagierrouten. Wenn er denn bleiben wollte.

„Ich sag dir auch innerhalb der nächsten Woche Bescheid."

„Was ist denn so besonders an den nächsten sieben Tagen?", wollte Hamilton wissen. „Liest du aus Teeblättern oder so?"

„Noch nicht. Ich muss aber ein paar Dinge klären."

Hamilton schüttelte den Kopf. „Ihr jungen Leute heutzutage. Nie wollt ihr eine Entscheidung treffen. Ich weiß, was dich hier hält. Das Mädchen aus der Stadt. Ich finde sie ja ganz hübsch, aber was weiß ich schon. Ich bin seit vierzig Jahren verheiratet." Er grinste. „Nimm einen Rat von einem alten Mann an: Zu heiraten ist etwas Gutes."

Heiraten? War es das, worauf es hinauslief? Vom Verstand her wusste er, dass es der nächste logische Schritt war, aber der Gedanke daran ließ Finn dennoch zurückzucken. Dakota hatte eine Tochter. War er bereit, Vater zu sein? Hatte er das nicht schon mit seinen Brüdern durchgemacht?

Das Entscheidende waren wohl seine Gefühle für Dakota, nahm er an. Er mochte sie. In einer chaotischen Situation war sie unerwartet in sein Leben getreten. Sie war liebevoll und hilfsbereit. Er sah ihr gern zu, wenn sie sich um Hannah kümmerte. Sie war eine gute Mutter und eine gute Freundin. Sie wäre vermutlich auch eine großartige Ehefrau. Die Sache war nur die – er suchte nicht nach einer Ehefrau.

„Eine Woche", wiederholte er.

Hamilton hob die Hand. „Meinetwegen. Nimm dir so viel Zeit, wie du brauchst. Ich habe den Eindruck, dir gefällt es hier und du suchst nur nach einer Entschuldigung, um hierzubleiben. Wenn du so heiß darauf wärst, nach Alaska zurückzukehren, wärst du schon längst weg. Aber was weiß ich schon, ich bin ja nur ein alter Mann."

Finn grinste. „Das sagst du ziemlich oft. Dass du ein alter Mann bist und was du denn schon weißt. Aber du scheinst zu allem eine Meinung zu haben."

Hamilton lachte. „Wenn du erst einmal in meinem Alter bist, Junge, wirst du auch zu allem eine Meinung haben."

Sonntagmorgen traf sich Dakota mit ihren Schwestern zum Brunch im Haus ihrer Mutter. Es wurde jeden Tag wärmer, und unverkennbar stand der Sommer vor der Tür. Heute hatte Denise den Tisch auf der Veranda gedeckt. Es gab eine Schüssel mit frischen Früchten, Saft, Gebäck und Rührei. Der

Geruch von frisch gebrühtem Kaffee mischte sich unter den zarten Duft der Blumen.

Dakota hatte Hannah auf dem Schoß. Das kleine Mädchen saß zwar auch schon gut in ihrem Hochstuhl, aber bei so vielen Menschen wäre sie zu abgelenkt. Es war einfacher, ihren zappelnden kleinen Körper mit einem Arm in Schach zu halten, während sie die kleinen Ärmchen nach ihren Tanten und ihrer Grandma ausstreckte.

„Wie war das Date?", fragte Nevada. Sie goss sich eine Tasse Kaffee ein und reichte die Kanne an Montana weiter. „Habt ihr irgendetwas Wildes gemacht, wofür man euch verhaftet hat?"

Denise nippte an ihrem Saft, stellte das Glas ab und lehnte sich in ihrem Stuhl zurück. „Es war nett."

Montana lachte. „Ich schätze, das ist nicht das, was er über sich hören möchte. Nett? Heißt das, ihr hattet Spaß? Magst du ihn? Fang ganz am Anfang an, und erzähle uns alles!"

„Er ist ein sehr netter Mann. Wir haben uns über viele verschiedene Sachen unterhalten. Er ist irgendwie ganz lustig, und er ist weit gereist. Es war wirklich nett. Und ich habe ja kein lebensveränderndes Ereignis erwartet. Es war nur eine Verabredung."

Dakota dachte an die Zeit, die sie mit Finn verbrachte. „Manchmal kann ‚nur eine Verabredung' aber lebensverändernd sein."

„Ich bin nicht sicher, ob ich daran glaube", erwiderte ihre Mutter. „Man muss den anderen doch erst einmal kennenlernen. Gibt es die Liebe auf den ersten Blick wirklich? Ich weiß nicht. Vielleicht ist das etwas, das einem passiert, wenn man noch jung ist. Wenn man nicht vorsichtig und bedacht sein muss."

„Warum musst du denn vorsichtig sein?", wollte Nevada wissen.

„Aus vielen Gründen. Ich bin seit über dreißig Jahren nicht

mehr mit einem Mann ausgegangen. Ich weiß nicht mehr, welche Regeln gelten. Außerdem bin ich kein Kind mehr. Ich habe Verantwortung. Ich habe Kinder und Enkel und einen Platz in der Gemeinde. Ich werde nicht mit irgendeinem Biker durchbrennen, nur weil er meine Schenkel in Flammen setzt."

„Ich glaube, ich würde es tun – also mit einem Biker davonlaufen, der meine Schenkel in Flammen setzt." Nevada grinste. „Vorausgesetzt, er tut es auf die richtige Art und braucht dafür keine Packung Streichhölzer."

„Natürlich, das versteht sich wohl von selbst. Ich habe keinerlei Interesse daran, mit einem Pyromanen auszugehen." Denise schüttelte den Kopf. „In meinem Alter ist es wesentlich komplizierter. Das könnt ihr Mädchen nicht verstehen. Ihr seid noch jung. Für euch gelten andere Regeln."

„Willst du damit sagen, du fühlst dich sexuell zu ihm hingezogen, hast aber Angst, dem nachzugeben?", fragte Dakota und fürchtete sich gleichzeitig ein wenig vor der Antwort. Sie sagte sich, dass sie alle erwachsen waren und ihre Mutter genauso eine Frau mit sexuellen Bedürfnissen war wie alle anderen am Tisch. Aber es war trotzdem seltsam, so ein Gespräch mit einem Elternteil zu führen.

„Nein, das war nur theoretisch gemeint." Denise nahm ihre Kaffeetasse. „Zwischen uns stimmte die Chemie nicht. Wir haben uns geküsst." Sie erschauerte leicht. „Vielleicht bin ich zu alt, um mir von einem Mann die Zunge in den Mund stecken zu lassen."

Dakota musste sehr an sich halten, um nicht zusammenzuzucken. Nevada versteifte sich, Montana quiekte auf und hielt sich dann die Ohren zu.

„Ich kann das nicht", sagte Montana. „Ich weiß, das ist kindisch, aber ich kann mit dir nicht über diese Sachen reden. Das ist einfach eklig." Sie ließ die Hände sinken. „Nein, nicht direkt eklig, aber einfach zu viel Information."

Hannah klatschte in die Hände und lachte über die Faxen ihrer Tanten.

„Wenigstens hast du deinen Spaß", murmelte Dakota und gab ihrer Tochter einen Kuss auf das weiche Haar. Dann wandte sie ihre Aufmerksamkeit wieder ihrer Mutter zu. „Auch wenn ich gewillt bin, das Thema erwachsener anzugehen als meine Schwestern, muss ich zugeben, dass es komisch ist, mit dir über dein Liebesleben zu sprechen. Aber als ausgebildeter Profi werde ich dir zuhören."

Denise lachte. „Ihr Mädchen benehmt euch einfach lächerlich. Ich spreche von einem Zungenkuss! Und ihr tut so, als hätte ich euch einen zwanzigminütigen Geschlechtsverkehr beschrieben."

Montana hielt sich wieder die Ohren zu und fing an zu summen. Nevada sah aus, als wollte sie jeden Moment flüchten.

„Es ist vermutlich ganz gut, dass du nicht beim ersten Date mit ihm ins Bett gegangen bist." Dakota hoffte, ruhig und vernünftig zu klingen. Sie stimmte vollkommen mit ihren Schwestern überein. Überall wäre sie jetzt lieber als hier. Es sollte verboten sein, mit seinen Eltern über Sex zu reden. „Es ist bei dir schon lange her. Du warst so lange mit Daddy verheiratet und bist jetzt seit zehn Jahren Witwe. Da ist es am sinnvollsten, sich langsam wieder an Verabredungen zu gewöhnen."

„Das habe ich auch gedacht", pflichtete ihre Mutter ihr bei. „Der Kuss war nur ein Experiment. Ich habe mich gefragt, wie das mit einem anderen Mann wohl ist. Und was soll ich sagen – so toll war es nicht."

Montana ließ die Hände sinken. „Vielleicht lag es nicht am Kuss, sondern am Mann. Die Chemie muss stimmen, es muss diesen gewissen Funken geben."

„Also, nett war er ja", gab ihre Mutter zu. „Aber einen Funken gab es nicht. Ich werde nicht wieder mit ihm ausgehen. Ich würde am liebsten sagen, ich werde nie wieder mit irgendjemandem ausgehen, aber es wäre dumm, aufgrund einer einzigen Erfahrung solche Schlüsse zu ziehen. Ich denke noch mal drüber nach."

Sie wandte sich an Dakota. „Und da wir gerade beim Thema sind – hast du Finn schon erzählt, dass du schwanger bist?"

Alle drei Frauen schauten Dakota erwartungsvoll an. Sie rutschte verlegen hin und her. „Noch nicht so richtig."

Ihre Mutter bedachte sie mit einem missbilligenden Blick. „Nicht richtig? Das ist etwas, das du nicht für dich behalten darfst. Finn hat ein Recht darauf, zu erfahren, dass er Vater wird."

„Ich weiß, und ich werde es ihm auch sagen." Sie atmete tief ein. „Bald." Sie schüttelte den Kopf. „Jedes Mal, wenn ich daran denke, es ihm zu erzählen, habe ich diesen Knoten im Magen. Finn ist immer noch hier. Er müsste es nicht sein, aber er ist es. Mit seinen Brüdern ist alles geklärt. Trotzdem hat er noch nicht gesagt, wann er abreist. Was mich hoffen lässt, ich könnte der Grund für sein Bleiben sein."

„Du hast Angst, er läuft davon, wenn du ihm von dem Baby erzählst", sagte Nevada.

„Ja", flüsterte Dakota. Sie wusste, es war feige, aber sie konnte nicht anders. „Ich liebe ihn. Und ich will, dass er bleibt. Wenn er geht, bricht es mir das Herz."

„Dann sag ihm das", schlug Montana vor. „Zu wissen, was du empfindest, könnte ihn umstimmen. Und du weißt nicht, ob er sich nicht doch über das Baby freut."

Dakota würde das gern glauben, aber darauf wetten wollte sie nicht. Was jedoch das Liebesgeständnis anging ...

„Ich will nicht, dass er sich dann in der Falle fühlt", gab sie zu. „Er soll nicht denken, ich sage ihm, dass ich ihn liebe, damit er bleibt. Und ich weiß nicht, ob es so schlau ist, ihm gleich beides zu sagen. Wenn ich ihm erkläre, dass ich ihn liebe, und ihm danach von dem Baby erzähle, ist es immer noch eine Falle. Wenn ich ihm erst von dem Baby erzähle, bekomme ich womöglich keine Chance mehr, ihm zu sagen, dass ich ihn liebe. Ich weiß einfach nicht, wie ich es richtig machen soll."

„Das kommt daher, dass es kein ‚richtig' gibt", sagte ihre Mutter. „Ihr habt kein Problem, das ihr lösen müsst. Es gibt lediglich Informationen, die geteilt, und Pläne, die gemacht werden müssen." Sie hielt inne. „Dein Dilemma kann ich nur zu gut verstehen. Aber wie auch immer du dich entscheidest: Finn muss erfahren, dass du schwanger bist. Jeder Mann hat das Recht darauf, zu wissen, dass er Vater wird. Warte nicht auf den richtigen Zeitpunkt, denn den gibt es nicht."

Es ist schon einige Jahre her, dass meine Mutter mich das letzte Mal ausgeschimpft hat, dachte Dakota. Doch egal, wie alt sie war oder wie erwachsen sie sich fühlte, der scheltende Tonfall sorgte immer noch dafür, dass sie sich ganz klein fühlte. Sie wollte widersprechen, wollte sagen, dass sie ihre Gründe hatte, aber sie wusste, dass ihre Mutter recht hatte. Sie versteckte sich und wich der Konfrontation aus. Doch was immer dabei herauskommen würde, sie musste es ihm sagen.

„Ich werde es ihm heute sagen."
Und morgen wäre er dann fort.

„Sasha hat aus L. A. angerufen. Er hat eine Wohnung gefunden, die er sich mit zwei anderen Jungs teilt. Ich schätze, sie schlafen abwechselnd. Ich bin nicht sicher, was aus Lani geworden ist, aber egal. Er klingt glücklich."

Dakota hatte Schwierigkeiten, sich auf das zu konzentrieren, was Finn erzählte. Obwohl sie normalerweise ganz zufrieden damit war, ihm zuzuhören, war es heute anders. Der Druck, ihm die Wahrheit zu sagen, lastete schwer auf ihr. Sie hatte immer noch nicht die richtigen Worte gefunden, aber sie wollte es nicht länger vor sich herschieben.

„Ich muss dir etwas sagen", unterbrach sie ihn. „Es ist wichtig." Sie saßen auf dem Wohnzimmerteppich, Hannah zwischen sich. Das kleine Mädchen hatte einen Satz Plastikschlüssel in der Hand und erfreute sich an dem Geräusch, das sie machten, wenn sie das Bund schüttelte.

Finn hob fragend die Augenbrauen. „Ist alles in Ordnung? Geht es um Hannah?"

Dakota holte tief Luft. Sag es jetzt, machte sie sich Mut, platz einfach damit heraus und hoff auf das Beste. „Nein, es geht nicht um Hannah. Es geht um mich." Sie schüttelte den Kopf. „Nein, so war das nicht gemeint. Ich bin ..."

Sie fluchte innerlich. Das sollte nicht so schwer sein.

„Es war wirklich immer toll mit dir." Sie zwang sich, ihm in die dunkelblauen Augen zu schauen. „Ich weiß, dass du nicht hierherkommen wolltest. Aber ich bin froh, dass du es getan hast. Ich bin froh, dich kennengelernt und Zeit mit dir verbracht zu haben. Du bist etwas ganz Besonderes für mich."

Sie schluckte. Hier war sie nun, kurz davor, die Worte zu sagen, die sie noch nie zu einem Mann gesagt hatte. Sie hatte diese Worte noch nicht einmal gedacht. Ja, sie liebte ihre Familie, nur war das eben etwas anderes. Hier ging es um romantische Liebe. Und um den weiteren Verlauf ihres Lebens.

„Ich habe mich in dich verliebt. Ich wollte es nicht, es ist einfach passiert. Und ich weiß, dass du eigentlich nicht hierbleiben willst. Trotzdem bist du noch nicht weg, und ich hatte gehofft, dass Hannah und ich mit ein Grund dafür sind. Es ist nicht einfach – dein Leben in South Salmon, mein Leben hier, aber ich dachte, vielleicht könnten wir zusammen eine Lösung finden."

Sie konnte nicht sagen, was er dachte. Er schaute sie weiter an, aber seine Miene war undurchdringlich. Dakota ahnte nicht, ob das gut oder schlecht war.

Jetzt kam der schwierige Teil. „Und eins noch."

Finn wusste nicht, was diese eine Sache sein konnte. Dakotas Geständnis hatte ihn überrascht. Noch nie war jemand so ehrlich mit ihm gewesen. Noch etwas, was für sie spricht, dachte er. Er drehte die Worte im Kopf hin und her und stellte fest, dass sie ihm gefielen.

Sie hatte recht. Er hatte nie vorgehabt, in Fool's Gold zu bleiben. Ja, er hatte ja nicht mal hierherkommen wollen. Aber er war froh, es getan zu haben. Hier zu sein hatte ihn erkennen lassen, dass er seinen Brüdern vertrauen konnte, dass sie erwachsen waren und er sie ziehen lassen durfte. Hier zu sein hatte ihm die Gelegenheit gegeben, sich in Dakota zu verlieben.

Sein Blick glitt zu Hannah. Sicher, er hatte nicht noch mehr Verantwortung übernehmen wollen. Das hier war allerdings etwas anderes. Hannah war ein großartiges Kind, und er kannte sie bereits. Außerdem gefiel ihm die Vorstellung, ein kleines Mädchen in seinem Leben zu haben. Sie würde vermutlich wesentlich weniger gebrochene Fensterscheiben verursachen, als seine Brüder es getan hatten. Und er hatte nicht damit gerechnet, sich so schnell – oder überhaupt – ernsthaft auf eine Beziehung einzulassen. Aber das Leben verlief nicht immer wie geplant.

„Ich bin schwanger." Dakota biss sich auf die Unterlippe. „Ich weiß, das ist ein Schock. Ich weiß, ich habe dir gesagt, dass ich nicht schwanger werden kann, und das stimmte auch. Na ja, offensichtlich nicht zu hundert Prozent, aber die Ärztin hat gesagt, die Chancen standen eins zu einer Million, und es liegt vermutlich nur daran, dass du ziemlich forsche Spermien hast und …" Sie starrte ihn an. „Ich bin schwanger."

Schwanger.

Vom Prinzip her wusste er, was das Wort bedeutete. Schon seit er zehn Jahre alt gewesen war, wusste er, woher die Babys kamen. Aber … schwanger?

Er wollte aufspringen und seine Faust gen Himmel recken.

Das hätte nicht passieren dürfen. Sie hatte ihm gesagt, dass sie nicht schwanger werden könnte, und er hatte ihr geglaubt.

Sie redete immer noch, doch er hörte nicht zu. Ab und zu drang ein Wort zu ihm durch. Etwas über sehr geringe Chancen. Darüber, Glück gehabt zu haben.

Ungläubig sah er sie an. „Glück? Du empfindest das als Glück?" Jetzt stand er langsam auf. „Das ist kein Glück. Das ist ein Trick. Hattest du jemals gynäkologische Schwierigkeiten? Oder hast du mir nur eine Falle gestellt?"

Noch während er die Frage stellte, erkannte er die Antwort. Dakota würde ihn nie in eine Falle locken. Das war nicht ihr Stil. Sie war vom ersten Tag an ehrlich gewesen. Aber verdammt. Warum, zum Teufel, war das passiert?

Sie rappelte sich auf und zog Hannah an sich. Das Baby gluckste und streckte die Arme zu Finn aus.

„Ich habe das nicht mit Absicht gemacht." Dakota klang ruhig und entschlossen.

Er schob die Fäuste in die Hosentaschen und tigerte im Zimmer auf und ab. „Das weiß ich." Er merkte, dass er viel zu laut sprach. „Aber das habe ich nicht gewollt. Nicht jetzt. Nicht schon wieder. Ich bin gerade erst eine große Verantwortung losgeworden, und jetzt sitze ich wieder in der Falle."

„Du sitzt in gar keiner Falle und hast überhaupt keine Verantwortung. Du kannst jederzeit gehen, wenn du willst." Sie hob das Kinn. „Wir brauchen dich nicht, Finn. Ich habe es dir nur gesagt, weil es sich so gehört, aber nicht, weil ich irgendetwas von dir will."

Das klang gut, war allerdings überhaupt nicht glaubwürdig. Immerhin hatte sie das Gespräch mit der Erklärung eingeläutet, dass sie ihn liebte. Stimmte das überhaupt? Vielleicht hatte sie ihn nur in falscher Sicherheit wiegen wollen? Oder sie hatte versucht, ihn so einzulullen, dass er bei der Nachricht von der Schwangerschaft sofort ein Teil des Ganzen sein wollte.

„Woher weiß ich, dass das für dich nicht alles nur ein Spiel gewesen ist?", fragte er.

„Das erkennst du daran, dass es hier keine Gewinner gibt", erwiderte sie. „Ich dachte, du würdest wissen wollen, dass du Vater wirst. Aber mach dir keine Sorgen. Ich sehe es in deinen Augen. Du willst weglaufen. Gut. Mach nur. Da ist die Tür. Ich werde dich nicht aufhalten."

In der Sekunde, als er einfach dastand, hielt Dakota den Atem an. Sie hoffte verzweifelt, dass sie sich irrte, dass Finn bleiben wollte. Sie hoffte, er würde erkennen, dass er sie auch liebte und sie zusammengehörten.

Während sie ihn jedoch anschaute, erkannte sie, wie die emotionale Tür sich schloss. Sie wusste, sie hatte verloren. Er war bereits fort, bevor er das Haus verließ.

20. Kapitel

Baumbewachsene Berghänge erstreckten sich, soweit das Auge reichte. Der Himmel war blau und die Sonne schien, obwohl es schon nach neun Uhr am Abend war. Zu dieser Jahreszeit war es hier oben in Alaska an die zwanzig Stunden am Tag hell.

Finn hatte in den letzten vierundzwanzig Stunden bereits zwei Frachtflüge absolviert. Sobald er wieder in South Salmon war, würde er sich eine Weile ausruhen und dann das Gleiche noch einmal machen. Sie hingen zeitlich mit ihren Aufträgen hinterher, und er war Bill etwas schuldig. Sein Partner hatte für die lange Abwesenheit erstaunlich viel Verständnis aufgebracht.

Das Flugzeug zu steuern war ihm vertraut. Er musste nicht nachdenken, um es zu fliegen – im Himmel zu sein, der Schwerkraft zu trotzen, das war für ihn so natürlich wie das Atmen. Mehr als das hier brauchte er nicht.

In der Ferne sah er einen Sturm heraufziehen. Die dicken, dunklen Wolken hätten ein Problem sein können. Doch er kannte das Wetter so gut, wie er den Himmel kannte. Die Wolken würden westlich an ihm vorbeiziehen. Und wenn er das nächste Mal startete, wäre die Sturmfront schon lange fort.

Trotz des stetigen Dröhnens des Motors herrschte im Flugzeug relative Stille. Ein Gefühl des Friedens. Niemand saß neben ihm. Niemand wartete nach der Landung auf ihn. Er konnte tun, was er wollte und wann er es wollte. Endlich hatte er die Freiheit, nach der er sich in den letzten acht Jahren so gesehnt hatte.

Als er sich dem Flughafen von South Salmon näherte, kündigte er sein Kommen an und machte sich zur Landung bereit. Die Reifen berührten die Landebahn, und Finn lenkte das Flugzeug zu den Hangars, die ihm und Bill gehörten. Sein Partner wartete am Hauptgebäude auf ihn.

Bill war ein großer, dünner Mann Anfang vierzig. Sein Vater und Finns Vater hatten zusammengearbeitet. Sie beide verband eine lange Geschichte.

„Wie ist es gelaufen?", fragte Bill. „Du bist ganz schön viele Stunden geflogen."

Finn reichte ihm das Klemmbrett mit den unterschriebenen Lieferscheinen und das Logbuch des Flugzeugs. „Ich lege mich jetzt ein Weilchen hin. Bin gegen vier Uhr zurück."

Er meinte vier Uhr morgens. Im Sommer fing die Schicht früh an. Denn sie wollten das Tageslicht so gut nutzen wie möglich. Es war wesentlich einfacher zu fliegen, wenn man alles sehen konnte.

Bill nahm das Klemmbrett entgegen. „Hast du dich schon wieder eingelebt?"

„Sicher. Wieso fragst du?"

Sein Partner zuckte die Schultern. „Du bist so anders. Ich weiß nicht, ob du etwas oder jemanden vermisst oder ob es bloß daran liegt, dass deine Brüder fort sind. Wir haben ziemlich viele Neukunden, Finn. Ein paar Verträge sind schon geschlossen, andere stehen kurz davor. Ich habe sie dir zusammengestellt, damit du mal einen Blick darauf wirfst. Die Sache ist die: Wenn du nicht hierbleibst, muss ich neue Piloten anheuern, vielleicht sogar meinen Cousin mit in die Firma aufnehmen."

Bill schaute ihn ernst an. „Willst du, dass ich dir deinen Anteil abkaufe? Das kann ich. Meine Schwiegereltern haben angeboten, mir das Geld zu leihen. Ich könnte ungefähr die Hälfte in bar und den Rest per Darlehen zahlen. Wenn du dir nicht sicher bist, ob du hier weitermachen willst, wäre jetzt der richtige Zeitpunkt, es mir zu sagen."

Die Firma verkaufen. Finn konnte nicht behaupten, nicht schon darüber nachgedacht zu haben. Vor drei Monaten hätte er geschworen, in South Salmon alles zu haben, was er sich wünschte. Jetzt war er sich dessen nicht mehr so sicher. Seine Brüder waren fort und schauten nicht zurück. Es war ihnen erstaunlich leichtgefallen, woanders ein neues Leben aufzubauen. Er selbst hatte auch neue Ideen, was er mit seinem Leben anfangen könnte. Charterflüge anbieten, Kindern das Fliegen beibringen.

Und dann war da noch Dakota. Sie fehlte ihm. So wenig ihm das gefiel, so verärgert er war. Und sosehr er sich fragte, ob sie ihn hereingelegt hatte – tief in sich wusste er, dass es nicht der Fall war –, wollte er nichts mehr, als bei ihr zu sein. Er wollte sie sehen, sie in den Armen halten und mit ihr lachen. Er wollte zusehen, wie Hannah vom Baby zum Kleinkind heranwuchs und dann zu einem kleinen Mädchen mit großen Augen und einem strahlenden Lächeln wurde.

Was das Baby anging ... So weit war er noch nicht. Der Gedanke allein überwältigte ihn. Er hatte nie darüber nachgedacht, Kinder zu bekommen. Von dem Tag, an dem seine Eltern gestorben waren, hatte er sich gesagt, dass er alles nachholen würde, sobald seine Brüder alt genug sein und auf eigenen Beinen stehen würden. Er würde hingehen, wohin er wollte, tun, was immer er wollte. Er wäre frei. Er wollte nie wieder irgendetwas müssen.

Sosehr er seine Brüder auch liebte, es hatte Tage gegeben, an denen er es gehasst hatte, sich um alles kümmern zu müssen. In einem Alter, in dem die meisten seiner Freunde mit jedem Mädchen ins Bett gegangen waren, das ihnen über den Weg gelaufen war, und gefeiert hatten, hatte er Hausaufgaben überprüft, die Wäsche gemacht und gelernt, eine anständige Mahlzeit zu kochen. Er hatte seine Zeit zwischen Arbeit und Elternsein aufgeteilt. Er hatte Vater und Mutter sein müssen und jeden Tag gefürchtet, es zu vermasseln.

„Finn?"

Finn sah seinen Partner an. „Tut mir leid."

„Du warst ganz woanders."

„In der Vergangenheit."

„Was die Firma angeht", sagte Bill. „Kannst du mir da bis Ende der Woche Bescheid geben?"

„Bis Freitag", versprach Finn.

Bill nickte und ging.

Finn blieb, wo er war. Er musste noch den üblichen Check nach dem Flug machen und ein paar Papiere ausfüllen. Aber anstatt sich daranzumachen, dachte er an Dakota und daran, dass sie ihren Kindern ebenfalls Mutter und Vater sein müsste. Für die Adoption hatte sie sich freiwillig entschieden, aber das Baby kam für sie so unerwartet wie für ihn.

Er war sicher, sie hatte es zu ihm genauso gesagt, wie sie es meinte – dass sie keine Erwartungen hatte. Dass er gehen könne. Wahrscheinlich würde sie ein Schreiben aufsetzen lassen, in dem er auf alle Rechte, sein Kind zu sehen, verzichtete und in dem sie im Gegenzug keine finanzielle Unterstützung verlangte. Sie würde nicht wollen, dass er sich gefangen fühlte.

Über diese Einstellung sollte er sich eigentlich freuen. Acht lange Jahre hatte es gedauert, aber endlich war er genau da, wo er sein wollte. Frei. Er konnte überall hingehen, alles tun. Zum Teufel, wenn er Bill die Firma verkaufte, hätte er Freiheit und das nötige Kleingeld dazu. Besser konnte das Leben doch gar nicht sein.

„Mir geht es gut", behauptete Dakota zum vier- oder fünfhundertsten Mal. „Vollkommen und rundherum gut."

Ihre beiden Schwestern wirkten nicht sonderlich überzeugt. Die Behauptung hätte vielleicht auch etwas glaubwürdiger gewirkt, wenn Dakotas Augen vom vielen Weinen nicht rot und geschwollen wären. Tagsüber schaffte sie es, tapfer zu sein, aber sobald sie abends allein war, brach sie zusammen.

„Dir geht es nicht gut, und das soll es auch gar nicht", erklärte Nevada. „Du hast Finn gesagt, dass du ihn liebst, und er ist gegangen. Er hat nichts gesagt, sondern ist einfach abgehauen. Du bist zurückgeblieben, mit seinem Baby schwanger und vollkommen allein."

„Danke für die Zusammenfassung", murmelte Dakota. „Jetzt sehe ich meine Lage als wirklich bemitleidenswert an."

„Das ist sie nicht", widersprach Montana schnell. „Es sieht so aus, als hättest du eine ganze Menge mitgemacht, und das hast du ja auch. Du bist stark. Das wird schon wieder." Sie und Nevada wechselten einen Blick.

„Was?", wollte Dakota wissen. Es überraschte sie nicht, dass die beiden hinter ihrem Rücken über sie sprachen. Was ihr jedoch Sorgen bereitete, war, dass sie zu einem Schluss gekommen waren, der ihr noch nicht eingefallen war.

Sie saßen in Jo's Bar, auf den großen Fernsehern lief *Project Runway* und auf den kleineren der Sender HGTV. Denise hatte darauf bestanden, dass Hannah über Nacht bei ihr blieb, vermutlich um den Schwestern ein wenig Zeit miteinander zu geben. Da die Kleine ihre Grandma vergötterte, machte Dakota sich keine Sorgen um ihre Tochter.

„Das mit dem Baby war eine ziemliche Überraschung für ihn", sagte Montana vorsichtig, als fürchte sie, Dakota würde gleich in die Luft gehen.

„Ich weiß."

„Er braucht vielleicht nur ein wenig Zeit. Und du auch."

„Ich war ja gewillt, ihm die Zeit zu geben." Sie musste sich zusammenreißen, um nicht mit den Zähnen zu knirschen, während sie die Finger immer fester um das Glas mit Cranberrysaft schloss. „Das hat aber nichts mit Zeit zu tun. Er ist *weg*. Und dagegen habe ich etwas. Nachdem seine Brüder die Stadt verlassen hatten, ist er noch geblieben – bis ich ihm gesagt habe, dass ich ihn liebe und von ihm schwanger bin.

Da ist er gegangen und hat noch am gleichen Abend einen Flug nach Alaska genommen. Seitdem kein Anruf, kein gar nichts."

Sie war noch nie verlassen worden. Zumindest nicht so. Das Gefühl, das dem am nächsten kam, war der Tod ihres Vaters gewesen. Der war auch unerwartet gekommen. Kein Streit, kein Feilschen. Nur Abwesenheit und Schmerz.

„Es ist so typisch Mann, einfach abzuhauen", sagte Nevada. „Jetzt weißt du wenigstens, was für ein Typ er ist."

„Und was für einer wäre das?"

„Er verschwindet lieber, anstatt sich der Verantwortung zu stellen. Er interessiert sich nur für sich."

Dakota schüttelte den Kopf. „Das ist nicht fair. So ist Finn nicht. Er hat die letzten acht Jahre damit verbracht, sich um seine Brüder zu kümmern. Er musste alles aufgeben, um sie aufzuziehen."

„Ja, und sieh dir an, was daraus geworden ist", murmelte Nevada.

„Was meinst du? Sie sind tolle Jungs."

„Einer will Schauspieler werden, und der andere ist mit einer Frau zusammen, die fast doppelt so alt ist wie er."

Dakota richtete sich auf. „Das stimmt nicht."

„Sasha will also nicht Schauspieler werden? Er ist nicht nach L. A. gezogen und hat das College ein Semester vor dem Abschluss geschmissen?"

„Doch, aber …"

Nevada zuckte die Schultern. „Du bist ohne ihn besser dran."

„Nein, bin ich nicht." Ärger stieg in ihr auf. „Es ist nichts Falsches daran, dass Sasha seinen Traum verfolgt. Hätte er das College zu Ende machen sollen? Vielleicht. Aber das kann er immer noch, das läuft ihm nicht weg. Was Aurelia angeht: Sie ist neun Jahre älter als Stephen, wie du genau weißt. Sie ist süß, und die beiden sind ein tolles Paar. Stephen geht aufs

College zurück, um Ingenieurwesen zu studieren, das sollte ihm doch gerade von dir ein paar Pluspunkte einbringen."

Sie spürte, dass sie wütend wurde. „Woher nimmst du das Recht, so über andere zu urteilen? Finn ist ein guter Mann, das hat er wieder und wieder bewiesen. Ich bedaure unsere Beziehung nicht, und ganz sicher kann ich deine unqualifizierten Kommentare über ihn und seine Brüder nicht gebrauchen."

Nevada nahm ihren Drink und grinste. „Ich wollte nur mal gucken."

„Was gucken?"

„Ob du immer noch irgendwo da drinsteckst."

Dakota öffnete den Mund, schloss ihn wieder. Holte dann tief Luft. „Was soll das heißen?"

„Du nimmst das alles hin", sagte Montana und beugte sich ein wenig vor. „Du kannst auf keinen Fall glücklich darüber sein, dass Finn gegangen ist, aber du hast dich überhaupt nicht gewehrt. Was ist da los? Warum hast du nicht um das gekämpft, was du willst?"

„Gekämpft? Ich kann ihn doch nicht zwingen, mit mir zusammen zu sein."

„Nein, aber zwischen *nichts tun* und *ihn zwingen* liegen ganze Weltmeere."

Nevada nickte. „Komm schon. Als du in dieses spezielle Programm wolltest, in dem du deinen Master und deinen Doktor gleichzeitig machen konntest, hast du da einfach nur deine Bewerbung eingereicht und dann abgewartet? Nein. Du hast die Verantwortlichen so lange belästigt, bis sie fast eine einstweilige Verfügung gegen dich erwirkt hätten. Als du eine Klasse voller Kinder für die Recherche zu deiner Doktorarbeit gebraucht hast, hast du wochenlang allen möglichen Lehrern die Türen eingerannt, bis du Erfolg hattest."

„Als du herausgefunden hast, dass du ohne Hilfe keine Kinder kriegen kannst", warf Montana ein, „hast du dich um eine Adoption beworben, hast alle Befragungen und Hausbesuche über dich ergehen lassen und ein Kind adoptiert. Du bist ein Macher, Dakota. Du tust es leise und glaubst, dass keiner es mitbekommt, doch das tun wir. Du hast immer alles geschafft, was du dir vorgenommen hast. Warum bist du jetzt also so passiv?"

Sie fühlte sich gleichzeitig gelobt und gescholten. „Ich bin nicht passiv. Ich gebe Finn Zeit, sich darüber klar zu werden, was er will."

„Und was ist mit dem, was du willst?", fragte Nevada. „Ist das nicht wichtig?"

„Doch, aber …"

„Kein Aber", ermahnte Montana sie. „Erinnerst du dich daran, was Yoda sagt? ‚Tu es, oder tu es nicht. Es gibt kein Versuchen.'"

„Du kannst hier herumsitzen und darauf warten, dass er sich entscheidet", sagte Nevada. „Oder du kannst dein Schicksal in die Hand nehmen. Ich weiß, dass du Angst hast."

„Ich habe keine Angst."

Die Schwestern schauten sie mit ungläubig hochgezogenen Augenbrauen an.

Sie seufzte. „Na gut, ein kleines bisschen", gab sie zu. Finn zur Rede zu stellen bedeutete, ihr Leben in die Hand zu nehmen – nur bedeutete das leider auch, sich eventuell anhören zu müssen, dass er nicht an ihr interessiert war. Dass sie nicht die Richtige für ihn war.

Sie glaubte nicht, dass er seinem Kind den Rücken zuwenden würde. Es würde vielleicht seine Zeit dauern, aber irgendwann würde er auftauchen und Teil seines Lebens sein wollen. Finn wäre ein großartiger Vater, aber war er auch daran interessiert, ein Ehemann zu sein?

„Ich dachte immer, die Teilnehmer der Show wären dumm", sagte sie langsam. „Ich dachte, sie wären verzweifelt und müssten mir leidtun. Aber sie haben sich lediglich danach gesehnt, sich zu verlieben. Das will doch beinah jeder. Und sie haben wenigstens etwas unternommen. Was hab ich schon getan?"

Sie erwartete, dass ihre Schwestern sie verteidigten, doch sie schwiegen beide. So viel zum Thema „Schweigen ist Gold", dachte Dakota halb amüsiert, aber auch ein wenig verletzt. Dann fiel ihr ein, dass es egal war, was andere Leute dachten. Wichtig war nur, was Finn und sie wollten.

Sie wusste, was *sie* wollte. Sie wollte ihr „glücklich bis ans Lebensende" mit dem Mann, den sie liebte. Sie wollte ihn heiraten und mit ihm gemeinsam die Kinder großziehen. Sie wollte ein Haus voller Kinder und Hunde, mit einer oder zwei Katzen und Fahrgemeinschaften und Fußballspielen. Sie wollte ein wenig von dem, was ihre Eltern gehabt hatten, und trotzdem auf ihre eigene Art.

Aber was wollte Finn? Sie wusste, er würde es irgendwann herausfinden und ihr sagen. War es nun ein Zeichen von Reife oder von Angst, ihm die Zeit zu geben?

Er hatte sie sagen hören, dass sie ihn liebte und schwanger war. Danach hatte er ihr keine Chance gegeben, den Rest zu erzählen. Wie sie sich ihre Zukunft vorstellte und dass es gar nicht so schlimm war, Verantwortung zu übernehmen. Im Gegenteil, das war etwas, das sich unglaublich lohnte.

„Ich werde nicht länger warten", erklärte sie und rutschte von der Bank. „Ich werde nach South Salmon fliegen und mit ihm reden."

„Morgen früh um sechs geht von Sacramento aus ein Flug mit Alaska Airlines", erzählte Nevada. „In Seattle musst du dann in das Flugzeug nach Anchorage umsteigen." Sie zog einen Zettel aus der Tasche und reichte ihn ihr. „Ich habe schon ein Ticket reserviert. Du kannst es am Flughafen bezahlen."

Dakota konnte es nicht glauben. „Ihr habt das alles geplant?"

„Wir hatten gehofft", gab Montana zu. „Außerdem haben

wir uns mit Mom darum gestritten, wer Hannah morgen Abend bekommt."

Dakota spürte, wie ihr Tränen in die Augen stiegen, aber zum ersten Mal seit Tagen lag es nicht daran, dass sie traurig war oder glaubte, das Liebste verloren zu haben. Sie bedeutete ihren Schwestern aufzustehen und umarmte sie fest.

„Ich liebe euch", sagte sie und drückte die beiden.

„Wir lieben dich auch", erwiderte Nevada. „Warn Finn schon mal vor! Wenn er sich wie ein Idiot benimmt, jagen wir ihm unsere drei Brüder auf den Hals. Er kann weglaufen, aber er kann sich nicht für alle Zeiten verstecken."

Dakota lachte.

Montana gab ihr einen Kuss auf die Wange. „Wir halten hier die Stellung. Mach dir keine Sorgen. Finde Finn und bring ihn mit dir zurück!"

„Eine Münze werfen?", fragte Bill.

Finn starrte aus dem Bürofenster. Der erste Sturm war hindurchgefegt, aber ihm folgte ein zweiter, der wesentlich größer war und direkt auf South Salmon zuhielt.

Die Stürme hier draußen waren mit denen in Kalifornien nicht zu vergleichen. Sie waren wesentlich unfreundlicher und sehr viel zerstörerischer. Normalerweise flog bei diesem Wetter niemand. Sie hatten jedoch den Notruf eines verzweifelten Vaters erhalten, dessen krankes Kind so schnell wie möglich ausgeflogen werden musste. Die Krankentransporte waren alle zu anderen Notrufen unterwegs. Außer ihnen war niemand da, der helfen konnte.

Die dunklen Wolken türmten sich fünfzig- oder sechzigtausend Fuß in die Höhe. Blitze durchzuckten den Himmel, an dem Scherwinde tobten. Bei diesem Wetter zu starten hieß, sein Schicksal herauszufordern.

„Ich mach's." Finn schnappte sich seinen Rucksack und ging auf die geparkten Flugzeuge zu. „Sag der Familie, dass ich in ungefähr drei Stunden bei ihnen bin. Vielleicht ein bisschen später."

„Du kannst den Sturm nicht umfliegen." Er war zu groß. Es gab kein „Drumherum".

„Ich weiß."

Bill packte ihn am Arm. „Finn, lass uns noch ein paar Stunden warten!"

„Hat das Kind noch ein paar Stunden?"

„Nein, aber ..."

Finn kannte das Argument. Menschen, die außerhalb der Zivilisation lebten, mussten mit dem Risiko leben. Die meiste Zeit zahlte sich das Pokern aus. Aber ab und zu verlangte es seinen Preis.

„Auf gar keinen Fall wird das Kind in meiner Schicht sterben", sagte Finn.

„Du schuldest ihnen nichts."

Doch, er schuldete es der Familie, es wenigstens zu versuchen. Zumindest war das seine Einstellung zu diesem Job. Manchmal musste man ein Risiko eingehen.

Er eilte zum Flugzeug und ging einmal drum herum. Die Vorflugkontrolle erledigte er im Schlaf, aber heute nahm er sich Zeit. Das Letzte, was er gebrauchen konnte, waren mechanische Probleme, die eine sowieso schon schwierige Situation noch schwieriger machten.

Als er bereit war zu starten, griffen die ersten Ausläufer des Sturms bereits nach ihm. Der Wind frischte auf, Regentropfen prasselten auf die Cockpitscheibe.

Das Problem war nicht der Hinflug, denn der führte vom Sturm weg. Gefährlich wurde es erst, nach Anchorage zu kommen.

Sechs Stunden später dachte Finn, dass er sterben würde. Die Eltern und das Kind waren mit ihm im Flugzeug. Der besorgte Vater saß neben ihm, die Mutter hinten mit ihrem Sohn. Der Wind war so stark, dass das Flugzeug stillzustehen schien.

Sie wurden hin und her geworfen. Ein paar Mal traf ein kleiner Scherwind sie und ließ sie einige Hundert Meter absacken.

„Ich glaube, ich muss mich übergeben", rief die Mutter ihm zu.

„Tüten sind in der Seitentasche vom Sitz."

Finn konnte sich nicht die Zeit nehmen, sie ihr zu zeigen. Nicht wenn ihrer aller Leben davon abhing, dass er sie sicher auf die Erde brachte.

Obwohl es früh am Nachmittag war, war der Himmel schwarz wie die Nacht. Das einzige Licht kam von den Blitzen. Der Wind heulte wie ein Monster, das es auf sie abgesehen hatte; und Finn hatte das Gefühl, dieses Mal könnte der Sturm tatsächlich gewinnen.

Er beobachtete die Warnlampen, überprüfte den Höhenmesser und stellte sicher, dass sie noch auf Kurs waren. Ohne dass er es wollte, schweiften seine Gedanken zu einem anderen Flug, der dem hier sehr ähnlich gewesen war. Ein Flug, der ihm die Eltern genommen und seine Welt auf den Kopf gestellt hatte.

Der Sturm damals war genauso dunkel und mächtig gewesen. Um sie herum hatten die Blitze aufgeleuchtet, gefährliche Scherben der Zerstörung. Finn erinnerte sich daran, dass ein Blitz so nah gewesen war, dass er die Hitze gespürt hatte. Er war geflogen, sein Vater war Copilot gewesen. Der Wind hatte getobt und sie herumgeworfen, wie ein Kind einen Softball warf.

Das Flugzeug hatte geknarrt und gebuckelt, dann hatte ein einzelner Lichtblitz ihren Motor getroffen. Ein Zittern war durch die Maschine gelaufen, als der Motor zu einem nutzlosen Klumpen verschmort war und sie wie ein Stein zur Erde gefallen waren.

Er hatte den Absturz nicht kontrollieren können. Es war zu dunkel gewesen, um eine Landemöglichkeit auszumachen – vorausgesetzt, es hätte eine sicherere Stelle als den

Wald gegeben, in den sie schließlich gestürzt waren. Finn erinnerte sich nicht mehr an den Aufprall. Er war im Regen auf dem Boden liegend aufgewacht.

Seine Eltern waren bewusstlos gewesen. Er hatte sich, so gut es ging, um sie gekümmert und war dann losmarschiert, um Hilfe zu holen. Als er zurückgekehrt war, waren sie beide tot gewesen. Vermutlich waren sie innerhalb der ersten Stunde nach seinem Aufbruch gestorben, aber daran wollte er nicht denken.

Ein Blitz flammte direkt neben dem Flugzeug auf und riss Finn in die Gegenwart zurück. Die Mutter schrie. Der Junge war wahrscheinlich total verängstigt, aber zu krank, um einen Laut von sich zu geben. Der Vater klammerte sich nur stumm an seinen Sitz.

Niemand fragte, ob sie sterben würden. Trotzdem war Finn sicher, dass allen die Frage durch den Kopf ging. Vermutlich beteten sie. Finn wartete auf ein Zeichen von Reue, eine Stimme, die ihm sagte, das wäre es nicht wert gewesen, er hätte noch warten sollen.

Und dann spürte er es. Die Anwesenheit einer Präsenz, die nicht seine eigene war. Obwohl er wusste, dass es unmöglich war, hätte er geschworen, seine Eltern zu fühlen, die bei ihm waren und ihm halfen. Es war, als übernähme jemand anderes die Kontrolle über die Maschine und führte seine Hände.

Da er nicht wusste, was er sonst tun sollte, hörte er auf die Stille, lenkte nach links, nach rechts, wich Blitzen und Windböen aus, fand den ruhigsten Teil des Sturmes. Er flog tiefer, wenn die unsichtbaren Kräfte es anzeigten, steuerte nach links und wieder nach oben.

Die nächste Stunde über flog er, wie er noch nie geflogen war, und langsam ließ der Sturm nach. Fünfzig Meilen vor Anchorage sah er die ersten Anzeichen von Sonnenlicht. Es knackte in seinem Kopfhörer, und eine Stimme aus dem Tower meldete sich.

Keine dreißig Minuten später landeten sie. Ein Krankenwagen wartete bereits, um den Jungen und seine Eltern ins Krankenhaus zu fahren. In der letzten Sekunde drehte der Vater sich noch einmal um.

„Ich weiß nicht, wie ich Ihnen danken soll", sagte er und schüttelte Finn die Hand. „Ich dachte, wir würden sterben. Sie haben uns gerettet. Und Sie haben meinen Jungen gerettet."

Dann rannte er seiner Frau hinterher und kletterte hinten in die Ambulanz.

Finn stand neben seinem Flugzeug und beobachtete, wie die Sonnenstrahlen durch die Wolken brachen. Sofort überprüfte er die Maschine. Alles war gut. Keine einzige Macke, die zeigte, was sie durchgemacht hatten. Er stieg wieder ein, denn er wusste, das, wonach er suchte, war da draußen nicht zu finden.

Vielleicht waren es seine Eltern gewesen, vielleicht etwas anderes. Fliegen war wie Bootfahren. Wenn man es lange genug tat, erlebte man Dinge, die man nicht erklären konnte. Aus welchem Grund auch immer, er war in der Nacht des Absturzes verschont geblieben. Er hatte immer gedacht, es wäre, damit er sich um seine Brüder kümmern konnte. Aber vielleicht gab es noch einen anderen Grund. Vielleicht war er gerettet worden, um seinen Weg zu Dakota zu finden.

Er liebte sie. Dass es eines Nahtoderlebnisses bedurfte, um das zu erkennen, machte ihn vermutlich zum weltgrößten Trottel, aber damit konnte er leben. Solange er am Ende die Chance erhielt, es ihr zu sagen.

Er liebte sie. Er wollte sie heiraten und ganz viele Babys mit ihr haben. Zum Teufel, er musste Hamilton anrufen und dem alten Kauz erzählen, dass er seine Firma kaufen wollte. Dann musste er Bill sagen, dass er seinen Anteil verkaufen würde. Aber am wichtigsten war, nach Fool's Gold zurückzukehren und Dakota zu sagen, wie sehr er sie liebte und wie sehr er mit ihr zusammen sein wollte.

Finn nahm sein Handy heraus und rief Bill an.

„Ich habe mir Sorgen gemacht", sagte sein Partner. „Wieso muss ich vom Tower erfahren, dass du angekommen bist? Warum hast du mich nicht angerufen?"

„Das tue ich doch gerade."

„Du bist schon seit zehn Minuten auf dem Boden. Warst du in der Zwischenzeit shoppen oder was?"

Finn lachte. „Ich habe mich darum gekümmert, dass meine Passagiere sicher in den Krankenwagen kommen. Bill, hör mal, ich bin raus. Du kannst meinen Anteil an der Firma kaufen. Ich muss sofort zurück nach Fool's Gold."

„Wegen der Frau?"

Finn dachte an Dakota und grinste. „Ja. Ich muss einen Weg finden, sie davon zu überzeugen, mich zu heiraten."

Es entstand eine kleine Pause, dann sagte Bill: „Sie wird sich sehr freuen, das zu hören."

„Woher weißt du das?"

„Weil sie direkt neben mir steht. Wenn ich ihr Lächeln richtig deute, wird sie Ja sagen."

Dakota suchte mit dem Fernglas den Himmel ab. Bill hatte ihr gezeigt, in welche Richtung sie schauen musste. Und als sie den kleinen Fleck näher kommen sah, hüpfte sie auf und ab.

Nachdem Finn gelandet war, lenkte er das Flugzeug von der Landebahn in seine Parkposition. Dakota rannte, so schnell sie konnte, auf ihn zu.

Sie trafen sich auf dem Grasstreifen neben dem Rollfeld. Obwohl es tausend Dinge gab, die sie ihm sagen musste, wollte sie jetzt nur in seinen Armen liegen. Als sie es tat und er sie küsste, dachte sie, dass sich noch nie im Leben etwas besser angefühlt hatte.

„Ich liebe dich", sagte er und küsste sie erneut. „Ich liebe dich, Dakota. Dich und Hannah und unser ungeborenes Baby. Das hätte ich dir schon längst sagen sollen."

Sie war so froh, dass sie nicht mal sicher war, ob sie überhaupt atmen musste. „Du hast Zeit gebraucht."

„Ich habe Angst bekommen und bin weggelaufen." Er umfasste ihr Gesicht mit beiden Händen. „Ich will dich heiraten. Ich will, dass wir eine Familie sind."

Sie schaute ihn forschend an. „Sogar wenn das bedeutet, eine Menge Verantwortung zu tragen?"

Er nickte und küsste sie wieder. „Wem will ich was vormachen? Ich bin dazu geboren, Verantwortung zu übernehmen."

„Du warst ein wilder Kerl."

„Ja, ungefähr fünfzehn Minuten lang. Ich will mit dir zusammen sein."

Was für wunderschöne, bezaubernde Worte, dachte sie. Perfekte Worte von dem Mann, der genau der Richtige für sie war.

„Ich liebe dich auch", flüsterte sie.

„Wirst du mich heiraten?"

„Ja."

„Wir werden in Fool's Gold leben."

Sie wollte aber, dass er glücklich war. „Dein Leben ist doch hier."

„Nein, ist es nicht. Ich verkaufe meine Hälfte der Firma an Bill. Meine Brüder wollen sie nicht, und ich kann das Geld gut gebrauchen, um Hamiltons Firma zu übernehmen. Ich gehöre dorthin, wo du hingehörst, und das ist Fool's Gold."

Glücklich warf sie sich ihm in die Arme. *Das* war der Ort, wo sie hingehörte.

„Hannah wird sich riesig freuen", flüsterte sie. „Sie hat dich schrecklich vermisst."

„Ich habe dich auch vermisst." Er berührte sanft ihren

Bauch. „Bald wird sie einen kleinen Bruder oder eine kleine Schwester haben, die sie herumkommandieren kann."

„Und eines Tages wirst du uns allen Alaska zeigen."

„Das werde ich. Aber jetzt bin ich erst mal bereit, nach Hause zu fliegen."

– ENDE –

Informationen zu unserem Verlagsprogramm, Anmeldung zum Newsletter und vieles mehr finden Sie unter:

www.harpercollins.de

Susan Mallery
Stadt, Mann, Kuss

So idyllisch Fool's Gold, die Kleinstadt am Fuße der Sierra Nevada, auch ist: Der hübsche Ort hat ein gewaltiges Problem. Es herrscht akuter Männermangel. Um das zu ändern, wird die erfolgreiche Stadtplanerin Charity Jones engagiert. Ausgerechnet sie, bei der Amor mit seinem Pfeil bisher immer danebengeschossen hat. Nichtsdestotrotz lockt sie die ersten potenziellen Ehekandidaten an. Dabei befinden sich bereits einige Prachtexemplare direkt vor Charitys Nase ...

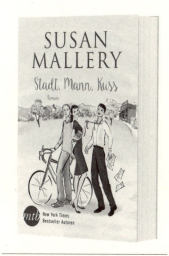

ISBN: 978-3-95649-625-7
9,99 € (D)

Susan Mallery
Ich fühle was, was du nicht siehst

Nicht freiwillig kehrt die Krimiautorin Liz Sutton zurück in ihre Heimatstadt Fool's Gold, sondern nur, weil sie sich um ihre beiden Nichten kümmern muss. Der Zustand ihres Elternhauses ist noch der kleinste Schock, denn kaum wieder da, trifft sie schon auf Ethan. Den Mann, der ihr einst das Herz gebrochen hat – und den sie in ihren Romanen schon auf die grausamsten Weisen zur Strecke gebracht hat. Und dem sie schon lange etwas Bedeutendes hätte sagen müssen ...

ISBN: 978-3-95649-626-4
9,99 € (D)

Susan Mallery
Der Für-immer-Mann

Quinn glaubt nicht, dass es die richtige Frau für ihn gibt.

Doch bei einem Wettkampf begegnet er der Selbstverteidigungsexpertin D.J., die ihn buchstäblich aus den Socken haut. Zwischen ihnen sprühen vom ersten Augenblick an die Funken. Da passt es sehr gut, dass D.J. ihn als Ausbilder haben möchte. So kann er ihr körperlich umso näher kommen. Nachteil: Emotional beißt er bei D.J. auf Granit. Doch so leicht lässt sich ein Special-Forces-Mann nicht von seinem Ziel abbringen ...

Deutsche Erstveröffentlichung

ISBN: 978-3-95649-624-0
9,99 € (D)

Susan Mallery
Mein Herz sucht Liebe

Deutsche Erstveröffentlichung

„Und rosafarbene Schwäne, die auf dem Pool schwimmen ..." Courtney ist entschlossen, ihrer Mutter eine Traumhochzeit in Pink zu organisieren. Auch wenn sie selbst die rosarote Brille schon lange abgesetzt hat. Ihre beiden Schwestern, Rachel und Sienna, sind ihr keine große Hilfe, da diese ebenfalls nach Enttäuschungen dem „schönsten Tag im Leben" mehr als kritisch gegenüberstehen. Oder kann das neue Glück ihrer Mom den drei Schwestern beweisen, dass es nie zu spät ist, sein Herz zu öffnen?

ISBN: 978-3-95649-668-4
10,99 € (D)